*Über dieses Buch*  Wie in seinen großen Romanen – etwa ›Freitag oder Im Schoß des Pazifik‹ oder ›Erlkönig‹ – belebt Michel Tournier auch in dieser Sammlung von Erzählungen alte Mythen neu und (er-)findet überraschend stupende Wendungen und Schlüsse. Das reicht von der Schöpfungsgeschichte bis zum Weihnachtsmann, der bei Tournier eine Weihnachtsfrau ist, die während eines Krippenspiels in einem französischen Dorf dem leibhaftigen Baby-Jesus »eine herzhaft labende Brust« bietet. Verquer, ein bißchen überdreht, ein bißchen meschugge sind alle diese Geschichten, hinreißend geschrieben und auch ebenso übersetzt. Tournier gehört zum Besten, was die zeitgenössische französische Literatur zu bieten hat.

*Der Autor*  Michel Tournier, geboren 1924 in Paris, beide Eltern Germanisten, studierte Rechtswissenschaften und Philosophie in Paris und Tübingen, akademische Diplome in beiden Disziplinen; war mehrere Jahre beim französischen Rundfunk, dann als Presseattaché, schließlich als Lektor bei Plon tätig; Mitglied der *Académie Goncourt*; übersetzte Erich Maria Remarque ins Französische; gehört zu den meistgelesenen Autoren in Frankreich; neben seinen literarisch äußerst anspruchsvollen Veröffentlichungen auch erfolgreich als Autor für Kinder und Jugendliche. Michel Tournier lebt als freier Autor in der Nähe von Paris.

Von Tournier sind im Fischer Taschenbuch Programm lieferbar: ›Der Wind Paraklet. Ein autobiographischer Versuch.‹ (Bd. 5313), ›Freitag oder Im Schoß des Pazifik‹ (Bd. 5746), ›Zwillingssterne‹ (Bd. 5792), ›Der Erlkönig‹ (Bd. 5793), ›Gilles & Jeanne‹ (Bd. 5197), ›Der Goldtropfen‹ (Bd. 9281) und ›Kaspar, Melchior & Balthasar‹ (Bd. 5947).

Michel Tournier

# Die Familie Adam

Erzählungen

Deutsch von Hellmut Waller

Fischer Taschenbuch Verlag

6.–7. Tausend: März 1991

Ungekürzte Ausgabe
Veröffentlicht im Fischer Taschenbuch Verlag GmbH,
Frankfurt am Main, März 1985

Lizenzausgabe mit freundlicher Genehmigung des
Hoffmann und Campe Verlags, Hamburg
Titel der Originalausgabe: Le Coque de Bruyere
© Editions Gallimard, 1978
© 1981 by Hoffmann und Campe Verlag, Hamburg
Umschlaggestaltung: Jan Buchholz / Reni Hinsch
Umschlagfoto: Harro Wolter
Gesamtherstellung: Clausen & Bosse, Leck
Printed in Germany
ISBN 3-596-25859-6

# Inhalt

Die Familie Adam   7

Robinson Crusoes Ende   13

Die Weihnachtsfrau   17

Amandine oder die beiden Gärten   19

Als der kleine Däumling durchbrannte   28

Dupixt   41

Allzeit bleibe meine Freude   54

Der rote Zwerg   64

Tristan Vox   79

Véroniques Schweißtücher   100

Das Mädchen und der Tod   116

Der Auerhahn   138

Rastplatz Maiglöckchengrund   180

Der Fetischist   211

Anmerkungen   235

Es schwimmt ein Fisch am Grunde aller Dinge.
Fisch, aus der Angst, du kämest nackt ans Licht,
Werf' ich dir meinen Bildermantel über.

*Lanza del Vasto*

# Die Familie Adam

Am Anfang gab es auf Erden weder Gras noch Baum. Überall dehnte sich endlose Wüste, nichts als Staub und Kieselsteine.

Jehova formte im Staub die Statue des ersten Menschen. Dann blies er ihm Leben in die Nüstern. Und die Statue aus Staub gewann Atem und Bewegung und erhob sich.

Wem glich der erste Mensch? Er glich Jehova, der ihn nach seinem Bild geschaffen hatte. Doch Jehova ist weder Mann noch Weib. Er ist beides zugleich. Darum war auch der erste Mensch Mann und Weib in einem.

Er hatte die Brüste einer Frau.

Und am unteren Ende des Bauches das Geschlecht eines Jungen.

Und zwischen den Beinen das Löchlein eines Mädchens.

Das war sogar recht bequem: Beim Gehen steckte er seinen Jungenschwanz in sein Mädchenlöchlein, so wie man ein Messer ins Futteral steckt.

Darum brauchte Adam niemanden, um Kinder zu zeugen. Kinder konnte er sich selbst machen.

Jehova wäre mit seinem Sohn Adam sehr zufrieden gewesen, hätte bloß Adam seinerseits einen Sohn gehabt, und so dann immer weiter.

Leider ging Adam damit nicht einig.

Er war mit Jehova, der gerne Enkelkinder haben wollte, nicht einig.

Er war mit sich selbst nicht einig. Denn gleichzeitig hatte er auch Lust, sich hinzulegen, sich selbst zu schwängern und Kinder zu haben. Doch die Erde ringsum war nichts als Wüste. Und Wüste taugt nicht dazu, sich hinzusetzen und erst recht nicht, sich hinzulegen. Wüste ist eine Arena zum Kämpfen, ein Stadion zum Spielen, eine Aschenbahn zum Rennen. Aber wie soll einer kämpfen, spielen, rennen mit einem Kind im Leib, einem Kind auf den Armen, dem er ja auch die Brust geben und Breilein kochen muß?

Adam sprach zu Jehova: »Die Erde, auf die du mich gesetzt hast, taugt nicht fürs Familienleben. Das ist eine Erde für Langstreckenläufer. «

Da beschloß Jehova eine Erde zu schaffen, auf der Adam Lust hätte, in Ruhe zu verweilen.

Und das war das irdische Paradies oder der Garten Eden.

Große Bäume, blüten- und früchteschwer, neigten sich über Seen mit lauen, lichten Wassern.

»Jetzt«, sprach Jehova zu Adam, »jetzt magst du Kinder haben. Leg' dich unter die Zweige und träume. Alles kommt dann ganz von selbst.«

Adam legte sich hin. Doch er konnte nicht schlafen, erst recht nicht Kinder erzeugen.

Als Jehova wiederkam, traf er Adam, wie der nervös im Schatten eines Mandelbaumes auf- und abschritt.

»Ich hab's!« sagte Adam zu ihm. »In mir stecken zwei Menschen. Der eine möchte sich gern unter Blüten ausruhen. Und die ganze Arbeit ginge drinnen in seinem Bauch vor sich, in dem Kinder entstehen. Den anderen hält es nicht an einem Ort. Er hat Ameisen in den Beinen. Er muß wandern, wandern, wandern. In der Steinwüste war der erste unglücklich, der zweite glücklich. Hier im Paradies, da ist es umgekehrt.«

»Das stimmt«, sprach Jehova zu ihm, »denn in dir steckt einer, der seßhaft, und einer, der ein Nomade ist – zwei Worte, die du in deinen Wortschatz aufnehmen solltest.«

»Seßhaft und Nomade«, sprach Adam gelehrig nach. »Und was nun?«

»Nun«, sprach Jehova, »schneid' ich dich entzwei! Schlaf nur!«

»Mich – entzwei!« rief Adam aus.

Doch sein Lachen legte sich bald, und er verfiel in Schlaf.

Da nahm Jehova von Adams Körper alles weg, was Weib war: die Brüste, das Löchlein, die Gebärmutter.

Und diese Teile setzte er einem anderen Menschen ein, den er gleich daneben aus der feuchten, festen Erde des Paradieses formte.

Und diesen anderen Menschen nannte er Weib.

Als Adam erwachte, sprang er auf die Füße und flog schier davon, so leicht fühlte er sich. Alles, was ihn beschwert hatte, war fort. Er hatte keine Brüste mehr. Seine Brust war hart und fest wie ein Schild. Sein Bauch war so flach wie ein Brett geworden. Zwischen seinen Schenkeln hatte er nur noch das Geschlecht eines Jungen, und es störte ihn nicht sehr, obschon er nun nicht mehr das Löchlein hatte, um seinen Schwanz zu verstauen.

Er konnte nicht anders und rannte flink wie ein Hase an der Mauer des Paradieses hin.

Doch da er wieder bei Jehova ankam, zog der einen Laubvorhang beiseite und sprach zu ihm: »Schau!«

Und Adam sah Eva schlummernd liegen.

»Was ist das?« fragte er.

»Das ist deine andere Hälfte«, erwiderte Jehova.

»Wie schön bin ich!« rief Adam.

»Wie schön ist sie!« verbesserte Jehova. »Fortan sollst du, wenn du der Liebe pflegen willst, zu Eva gehen. Wenn du herumrennen willst, sollst du sie ruhen lassen.«

Und er zog sich diskret zurück.

So also fing alles an. Man muß das wissen, um zu begreifen, wie es weiterging.

Adam und Eva wurden bekanntlich von Jehova aus dem Paradies vertrieben. Da begann für sie ein langes Umherwandern in der Staub- und Steinwüste, mit der die Geschichte begonnen hat.

Natürlich bedeutete dieser Sturz aus dem Paradies für Adam keineswegs dasselbe wie für Eva. Adam fand sich in vertrautem Gelände wieder. In dieser Wüste war er ja zur Welt gekommen. Aus diesem Staub war er geformt worden. Obendrein hatte Jehova ihn seines ganzen weiblichen Drum und Dran entledigt, und er bewegte sich so leicht wie eine Antilope und so unermüdlich wie ein Kamel auf seinen hufharten, hornigen Füßen.

Doch Eva! Die arme Mami Eva! Sie war ja aus dem feuchten, fetten Boden des Paradieses geformt worden und liebte nichts anderes als den seligen Schlummer unterm schwanken Schatten der Palmen – wie war sie nun traurig! Ihre blonde Haut vom Sonnenbrand versengt, ihre zarten Füße von den Steinen zerschunden, schleppte sie sich jammernd hinter dem nur allzu behenden Adam her. An das Paradies, ihre Heimat, dachte sie unablässig, doch sie konnte mit Adam nicht einmal davon reden, denn er schien es völlig vergessen zu haben.

Sie hatten zwei Söhne. Der erste, Kain, war ganz das Abbild seiner Mutter: Blond, rundlich, geruhsam und immer geneigt zu schlafen.

Doch ob er schlief oder wachte, Eva raunte ihm unaufhörlich eine wunderschöne Geschichte ins Ohr. Und in dieser Geschichte war von nichts anderem die Rede als von anemonenbestirntem Moos, das am Fuß der Magnolien Kissen voll Kühle bilde, von Kolibris, die unter die leuchtenden Rispen des Goldregens tauchten, von Schwaden aschgrauer Kraniche, die in die hohen Äste der schwarzen Zedern einfielen.

Kain sog das Heimweh nach dem irdischen Paradies sozusagen mit der Muttermilch ein. Denn diese flüsternd beschworenen Bilder schufen zauberische Inseln im Haupt des armen Kindes, das nichts kannte als die dürre Steppe und das endlos-vergebliche Wogen der Sanddünen. Und so ließ er auch frühzeitig Neigung zum Ackerbauern, zum Gärtner und sogar zum Baumeister erkennen.

Sein erstes Spielzeug war eine kleine Harke, das zweite eine putzige Maurerkelle, das dritte ein Zirkelkasten, mit dem zeichnete er unaufhörlich Entwürfe, in denen sich die Begabung des künftigen Landschaftsgärtners und Städtebauers glanzvoll kundtat.

Ganz anders sein jüngerer Bruder Abel. Der war ganz das Abbild seines Vaters, des Läufers. Er war nicht zu halten. Immer träumte er von Aufbruch, vom Wandern und Reisen.

Jegliche Arbeit, die Ausdauer und Sitzleder verlangte, stieß ihn ab und schien ihm verächtlich. Dafür belustigte ihn nichts so sehr, wie wenn er mit ein paar Fußtritten die Gartenbeete und Sandburgen des geduldigen, arbeitsamen Kain verwüsten konnte.

Doch ältere Geschwister sollen gegenüber den kleinen Nachsicht üben, und Kain, entsprechend in die Pflicht genommen, schluckte seine Zornestränen hinunter und brachte, wenn sein Bruder gegangen war, unermüdlich alles wieder in Ordnung.

Sie wurden größer.

Abel war Hirt geworden und lief seinen Herden nach durch Steppen, Wüsten und Gebirge. Er war mager, schwarz, zynisch und roch wie seine Böcke auch.

Er war stolz darauf, daß seine Kinder nie Gemüse gegessen hatten und weder lesen noch schreiben konnten, denn für Nomaden gibt es keine Schule.

Kain hingegen lebte mit den Seinen inmitten bestellter Felder, Gärten und schöner Häuser, an denen er mit Liebe hing und die er mit peinlicher Sorgfalt instandhielt.

Jehova aber hatte keine Freude an Kain. Er hatte ja Adam und

Eva aus dem Paradies gejagt und am Tor Cherubim mit flammendem Schwert aufgestellt. Und da kam nun sein Enkelkind Kain und ließ, besessen vom Geist und von den Erinnerungen seiner Mutter, mit viel Arbeit und wachem Verstand das wiedererstehen, was Adam durch seine Torheit verloren hatte! Jehova fand, dieses Eden II, das Kain aus dem unwirtlichen Boden der Wüste hervorgebracht hatte, sei eine Anmaßung, sei offene Auflehnung.

Hingegen weilte Jehova mit Wohlgefallen bei Abel, der unermüdlich durch Fels und Sand lief, immer seinen Herden nach.

Und so kam es, daß Jehova, als Kain ihm Blumen und Früchte seiner Gärten zum Opfer brachte, diese Gaben zurückwies. Dagegen nahm er gerührt die Zicklein und Lämmer an, die Abel ihm darbrachte.

Eines Tages brach der schwelende Zwist los.

Abels Herden machten sich über das reife Korn und die Obstgärten Kains her und verwüsteten sie.

Es kam zu einem Gespräch zwischen den beiden Brüdern. Kain zeigte sich sanft und versöhnlich, Abel lachte ihm boshaft ins Gesicht.

Da übermannte Kain die Erinnerung an alles, was er von seinem jüngeren Bruder erduldet hatte, und er schlug Abel den Schädel ein.

Jehovas Zorn war schrecklich. Er jagte Kain fort von seinem Angesicht und verdammte ihn, mit den Seinen ruhelos über die Erde zu irren.

Doch Kain, durch und durch seßhaft wie er war, zog nicht weit fort. Er schlug, das war ganz natürlich, die Richtung zum Paradies ein, von dem seine Mutter ihm so viel erzählt hatte. Und ließ sich nieder dort im Lande Nod, ostwärts der Mauern des vielberühmten Gartens.

Dort erbaute er, der kunstreiche Baumeister, eine Stadt, die erste Stadt der Geschichte. Und er nannte sie Henoch, nach dem Namen seines ersten Sohnes.

Henoch, von Eukalyptus beschattet, war eine Traumstadt. Es war ein einziges großes Blütengebilde, darin Brunnen und Turteltauben murmelten, als wären sie eins.

In der Mitte erhob sich Kains Meisterwerk, ein prachtvoller Tempel, ganz aus rosafarbenem Porphyr und geädertem Marmor.

Der Tempel war leer und noch niemandem geweiht. Doch wenn man Kain danach fragte, lächelte er nur geheimnisvoll in seinen Bart hinein.

Eines Abends schließlich erschien am Stadttor ein Greis. Kain schien ihn erwartet zu haben, denn er hieß ihn sogleich willkommen.

Es war Jehova, müde, kreuzlahm, erschöpft von dem Nomadenleben, das er seit so vielen Jahren mit Abels Söhnen führte, immer durchgeschüttelt auf Menschenschultern in einer wurmstichigen, nach Widderfett stinkenden Bundeslade.

Der Enkel drückte den Großvater ans Herz. Dann kniete er nieder, damit ihm Verzeihung und Segen zuteil werde. Und schließlich wurde Jehova – der Form halber immer noch ein wenig grollend – feierlich in seine Würde eingesetzt im Tempel zu Henoch, und er hat ihn seitdem nie mehr verlassen.

# Robinson Crusoes Ende

»Da war sie! Da, an dieser Stelle, auf der Höhe von Trinidad, auf neun Grad zweiundzwanzig Minuten nördlicher Breite. Ein Irrtum ist unmöglich!«

Mit seinem schwarzen Finger pochte der Betrunkene auf einen fettfleckenstarrenden Kartenfetzen, und jede seiner leidenschaftlichen Beteuerungen rief bei den Fischern und Dockarbeitern rund um unseren Tisch neues Gelächter hervor.

Er war bekannt. Er hatte eine Sonderstellung. Er gehörte zur örtlichen Folklore. Um ihn mit seiner heiseren Stimme ein paar seiner Geschichten erzählen zu hören, hatten wir ihn eingeladen, mit uns zu zechen. Sein Abenteuer war, wie das oft der Fall ist, exemplarisch und zugleich auch bewegend und schmerzlich.

Vierzig Jahre zuvor war er, wie so viele andere vor ihm, von einer Fahrt auf See nicht zurückgekehrt. Man hatte seinen Namen mit den übrigen Namen der Besatzung, zu der er gehörte, auf einer Tafel in der Kirche verzeichnet. Dann hatte man ihn vergessen.

Nicht so sehr vergessen freilich, daß man ihn nicht doch wiedererkannt hatte, als er nach zweiundzwanzig Jahren struppig und ungestüm und in Begleitung eines Negers wieder aufgetaucht war. Die Geschichte, die er bei jeder Gelegenheit von sich gab, war frappierend. Nach dem Scheitern seines Schiffes habe er als einziger Überlebender auf einer von Ziegen und Papageien bewohnten Insel gehaust, ohne einen Menschen außer diesem Neger, den er, wie er sagte, vor einer Horde Kannibalen gerettet hatte. Schließlich hatte ein englischer Schoner sie beide an Bord genommen, und er war heimgekehrt, nicht ohne zuvor noch Zeit zu haben, sich durch allerlei Handelsgeschäfte, wie sie damals auf den Antillen unschwer möglich waren, ein kleines Vermögen zu erwerben.

Alle hatten ihn gefeiert. Er hatte geheiratet, ein ganz junges Mädchen, das seine Tochter hätte sein können; und äußerlich gesehen hatte das tägliche Leben sie wieder zugedeckt, diese klaffende, von üppigem Grün und Vogelgekreisch erfüllte Lücke, die eine Laune des Schicksals in sein vergangenes Dasein gerissen hatte.

Ja, äußerlich gesehen – denn in Wirklichkeit war es, als nagte von Jahr zu Jahr mehr etwas Dumpf-Gärendes von innen heraus an Robinsons Familienleben. Freitag, der schwarze Diener, war dem als erster zum Opfer gefallen. Nach monatelang untadeliger Führung hatte er – zunächst unauffällig, dann immer unverhohlener – zu trinken begonnen. Weiter war da auch die Sache mit den zwei jungen Mädchen gewesen, die als werdende Mütter ins Heilig-Geist-Hospiz aufgenommen worden waren und dort fast gleichzeitig Mischlingskinder geboren hatten, die einander auffallend ähnlich sahen. Zeigte dieses zweifache Verbrechen nicht deutlich die Handschrift des Täters?

Robinson aber hatte Freitag mit seltsamer Hartnäckigkeit verteidigt. Weshalb schickte er ihn nicht fort? Welches – vielleicht uneingestehbare – Geheimnis band ihn an den Neger?

Schließlich waren in der Nachbarschaft erhebliche Beträge gestohlen worden, und bevor man noch gegen irgend jemanden Verdacht gefaßt hatte, war Freitag plötzlich verschwunden gewesen.

»Der dumme Kerl!« hatte Robinson dazu bemerkt. »Falls er Geld haben wollte, um sich aus dem Staub zu machen, brauchte er doch nur mich zu fragen!«

Und leichtsinnigerweise hatte er hinzugesetzt:

»Übrigens weiß ich gut, wohin er gegangen ist!«

Der Bestohlene hatte sich an diesen Satz gehalten und von Robinson verlangt, er solle ihm entweder sein Geld ersetzen oder ihm den Dieb herbeischaffen. Nach wenig Sträuben hatte Robinson bezahlt.

Von diesem Tag an jedoch hatte man ihn oft im Hafen gesehen, wo er sich, immer düsterer dreinschauend, auf den Kais und in den Kneipen herumtrieb und dann und wann vor sich hinmurmelte:

»Er ist wieder hingefahren, ja, ich bin sicher, er ist jetzt dort, der Gauner!«

Denn es stimmte ja: Mit Freitag verband ihn ein unsagbares Geheimnis, und dieses Geheimnis war ein kleiner grüner Fleck, den er sich im Hafen von einem Kartenstecher auf dem Meeresblau der Karibik hatte einzeichnen lassen. Diese Insel war letztlich seine Jugendliebe, sein Traumabenteuer, sein herrlicher, einsamer Garten! Was hatte er unter diesem regengrauen Himmel, in dieser glitschigen Stadt, unter diesen Händlern und Rentnern zu suchen?

Seine junge Frau mit ihrer Herzensklugheit war die erste, die seinen seltsamen, am Leben nagenden Kummer erriet.

»Du langweilst dich, ich seh' es ja. Komm, gib nur zu, daß du ihr nachtrauerst!«

»Ich? Du bist verrückt! Was? Wem traure ich nach?«

»Deiner einsamen Insel natürlich! Und ich weiß auch, was dich abhält, gleich morgen hinzufahren. Ach geh, ich weiß es doch: ich und sonst nichts!«

Er protestierte laut und heftig, aber je lauter er wurde, desto sicherer wußte sie, daß sie recht hatte.

Sie liebte ihn innig und hatte ihm nie etwas verweigern können. Sie starb. Sogleich verkaufte er Haus und Grundstück, charterte ein Segelschiff und fuhr in die Karibik.

Wieder vergingen Jahre. Man begann ihn erneut zu vergessen. Doch als er dann wiederum zurückkehrte, schien er noch stärker verändert als nach der ersten Reise.

Den Rückweg hatte er als Küchengehilfe an Bord eines alten Frachters zurückgelegt, ein gealterter, gebrochener Mann, schon halb im Branntwein ertrunken.

Was er erzählte, erregte allgemeine Heiterkeit. Un-auf-find-bar! Trotz monatelangen hartnäckigen Suchens war seine Insel unauffindbar geblieben. Mit verzweifeltem Ingrimm hatte er alles für diese vergebliche Erkundungsfahrt eingesetzt, hatte seine Kräfte und sein Geld verausgabt, um dieses Land des Glücks und der Freiheit wiederzufinden, das für immer vom Meer verschlungen schien.

»Und sie war doch da!« wiederholte er an diesem Abend ein weiteres Mal und pochte mit dem Finger auf seine Karte.

Da löste sich aus dem Kreis der anderen ein alter Steuermann, trat zu ihm und nahm ihn sachte an der Schulter.

»Soll ich dir was sagen, Robinson? Natürlich ist sie immer noch da, deine einsame Insel. Und ich kann dir sogar versichern, daß du sie gut und gern wiedergefunden hast!«

»Wiedergefunden?« Robinson atmete mühsam. »Aber wenn ich dir doch sage . . .«

»Du hast sie wiedergefunden! Du bist vielleicht zehnmal daran vorbeigefahren. Aber du hast sie nicht mehr erkannt.«

»Nicht mehr erkannt?«

»Nein, weil sie's gemacht hat wie du, deine Insel: Sie ist alt geworden! Ja, es stimmt schon, siehst du: Blüten werden zu Früchten, Früchte werden zu Holz, und grünes Holz wird zu

dürrem Holz. In den Tropen geht alles sehr schnell. Und du?
Schau dich doch im Spiegel an, Idiot! Und sag' mir, ob sie dich
wiedererkannt hat, deine Insel, wie du daran vorbeigefahren
bist?«

Robinson schaute sich nicht im Spiegel an, der Ratschlag war
unnötig. Nacheinander blickte er auf all die Männer, und sein
Gesicht war dabei so traurig und so verstört, daß das schon
wieder aufbrandende Lachen jählings stockte und es ganz still
wurde in der Kneipe.

# Die Weihnachtsfrau
### Eine Weihnachtserzählung

Ob für Pouldreuzic wohl jetzt eine Zeit des Friedens anbrach? Seit eh und je war das Dorf ja zerrissen vom Gegensatz zwischen den Klerikalen und den Radikalen, zwischen der kirchlichen Privatschule mit ihren Fratres und der »weltlichen« Kommunalschule, zwischen dem Pfarrer und dem Lehrer. Die Feindseligkeiten, die immer eine jahreszeitliche Färbung angenommen hatten, gewannen nun mit den weihnachtlichen Festtagen den Goldglanz des Legendären. Die Mitternachtsmesse am Heiligen Abend fand aus praktischen Gründen schon abends um sechs Uhr statt. Zur selben Stunde verteilte der Lehrer, als Weihnachtsmann verkleidet, Spielzeug an die Schüler der »weltlichen« Schule. So wurde durch sein Bemühen aus dem Weihnachtsmann ein heidnischer Held, radikal und antiklerikal, und der Pfarrer hielt ihm das Jesuskind aus seinem – im ganzen Umkreis berühmten – Krippenspiel entgegen – geradeso, wie man dem Teufel einen Schwall Weihwasser ins Gesicht spritzt.

Ja, ob in Pouldreuzic jetzt Frieden und Versöhnung einzogen? Der Lehrer war in Pension gegangen, an seine Stelle war eine von auswärts stammende Lehrerin getreten, und alle im Dorf beobachteten sie nun, um herauszubekommen, aus was für Holz sie geschnitzt sei. Madame Oiselin war Mutter von drei Kindern – darunter eines drei Monate alten Babys –, und sie war geschieden. Das schien eine Gewähr für »weltliche« Verläßlichkeit zu sein. Doch die klerikale Partei triumphierte schon am ersten Sonntag: als nämlich die neue Lehrerin vor aller Augen in die Kirche Einzug hielt.

Die Würfel schienen gefallen. Diesen gotteslästerlichen Weihnachtsbaum zur Zeit der »Mitternachts«messe würde es nun nicht mehr geben, und der Pfarrer würde künftig allein das Feld beherrschen. Und so war die Überraschung groß, als Madame Oiselin bei ihren Schülern bekanntgab, alles bleibe beim alten, und der Weihnachtsmann verteile zur gewohnten Stunde seine Geschenke. Welches Spiel spielte sie? Und wer würde wohl die Rolle des Weihnachtsmanns übernehmen? Der Briefträger und der Feldhüter, an die ob ihrer sozialistischen Ansichten alle dachten, beteuerten, sie hätten keine Ahnung. Das Erstaunen erreichte den Gipfel, als bekannt wurde, Madame Oiselin überlasse dem Pfarrer ihr Baby als Jesuskind für sein Krippenspiel.

Anfangs ging alles gut. Der kleine Oiselin schlief, die Fäustchen geballt, indes die Gläubigen mit neugiergeschärften Augen an der Krippe vorbeizogen. Ochs und Esel – ein wirklicher Ochse, ein wirklicher Esel – schienen gerührt über das »weltliche« Baby, das sich auf so wundersame Weise in den Heiland verwandelt hatte.

Leider fing der beim Evangelium zu zappeln an, und gerade als der Pfarrer auf die Kanzel stieg, brüllte er los. Eine Babystimme, die so durch Mark und Bein ging, hatte noch nie jemand gehört. Vergebens wiegte das kleine Mädchen, das die Jungfrau Maria spielte, den kleinen Burschen an der mageren Brust. Der, rot vor Zorn, strampelte mit Armen und Beinen und gab ein solches Schreifurioso von sich, daß die Kirchengewölbe hallten und der Pfarrer kein Wort anbringen konnte.

Schließlich rief der einen der Chorknaben und flüsterte ihm einen Auftrag ins Ohr. Ohne sein Chorhemd abzulegen, ging der junge Bursche hinaus, und man hörte das Geklapper seiner Holzpantinen draußen verhallen.

Ein paar Minuten später hatte die klerikale Hälfte des Dorfes, die vollzählig im Kirchenschiff versammelt war, eine ungeheuerliche Vision, die für alle Zeit in die Goldene Legende des Landes um Pont-l'Abbé einging. Der Weihnachtsmann in Person kam in die Kirche gestürmt. Mit großen Schritten eilte er zur Krippe. Dann schob er seinen großen weißen Baumwollbart zur Seite, knüpfte seinen roten Umhang auf und reichte dem Jesuskind, das sogleich still war, eine herzhaft labende Brust.

# Amandine oder die beiden Gärten
## Eine Initiationsgeschichte

*Für Olivia Clergue*

SONNTAG. Ich hab' blaue Augen, frische rote Lippen, volle, rosige Wangen, blondwelliges Haar. Ich heiße Amandine. Wenn ich mich im Spiegel betrachte, finde ich, daß ich aussehe wie ein zehnjähriges kleines Mädchen. Das ist nicht verwunderlich. Ich bin ein kleines Mädchen, und ich bin zehn. Ich hab' einen Papa, eine Mama, eine Puppe, die Amanda heißt, und außerdem eine Katze. Ich glaube, es ist eine weibliche Katze. Sie heißt Claude, deshalb weiß man's nicht ganz sicher. Vierzehn Tage lang hat sie einen ganz dicken, runden Bauch gehabt, und eines Morgens hab' ich bei ihr im Korb vier Kätzchen, so dick wie Mäuse, gefunden, die ruderten mit den Pfötchen und saugten bei ihr am Bauch.

Und der Bauch, der war ganz flach geworden – man könnte fast glauben, daß da die vier Jungen dringewesen und gerade erst rausgekommen waren! Ja, entschieden, Claude muß ein Weibchen sein. Die Jungen heißen Bernard, Philippe, Ernest und Kamischa. Darum weiß ich, die ersten drei sind Jungens. Bei Kamischa ist das natürlich zweifelhaft.

Mama hat mir gesagt, wir könnten keine fünf Katzen hierbehalten. Ich möcht' ja wissen, weshalb. Da hab' ich eben meine Schulfreundinnen gefragt, ob sie ein kleines Kätzchen wollten.

MITTWOCH. Annie, Sylvie und Lydie sind zu uns gekommen. zlaude strich ihnen um die Beine und schnurrte. Sie nahmen die kleinen Kätzchen in die Hand. Die haben jetzt die Augen offen und fangen mit zittrigen Beinen an zu laufen. Weil meine Freundinnen keinesfalls ein weibliches Kätzchen wollten, haben sie Kamischa dagelassen. Annie hat Bernard, Sylvie hat Philippe und Lydie hat Ernest mitgenommen. Ich behalte also nur Kamischa, und natürlich mag ich ihn um so lieber, als die anderen jetzt fort sind.

SONNTAG. Kamischa ist gelblichrot wie ein Fuchs und hat um das linke Auge einen weißen Fleck, als hätte er da eines draufgekriegt ... ja, was eigentlich? Keinen Schlag, ganz im Gegenteil. Ein Küßchen. Ein Küßchen vom Bäcker. Kamischa hat kein blaues, sondern ein weißes »Veilchen« ums Auge.

MITTWOCH. Mamas Haus und Papas Garten, die hab' ich sehr gern. Im Haus ist es immer gleich warm, sommers wie winters. Die Rasenflächen im Garten sind zu jeder Jahreszeit gleich grün und gleich glatt gemäht. Es ist, als wär' zwischen Mama mit ihrem Haus und Papa mit seinem Garten geradezu ein Sauberkeitswettstreit im Gang. Im Haus muß man mit Filzpantinen herumlaufen, damit das Parkett nicht schmutzig wird. Im Garten hat Papa überall Aschenbecher aufgestellt für die Raucher, die darin herumspazieren. Mama und Papa haben recht, finde ich. Man fühlt sich geborgener so. Aber manchmal ist es auch ein bißchen langweilig.

SONNTAG. Ich freue mich, wenn ich sehe, wie mein Kätzchen wächst und wie es beim Spielen mit seiner Mama alles lernt.

Heute früh geh' ich doch ins Schäferhäuschen und schau' nach ihrem Körbchen. Leer! Keines mehr da! Wenn Claude bisher irgendwo draußen rumlief, ließ sie Kamischa und seine Brüder ganz allein da. Heute hat sie Kamischa mitgenommen. Sie hat ihn wohl fast tragen müssen, denn ich weiß sicher, daß ihr Junges von allein nicht mitkam. Es kann noch kaum laufen. Wohin mag sie wohl gegangen sein?

MITTWOCH. Claude, die seit Sonntag verschwunden war, ist urplötzlich wiedergekommen. Ich war gerade im Garten und aß Erdbeeren, da spür' ich auf einmal an meinen Beinen was Weiches, Pelziges. Ich brauche gar nicht erst hinzuschauen, ich weiß, das ist Claude. Ich laufe zum Schäferhäuschen und sehe nach, ob ihr Junges auch da ist. Das Körbchen ist immer noch leer. Claude kam zu mir her. Sie schaute erst in das Körbchen und dann herauf zu mir und machte ihre Goldaugen zu. Ich hab' sie gefragt: »Was hast du mit Kamischa gemacht?« Sie wandte den Kopf ab und gab mir keine Antwort.

SONNTAG. Claude lebt nicht mehr so wie vorher. Früher war sie die ganze Zeit bei uns. Jetzt ist sie sehr oft fort. Wo? Das möchte ich gern wissen. Ich hab' versucht, ihr nachzurennen. Unmöglich. Wenn ich auf sie aufpasse, rührt sie sich nicht vom Fleck. Sie sieht immer aus, als wollte sie sagen: »Weshalb schaust du mich so an? Du siehst doch, daß ich zu Hause bleibe.«

Aber ein unbewachter Augenblick genügt, und schwupp! ist

Claude weg. Und dann kann ich suchen! Sie ist nirgends. Und am nächsten Tag finde ich sie dann am Kaminfeuer, und sie schaut mich so unschuldig an, als hätte ich Hirngespinste gesehen.

MITTWOCH. Vorhin beim Essen hab' ich was Komisches gesehen. Ich hatte überhaupt keinen Hunger, und so ließ ich, als niemand zusah, mein Stück Fleisch zu Claude hinunterfallen. Hunde, denen man ein Stück Fleisch oder Zucker hinwirft, die fangen es im Flug auf und beißen arglos darauf herum. Katzen nicht. Die sind mißtrauisch. Die lassen es auf den Boden fallen. Dann untersuchen sie es. Claude hat das auch getan. Aber anstatt es zu fressen, hat sie das Stück Fleisch ins Maul genommen und es in den Garten getragen, auf die Gefahr hin, daß ich ausgeschimpft worden wäre, wenn meine Eltern sie gesehen hätten.

Dann hat sie sich in einem Busch versteckt, vermutlich damit man sie vergessen sollte. Aber ich hab' auf sie aufgepaßt. Plötzlich machte sie einen Satz hinüber zur Gartenmauer, huschte an ihr hinauf, als läg' die flach auf dem Boden – dabei ging es da senkrecht hinauf –, und war mit drei Sätzen oben, immer noch mein Stück Fleisch im Maul. Sie schaute, wie um sich zu überzeugen, daß ihr niemand folgte, zu uns herüber und verschwand drüben auf der anderen Seite.

Ich hab' da schon lange meine eigenen Gedanken. Ich vermute, wir haben Claude alles verekelt, als wir ihr von vier Kätzchen drei weggenommen haben, und sie wollte Kamischa in Sicherheit bringen. Sie hat ihn irgendwo auf der anderen Seite der Mauer versteckt und ist jedesmal, wenn sie nicht da ist, bei ihm.

SONNTAG. Ich habe recht gehabt. Gerade hab' ich Kamischa, der seit drei Monaten verschwunden war, wiedergesehen. Doch wie hat er sich verändert! Heute morgen war ich früher als sonst aufgestanden. Vom Fenster aus hab' ich Claude gesehen, wie sie langsam einen Gartenweg entlangging. Sie trug eine tote Waldmaus im Maul. Aber das Besondere daran war eine Art Grunzen, das sie von sich gab, ganz sachte, ähnlich wie die dicken Glucken, wenn sie inmitten ihrer Küken einherstolzieren. Und da ließ auch das Küken nicht lange auf sich warten und kam hervor, aber es war ein großes, vierbeiniges Küken mit gelbrotem Fell. Ich hab's gleich wiedererkannt an seinem weißen Fleck über dem Auge, seinem Auge mit dem weißen

»Veilchen«. Aber wie kräftig es geworden ist! Es fing an, um Claude herumzutanzen und versuchte dabei mit der Pfote nach der Waldmaus zu schlagen. Und Claude trug ihren Kopf recht hoch, damit Kamischa die Waldmaus nicht kriegen konnte. Schließlich ließ Claude sie fallen, doch anstatt sie nun auf der Stelle zu fressen, packte Kamischa sie ganz schnell und verschwand damit unter den Büschen. Ich hab' wirklich Angst, ob dieses Katzenjunge nicht ganz wild ist. Es kann nicht anders sein, es ist ja drüben hinter der Mauer aufgewachsen und hat außer seiner Mutter nie jemanden gesehen.

MITTWOCH. Jetzt stehe ich jeden Morgen vor den anderen auf. Das ist nicht schwer, das Wetter ist ja so schön! Und so mache ich im Haus mindestens eine Stunde lang, was ich will. Weil Papa und Mama schlafen, hab' ich das Gefühl, ich sei allein auf der Welt.

Das macht mir ein wenig Angst, aber zugleich spür' ich auch eine große Freude in mir. Komisch. Wenn ich höre, daß es im Elternschlafzimmer munter wird, bin ich traurig: Aus ist das Fest. Ja, und so seh' ich im Garten einen Haufen Dinge, die mir neu sind. Papas Garten ist so gepflegt und geschniegelt, daß man meinen könnte, in dem geschehe gar nichts.

Und doch, wenn Papa schläft, da sieht man Sachen! Kurz bevor die Sonne aufgeht, ist im Garten ein großes Hin und Her. Denn um diese Zeit gehen die Nachttiere schlafen, und die Tagtiere stehen auf. Aber dazwischen sind für eine kleine Weile alle beide da. Sie begegnen einander, stoßen manchmal gar aufeinander, denn es ist ja Nacht und Tag in einem.

Das Käuzchen strebt schleunigst heim, ehe die Sonne es blendet, und es streift dabei die Amsel, die aus dem Flieder kommt. Der Igel rollt sich in der Kuhle unterm Heidekraut zu einem Ball zusammen, und im selben Augenblick streckt das Eichhörnchen seinen Kopf aus dem Loch in der alten Eiche und schaut, was das Wetter macht.

SONNTAG. Jetzt gibt's keinen Zweifel mehr: Kamischa ist kein bißchen zahm. Als ich die beiden, Claude und ihn, heute früh auf der Wiese sah, ging ich hinaus und auf die beiden zu. Claude empfing mich mit Freuden. Sie kam, rieb sich an meinen Beinen und schnurrte. Doch Kamischa war mit einem Satz in den Johannisbeersträuchern verschwunden. Eigentlich sonderbar! Er sieht doch, daß seine Mama keine Angst vor mir hat. Weshalb nimmt er dann vor mir Reißaus? Und warum tut seine

Mama nichts, um ihn zurückzuhalten? Sie könnte ihm doch klarmachen, daß ich ihnen freund bin. Es ist, als hätte sie Kamischa vollkommen vergessen, seit ich da bin. Sie lebt wirklich zwei Leben, die einander gar nicht berühren, ihr Leben jenseits der Mauer und ihr Leben bei uns in Papas Garten und Mamas Haus.

MITTWOCH. Ich wollte Kamischa zähmen. Ich hab' einen Teller mit Milch mitten auf den Gartenweg gestellt. Dann bin ich ins Haus zurückgegangen, um durchs Fenster zu beobachten, was geschehen würde.

Claude war natürlich als erste da. Sie setzte sich, die Vorderpfoten schön brav nebeneinander, an den Teller und fing an zu schlabbern. Eine Minute danach sah ich Kamischas Auge mit dem weißen Veilchen zwischen zwei Grasbüscheln auftauchen. Er beobachtete seine Mutter und machte ein Gesicht, als überlegte er, was die da wohl tue. Dann schob er sich vorwärts, aber ganz flach an die Erde gedrückt, und kroch langsam auf Claude zu. Beeil' dich, kleiner Kamischa, sonst ist der Teller leer, bis du ankommst! Endlich ist er soweit. Nein, doch nicht! Jetzt macht er, immer noch kriechend, eine Runde um den Teller. Wie scheu er ist! Die reinste Wildkatze! Er reckt den Hals nach dem Teller hin, einen langen, langen Hals, geradezu einen Giraffenhals, um nur ja vom Teller möglichst weit wegbleiben zu können. Er reckt den Hals, senkt die Nase, und plötzlich niest er. Er ist mit der Nase an die Milch gekommen. Darauf war er nicht gefaßt. Denn er hat noch nie von einem Teller gefressen, dieser kleine Wilde. Überallhin hat er Milchtropfen verspritzt. Er zieht sich zurück und leckt sich mit angewiderter Miene die Lefzen. Claude hat auch Spritzer abbekommen, aber sie macht sich nichts daraus. Sie schlabbert weiter, rasch, regelmäßig wie eine kleine Maschine.

Kamischa hat sich vollends trockengeleckt. Die paar Tropfen Milch, die er abbekommen hat, erinnern ihn an etwas. Eine Erinnerung, die noch nicht sehr alt ist. Er drückt sich flach an den Boden. Wiederum kriecht er. Aber jetzt kriecht er auf seine Mutter zu. Er schiebt seinen Kopf unter ihren Leib. Er saugt.

Da liegen sie: Die große Katze schlabbert und das Kätzchen saugt. Es muß wohl dieselbe Milch sein: Die Milch aus dem Teller geht in den Mund der Mutter, kommt aus dem Schnuller unten an ihr wieder heraus und geht weiter in den Mund des jungen Kätzchens. Der Unterschied ist, daß sie dabei warm wird. Das Katzenkind mag kalte Milch nicht. Es braucht seine Mutter, die sie ihm schön mundwarm macht.

Der Teller ist leer. Er glänzt in der Sonne, so gut hat Claude ihn abgeleckt. Claude sieht sich um. Sie entdeckt Kamischa, der immer noch am Saugen ist. »Nein, was macht der denn da?« Claudes Pfote schnellt ihm wie eine Stahlfeder an den Kopf. Nicht im Bösen, oh nein! Mit eingezogenen Krallen! Aber Kamischa dröhnt der Schädel von dem Hieb, und er wirbelt davon wie ein Ball. Das mag ihn daran erinnern, daß er schon groß ist. Läßt man sich denn in seinem Alter noch säugen?

SONNTAG. Ich habe beschlossen, eine Expedition auf die andere Seite der Mauer zu unternehmen. Ich will versuchen, mich bei Kamischa einzuschmeicheln. Und auch Neugier ist ein bißchen dabei. Ich glaube, daß da drüben etwas anderes ist, ein anderer Garten, ein anderes Haus vielleicht: Garten und Haus Kamischas. Ich glaube, wenn ich sein kleines Paradies kennte, so wüßte ich besser, wie ich seine Freundschaft gewinne.

MITTWOCH. Heute nachmittag bin ich einmal um das ganze Nachbargrundstück herumgegangen. Es ist nicht sehr groß. Man braucht nicht mehr als zehn Minuten, um ohne sich zu beeilen wieder am Ausgangspunkt zu sein. Es ist einfach ein Garten mit genau denselben Ausmaßen wie Papas Garten. Aber das Ungewöhnliche daran ist: keine Tür, kein Gittertor, nichts! Eine lückenlose Mauer. Oder die Lücken sind zugemauert worden. Die einzige Art hineinzukommen ist, es wie Kamischa zu machen: über die Mauer zu springen. Aber ich bin keine Katze. Also wie dann?

SONNTAG. Zunächst hatte ich daran gedacht, Papas Gärtnerleiter zu Hilfe zu nehmen, aber ich weiß nicht, ob ich stark genug gewesen wäre, sie bis an die Mauer zu tragen. Und außerdem würden alle sie sehen. Ich wäre gleich entdeckt. Ich weiß nicht so recht weshalb, aber ich glaube, wenn Papa und Mama etwas von meinen Plänen ahnten, so täten sie alles, damit ich sie nicht verwirklichen kann. Was ich jetzt schreibe, ist sehr gemein, und ich schäme mich, aber wie soll ich's machen? In Kamischas Garten zu gehen, das ist, glaub' ich, notwendig und herrlich, aber ich darf niemand was davon sagen, schon gar nicht meinen Eltern. Ich bin sehr unglücklich. Und zugleich sehr glücklich.

MITTWOCH. Am anderen Ende des Gartens steht ein alter

Birnbaum, ganz krumm und verwachsen, der streckt einen dikken Ast hinüber zu der Mauer. Wenn ich's schaffe, über diesen Ast zu laufen, so komm' ich von da wahrscheinlich mit dem Fuß oben auf die Mauer.

SONNTAG. Geschafft! Der Trick mit dem Birnbaum ist geglückt, aber was hab' ich Angst ausgestanden! Einen Augenblick lang stand ich da, die Beine gespreizt, daß es wehtat, einen Fuß auf dem Ast des Birnbaums, den anderen auf der Mauer. Ich wagte nicht, den Zweig des Baumes loszulassen, an dem ich mich noch festhielt. Fast hätte ich um Hilfe gerufen. Schließlich sprang ich dann doch mit Schwung hinüber. Ein bißchen stärker, und ich wäre drüben hinuntergefallen, aber ich hab' mich gerade noch gefangen, und da sah ich auch schon von oben in Kamischas Garten hinein.

Zuerst sah ich nichts als ein grünes Durcheinander, ein wahres Dickicht, ein Gewirr von Dornen und am Boden liegenden Bäumen, von Brombeergestrüpp und hohen Farnkräutern und noch einer Menge Pflanzen, die ich nicht kenne. Genau das Gegenteil von Papas so sauber gekehrtem Garten. Niemals, dachte ich, würde ich es wagen, in diesen Urwald hinunterzuklettern, der ja von Kröten und Schlangen wimmeln mußte. Und so lief ich oben auf der Mauer entlang. Das ging gar nicht leicht, denn oft lehnte sich ein Baum mit einem Ast samt all seinem Laub darüber, und ich wußte nicht, wo ich mit dem Fuß hintreten sollte. Und manche Steine waren lose und wackelig, andere waren rutschig von Moos. Doch dann entdeckte ich etwas ganz und gar Überraschendes: An der Mauer stand, wie von jeher für mich hingestellt, eine Art hölzerne Treppe, sehr steil, mit einem Geländer, so ein bißchen wie jene dicken Leitern, die auf die Speicher führen. Das Holz war grün und morsch, das Geländer glitschig von Nacktschnecken. Aber zum Hinunterkommen war es doch recht bequem, und ich weiß nicht, wie ich das sonst geschafft hätte.

Gut. Ich bin also in Kamischas Garten. Da wachsen Kräuter, so hoch, daß sie mir bis an die Nase reichen. Gehen muß ich auf einer Allee, die man früher einmal in den Wald geschlagen hat, die aber kaum mehr zu sehen ist. Seltsame große Blüten streichen mir übers Gesicht. Sie riechen nach Pfeffer und Mehl, ein sehr süßer Duft, der einem aber ein wenig den Atem benimmt. Ob's ein guter oder schlechter Geruch ist, läßt sich unmöglich sagen. Es ist, als wär' er beides zugleich.

Ich hab' ein bißchen Angst, aber die Neugier treibt mich vorwärts. Alles hier sieht aus, als wäre es schon sehr, sehr lang
verlassen. Es ist so traurig und schön wie ein Sonnenunter-
gang ... Noch eine Wegbiegung, eine Schneise im üppigen
Grün, und ich komme auf eine Art runde Lichtung mit einer
Steinplatte in der Mitte. Und auf der Steinplatte – ratet mal, wer
da saß? Kamischa höchstpersönlich, und er schaute sorglos zu,
wie ich ihm näherkam. Es ist komisch: Ich finde, er ist größer
und stärker als in Papas Garten. Aber er ist's, daran habe ich
keinen Zweifel. Keine andere Katze hat ein Auge mit einem
weißen »Veilchen«. Jedenfalls ist er sehr ruhig, beinahe maje-
stätisch. Er saust nicht wie ein Irrer davon, er kommt auch nicht
her, um sich von mir streicheln zu lassen, nein, er erhebt sich und
schreitet gelassen, den Schweif hochauf wie eine Kerze, zum
anderen Ende der Lichtung. Ehe er unter die Bäume tritt, hält
er inne und dreht sich um, als wollte er schauen, ob ich ihm
folge. Ja, Kamischa, ich komme, ich komme! Er macht lange die
Augen zu, sichtlich befriedigt, und schreitet ebenso ruhig weiter. Ich erkenne ihn wirklich nicht wieder! Was es ausmacht, in
dem anderen Garten zu sein! Der reinste Prinz, wie er da durch
sein Reich streift!

So folgen wir einem Pfad, der bald gerade, bald krumm durch
Gras und Kräuter geht und sich manchmal völlig darin verliert.
Bis ich auf einmal begreife: jetzt sind wir am Ziel. Kamischa
bleibt abermals stehen, blickt sich nach mir um und schließt
langsam seine goldenen Augen.

Wir sind am Rand des Wäldchens. Vor uns, in der Mitte einer
großen runden Rasenfläche, steht ein Säulenpavillon. Ringsum ihn verläuft eine Allee mit zerbrochenen, moosbewachse-
nen Marmorbänken. Unter der Kuppel des Pavillons sitzt auf
einem Sockel, in Stein gehauen, eine Gestalt. Ein Knabe. Er ist
ganz nackt und hat Flügel am Rücken. Mit traurigem Lächeln,
das Grübchen in seine Wangen gräbt, neigt er seinen Lockenkopf und legt einen Finger an seine Lippen. Einen kleinen Bo-
gen, einen Köcher und Pfeile hat er fallenlassen, und sie hängen
am Sockel herab.

Kamischa sitzt unter der Kuppel. Er blickt zu mir auf. Er ist
ebenso still wie der steinerne Knabe. Wie dieser, lächelt auch er
geheimnisvoll. Es ist, als hätten sie am gleichen Geheimnis teil,
einem Geheimnis, in dem ein wenig Trauer und viel Süße läge,
und wollten mich dieses Geheimnis lehren. Seltsam. Alles hier

stimmt schwermütig, der zerfallene Pavillon, die geborstenen Bänke, der überwucherte Rasen voll wilder Blumen, und doch spüre ich in mir eine große Freude. Ich habe Lust zu weinen, und ich bin glücklich. Wie weit bin ich hier von Papas geschniegeltem Garten und Mamas sauber gewachstem Haus! Kann ich je wieder dorthin zurück?

Plötzlich kehre ich dem geheimnisvollen Knaben, kehre ich Kamischa den Rücken und flüchte zur Mauer. Ich renne wie verrückt, Zweige und Blüten peitschen mir ins Gesicht. An der Mauer komme ich natürlich nicht gleich an die Stelle, wo die morsche Trittleiter steht. Endlich! Da ist sie! So rasch ich kann, laufe ich oben auf der Mauer entlang. Der alte Birnbaum. Ein Sprung. Ich bin im Garten meiner Kinderzeit. Wie ist da alles klar und wohlgeordnet!

Ich gehe hinauf in mein Kämmerchen. Ich weine lange, heftig, ohne Grund, einfach nur so. Und dann schlafe ich ein bißchen. Wie ich aufwache, schaue ich mich im Spiegel an. Meine Kleider sind nicht schmutzig. Ich hab' nichts. Ach doch, ein bißchen Blut. Eine Spur Blut auf meinem Bein. Sonderbar, ich hab' doch nirgends eine Schramme. Woher kommt das? Sei's drum. Ich gehe zum Spiegel und betrachte mein Gesicht von ganz nah.

Ich hab' blaue Augen, frische rote Lippen, volle, rosige Wangen, blondwelliges Haar.

Und doch sehe ich nicht mehr aus wie ein zehnjähriges Mädchen. Wie sehe ich denn aus? Ich lege den Finger an die frischen roten Lippen. Ich neige den Lockenkopf. Ich lächle geheimnisvoll. Ich finde, ich sehe ihm ähnlich, dem steinernen Knaben ...

Dann sehe ich Tränen an meinen Lidern.

MITTWOCH. Kamischa ist seit meinem Besuch in seinem Garten sehr zutraulich geworden. Stundenlang ist er bei mir, liegt auf der Seite und sonnt sich.

Und seine Seite, ja, die finde ich ziemlich rundlich. Von Tag zu Tag rundlicher. Das ist doch kein Kater. Das muß eine Katze sein.

Kamischakatze ...

# Als der kleine Däumling durchbrannte
## Eine Weihnachtserzählung

An diesem Abend schien Kommandant Däumling entschlossen, mit den geheimnisvollen Mienen, die er seit etlichen Wochen aufsetzte, Schluß zu machen und seine Karten aufzudecken.

»Also, hört her!« sagte er beim Dessert nach andachtsvollem Schweigen. »Wir ziehen um. Bièvres, die windschiefe Bude, das Fleckchen Garten mit unseren zehn Salatpflanzen und unseren drei Karnickeln, das ist jetzt aus und vorbei!«

Und er verstummte, um die Wirkung dieser großartigen Enthüllung auf seine Frau und seinen Sohn besser beobachten zu können. Dann schob er Teller und Besteck beiseite und fegte mit der Handkante die über das Wachstuch verstreuten Brotkrümel weg.

»Nehmen wir an, ihr habt hier das Schlafzimmer. Dann ist da das Badezimmer, da das Wohnzimmer, da die Küche und noch zwei Schlafräume, na bitte. Sechzig Quadratmeter mit Wandschränken, Teppichboden, Sanitäreinrichtungen und Neonlicht. Das ist die Masche! Auf sowas konnte man kaum hoffen! Im Mercure-Hochhaus, dreiundzwanzigster Stock. Könnt ihr euch das vorstellen?«

Ja, ob sie sich das wirklich vorstellen konnten? Madame Däumling schaute mit angstvoller Miene auf ihren schrecklichen Mann, dann mit einer in letzter Zeit immer häufiger gewordenen Bewegung auf Klein-Pierre, als verlasse sie sich auf ihn, wenn sie der Autorität des Chefs der Pariser Holzfäller Trotz bieten wollte.

»Dreiundzwanzigster Stock! Na ja! Da vergißt man besser nicht, Streichhölzer zu kaufen!« bemerkte Pierre mutig.

»Idiot!« erwiderte Däumling, »da hat's doch vier superschnelle Lifte. In diesen modernen Gebäuden sind die Treppen praktisch verschwunden.«

»Und wenn ein Wind geht, dann heißt's gleich: Vorsicht, es zieht!«

»Nicht die Spur zieht es! Die Fenster sind verschraubt, die gehen gar nicht auf.«

»Wo soll ich denn da meine Teppiche ausschütteln?« wagte sich Madame Däumling vor.

»Teppiche, deine Teppiche! Du mußt deine bäurischen Gewohnheiten ablegen, weißt du. Dort hast du ja deinen Staubsauger. Es ist wie mit deiner Wäsche. Die möchtest du doch auch nicht mehr draußen aufhängen!«

»Aber«, wandte Pierre ein, »wenn doch die Fenster festgeschraubt sind, wie kann man da atmen?«

»Brauchst nicht zu lüften. Kriegst die Luft viel rationeller durch die Klimaanlage. Ein Gebläse führt Tag und Nacht die verbrauchte Luft ab und ersetzt sie durch Luft, die vom Dach her eingespeist und bis zu der gewünschten Temperatur aufgeheizt ist. Übrigens müssen die Fenster schon deshalb verschraubt sein, weil das Haus ja schalldicht gebaut ist.«

»Schalldicht – so hoch oben? Weshalb denn?«

»Wegen der Flugzeuge natürlich! Ihr müßt bedenken, wir sind nur tausend Meter von der neuen Startbahn von Toussus-le-Noble. Alle fünfundvierzig Sekunden braust ein Jet dicht übers Dach. Ein Glück, daß da alles hermetisch zu ist! Wie in einem U-Boot ... So, das wär's. Alles ist fertig. Wir können vor dem Fünfundzwanzigsten einziehen. Das ist dann euer Weihnachtsgeschenk. Schwein gehabt, was?«

Doch während er sich noch ein Restchen Rotwein einschenkt, um seinen Käse vollends zu essen, streicht Klein-Pierre traurig die Karamellcreme in seinem Teller umher, auf die er plötzlich gar keine Lust mehr hat.

»Das, Kinder, das ist modernes Leben!« Vater Däumling läßt nicht locker. »Anpassen muß man sich! Ihr wollt doch auch nicht, daß wir ewig auf diesem gammligen flachen Land hier verschimmeln! Übrigens hat der Präsident der Republik selber gesagt: *Paris muß sich dem Auto anpassen, mag auch ein gewisser Ästhetizismus darunter leiden.*«

»Ein gewisser Ästhetizismus – was heißt das?« fragte Pierre.

Däumling fährt sich mit den kurzen Fingern in sein bürstensteifes, schwarzes Haar. Diese Kerle, immer das blöde Gefrage!

»Der Ästhetizismus, der Ästhetizismus ... äh ..., na ja, das sind die Bäume!« Er war sehr erleichtert, das schließlich gefunden zu haben. ›*Mag auch ... darunter leiden*‹ heißt, daß man sie fällen muß. Siehst du, Bürschchen, der Präsident, der hat da auf meine Leute und mich angespielt. Eine schöne Anerkennung für die Pariser Holzfäller. Und eine wohlverdiente! Denn ohne uns, he! da könnt' keine Rede sein von großen Avenuen und Parkplätzen – vor lauter Bäumen. Paris, wenn's auch nicht danach aussieht, ist ja voller Bäume. Geradezu ein Wald ist Paris! Das heißt, es war einer ... Denn da sind ja wir noch da, die Holzfäller. Eine Elite, ja. Denn um damit fertigzuwerden, da sind wir Könner. Oder glaubst du, es sei so leicht, mittendrin in der Stadt eine Fünfundzwanzig-Meter-Platane zu fällen, ohne daß drumherum etwas kaputtgeht?«

Jetzt ist er in Fahrt. Da ist er nicht mehr zu bremsen. Madame Däumling steht auf und geht Geschirr abwaschen; Pierre schaut mit starrem, lebhafteste Aufmerksamkeit vortäuschendem Blick auf seinen Vater.

»Die großen Pappeln auf der Ile Saint-Louis und auf der Place Dauphine, die mußte man wie eine Wurst in Scheiben schneiden und die einzelnen Blöcke mit Seilen runterlassen. Und alles ohne daß eine Scheibe zu Bruch ging oder ein Auto eine Delle bekam! Sogar vom Pariser Gemeinderat haben wir Glückwünsche gekriegt. Und nicht zu Unrecht. Denn eines Tages, wenn Paris erst ein Knäuel von Autobahnen und Hochstraßen geworden ist, durch den Tausende von Autos mit hundert Sachen in alle Richtungen fahren können – na, wem ist das dann zuallererst zu verdanken? Den Holzfällern, die reinen Tisch gemacht haben!«

»Und meine Stiefel?«

»Was für Stiefel?«

»Die du mir zu Weihnachten versprochen hast?«

»Ich? Stiefel? Ach ja, freilich! Stiefel, die sind ja gut und schön, um hier im Garten herumzustapfen. Aber in einer Appartementwohnung sind sie unmöglich. Was würden die Hausgenossen im Stockwerk darunter sagen? Paß auf, ich mach' dir einen Vorschlag: Statt Stiefeln kauf' ich dir einen Farbfernseher. Das ist schon was anderes, wie? Das willst du doch, ja, abgemacht!«

Und er greift nach seiner Hand und lächelt dabei sein gutes, männlich-offenes Lächeln, das Lächeln des Kommandanten der Pariser Holzfäller.

*Ich will nicht so ein Neinröhrenlicht und auch keine rationierte Luft. Ich will lieber Bäume und Stiefel. Ade für immer. Euer einziger Sohn Pierre.*

»Sie werden noch sagen, ich hätte eine Babyschrift«, denkt Pierre unwillig, als er seinen Abschiedsbrief nochmals durchliest. Und die Rechtschreibung? Nichts kann ein Schreiben, mag es noch so ausdrucksvoll sein, so sehr entwürdigen wie ein dicker, lächerlicher Rechtschreibfehler. Stiefel. Schreibt man das wirklich mit *ie*? Vermutlich ja, weil man ja lang damit wandern will.

Der Abschiedsbrief steht, wie ein kleines Zelt gefaltet, augenfällig auf dem Küchentisch. Seine Eltern müssen ihn finden, wenn sie von den Bekannten, bei denen sie den Abend verbracht haben, nach Hause kommen. Da wird er, Pierre, schon über alle Berge sein. Ganz allein? Nicht so ganz. Einen Gatterkorb in der Hand, geht er durch den kleinen Garten bis hinüber zu dem Holzverschlag, in dem er drei Kaninchen hält. Kaninchen mögen auch keine dreiundzwanzigstöckigen Hochhäuser.

Und schon steht er an der Hauptstraße, der Nationalstraße 306, die in den Wald von Rambouillet führt. Da will er hin. Das ist natürlich nur eine vage Idee. In den letzten Ferien hatte er rings um den Dorfteich von Vieille-Eglise einen Pulk Wohnwagen gesehen. Vielleicht sind von denen noch ein paar da. Vielleicht, daß sie ihn dort haben wollen ...

Früh ist die Dezembernacht hereingebrochen. Er geht auf der rechten Straßenseite; das ist zwar ganz gegen die Ratschläge, die er immer bekommen hat, doch das Trampen stellt eigene Anforderungen. Leider scheinen es die Autos in dieser Nacht vor dem Heiligen Abend recht eilig zu haben. Sie sausen vorbei, ohne auch nur abzublenden. Pierre marschiert lange, lange dahin. Er ist noch nicht müde, aber der Gatterkorb wechselt immer häufiger vom rechten Arm hinüber zum linken und umgekehrt. Da, endlich, eine kleine, hell erleuchtete Insel, Farben und Lärm. Es ist eine große Tankstelle mit einem Laden voll feiner Sachen. Ein dicker Sattelzug steht an einer Tanksäule für Diesel. Pierre macht sich an den Fahrer heran.

»Ich will in Richtung Rambouillet. Kann ich mitfahren?«

Der Fahrer schaut ihn mißtrauisch an.

»Bist hoffentlich nicht grade durchgebrannt?«

Da haben die Karnickel eine geniale Idee. Eines nach dem andern stecken sie den Kopf aus dem Gatterkorb. Nimmt einer, der durchbrennt, lebendige Kaninchen in einem Gatterkorb mit? Der Fahrer ist beruhigt.

»Fix rauf mit dir! Ich nehm' dich mit!«

Zum erstenmal fährt Pierre auf einem Schwerlaster mit. Wie hoch man da sitzt! Es ist, als säße man auf einem Elefantenrükken. Im Scheinwerferlicht tauchen Hauswände, Phantome von Bäumen, flüchtige Silhouetten von Fußgängern und Radfahrern aus der Nacht auf. Hinter Christ-de-Saclay wird die Straße schmaler und kurvenreicher. Man ist wirklich auf dem Land. Saint-Rémy, Chevreuse, Cernay. Es ist soweit. Hier beginnt der Wald.

»Noch ein Kilometer, dann steig' ich aus!« erklärt Pierre aufs Geratewohl.

In Wirklichkeit ist ihm mulmig zumute, und er hat das Gefühl, daß er mit dem Aussteigen aus dem Lastwagen ein Schiff verläßt und ins Meer springt. Ein paar Minuten später fährt der Sattelzug an den Rand der Straße.

»Ich kann hier nicht lange halten«, erklärt der Fahrer.

»Auf, hopp! Alles aussteigen!«

Aber dann greift er noch mit der Hand unter den Sitz und zieht eine Thermosflasche hervor.

»'nen Schluck Glühwein zum Abschied! Den gibt mir meine Alte immer mit. Mir ist ein trockener Weißer lieber.«

Das sirupdicke Naß brennt in der Kehle und riecht nach Zimt, aber Wein ist es doch, und Pierre ist ein bißchen betrunken, als der Lastzug sich fauchend, knatternd und tosend in Bewegung setzt. »Ja, wirklich ein Elefant«, denkt Pierre und sieht ihn immer weiter in die Nacht eintauchen. »Aber wegen der Lichtgirlanden und Schlußleuchten ein Elefant, der zugleich auch ein Weihnachtsbaum sein könnte!«

Der Weihnachtsbaum verschwindet, und wieder schließt sich um Pierre die Nacht. Aber eine ganz schwarze Nacht ist es nicht. Der bewölkte Himmel verbreitet ein unbestimmt-phosphoreszierendes Licht. Pierre geht weiter. Er denkt, er müsse rechts in einen Weg einbiegen, um zu dem Teich zu kommen. Und da ist ja auch schon ein Weg, freilich nach links. Ach was, sei's drum! Er weiß ja ohnehin nichts sicher. Meinethalben also links! Das muß dieser Glühwein sein. Das hätt' er bleiben lassen sollen. Er ist zum Umfallen müde. Und dieser verdammte Gatterkorb, der ihm die Hüfte aufscheuert. Wenn er sich unter einem Baum eine Minute ausruhte? Zum Beispiel unter dieser großen Tanne, die einen fast trockenen Teppich aus Nadeln um sich gestreut hat? Ach ja, ich kann ja die Kaninchen herausholen. Lebende Kaninchen, das hält warm. Das ersetzt eine Decke. Das ist eine lebende Decke. Und sie wühlen ihre Schnäuzchen in Pierres Kleider und verkriechen sich in ihn.

»Ich bin ihr Bau«, denkt er lächelnd. »Ein lebendiger Karnik-kelbau.«

Sterne tanzen um ihn mit Rufen und silberhellem Lachen. Sterne? Nein, Laternen. Und die sie in Händen halten, sind Zwerge. Zwerge? Nein, kleine Mädchen. Sie drängen sich um Pierre.

»Ein kleiner Junge! Verlorengegangen! Verlassen! Eingeschlafen! Er wacht auf! Guten Tag! Guten Abend! Hi, hi, hi! Wie heißt du denn? Ich heiße Nadine, und ich Christine, Carine, Aline, Sabine, Ermeline, Delphine . . .«

Sie prusten vor Lachen, geben sich Rippenstöße, und die Laternen tanzen um so schöner. Pierre tastet ringsum den Boden ab. Der Gatterkorb ist noch da, aber die Kaninchen sind verschwunden. Er steht auf. Die sieben kleinen Mädchen umringen ihn, nehmen ihn mit. Er kann ihnen unmöglich widerstehen.

»Mit Nachnamen heißen wir Oger. Wir sind Schwestern.«

Neues, schallendes Gelächter, daß die sieben Laternen heftig schwanken.

»Wir wohnen nebenan. Da, siehst du das Licht in den Bäumen? Und du? Wo kommst du her? Wie heißt du?«

Zum zweitenmal fragen sie jetzt schon nach seinem Namen.

»Pierre«, bringt er heraus. Da rufen alle miteinander: »Er kann sprechen! Er redet! Er heißt Pierre! Komm, wir führen dich zu Oger.«

Außer einem Fundament aus Muschelkalk ist das Haus ganz aus Holz. Es ist ein altersschwacher, verwinkelter Bau, anscheinend durch unbeholfenes Aneinanderfügen mehrerer Gebäude entstanden. Doch schon wird Pierre in das große Wohnzimmer geschoben. Zuerst sieht er nichts als einen riesengroßen Kamin mit lichterloh brennenden Baumstämmen darin. Zur Linken ist der Blick auf die Glut verstellt durch einen großen, weidengeflochtenen Lehnstuhl, einen richtigen Thron, aber einen leichten, luftigen Thron, geschmückt mit Kringeln, Borten, Kreuzchen, Rosetten und Blumenmustern, durch die das Feuer schimmert.

»Hier essen, hier singen wir, hier tanzen wir, hier erzählen wir einander Geschichten«, tönt es erklärend von sieben Stimmen zugleich. »Da, nebenan, ist unsere Schlafkammer. Das Bett da ist für uns Kinder allesamt. Schau mal, wie groß es ist!«

Wirklich, noch nie hat Pierre ein Bett gesehen, das so breit ist, genauso breit wie lang, und darauf ein Federbett wie ein dick aufgepusteter roter Ball. Über dem Bett, wie um einen zum Schlaf zu stimmen, hängt eingerahmt eine gestickte Inschrift: *Make love not war!* Aber die sieben Teufelinnen ziehen Pierre weiter in ein anderes Zimmer, eine große, nach Wolle und Wachs riechende Werkstatt, deren ganzen Raum ein Webstuhl aus hellem Holz einnimmt.

»Hier webt Mama ihre Stoffe. Jetzt ist sie gerade unterwegs, sie landauf, landab zu verkaufen. Wir und Papa warten, bis sie wiederkommt.«

Komische Familie, denkt Pierre. Die Mutter arbeitet und der Vater hütet mittlerweile das Haus!

Und nun sind sie alle wieder am Kaminfeuer im Wohnzimmer. Der Lehnstuhl bewegt sich. Der luftige Thron ist also bewohnt! Zwischen seinen wie Schwanenhälse gebogenen Armlehnen sitzt jemand!

»Papa, das ist Pierre!«

Oger ist aufgestanden. Er schaut Pierre an. Wie groß er ist! Ein richtiger Riese aus den Wäldern! Aber ein Riese, der schmal und geschmeidig ist, an dem überall nur Sanftes ist: die langen blonden, von einem Schnürriemchen quer über die Stirn zusammengehaltenen Haare, der goldgeringelte, seidige Bart, die sanften blauen Augen, die honigfarbenen Lederkleider, zwischen denen ziselierter Silberschmuck hervorblitzt, Ketten, Halsgehänge, drei Ledergürtel, deren Schließen übereinanderliegen, und vor allem, ja! vor allem die Stiefel, hohe Stiefel aus Damwildleder, die ihm bis an die Knie reichen, auch sie mit Kettchen, mit Ringen und Medaillen besetzt.

Pierre ist ganz gebannt vor Bewunderung. Er weiß nicht, was er sagen soll, weiß nicht mehr, was er sagt. Er sagt: »Sie sind so schön wie ...« Oger lächelt. Er lächelt mit all seinen weißen Zähnen, aber auch mit all seinen Halsketten, seiner gestickten Weste, seiner Jägerhose, seinem Seidenhemd und vor allem, ja! vor allem mit seinen hohen Stiefeln.

»So schön wie was?« fragt er forschend.

Pierre, ganz durcheinander, sucht nach einem Wort, dem Wort, das seine Überraschung, sein Staunen am besten ausdrückt.

»Sie sind so schön wie eine Frau!« stößt er schließlich aufatmend hervor. Schallendes Lachen folgt: das Lachen der kleinen Mädchen, das Lachen Ogers und schließlich auch das Lachen Pierres, der froh ist, damit ganz in der Familie aufzugehen.

»Kommt zum Essen!« sagt Oger.

Gibt das ein Geschubse rund um den Tisch, denn alle Mädchen wollen neben Pierre sitzen!

»Heute sind Sabine und Carine mit Aufträgen dran«, mahnt Oger freundlich.

Von geriebenen Karotten abgesehen kennt Pierre keines von den Gerichten, die die beiden Schwestern auftischen und von denen dann alle sogleich ganz ungezwungen schöpfen. Knoblauchpüree, Vollreis, Schwarzwurzeln, Traubenzucker, eingemachtes Plankton, gegrillte Soja, gekochte Kohlrüben und andere Wunderdinge werden ihm genannt, und er verzehrt alles mit geschlossenen Augen und trinkt rohe Milch und Ahornsirup dazu. Zutraulich, wie er ist, findet er alles köstlich.

Hinterher setzen sich die acht Kinder im Halbkreis um das Feuer, und Oger nimmt von einem Haken am Rauchfang des Kamins eine Gitarre und entlockt ihr zunächst ein paar traurigmelodische Akkorde. Doch als dann der Gesang anhebt, zuckt Pierre überrascht zusammen und beobachtet genau das Gesicht der sieben Mädchen. Nein, die hören stumm und aufmerksam zu. Diese zarte Stimme, dieser leichte Sopran, der sich mühelos bis zu den hellsten Trillern emporschwingt, kommt ganz allein von Ogers dunkler Silhouette her.

Kommt Pierre denn gar nicht mehr aus dem Staunen heraus? Es sieht nicht danach aus, denn die Mädchen lassen Zigaretten herumgehen, und seine Nachbarin – ist das Nadine oder Ermeline? – zündet eine an und schiebt sie ihm ohne weiteres zwischen die Lippen. Zigaretten, die einen komischen Geruch haben, etwas herb und etwas süßlich zugleich, und deren Rauch einen leicht, ganz leicht werden läßt, so leicht wie der Rauch selber, wenn er in blauen Schwaden im schwarzen Raum schwebt.

Oger lehnt die Gitarre an seinen Lehnstuhl und wahrt anhaltendes, gedankenvolles Schweigen. Schließlich fängt er mit gedämpfter, tiefer Stimme zu reden an.

»Hört zu«, sagt er. »Heute abend beginnt die längste Nacht des Jahres. Darum spreche ich zu euch vom Wichtigsten, das es auf der Welt gibt. Ich spreche von den Bäumen.«

Wiederum schweigt er lange, dann beginnt er von neuem.

»Hört zu. Was war war das Paradies? Es war ein Wald. Oder noch eher ein Hain, weil die Bäume ja säuberlich gepflanzt waren, weit genug auseinander, ohne Unterholz und Dornengestrüpp. Und vor allem weil jeder in seiner Eigenheit vom anderen verschieden war. Anders als jetzt. Hier zum Beispiel folgen Hunderte von Birken auf viele Hektar Tannen. Welche Eigenheiten sind da gemeint? Eigenheiten, die vergessen, unbekannt, außergewöhnlich, wundersam sind und denen man auf Erden nicht mehr begegnet, und ihr sollt auch gleich erfahren, warum. Denn jeder von den Bäumen hatte seine eigenen Früchte, und jede Art Frucht besaß ihre eigene Zauberkraft. Eine von den Früchten schenkte die Erkenntnis des Guten und des Bösen. Das war die Nummer eins im Paradies. Nummer zwei verlieh ewiges Leben. Auch das war nicht übel. Aber auch alle anderen waren noch da: eine, die Kraft brachte, eine, die schöpferische Begabung schenkte, andere, durch die man Weisheit, Allgegenwart, Schönheit, Mut, Liebe erlangte – eben alle Eigenschaften und Kräfte, die Jahwes Privileg sind. Und dieses Privileg gedachte Jahwe sich allein vorzubehalten. Darum sprach er zu Adam: ›Wenn du von der Frucht des Baumes Nummer eins ißt, wirst du sterben.‹

Sagte Jahwe die Wahrheit, oder log er? Die Schlange behauptete, er lüge. Adam brauche es ja nur auszuprobieren. Dann werde er schon sehen, ob er starb oder im Gegenteil Gut und Böse erkannte. Wie Jahwe selber.

Auf Drängen Evas faßt Adam einen Entschluß und beißt in die Frucht des Baumes Nummer eins. Und stirbt nicht. Im Gegenteil, ihm gehen die Augen auf, und er erkennt Gut und Böse. Jahwe hatte also gelogen. Die Wahrheit gesagt hatte die Schlange.

Jahwe ist außer sich. Jetzt, da der Mensch keine Furcht mehr hat, wird er von allen verbotenen Früchten essen und wird Stück für Stück ein zweiter Jahwe werden. Als Sofortmaßnahme postiert er einen Erzengel mit Blinklichtschwert vor dem Baum Nummer zwei, dem, der ewiges Leben schenkt. Dann gebietet er Adam und Eva, das Zaubergehölz zu verlassen und verbannt sie in ein Land ohne Bäume.

Das ist nun der Fluch, der auf den Menschen liegt: Aus dem Pflanzenreich sind sie vertrieben, sind hinunter ins Tierreich gefallen. Und was ist das Tierreich? Es ist Jagd, Gewalt, Mord, Furcht. Das Pflanzenreich hingegen ist stilles Wachsen im Bund von Erde und Sonne. Jegliche Weisheit kann sich darum nur auf eine Meditation über den Baum gründen, eine Meditation, der vegetarische Menschen in einem Wald nachgehen …«

Er steht auf und wirft Scheite ins Feuer. Dann nimmt er seinen Platz wieder ein, und nach langem Schweigen sagt er:

»Hört zu. Was ist ein Baum? Ein Baum ist zunächst ein gewisses Gleichgewicht zwischen dem Astwerk in der Luft und dem Wurzelwerk in der Erde. Dieses rein mechanische Gleichgewicht enthält allein schon eine ganze Philosophie. Es ist ja klar, daß das Gezweig sich nicht ausdehnen, erweitern, ein immer größeres Stück Himmel umfassen kann, wenn nicht die Wurzeln tiefer hinunterwachsen und sich in immer zahlreichere Würzelchen und Haarwurzeln aufspalten, die das ganze Gebäude fester verankern. Baumkenner wissen, daß manche Arten – namentlich die Zedern – ihre Zweige kühn über das Maß hinaus entfalten, das ihre Wurzeln noch zu sichern vermögen. Dann hängt alles vom Standort des Baumes ab. Ist er ungeschützt, ist der Untergrund locker und leicht, so genügt ein Sturm, und der Riese verliert das Gleichgewicht. Ihr seht also: Je höher ihr hinauswollt, desto mehr müßt ihr die Füße auf der Erde haben. Jeder Baum sagt euch das.

Das ist noch nicht alles. Der Baum ist ein Lebewesen, aber sein Leben ist ganz verschieden vom Leben des Tieres. Wenn wir atmen, schwellen die Muskeln und die Brust, und die füllt sich mit Luft. Dann atmen wir aus. Einatmen, ausatmen, das ist ein Entschluß, den wir ganz allein fassen, ohne jemanden sonst, ganz nach eigenem Belieben, ohne uns um das Wetter oder den Wind, der weht, oder um die Sonne oder sonst etwas zu kümmern. Wir leben abgeschnitten von der übrigen Welt, in Feindschaft mit der übrigen Welt. Betrachtet dagegen den Baum. Seine Lungen sind die Blätter. Sie bekommen nur dann wieder neue Luft, wenn die Luft sich bewegt. Der Wind ist das Atmen des Baumes. Der Anprall des Windes ist die Bewegung des Baumes, die Bewegung seiner Blätter, Stielchen, Stiele, Zweiglein, Zweige, Äste und schließlich des Stammes. Aber er ist für den Baum auch das Einatmen, das Ausatmen und das Schwitzen. Dazu bedarf es auch der Sonne, denn sonst lebt der Baum nicht. Der Baum ist eins mit Wind und Sonne. Aus diesen zwei Brüsten des Kosmos, aus Wind und Sonne, saugt er geradewegs sein Leben. Er ist nichts als dieses Warten auf sie, ist nichts als ein ungeheures Netz aus Blättern, ausgespannt in Erwartung von Wind und Sonne. Der Baum ist eine Windfalle, eine Sonnenfalle. Wenn er sich rauschend regt und dabei Lichtpfeile nach allen Seiten flitzen läßt, dann deshalb, weil die beiden großen Fische Wind und Sonne sich vorbeihuschend in seinem Chlorophyllnetz verfangen haben . . .«

Redet Oger wirklich oder gehen seine Gedanken auf den blauen Flügeln der komischen Zigaretten, wie alle sie auch jetzt noch rauchen, stillschweigend auf die Zuhörer über? Pierre wüßte es nicht zu sagen. Er schwankt wahrhaftig im Wind wie ein großer Baum – eine Kastanie, ja, weshalb gerade eine Kastanie? Das weiß er nicht, aber es ist sicher kein anderer Baum – und Ogers Worte kommen geflogen und wohnen mit hellem Rauschen in seinen Zweigen.

Und was geschieht danach? Er sieht wie im Traum das große, quadratische Bett und eine Menge Kleider durch das Zimmer fliegen – Kleider kleiner Mädchen und auch eines kleinen Jungen – und ein lautes, von frohem Geschrei begleitetes Gedränge. Und dann die molligweiche Nacht unter dem riesigen Federbett, und das Gewimmel niedlicher Körper um ihn, vierzehn Händchen, die ihm so schalkhaft mit Liebkosungen zusetzen, daß er schier vor Lachen erstickt . . .

Ein schmutziger Lichtschimmer dringt durch die Fenster. Plötzlich ertönen gellende Trillerpfeifen. Dumpfe Schläge dröhnen gegen die Tür. Die kleinen Mädchen schwirren auseinander wie ein Schwarm Spatzen und lassen Pierre mutterseelenallein in dem jäh aufgerissenen großen Bett zurück. Die Schläge werden heftiger; es klingt wie Axthiebe am Stamm eines todgeweihten Baumes.

»Polizei! Sofort aufmachen!«

Pierre steht auf und zieht sich eiligst an.

»'Morgen, Pierre!«

Er dreht sich um, denn er erkennt die sanfte, singende Stimme, die ihn die ganze Nacht in ihrem Bann gehalten hat. Oger steht vor ihm. Er hat seine Lederkleider nicht mehr, auch seinen Schmuck und die Lederschnur über die Stirn nicht mehr. Barfuß steht er da, in einer langen Tunika aus ungebleichter Leinwand, und sein in der Mitte gescheiteltes Haar fällt frei auf die Schultern herab.

»Jahwes Soldaten kommen, mich festzunehmen«, sagt er ernst. »Aber morgen ist Weihnachten. Bevor das Haus der Plünderung anheimfällt, komm und suche dir zum Andenken an mich etwas aus, was dich in die Öde hinein begleiten mag.«

Pierre folgt ihm in das große Zimmer. Der Kamin birgt nur noch einen Haufen kalte Asche. Mit einer vagen Handbewegung weist Oger ihn auf all die Dinge hin, die auf dem Tisch, auf den Stühlen verstreut liegen, an der Wand hängen, den Boden bedecken: seltsam-poetische Dinge, ein ganzer Kronschatz, rein und ursprünglich. Doch Pierre hat Augen weder für den ziselierten Dolch noch für Gürtelschließen, weder für die Fuchspelzweste noch für Halsketten, Ringe und Diademe. Nein, er sieht nichts als das Paar Stiefel, das beinah unter dem Tisch steht und dessen hohe, weiche Schäfte seitwärts so lappig herabfallen wie Elefantenohren.

»Sie sind viel zu groß für dich«, sagt Oger zu ihm, »aber das macht nichts. Versteck' sie unter deinem Mantel. Und wenn du dich daheim dann zu sehr langweilst, so schließ dein Kämmerchen zu, zieh sie an und laß dich von ihnen ins Land der Bäume tragen.«

Da fliegt krachend die Tür auf, und drei Männer stürzen herein. Sie tragen Gendarmenuniform, und Pierre ist nicht überrascht, daß hinter ihnen der Kommandant der Pariser Holzfäller angelaufen kommt.

»Rauschgifthandel und Rauschgiftkonsum, das genügt wohl jetzt nicht mehr, was?« bellt einer der Gendarmen Oger ins Gesicht. »Du mußt dich überdies auch noch der Entführung Minderjähriger schuldig machen?«

Oger begnügt sich damit, ihm die Handgelenke hinzuhalten. Die Handschließen schnappen zu. Inzwischen gewahrt Däumling seinen Sohn.

»Ah, da bist du! Ich hab's ja gewußt. Geh' und wart' im Auto auf mich, und zwar dalli!«

Dann geht er zu einer wütenden, angeekelten Ortsbesichtigung über.

»Die Bäume – die lassen bloß massenhaft Pilze und Liederlichkeiten wachsen! Genau wie im Bois de Boulogne – was das ist, wißt ihr doch? Ein Freilichtlupanar! Ei, schaut mal, was ich eben gefunden habe!«

Der Gendarmeriehauptmann beugt sich über den gestickten Rahmen: *Make love not war!*

»Da«, meint er, »haben wir den handfesten Beweis: Verleitung Minderjähriger zur Unzucht und versuchte Wehrkraftzersetzung! So 'ne Schweinerei!«

Im dreiundzwanzigsten Stock des Mercure-Hochhauses betrachten Däumling und seine Frau auf dem Bildschirm des Farbfernsehers Männer und Frauen mit Clownsmützen auf dem Kopf, die einander mit Konfetti und Papierschlangen bewerfen: der *Réveillon*, der Spaß am Weihnachtsabend.

Pierre ist in seinem Zimmer. Er dreht von innen den Schlüssel um, dann holt er zwei hohe Stiefel aus weichem, goldbraunem Leder unterm Bett hervor. Sie anzuziehen ist nicht schwierig, denn sie sind ja so viel zu groß für ihn! Er wäre ganz schön aufgeschmissen, wenn er damit einen Fußmarsch zu machen hätte, aber darum geht es ja nicht. Das sind Traumstiefel.

Er legt sich ausgestreckt aufs Bett und macht die Augen zu. Und schon ist er fort, weit fort. Er wird zu einem riesengroßen Kastanienbaum mit lauter Blüten, die wie kleine, sahnigweiße Kandelaber in die Luft ragen. Er schwebt frei im regungslos blauen Himmel. Auf einmal aber streift ihn ein leiser Hauch. Pierre rauscht leise. Tausendfach flattern seine grünen Flügel in der Luft. Mit segnender Gebärde wiegen sich seine Zweige. Ein Fächer aus Sonnenglast faltet sich im tiefgrünen Schatten seines Laubes auf und wieder zusammen. Pierre ist grenzenlos glücklich. Ein großer Baum . . .

# Dupixt

»Du piekst!«
Das Bübchen drehte und wand sich in den Armen seines Vaters,
der ihm einen Kuß geben wollte. Es lag nicht nur an dessen
kratzbürstigen Wangen, es lag auch an der grauen Haut, an
seinem Geruch nach Tabak und Rasierseife, an seinem staub-
farbenen Anzug, an dem steifen Kragen, den eine allzu brave
Krawatte nicht fröhlicher machen konnte ... Nein, wirklich, an
diesem Mann war nichts, was schmeichelte und streichelte,
und seine Zärtlichkeitsäußerungen wirkten fast wie Strafen.
Und er hatte es obendrein verstanden, alles noch dadurch zu
verschlimmern, daß er die Abwehrversuche seines Sohnes mit
Ironie parierte, ihn beispielsweise Dupixt, mein Igelchen,
nannte.
»Komm her, Dupixt!« befahl er. »Komm, küß Papa!«
Als der Bub diesen Spitznamen zum erstenmal hörte, hatte sich
alles an ihm gesträubt, ja er hatte ganz deutlich gespürt, wie er
ein Igel wurde, ein Miniaturschweinchen mit einer von Unge-
ziefer wimmelnden, stacheligen Bürste obendrauf. Puh! Vor
Wut und Ekel hatte er losgeheult. Mama war zum Glück da. In
ihre Arme hatte er sich geflüchtet.
»Ich will nicht, ich will nicht Dupixt sein!«
Ihr Parfum hatte ihn umduftet. Sie hatte ihre cremeglatte, geschminkte Wange an die brennende Kinderwange geschmiegt.
Dann hatte ihre dunkle, beruhigende Stimme die Bombe wie
durch ein Wunder entschärft; lindernd wie eine kühle Hand
hatte sich das Bild auf seine erregte Phantasie gelegt:
»Aber weißt du, die kleinen Igelkinder haben keine Stacheln,
nur ganz weiche, schön saubere Borsten. Stacheln wachsen
ihnen erst später. Wenn sie groß werden. Wenn sie Männer
werden ...«
Ein Mann werden. Wie Papa. Keine Zukunftsaussicht lockte
Dupixt weniger. So manches Mal war er dabei gewesen, wenn
sein Vater seine Morgentoilette machte. Höchst sonderbar
hielt er dann das Klapp-Rasiermesser zwischen Daumen und
Zeigefinger – eines jener uralten Rasiermesser mit Perlmuttgriff, die man zuweilen Kohlkopfsäbel nennt –, und damit

schabte er sich übers Gesicht und kratzte den von abgeschnittenen Härchen trübweißen Seifenschaum ab. Und dieser schmutzige Schnee, der zerging dann in grauen Flocken unter dem Wasserhahn, während Papa weiter mit seinem Hobel über Hals und Kinnbacken fuhr und dabei lächerliche Grimassen schnitt. Zum Schluß kam die Oberlippe dran, und dazu packte er mit den Fingern seine Nasenspitze und zog sie wie bei einer Himmelfahrtsnase nach oben. Danach ergriff Dupixt die Flucht, damit Papa ihn nicht in seine Arme nahm, wenn er fertig war. War er denn wirklich fertig? Und all die schwarzen Haare auf seiner Brust, was war damit?

Dafür hatte Dupixt nie seine Mutter an ihrem Toilettentisch gesehen. Nach dem Tee mit Zitrone, den sie allein in ihrem Schlafzimmer zu sich nahm, schloß sie sich eineinhalb Stunden im Badezimmer ein. Und wenn sie, immer noch in einem Negligé aus Mousseline, wieder herauskam, war sie schon eine Göttin, die Göttin des Morgens, frisch wie eine Rose, mit Lanolin gesalbt, freilich sehr anders wie die große Göttin des Abends, die sich, das Gesicht halb unter einem Schleierchen verborgen, über Dupixts Bett beugte und zu ihm sagte: »Umarme mich lieber nicht, sonst bringst du meine Frisur durcheinander.« – »Laß mir wenigstens deine Handschuhe!« hatte er eines Tages flehentlich gebeten. Sie hatte nachgegeben und hatte sie in das kleine Bett fallen lassen, diese Hüllen aus schwarzem Chevreauleder, die sich geschmeidig und körperwarm anfühlten wie frisch abgezogene Haut, und der Bub hatte sich in diese leeren Hände, Mamas Hände, gekuschelt und war unter ihrer Liebkosung eingeschlafen.

Das schöne Appartement, das Dupixt und seine Eltern und Geschwister in der Rue des Sablons bewohnten, hätte dem kleinen Jungen wenig Stoff zum Träumen geboten, mit Ausnahme eines großen alten Gemäldes im Präraffaelitenstil, das man, um es loszuwerden, in dem engen Flur vom Empfangsraum zu den weiter hinten gelegenen Schlafräumen aufgehängt hatte. Es fiel keinem mehr auf außer Dupixt, der sich jedesmal, wenn er durch den dunklen Gang kam, von den auf der Leinwand vereinten Schreckensbildern bedrückt fühlte. Das Gemälde stellte das *Jüngste Gericht* dar. Mitten in einer apokalyptischen Landschaft von übereinanderstürzenden Bergen thronte ein Lichtwesen und präsidierte bei der unerbittlichen Scheidung zwischen Verdammten und Auserwählten. Die Verdammten stürzten hinab in eine granitene Unterwelt, während die Auserwählten, singend und Palmzweige tragend, auf einer großen Treppe aus rosigen Wolken zum Himmel emporstiegen. Doch was an beiden dem kleinen Jungen den größten Eindruck machte, war ihr Körperbau. Während nämlich die Verdammten, braunhäutig und schwarzbehaart, in ihrer Nacktheit kolossale Muskeln aufwiesen, verbargen die Auserwählten, blaß und schmal, unter weißen Gewändern zarte, zerbrechliche Glieder.

Wenn schönes Wetter war, ging Dupixt am Nachmittag mit seiner Kinderfrau in eine Gartenanlage, den Square Desbordes-Valmore. Die alte Marie setzte sich stets auf dieselbe Bank und hielt dort gemeinsam Salon mit den Gouvernanten des Viertels, die ebenfalls hergekommen waren, um etwelcher bourgeoisen Brut zu frischer Luft zu verhelfen. Sie sprachen vom Wetter, von Familienaffären, von den Gegenden, aus denen sie stammten, und vor allem von ihren Arbeitgebern. Da der Square eine abgeschlossene Welt für sich bildete, durften die Kinder hier unter ziemlich beiläufiger Aufsicht nach Herzenslust umherlaufen.

Dupixt liebte diese halbfaulen Stunden des Herumstöberns und Entdeckens. Sie bildeten den Kontrast zu den öden Vormittagen, die er mit einer Handvoll weiterer Kinder aus begüterten Familien in einer Privatschule an der Rue de la Faisanderie verbrachte. Alles, was er in der Schule lernte, blieb für ihn abstrakt und ohne Bezug zu den wirklichen Dingen. Das Schulwissen war wie eine Schicht, die über dem Leben lag, ohne sich je mit ihm zu verbinden. Hier aber ging er mit großen, runden Augen und gespreizten Fingern hinein in den Squaregarten, den ersten Schritt in ein Reich voll Überraschendem und Bedrohlichem.

Zunächst stand da ein ganzes Völkchen von Statuen, die durch ihre Nacktheit und durch das, womit sie sich beschäftigten, gleichermaßen sonderbar anmuteten. Eine von ihnen war beispielsweise ein Pferd, das hatte statt eines Halses den Oberkörper eines Mannes, eines bärtigen Mannes, der böse dreinschaute. Er vertrieb sich die Zeit damit, unterm Arm eine ganz nackte, dicke Frau mit völlig aufgelöstem Haar wegzutragen, wogegen die sich halbherzig sträubte. Dupixt hatte Marie gebeten, ihm zu erklären, was sich da abspielte. Marie, sichtlich überfordert, hatte sich an die englische Mamsell gewandt, die mit einem kleinen Mädchen manchmal kam und die just da war. Miß Campbell hatte Dupixt einen ziemlich langen Vortrag gehalten, von dem er ungefähr behalten hatte, daß der Pferdemensch – der stark rieche – gezwungen sei, eine Frau mit Gewalt zu entführen, wenn er heiraten wolle – eben gerade wegen des schlechten Geruchs, den er von sich gebe. Dupixt, dem da Papas Geruch wieder in den Sinn kam, war mit dieser Erklärung zufrieden gewesen.

Weiter drüben schwang ein junger Bursche, bartlos-pausbackigen Gesichts, mit einem kurzen Röckchen angetan, sein Schwert über einem Ungeheuer, das auf den Rücken gefallen war. Das Ungeheuer hatte einen Menschenleib von furchtbarer Kraft und das Haupt eines Stiers. Auch dazu hatte Miß Campbell Erhellendes beigetragen. Der junge Bursche, der Theseus heiße, habe von dem Ungeheuer gefressen werden sollen. Doch sei er stärker gewesen, und so habe er den Stiermenschen umgebracht. Aber weshalb habe er dann ein Röckchen an, gerade wie ein Mädchen? Darauf hatte Miß Campbell keine Antwort geben können.

Dupixt wußte schon zu unterscheiden zwischen den mehr oder weniger eifrigen Besuchern der Gartenanlage und ihren ständigen Bewohnern. Unter den Bewohnern kam die Hauptrolle ganz sicher dem Wärter zu. Papa Cromorne fiel nicht nur durch seine Uniform und seine Dienstmütze auf, sondern vor allem durch seinen linken Jackenärmel, der leer und mit einer Sicherheitsnadel oben drangesteckt war. Es hieß, er sei Witwer und armamputiert. Dupixt hatte sich die beiden Worte erklären lassen, und er rätselte darüber, ob diese beiden Eigenschaften wohl irgendwie zusammengehörten. Hatte Cromorne nur einen Arm, weil er seine Frau verloren hatte? Oder hatte er sich am Beerdigungstag den linken Arm abgeschnitten und ihn neben der teuren Entschlafenen in den Sarg gelegt?

Madame Béline und Mademoiselle Aglaé, viel weniger bedeutsam als Cromorne, waren zweitrangige, aber anheimelnde Gestalten. Mademoiselle Aglaé hatte die Aufsicht über die Stühle – vierundneunzig Stühle, hatte sie einmal, als sie ihren redseligen Tag hatte, bei Marie und Miß Campbell angegeben. Um ihre Aufgabe gut erfüllen zu können, war sie darauf angewiesen, taktvoll und unauffällig zu sein. Cromorne hatte das erst unlängst einmal bemerkt. Hätte sie sein stattliches Aussehen und seine Uniform gehabt – von seiner Eigenschaft als

Schwerbeschädigter gar nicht zu reden! – sie wäre nicht auf die Hälfte der Einnahmen gekommen, die sie tatsächlich erzielte. Denn die Leute benehmen sich nicht sehr fein und möchten nichts lieber als verschwinden, ohne ihren Stuhl zu bezahlen, wenn die zum Kassieren bestellte Person mühelos zu sehen ist. Bei Mademoiselle Aglaé wurde niemand mißtrauisch, wenn sie, ihren Ticketblock in der hohlen Hand verborgen, die Wege des Squaregartens durchstreifte.

Drall und rosig thronte Madame Béline hinter ihren Lutschstangen- und Malzbonbongläsern in einem Kiosk, der zum Bersten voll war mit bunten Bällen, Sprungseilen, Jojos, Flugdrachen, Federballschlägern und Musikkreiseln. Wenn Madame Béline Güte und Lebensfreude ausstrahlte, war das indessen nicht so selbstverständlich, denn auf ihr lastete eine schwere Enttäuschung. Es wäre der Traum ihres Lebens gewesen, vor ihrem Kiosk Stühle und Tischchen aufstellen und den Leuten Sprudel und Fruchtsaft servieren zu dürfen. Sie wäre damit dem hochachtbaren Andenken eines Onkels nahegekommen, der Kneipenwirt in Saint-Ouen gewesen war. Leider hatte Cromorne sich diesem Vorhaben stets widersetzt. Vor allem hatte Madame Béline nicht die notwendige Ausschankgenehmigung. Und Cromorne zum Komplizen zu gewinnen und zusammen mit ihm der Verwaltung ein Schnippchen zu schlagen – daran war nicht mehr zu denken, seit Madame Béline eine ungeschickte Anspielung auf den Onkel mit der Kneipe gemacht hatte. Cromorne war entrüstet gewesen. Ein Kneipenwirt aus Saint-Ouen! Was wollte die aus dem Square Desbordes-Valmore machen!

Mochte die arme Madame Béline auch kaum stark genug sein, sich mit Cromorne anzulegen, – mit Mutter Mamouse, die über das Aborthäuschen gebot, war das jedenfalls ganz anders. Eine sonderbare Konstruktion, dieses Häuschen, das mit seinem gebogenen Dach, seiner geschnitzten Täfelung und seinem Keramikzierat bei all seinem Schweizer Aussehen an eine chinesische Pagode und einen Hindutempel erinnerte.

Was Dupixt besonders interessierte, war, daß der Innenraum dieses Häuschens streng in zwei gegensätzliche Bereiche aufgeteilt war. Links war das Männerabteil mit seinen überriechenden, spärlich berieselten Pissoirs und, hinter schlecht schließenden Türen, den türkischen Latrinen: nichts als ein zynisches Loch zwischen zwei geriffelten Zementstollen, auf die man die

Füße stellt. Nichts hingegen war einladender als das Damenabteil. Die Räumlichkeiten rochen nach einem Desinfektions-
mittel mit Fliederduft und waren mit Porzellankacheln geschmückt, die Pfauen mit weit entfaltetem Schweif darstellten.
Frische, schneeweiße Handtücher stapelten sich auf einer Kon-
sole zwischen zwei makellos sauberen Waschbecken. Was
Dupixt aber vor allem entzückte, waren die hübsch mit Maha-
gonitüren verschlossenen kleinen Zellen, die hoch auf dem Po-
dest plazierten Sitze, das seidenweiche, nicht raschelnde, mit
Veilchenessenz behandelte Klopapier.

Gleich dem Hund Kerberos, dem Wächter der Unterwelt, so
saß Mamouse, im dicken Wust ihrer Strickjacken und Schals
unförmig groß, das schlaffe, breite, gleichmütige Gesicht um-
rahmt vom Saum einer schwarzen Spitzenmantilla, die ihr weißes Haar bedeckte, feierlich zwischen der Tür zum Herren- und
der zum Damenabteil an einem Tisch.

Auf diesem Tisch standen die Untertasse, die für den Obolus
der Kunden bestimmt war, und ein Spirituskocher mit einem
Kochtopf darauf, in dem stets dieselbe Brühe aus Geflügelre-
sten vor sich hinköchelte.

Die Theorie der Untertasse hatte Mamouse einmal einer Kundin auseinandergesetzt, als Dupixt gerade da war und mit beiden Ohren zuhörte. Vor allem durfte die Untertasse nicht leer
sein. Die Benutzer des Häuschens möchten ja den Obolus nur
allzu gern vergessen. Ein paar Geldstücke in der Untertasse
sind zur Auffrischung ihres Gedächtnisses unerläßlich. Sie dienen gewissermaßen als Initialzündung und wirken wie Lockvö-
gel, die man gefangen hält, weil es bei ihrem Singen die freile-
benden Artgenossen zu den Jägern zieht. Soll man auch einen
oder zwei Geldscheine dazulegen? Diese gewichtige Frage beantwortete Mamouse mit einem entschiedenen Nein. Ein
Geldschein lockt keinen zweiten heraus, entmutigt ihn wohl
eher, indem er das, was allenfalls das Ergebnis außergewöhnli-
cher Freigebigkeit sein kann, ins Banale zieht. Ganz zu schweigen von dem hundertmal verfluchten Tag, da ein Geldschein,
den ein Kunde dagelassen hatte, schon fünf Minuten später
Mamouse vor der Nase weg verschwunden war. Also nur Hart-
geld, möglichst großes natürlich, und ja nicht wertlose kleine
Münzen, die gemeinhin als »Kleingeld« betrachtet werden und
die in der Untertasse ein jämmerliches Beispiel abgeben.

Apropos Obolus: Da wußte Mamouse eine Geschichte, die sie

unfehlbar jedem neuen Kunden erzählte, sobald sie mit ihm erst auf einigermaßen vertrautem Fuße stand. Die Anekdote stammte, nach dem darin vorkommenden Geldbetrag zu urteilen, aus lange zurückliegender Zeit. Ein sehr schick gekleideter Herr, wie man sie früher noch sah – hellgraue Gamaschen, Handschuhe, Spazierstock, Hut, Monokel –, hatte eine Lochmünze in die Untertasse gelegt und hatte mit der Spitze seines Stocks auf eine der verschlossenen Zellentüren gezeigt.

»Da haben Sie einen Kunden, der macht ja recht üble Musik!« hatte er sich zu witzeln erlaubt.

»Also da«, erzählte Mamouse, rückschauend wiederum flammend vor Empörung, »hab' ich ihn angeschaut, als ob Blicke töten könnten, und zu ihm gesagt: ›Sie möchten wohl, daß Sie für fünfundzwanzig Centimes Massenet zu hören kriegen?‹ Denn damals«, fügte sie mit Wehmut hinzu, »da konnte ich mir noch ein Abonnement für die Komische Oper leisten.«

Regelmäßig folgte dann eine ihrer üblichen Anklagetiraden gegen die Männer und das Ekelhafte, das sie an sich hätten; alle seien sie verkommene Subjekte, geile Eber, Wüstlinge, davon wisse sie einiges zu sagen aus den dreißig Jahren, seit sie so ein Häuschen versehe!

Der Kocher mit dem Kochtopf war ein Zankapfel zwischen ihr und Cromorne. Der Wärter fand nämlich, dieses ganz unfeine Ragout, das die kulinarische Intimsphäre der Inhaberin der Bedürfnisanstalt so indiskret vor aller Augen ausbreite, sei seiner Gartenanlage unwürdig.

»Er behauptet, ich hätte nicht das Recht dazu!« grollte Mamouse. »Dann soll er doch mal mit ihm rausrücken, dem Paragraphen der Benutzungsordnung, der mir meine Bouillon verbietet. Und wie kann ich denn auf die Dauer hier im Durchzug und in der Nässe sitzen, wenn ich nicht warm esse?«

Dupixt hatte zwar schon Gelegenheit gehabt, einen Blick in den verbeulten Kochtopf zu werfen, der auf dem Rechaud köchelte. Aber diese Geflügelhälse, -lebern und -mägen hatten in ihm keine Erinnerung geweckt. Das war nichts, was er auch zu Hause in der elterlichen Küche sehen konnte. Auf Mamouses Gerede achtete er kaum, denn er hatte andere Sorgen im Kopf, insbesondere wenn die dicke Frau sich mit einer Kundin unterhielt. Denn für ihn lag alles daran, sie zu überlisten und durch die Tür auf der rechten Seite in das parfumduftende Damenabteil hinüberzuschlüpfen. Anfangs war ihm das Manöver mehrmals geglückt, doch Mamouse hatte ihn entdeckt und behielt ihn von da an im Auge. Die Tür nach rechts wurde allmählich zum unüberwindlichen Hindernis.

Die Sache hatte für ihn Bedeutung gewonnen, seitdem um das, was Marie sein »kleines Geschäft« nannte, ein kindliches Drama entstanden war. Dieses kleine Geschäft hatte Dupixt immer in der Hocke erledigt, als ob er ein Mädchen wäre. Im Stehen vor sich hinzupinkeln war ihm so ungewohnt, daß er, wenn er sich darin versuchte, ein Unbehagen empfand, das einer Hemmung nahekam. Seine Umgebung hatte auf das, was anfangs bloß kleinkindlicher Eigensinn zu sein schien, nicht weiter geachtet. Dann hatten sie angefangen, ihn damit unentwegt zu bedrängen, so daß er beschlossen hatte, nur noch ohne Zeugen im verschlossenen Klosett sein Wasser zu lassen. Kaum hatte er auf diese Weise wieder seine Ruhe, hatte er begonnen, mit angewiderter Neugier die Männer zu beobachten, die in den Pissoirs standen.

Als er mit seiner Mutter eines Tages die Straße hinunterging, wagte er einen Versuch, der sich als unheilvoll erwies. Vor ihnen her lief ein Hund, der an jeder Gaslaterne haltmachte und dort seine Geruchsmarke hinterließ. Dupixt hatte sein Treiben beobachtet und hatte plötzlich den Einfall, es ihm nachzutun. Und so blieb auch er an einem Baum stehen und hob an dessen Stamm sein linkes Bein. Seine Mutter, dadurch plötzlich aufgehalten, betraf ihn in dieser seltsamen Haltung. Ihre Reflexe setzten ein, und ein Schlag klatschte auf Dupixts Wange.

»Du bist wohl komplett verrückt geworden, was?« sagte sie zu ihm – mit einer ganz besonderen Stimme, die er nicht ausstehen konnte.

Dieses kleine Mißgeschick hatte ihn tief gekränkt. Er, der nie geschlagen wurde, er hatte auf Grund seiner Pinkelgewohnheiten eine Ohrfeige bekommen. Er schloß daraus, das Pipi und alles drumherum sei eine Quelle vielfacher Unannehmlichkeiten. Die Dinge verschlimmerten sich noch, als er wieder begann, sein Bett naß zu machen. Er konnte nichts dagegen tun. Allmorgendlich erwachte er in einer nassen Lache. Dazu stimmte es genau, wenn er zuweilen im Halbschlaf an seinem Schenkel plötzlich den warmen Strahl seines Urins spürte. Die alte Marie schalt ihn aus und legte ihm zum Schutz der Matratze ein Wachstuch unter das Laken. Und sie drohte ihm, wenn er so weitermache, werde sie den Chirurgen wiederkommen lassen, der ihm die Mandeln herausgenommen habe. Aber diesmal schnitte er ihm dann sein kleines Wasserhähnchen ab!

Damit hätten die Dinge auf sich beruhen können. Aber im Gegenteil: sie verketteten sich in höchst diabolischer Weise. Eines Tages, als er auf der Lauer lag, ob Mamouse einen Augenblick nicht aufpasse, sah er zu seiner Verblüffung seinen Freund Dominique aus dem Häuschen kommen. Aber er kam von der Damenseite, und weit entfernt, sich zu verstecken, wechselte er lächelnd einige Worte mit der dicken Frau und ging weiter, ohne einen Obolus entrichtet zu haben. Das wußte Dupixt absolut sicher. Wer war Dominique? Der Sohn von Ange Bosio, dem das Karussell mit den Holzpferdchen gehörte. Zumeist schlummerte das Karussell regungslos unter seinen Zeltplanen. Sonntags kam Bewegung in das Ganze. Vater und Sohn Bosio machten sich an dem großen, creme- und goldfarbenen Kreisel zu schaffen, auf dem in fröhlichem Tohuwabohu, mit zackiger Musik berieselt, Najaden, interplanetare Raketen, sich bäumende Pferde, Milchkühe, Formel-I-Rennwagen und eine niedliche Wildwestlokomotive samt ihrem Büffelschutzgitter herumwirbelten. In diese Lokomotive setzte sich Dupixt mit Vorliebe, wenn Marie ihm eine Karussellfahrt bezahlte. Nicht daß er etwa von Abenteuern in der Großen Prärie geträumt hätte, sondern einfach weil er es schätzte, in dem kleinen Vehikel die Tür hinter sich zumachen und sich in einen geschlossenen Raum setzen zu können, der richtig ihm gehörte. Mit einem Kettchen, das in Reichweite baumelte, hätte er die kupferglänzende Glocke oben auf der Maschine bimmeln lassen können. Er hütete sich, es anzurühren.

Mittwochs war Dominique allein für das Karussell verantwortlich. Da er – mit seinen mindestens elf Jahren – groß, dick und kräftig war, gelang es ihm mühelos, sein kleines Publikum zu zügeln; liebevoll und geduldig hob er die einen auf ihre Pferde, setzte die anderen in die najadengezogene Muschel, packte Dupixt in seine Lokomotive. Dann setzte er Motor und Musik in Gang und schob das Karussell ein bißchen an, damit es schneller in Fahrt kam. Wenn er guter Laune war, machte er die Gewinnleine los und ließ sie über die Köpfe der Kinder schwingen. Der Gewinn bestand in einer Perücke aus roter Wolle; sie hing an einem Seil, das in einer Rolle lief. Das Kind, das sie packen konnte, hatte eine Freifahrt mit dem Karussell gut. Dupixt in seinem Lokführerhaus konnte sich am Haschen nach dem Gewinn nicht beteiligen. Um ihn schadlos zu halten, schenkte Dominique ihm je nachdem von Zeit zu Zeit eine Gratisfahrt.

Aus dieser Vergünstigung entspann sich eine Freundschaft. Dupixt hatte in dem friedsam-mütterlichen Jungen so etwas wie einen großen Bruder gefunden. Und so versäumte er auch nicht, ihn auszufragen, nachdem er ihn – ganz offenbar mit Mamouses Segen – auf der Damenseite aus der Bedürfnisanstalt hatte kommen sehen. Wie war er zu diesem unglaublichen Privileg gekommen?

Dominique schien an diesem Tag strahlender Laune. Höchst fidel begann er damit, sich über Dupixt und seine Neugier lustigzumachen. »Wenn du danach gefragt wirst«, sagte er zu ihm, »mußt du sagen, daß du's nicht weißt!« Dupixt konnte Ironie nicht ausstehen und vertrug keinen Widerspruch. Er stampfte mit den Füßen. Er war schon nahe dabei, in Tränen auszubrechen, als Dominique sich eines anderen zu besinnen schien. Besorgt schaute er sich um und wurde nun ganz ernst.

»Wenn du's wissen willst, wenn du's absolut wissen willst – dann wird's schrecklich!«

Dupixt schwieg, atemlos vor Erregung.

»Was? Schrecklich?«

»Wenn du den Mut hast, es wissen zu wollen«, brachte Dominique hervor, »so sei in einer halben Stunde allein in der Mitte des Labyrinths!«

Dann ging er und machte ihm eine lange Nase.

Dupixt war völlig geschlagen. Das Buchsbaumlabyrinth, das sich ganz hinten in der Gartenanlage befand, hatte ihm stets Grauen eingeflößt. Es war eine dunkle, feuchte Masse von Grün. Durch einen schmalen Spalt konnte man hineinschlüpfen. Dann verirrte man sich. Es gab Biegungen, Abzweigungen, Sackgassen, Rundwege, auf denen man immerfort im Kreis herumlief. Mit viel Geduld gelangte man schließlich ins Zentrum. Dort, auf einem kleinen modergrünen Sockel mußte einmal eine Statue gestanden haben. Sie war fort, und der Sockel, von Nacktschnecken verunziert, stand wartend da.

Dupixt schaute auf die im Park stehende Normaluhr. Dreißig Minuten. Sollte er hingehen? Es war schrecklich. Was mochte Dominiques großes Geheimnis sein? Weshalb mußte man ins Zentrum des Buchsbaumlabyrinths gehen, um es zu erfahren? Mehr als einmal ließ er den Gedanken fallen, und schon war ihm leichter zumute. Nein, er würde nicht hingehen! Aber er wußte genau, daß das nur eine Finte war. Er wußte, er würde die Verabredung einhalten.

Zu der angegebenen Zeit überzeugte er sich, daß Marie ganz gemütlich mit ihren Freundinnen schwatzte, und machte sich in Richtung Labyrinth davon. Als er hineinschlüpfte und das hohe, dunkle Grün ihn verschlang, war er mehr tot als lebendig. Aber von einem untrüglichen Instinkt seltsam geführt, kam er sofort und ohne in die Irre zu gehen ins Zentrum des Labyrinths. Er ahnte, dort sei schon jemand und erwarte ihn. Dominique. Der dicke Junge saß auf dem Sockel. Seine Miene war ernst.

»Du bist also gekommen«, sagte er. »Weil du mein Freund bist, will ich dir mein Geheimnis verraten. Aber schwöre erst, daß du niemandem etwas sagst.«

»Ja«, stieß Dupixt hervor.

»Spuck auf die Erde und sag: *Ich schwöre es.*«

Dupixt spuckte aus und sagte: »Ich schwöre es.«

Nun stieg Dominique auf den Sockel und begann den Schlitz an seiner kurzen Hose aufzuknöpfen; dabei ließ er Dupixt nicht aus den Augen. Dann hielt er den Schlitz weit auseinander und zog den roten Slip, der zum Vorschein gekommen war, nach unten. Sein blanker, glatter Leib lief in einen milchweißen Spalt aus, in ein senkrechtes Lächeln, umspielt von einer Spur blassen Flaums.

»Ja, aber . . . Dominiqu . . .« brachte Dupixt heraus.

»Dominique ist auch ein Mädchenname«, erklärte Dominique, die ihre Hose im Nu wieder zugeknöpft hatte. »Papa will das so. Er möchte, daß man mich für einen Jungen hält, wenn ich mich allein um das Karussell kümmere. Es sei sicherer, sagt er. Das verstehst du erst später. Und jetzt hau ab!«

Dupixt rannte davon und war bald wieder unter den anderen Kindern. Äußerlich unterschied er sich nicht von ihnen, aber er glich keinem von den anderen, denn eine brennende Unruhe war in ihm. *Das verstehst du erst später.* Der geheimnisvolle Satz ließ ihm keine Ruhe, und verbissen sagte er sich, er wolle das alles sofort und ohne Aufschub verstehen.

Kurze Zeit später hatte er es tatsächlich verstanden. Erstens war er einmal zu Mamouse gegangen, ohne dabei das Männerabteil zu meiden. Er kam aus der Kabine, wo er wie gewohnt in der Hocke gepinkelt hatte, da sah er von hinten her einen

Mann, der sich gerade an einem der Pissoirs erleichtert hatte. Der Mann drehte sich halb um, und Dupixt traute seinen Augen nicht. Die Menge schwärzlich-schlaffen Fleisches, die er sich sorgfältig wieder in seinen Hosenschlitz zu stopfen bemühte, war kolossal. Was mochte der Mann mit all diesem scheußlichen, nutzlosen Fleisch anfangen? Die Antwort kam ihm in dem Augenblick, als der Mann ein Geldstück in Mamouses Untertasse legte. Der Kochtopf brodelte wie üblich auf dem Spirituskocher. Mamouse rührte mit einem Holzlöffel darin um. Und blitzartig erkannte Dupixt in diesen Fleischstücken dasselbe schlaff-bräunliche Zeug wie es der Mann grade in seine Hose gesteckt hatte. Das war klar, das war offensichtlich.

Und noch etwas Offensichtliches war ihm aufgegangen. Seit Monaten trieb er sich nun um die Statue des Theseus mit dem Minotaurus herum. Jetzt erst erkannte er in Theseus mit seinem Röckchen ein Bild Dominiques. Die Ähnlichkeit sprang in die Augen. Und vor allem bemerkte er nun zwischen den dicken, muskulösen Schenkeln des auf dem Rücken liegenden Minotaurus auch diesen Wust von weichem, formlosem Fleisch, der ihn auch an dem Mann in dem Häuschen so verblüfft hatte. Endlich gewann Theseus' Handbewegung einen klaren Sinn. Er hatte es auf das Geschlecht des Minotaurus abgesehen; darauf zielte sein Schwert. Theseus' Schwert stellte die Verbindung zwischen dem braunen Fleisch des Mannes im Pissoir und Mamouses Schmortopf her.

An den folgenden Tagen stellte Marie erfreut fest, daß Dupixt sein Bett nicht mehr einnäßte.

»Die Drohung mit dem Chirurgen hat dir Angst gemacht«, sagte sie. »Es war höchste Zeit. Ich war drauf und dran, ihn zu rufen. Jetzt ist es ja nicht mehr nötig.«

Dupixt gab keine Antwort. Es war ja wirklich nicht mehr nötig.

Am selben Tag gingen sie wieder in den Squaregarten. Mamouse sah, wie er zu ihr herkam und sich vor ihrem Tisch aufpflanzte. Sie setzte gerade an, ihn zu fragen, was er wolle, als er ein Rasiermesser aus der Tasche zog, eines jener uralten Rasiermesser mit Perlmuttgriff, die man zuweilen Kohlkopfsäbel nennt. Er klappte es auseinander und knöpfte mit der freien Hand seinen Hosenschlitz auf. Mamouse stieß einen tierischen Schrei aus, als sie sah, wie er sein kindliches Wasserhähnchen herausholte und das Rasiermesser ansetzte. Blut spritzte. Dupixt reichte Mamouse ein Stückchen schrumpeliges Fleisch über den Tisch. Dann sah er das Häuschen, die Bäume ringsum und den ganzen Square Desbordes-Valmore wanken und sich im Kreis drehen wie Dominiques Karussell, und er brach ohnmächtig zusammen. Und riß mit in sein Fallen die Untertasse samt all ihren Münzen, den Spirituskocher, den Bouillontopf und das ganze Geflügelragout.

# Allzeit bleibe meine Freude
## Eine Weihnachtserzählung

*Für Darry Cowl – ihm widme ich diese erfundene Geschichte,
die ihn an eine wahre erinnern wird.*

Kann man als großer Pianist weltweit Karriere machen, wenn man Bidoche heißt? Denn *Bidoche* ist im Französischen ein landläufiges Wort für minderwertiges, stinkendes Fleisch. Als die Eltern Bidoche ihrem Sohn den Vornamen Raphael gaben und ihn so unter die Obhut des Erzengels stellten, der dem Ätherischen, dem Melodischen am innigsten verwandt ist, da begannen sie vielleicht diese Herausforderung unbewußt zu betonen. Obendrein ließ der Bub an Intelligenz wie an Sensibilität schon bald eine Begabung erkennen, die zu den größten Hoffnungen berechtigte. Kaum war er alt genug, daß er sich auf einem Drehstuhl halten konnte, da setzte man ihn ans Klavier. Die Fortschritte, die er machte, waren beachtlich. Blond, blauäugig, blaß, aristokratisch, war er ganz und gar Raphael und ganz und gar nicht Bidoche. Mit zehn Jahren war er weit und breit als Wunderkind bekannt, und alle, die mondäne Gesellschaftsabende zu organisieren hatten, rissen sich um ihn. Die Damen fielen schier in Ohnmacht, wenn er sein feines, fast durchsichtig klares Gesicht über die Tasten neigte und, so schien es, im blauen Flügelschatten des Erzengels geborgen, die Klänge von Johann Sebastian Bachs Choral *Allzeit bleibe meine Freude* wie einen mystischen Liebesgesang zum Himmel emporsteigen ließ.

Doch der Bub zahlte einen hohen Preis für die Gunst solcher Augenblicke. Von Jahr zu Jahr stieg die Zahl täglicher Übungsstunden, zu denen man ihn nötigte. Mit zwölf Jahren arbeitete er schon sechs Stunden am Tag, und zuweilen geschah es ihm, daß er die Jungen, die weder mit Talent noch mit Genie, noch mit der Aussicht auf eine glanzvolle Laufbahn gesegnet waren, um ihr Los beneidete. Er hatte manchmal Tränen in den Augen, wenn schönes Wetter war und wenn er, erbarmungslos an sein Instrument gekettet, das Lärmen und Schreien seiner Kameraden hörte, die sich draußen im Freien vergnügten.

Er wurde sechzehn. Sein Talent entwickelte sich zu unvergleichlicher Fülle. Er war der Phönix des Pariser Konservatoriums. Dafür schien allerdings die Zeit des Heranwachsens, die auf die Kindheit folgte, von seinem einstigen Engelsgesicht nicht den geringsten Zug übriglassen zu wollen. Es war, als hätte die böse Fee Pubertät ihn mit ihrem Zauberstab berührt und gäbe sich alle Mühe, den so schwärmerisch gefeierten Engel, der er gewesen war, restlos zu zerstören. Sein knochiges, unregelmäßiges Gesicht, seine wulstigen Augenbrauen, seine vorstehenden Zähne, die dicken Brillengläser, die er ob seiner rasch fortschreitenden Kurzsichtigkeit tragen mußte – all das wäre noch nichts gewesen ohne den Ausdruck einfältig-sturer Verblüffung, der ihm beständig im Gesicht stand und der eher zum Lachen reizen als träumerisch stimmen konnte. Zumindest vom Aussehen her hatte Bidoche ganz offenbar über Raphael völlig gesiegt.

Die kleine Bénédicte Prieur, zwei Jahre jünger als er, schien diese Mängel seines Äußeren nicht zu empfinden. Als Schülerin des Konservatoriums sah sie in ihm wohl nur den überragenden Virtuosen, der zu werden er auf dem besten Wege war. Obendrein lebte sie nur in der Musik und für die Musik, und die Eltern der beiden fragten sich verwundert, ob die Beziehungen ihrer Kinder wohl jemals über die ekstatische Gemeinsamkeit hinausgehen würden, in der sie sich beim Vierhändigspielen zusammenfanden.

Raphael, der so jung wie noch nie jemand vor ihm aus dem Wettbewerb des Konservatoriums als Erster hervorgegangen war, machte sich daran, Musikstunden zu geben, um sich ein bescheidenes Monatseinkommen zu sichern. Bénédicte und er hatten sich verlobt, doch mit dem Heiraten wollten sie auf bessere Tage warten. Es eilte ja nicht. Sie lebten von Luft, Liebe und Musik und durchlebten Jahre himmlischen Glücks. Wenn sie tief in ihr Musizieren versunken waren, das sie einander schenkten, so spielte Raphael, von Begeisterung und Dankbarkeit trunken, zum Abschluß des Abends noch einmal Johann Sebastian Bachs Choral *Allzeit bleibe meine Freude*. Es war für ihn nicht nur eine Huldigung an den größten Komponisten aller Zeiten, sondern zugleich eine heiße Bitte zu Gott, er möge ihren so reinen, so glühenden Bund schützen und bewahren. Und so wurden die Töne, die unter seinen Fingern vom Klavier aufstiegen, zu Perlen eines himmlischen Lachens, einer göttlichen Heiterkeit, die nichts anderes war als der Segen, den die Kreatur von ihrem Schöpfer empfing.

Doch es kam der Tag, da diese so kostbare Harmonie vom Schicksal auf die Probe gestellt werden sollte. Raphael hatte einen Freund. Er kam ebenfalls vom Konservatorium und verdiente seinen Lebensunterhalt damit, daß er in einem Nachtlokal den Auftritt eines Chansonniers begleitete. Da sein eigentliches Instrument die Geige war, fand er wenig dabei, wunschgemäß auf einem alten Klavier ein paar Akkorde anzuschlagen, um die albernen Couplets zu umrahmen, die der Chansonnier vorn auf der Bühne von sich gab. Aber dieser Henri Durieu sollte nun seine erste Konzerttournee durch die Provinz machen und trat deshalb an Raphael heran, er möge ihn doch für vier Wochen vertreten, damit der wertvolle Broterwerb nicht gefährdet sei.

Raphael zögerte. Es wäre ihm schon schwergefallen, sich zwei Stunden lang in dieses dunkle, schlecht gelüftete Lokal zu setzen und hören zu müssen, wie da einer dummes Zeug vortrug. Aber jeden Abend da hinzugehen und obendrein unter solch schandbaren Umständen ein Klavier anzurühren ... Die Gage, die ihm für einen Abend ebensoviel einbrachte wie für ein gutes Dutzend Privatstunden, konnte für das Sakrileg, das ihm da zugemutet wurde, kein Ausgleich sein.

Er wollte das Ansinnen schon ablehnen, als zu seiner großen Überraschung Bénédicte ihn bat, sich das gut zu überlegen. Sie seien schon recht lange verlobt. Raphaels Karriere als Wunderkind sei schon seit Jahren vergessen, und wie lange sie noch warten müßten, bis er erfolgreich und berühmt sein würde, wisse niemand. Da könnten ihnen diese paar Abende doch den finanziellen Zuschuß bringen, der ihnen noch fehlte, um einen Hausstand zu gründen. Ob denn dafür das Opfer zu schwer sei? Könne Raphael im Namen einer zwar ehrenwerten, doch recht abstrakten Idee von seiner Kunst ihrer beider Hochzeit noch weiter hinauszögern? Er sagte zu.

Der Chansonnier, den es zu begleiten galt, hieß Bodruche, und das Äußere, das er abbekommen hatte, entsprach diesem Namen. Übergroß, weichlich und schlaff wälzte er sich vom einen Ende der Bühne zum anderen und gab mit weinerlicher Stimme all das Malheur und die Unbill zum besten, mit denen das Leben ihn immerfort überschüttete. Seine Komik beruhte ganz und gar auf einer sehr einfachen Beobachtung: Hast du einmal Pech, so findest du Interesse, hast du zweimal Pech, erweckst du Mitleid; hast du hundertmal Pech, so wirkst du lächerlich. Daher braucht man nur das Erbärmliche, die Züge des Pechvogels bei einem Menschen zu übersteigern, und schon fällt die Masse mit Jubelgeheul über ihn her.

Vom ersten Abend an schätzte Raphael die Art dieses Gelächters richtig ein. In ihm traten Sadismus, Bosheit und Hang zur Gemeinheit in zynischer Weise zutage. Wenn Bodruche seine ganze Misere zur Schau stellte, so ging er sein Publikum unterhalb der Gürtellinie an und zog es auf das billigste Niveau hinunter. Aus diesen braven Bürgern, nicht schlechter und nicht besser als andere auch, machte er durch seine besondere Art Komik das übelste Lumpengesocks. Sein ganzer Auftritt beruhte auf der verbindenden Kraft der Gemeinheit, auf der ansteckenden Wirkung des Bösen. Raphael erkannte in den Lachsalven, die gegen die Wände des kleinen Saales schlugen, geradezu das Gelächter des Teufels, nämlich das Gebrüll, in dem Haß, Feigheit und Dummheit ausgelassen triumphieren.

Und dieses gemeine Schmierenzeug, das sollte er auf dem Klavier begleiten, ja, nicht nur begleiten, sondern unterstreichen, verstärken, steigern! Auf dem Klavier, das hieß mit dem geheiligten Instrument, auf dem er Johann Sebastian Bachs Choräle spielte! In seiner ganzen Kindheit und Jugend hatte er das Böse nur in seiner negativen Form – als Mutlosigkeit, Trägheit, Langeweile, Gleichgültigkeit – kennengelernt. Zum erstenmal begegnete er ihm nun positiv, leibhaftig in Fleisch und Blut, murrend und grimassenschneidend, in Gestalt dieses widerlichen Bodruche, und er gab sich dazu her, dessen aktiver Komplize zu sein.

Welche Überraschung war es deshalb für ihn, als er einmal zu seinem allabendlichen Inferno ging und auf dem Plakat an der Tür des Theatercafés unter dem Namen Bodruche einen Aufkleber fand:

*Am Klavier begleitet von Bidoche*

Mit einem Satz war er im Büro des Direktors. Der nahm ihn mit offenen Armen auf. Ja, er habe geglaubt, auch seinen Namen auf das Plakat setzen zu müssen. Das sei nur recht und billig. Seine »künstlerische Leistung« am Klavier falle jedem Besucher auf und sei eine enorme Bereicherung der – zugegebenermaßen etwas abgedroschenen – Darbietung dieses armen Bodruche. Überdies paßten die beiden Namen Bidoche und Bodruche wunderbar zusammen. Eine besser klingende, eine typischere, eine komischere und närrischere Zusammenstellung könne man sich nicht einmal im Traum vorstellen. Und natürlich werde auch seine Gage erhöht. Und zwar kräftig.

Raphael war in das Büro gegangen, um zu protestieren. Als er es verließ, bedankte er sich beim Direktor und verwünschte sich zugleich innerlich, daß er so schüchtern, so schwach war.

Abends erzählte er Bénédicte den Vorfall. Weit entfernt, seinen Unwillen zu teilen, gratulierte sie ihm zu seinem Erfolg und freute sich über die Verbesserung ihrer Finanzen. Da die ganze Aktion doch keinen anderen Sinn hatte als den, zu Geld zu kommen, war es da nicht besser, sie brachte so viel wie möglich ein? Raphael war zumute, als hätte sich alles gegen ihn verschworen.

Bodruches Haltung ihm gegenüber ließ hingegen eine ernstliche Abkühlung erkennen. Bodruche hatte ihn bislang mit gönnerhafter Herablassung behandelt. Raphael war der, der ihn zu begleiten hatte, eine im Schatten stehende, nützliche, aber ruhmlose Rolle, die lediglich Selbstverleugnung und Fingerspitzengefühl erforderte. Nun zog er einen Teil der Aufmerksamkeit und damit auch der Bravorufe der Besucher auf sich, so sehr, daß das selbst beim Direktor nicht unbemerkt geblieben war.

»Nur kein Übereifer, Freundchen, nur kein Übereifer!« sagte er zu Raphael, der doch nichts dafür konnte.

Die Situation hätte sich bestimmt noch verschärft, hätte Durieus Rückkunft dem nicht ein Ende gemacht. Erleichtert nahm Raphael im Gefühl, seine Pflicht erfüllt zu haben und in der Erinnerung an eine Erfahrung, die ebenso lehrreich wie hart gewesen war, seine Klavierstunden wieder auf. Bald darauf heiratete er Bénédicte.

Die Heirat änderte wenig an Raphaels Leben, aber gab ihm einen Sinn dafür, daß er mancherlei Verantwortung trug, über die er bisher hatte hinwegsehen können. Er mußte die Sorgen seiner jungen Frau teilen, die einige Mühe hatte, »über die Runden zu kommen« – um so mehr als jeden Monat die Raten für die Wohnung, den Wagen, den Fernseher und die Waschmaschine zu zahlen waren, alles Dinge, die sie auf Kredit gekauft hatten. Die Abende vergingen nun häufiger mit dem Addieren von Zahlenkolonnen als damit, daß sie eins wurden in der reinen Schönheit eines Bachschen Chorals.

Eines Tages, als Raphael etwas spät heimkam, fand er Bénédicte ganz aufgeregt vor. Der Grund dafür war ein Besuch, den sie ein paar Minuten zuvor bekommen hatte. Natürlich hatte er zu ihm gewollt, der Direktor des Theatercafés, aber da er nicht dagewesen war, hatte er Bénédicte auseinandergesetzt, weshalb er gekommen sei. Nein, es gehe nicht mehr darum, die Gesangsnummer des jammervollen Bodruche zu begleiten, der übrigens mit einer Erneuerung seines Vertrags für die nächste Spielzeit nicht rechnen könne. Aber ob nicht Raphael zwischen zwei komischen Nummern des Programms ein paar Musikstücke solo spielen wolle? Das brächte eine sehr erfreuliche Abwechslung in den Abend hinein. Das Publikum könne ja nur froh sein, wenn zwischen ein Programm, das übrigens voller Schwung und fröhlicher Gedankenblitze sei, eine Spanne Ruhe und Schönheit eingefügt sei.

Raphael lehnte glattweg ab. Nie wieder würde er in diese Pesthöhle hinabsteigen, unter der er schon einen Monat lang gelitten hatte. Er hatte auf seinem ureigenen Gebiet – in der Musik und auf der Bühne – die Erfahrung des Bösen gemacht. Das war sehr, sehr gut so, aber da gab es für ihn nichts mehr zu lernen.

Bénédicte ließ den Sturm vorübergehen. Dann, an den folgenden Tagen, ging sie behutsam wieder zum Angriff über. Was man ihm da ansinne, habe mit der Aufgabe, den jämmerlichen Bodruche zu begleiten, nichts gemein. Er spiele doch allein und spiele was er wolle. Im Grunde sei die Tätigkeit, die ihm angeboten werde, doch sein wahrer Beruf als Solist. Das Debut sei zwar bescheiden, aber anfangen müsse jeder einmal. Könne er sich's denn aussuchen?

Geduldig, unermüdlich kam sie Tag für Tag darauf zurück. Gleichzeitig unternahm sie Schritte, in ein anderes Stadtviertel überzusiedeln. Ihr Traum war eine geräumigere Altbauwohnung in einem reinen Wohnviertel. Doch diese Verbesserung des Rahmens, in dem sie lebten, erforderte Opfer.

Er opferte sich und unterzeichnete einen Sechsmonatsvertrag, der nur gegen eine vom vertragsunwilligen Partner zu zahlende hohe Entschädigung kündbar war.

Schon am ersten Abend wurde ihm klar, in welch eine schreckliche Falle er da gegangen war. Das Publikum war noch ganz kribbelig und aufgeputscht von der vorangegangenen Nummer, einem grotesken Tango, den eine Riesendame und ein Zwerg miteinander getanzt hatten. Als Raphael, in seinen zu kurzen schwarzen Anzug gezwängt, in steifer, verschüchterter Haltung, das Seminaristengesicht hinter den dicken Brillengläsern starr vor Angst, auf die Bühne trat, da schien alles darauf berechnet, ein Höchstmaß an komischer Wirkung zu erzielen. Brüllendes Gelächter empfing ihn. Zu allem Unglück war sein Klavierhocker zu niedrig. Er schraubte den Drehsitz höher, doch in seiner Verzweiflung drehte er ihn ganz heraus und sah sich nun mit einem in zwei Teile zerlegten Klavierhocker wie mit einem Pilz, dessen Hut sich vom Stiel gelöst hatte, vor einem Publikum, das außer Rand und Band war. Unter normalen Umständen hätte er vermutlich nur Sekunden gebraucht, um den Sitz wieder hineinzuschrauben. Aber hier, rings vom Blitzlicht der Fotografen umzuckt, bei jeder Bewegung vor Panik schlotternd, hatte er obendrein noch das Pech, daß ihm seine Brille herunterfiel, ohne die er nichts sehen konnte. Als er sich auf allen Vieren am Boden tastend auf die Suche nach ihr machte, kannte der Jubel des Publikums keine Grenzen. Anschließend führte er einen minutenlangen Kampf mit den beiden Teilen des Hockers, bis er sich schließlich mit zitternden Händen und verwirrtem Hirn ans Klavier setzen konnte. Was spielte er an diesem Abend? Er hätte es nicht zu sagen gewußt. Jedesmal wenn er sein Instrument berührte, fing das tosende Gelächter, das sich mittlerweile gelegt hatte, erst recht von neuem an. Als er sich endlich wieder in die Kulissen verzog, war er schweißgebadet und völlig außer sich vor Scham.

Der Direktor schloß ihn in die Arme.

»Lieber Bidoche«, rief er, »Sie waren wunderbar, hören Sie, wun-der-bar! Sie sind die große Entdeckung dieser Spielzeit. Ihre Komik und Ihre Improvisationsgabe sind unvergleichlich. Und wie Sie die Bühne beherrschen! Sie brauchen sich nur zu zeigen, und schon fangen die Leute an zu lachen. Wenn Sie auf dem Klavier einen Akkord anschlagen, tobt alles vor Begeisterung. Übrigens hatte ich die Presse eingeladen. Ich weiß jetzt schon genau, was die schreiben wird.«

Unter der Lawine von Komplimenten, die auf ihn niederging, trat Bénédicte bescheiden lächelnd zur Seite. Raphael klammerte sich an ihr Bild wie ein Schiffbrüchiger an einen Felsen. Inständig flehend schaute er ihr ins Gesicht. Sie stand da, ungerührt, strahlend, mit beiden Füßen auf der Erde, die kleine Bénédicte Prieur, aus der an diesem Abend Madame Bidoche, die Frau des berühmten Musikkomikers geworden war. Vielleicht dachte sie auch an die schöne, komfortable Wohnung, die sie sich jetzt würde leisten können.

Das Echo in der Presse war wirklich triumphal. Sie sprach von einem zweiten Buster Keaton. Sie rühmte den traurigen, scheuen Menschenaffenausdruck seines Gesichts, seine katastrophenträchtige Tolpatschigkeit, seine groteske Art, Klavier zu spielen. Und überall erschien dasselbe Foto: die Aufnahme, wie er zwischen den zwei Teilen seines Klavierstuhls herumkriecht und tastend nach seiner Brille sucht.

Sie zogen um. Später nahm ein Impresario Bidoches Interessen wahr. Man drehte einen Film mit Bidoche. Dann einen zweiten. Beim dritten konnten sie es sich leisten, nochmals umzuziehen, und zwar in ein vornehmes Privathaus in der Avenue de Madrid in Neuilly.

Eines Tages bekamen sie Besuch. Henri Durieu wollte dem glänzenden Erfolg des einstigen Gefährten seine Reverenz erweisen. Verschüchtert bewegte er sich in goldgetäfelten Räumen, zwischen kristallenen Lüstern und Gemälden großer Meister. Solch eine Pracht konnte er, der zweite Geiger des Alençoner Stadtorchesters, einfach nicht fassen. Trotzdem konnte er sich nicht beklagen. Auf jeden Fall mußte er nicht mehr in Nachtlokalen auf einem Klavier herumklimpern, und das, nicht wahr, das war doch die Hauptsache! Denn er könne es nicht mehr ertragen, seine Kunst so tief zu erniedrigen, erklärte er entschieden.

Sie ergingen sich miteinander in Erinnerungen an ihre gemeinsamen Jahre auf dem Konservatorium, an ihre Hoffnungen, ihre Enttäuschungen, an die Geduld, die sie benötigt hatten, um ihren Weg zu finden. Durieu hatte seine Violine nicht bei sich. Doch Raphael setzte sich ans Klavier und spielte Mozart, Beethoven, Chopin.

»Welch brillante Solistenkarriere hättest du machen können!« rief Durieu aus. »Aber dir winkten eben andere Lorbeeren. Jeder muß seiner Bestimmung folgen.«

So manches Mal hatten die Kritiker im Zusammenhang mit Bidoche schon den Namen Grock genannt und erklärt, vielleicht habe der legendäre Clown aus der Schweiz in Bidoche endlich seinen Nachfolger gefunden.

Am Heiligen Abend gab Bidoche tatsächlich sein Debut in der Arena des Zirkus Urbino. Lange Zeit hatte man jemanden gesucht, der in der Maske des Weißen Clowns sein Widerpart sein konnte. Nach etlichen wenig überzeugenden Versuchen schlug Bénédicte zur allgemeinen Überraschung sich selbst für diese Rolle vor. Warum nicht? In enger, gestickter Weste und in Pluderhosen, das Gesicht gipsweiß geschminkt, auf die Stirn eine schwarze Augenbraue gemalt, die darauf eine steile, fragend-spöttische Kurve zeichnete, im Reden laut und gebieterisch, die Füße in silbernen Tanzschuhen – so machte sie Furore, die kleine Bénédicte Prieur, die nun zur unentbehrlichen Partnerin des berühmten Musikclowns Bidoche geworden war und ihn erst ganz zur Geltung brachte.

Unter einer Hirnschale aus rosa Pappe, mit einer roten Pseudo-Kartoffelnase geziert, in einem Frack rudernd, dessen Zelluloid-Hemdbrust an seinem Hals baumelte, und in einer Hose, die korkenzieherartig auf riesige Quadratlatschen herabfiel, so spielte Bidoche einen verkrachten Musiker, der ahnungslos und mit naiver Arroganz ankam und einen Klavierabend geben wollte. Doch die ärgsten Scherereien tauchten auf: aus seinen eigenen Kleidern, aus dem Drehhocker und vor allem aus dem großen schwarzen Flügel selbst. Bei jeder Taste, die Bidoche auch nur streifte, gab es einen Knall oder eine Katastrophe, sei es Wasserstrahl, Qualmwolke oder groteskes Geräusch, Furz, Rülpser oder Quieken. Und das Gelächter der Zuschauer überflutete ihn in Kaskaden, brach von allen Rängen über ihn herein und begrub ihn unter seiner eigenen Narretei.

Ganz betäubt von diesem Brüllen und Johlen, dachte Bidoche manchmal an den armen Bodruche, der wahrscheinlich noch nie so tief gesunken war. Eines immerhin schützte ihn: seine Kurzsichtigkeit, denn seine Schminke hinderte ihn, seine Brille aufzusetzen, und so sah er fast gar nichts, nur große farbige Lichtreflexe. Mochten Tausende grausamer Schergen ihn mit ihrem tierischen Lachen verdummen wollen – er hatte zumindest den Vorteil, sie nicht zu sehen.

War die Nummer mit dem Teufelsklavier wirklich ganz in Ordnung? Geschah an diesem Abend unterm Zelt des Zirkus Urbino vielleicht eine Art Wunder? Als Finale war vorgesehen, daß der unglückliche Bidoche, nachdem er ein Musikstück schlecht und recht zu Ende gespielt hatte, mit ansehen mußte, wie sein Flügel explodierte und einen Wust von Schinken, Cremetorten, Bratwurstketten, Blut- und Leberwurstringen in die Arena spie. Doch etwas gänzlich anderes geschah.

Vor der regungslosen Haltung, in der der Clown plötzlich dagesessen hatte, war das wilde Gelächter verstummt. Dann hatte er in die vollkommene Stille hinein zu spielen begonnen. Mit versunkener, andächtiger, glühender Zartheit spielte er *Allzeit bleibe meine Freude*, den Choral Johann Sebastian Bachs, von dem seine Studienjahre erfüllt gewesen waren. Und der arme alte Zirkusflügel, aufpoliert und zusammengeflickt, er gehorchte wundersam seinen Händen und ließ die göttliche Melodie emporsteigen bis hinauf in die dunklen Höhen der Zirkuskuppel, wo Trapeze und Strickleitern sich vage abzeichneten. Nach dem Inferno von Hohngelächter lag auf einmal himmlische Heiterkeit, zart und vergeistigt, über der in ihr vereinten Menge.

Lang anhaltende Stille folgte dem letzten Ton, als klänge der Choral weiter, ins Jenseits hinüber. Und dann sah der Musikclown durch die verfließenden Wolken seiner Kurzsichtigkeit hindurch, wie sich plötzlich der Deckel des Flügels hob. Er explodierte nicht. Er spie weder Fleisch noch Würste aus. Er entfaltete sich langsam wie eine große, dunkle Blume, und es entschwebte ihm ein schöner Engel mit lichten Flügeln, der Erzengel Raphael – der Engel, der immer schon über ihm gewacht und ihn davor bewahrt hatte, ganz und gar Bidoche zu werden.

# Der rote Zwerg

*Für Jean-Pierre Rudin*

Als Lucien Gagneron fünfundzwanzig Jahre alt war, mußte er blutenden Herzens der Hoffnung entsagen, über die Größe von einem Meter fünfundzwanzig, die er schon acht Jahre zuvor erreicht hatte, jemals hinauszukommen. Nun blieb ihm nur noch der Notbehelf, Spezialschuhe mit Ausgleichssohlen zu tragen und so die fünf Zentimeter zu gewinnen, die ihn vom Zwergendasein zum Dasein eines – wenn auch kleinen – Menschen erhoben. Seine Kindheit, seine Jugend entschwanden Jahr um Jahr; sie hinterließen unverhüllt einen Erwachsenen, der verkümmert blieb, der in den schlimmsten Augenblicken Spott und Verachtung, in nicht ganz so schlimmen Mitleid erntete, nie aber Respekt oder Furcht einflößte, obgleich er doch in der Kanzlei eines einflußreichen Pariser Anwalts eine erstrebenswerte Stellung innehatte.

Er hatte sich auf Ehescheidungen spezialisiert, und nachdem seinerseits an Heiraten nicht zu denken war, setzte er eine Art Rachsucht darein, fremde Ehen zu entzweien. So wurde er eines Tages auch von Mrs. Edith Watson aufgesucht. Ehemals Opernsängerin und durch ihre erste Ehe mit einem Amerikaner steinreich geworden, hatte sie später einen um vieles jüngeren Bademeisters aus Nizza geheiratet. Diese zweite Verbindung wünschte sie nun zu lösen, und durch die vielerlei wirren Vorwürfe hindurch, die sie gegen Bob vorbrachte, witterte Lucien Geheimnisvoll-Schamvolles, das in ihm mehr als nur Interesse weckte. Er fühlte sich persönlich angesprochen vom Scheitern dieser Ehe, und das vielleicht noch mehr, seit er Bob gesehen hatte: einen hünenhaften Burschen mit naivem, weichem Gesicht – ein athletisches Mädchen, mußte Lucien denken, das gewiß am Strand wie eine fleischige, goldene Frucht wirkte, ganz dazu angetan, jeglichen Appetit zu reizen.

Lucien warf sich aufs Literarische und verwandte alle Sorgfalt auf das Ausfeilen der beleidigenden Briefe, die Ehegatten einander nach den Bestimmungen des französischen Rechts schreiben müssen, um sich schiedlich-friedlich trennen zu können. Diesmal übertraf er sich selbst, und Bob war entsetzt über die niederträchtig-gewalttätige Art der Briefe, die er ihn nach seinem Diktat mehrere Monate hindurch in steter Steigerung schreiben und unterzeichnen ließ. Nicht einmal unverhüllte Morddrohungen fehlten darin.

Nicht lange danach begab sich Lucien, um einige Schriftstücke unterschreiben zu lassen, zu seiner Mandantin, die ein luxuriöses, zweistöckiges Studio am Bois de Boulogne bewohnte. Eine Wendeltreppe verband das obere Appartement, das noch von Bob bewohnt wurde, mit dem unteren, das über eine große Terrasse verfügte. Dort fand er Edith Watson, nahezu nackt, inmitten von Erfrischungen, auf einem Liegebett. Die Ausstrahlung dieses großen, bernsteinfarbenen Körpers, der ganz stark nach Weib und nach Sonnenöl duftete, berauschte Lucien – und Edith selbst schien berauscht von dem Duft, denn sie kümmerte sich nicht die Spur um den Gast und gab auf seine Fragen nur zerstreut und wie von weither Antwort. Die Hitze war zum Ersticken, und Lucien, als Kanzleivorsteher in seinen engen, dunklen Anzug gekleidet, hatte darunter besonders zu leiden, zumal ihm das eiskalte Bier, das Edith ihm gleich bei seinem Kommen angeboten hatte, den Schweiß aus allen Poren trieb. Das Schlimmste war, daß ihn obendrein der Drang ankam, Wasser zu lassen, und er wand sich wie eine Kellerassel in dem großen, malvenroten, baldachinbekrönten Liegestuhl, in den er sich gekauert hatte. Schließlich fragte er mit ächzender Stimme, wo die Toiletten seien, und Edith antwortete mit einer vagen Handbewegung zum Inneren der Wohnung hin und murmelte etwas, aus dem er nur das Wort »Badezimmer« heraushörte.

Der Raum kam Lucien riesig vor. Er war ganz in schwarzem Marmor gehalten, das Badebecken war in den Boden eingelassen. Und dann waren da nickelglänzende Armaturen, Scheinwerfer, eine Präzisionswaage und vor allem eine Unmenge von Spiegeln, die sein Bild unter den ungewohntesten Blickwinkeln zurückwarfen. Er urinierte, dann erging er sich nicht ohne Wohlbehagen in dem kühlen Schatten. Das Badebecken, das an eine Falle, eine Gruft und eine Schlangengrube erinnerte, reizte ihn nicht sonderlich, dafür strich er um die mit Mattglasscheiben verkleidete Duschwanne herum, über der eine ganze Batterie konzentrischer Düsen angeordnet war. Es sah aus, als könne man sich nicht nur von der Decke herab, sondern auch von vorn, von den Seiten und sogar senkrecht von unten, aus der Duschwanne heraus, besprühen lassen. Um die Düsen regulieren zu können, war eine Menge von Hebeln und Knöpfen da.

Lucien zog sich aus und entfesselte sprühendes Wasser, das bald von da, bald von dort, bald stark, bald sanft, bald heiß und bald kühl kam und ihn immer unversehens, wie mit kleinen, neckischen Angriffen, überfiel. Dann hüllte er sich in leichten, duftenden Schaum, der auf Daumendruck aus einer Sprühdose schoß, und überließ sich noch lange der abwechslungsreichen Dusche. Ihm war froh und leicht zumute. Zum erstenmal war sein Körper für ihn nicht mehr ein Objekt der Scham und des Abscheus. Als er aus der Duschwanne auf den Gummiteppich des Badezimmers sprang, sah er sich sogleich von einer ganzen Schar Luciens umringt, die in einem Labyrinth von Spiegeln seine Bewegungen nachahmten. Dann stockten sie plötzlich und schauten einander an. Das Gesicht hatte unbestreitbar etwas Majestätisch-Würdiges an sich – »etwas Souveränes«, ging es Lucien durch den Kopf – mit seiner breiten, eckigen Stirn, seinem festen, herrischen Blick, seinen vollen, sinnlichen Lippen, und im unteren Teil des Gesichts fehlte nicht einmal jenes Gran Weichheit, das auf werdende Hängebacken von imponierender Vornehmheit schließen ließ. Doch dann war gleich alles verdorben: Der Hals war unmäßig lang, der Rumpf rund wie ein Kloß, die Beine kurz und o-förmig krumm wie die Beine eines Gorillas, und das Geschlecht hing schwärzlich-violett wallend bis zu den Knien hinunter.

Doch er mußte wieder ans Anziehen denken. Lucien warf einen angewiderten Blick auf den dunklen, schweißverklebten Haufen seiner Kleider, da fiel ihm ein weiter Frisierumhang aus purpurnem Frottéstoff ins Auge, der an einem chromblitzenden Garderobehaken hing. Er nahm ihn herunter, hüllte sich malerisch darin ein, bis er schier unter seinen Falten verschwand, und bemühte sich, in den Spiegeln eine würdig-ungezwungene Haltung einzunehmen. Er überlegte, ob er sich wieder anziehen solle. Eine entscheidende Frage: Denn indem er auf die fünf Zentimeter verzichtete, die er durch die hohen Sohlen seiner Spezialschuhe gewann, gab er vor Edith Watson offen zu erkennen, daß er nicht bloß ein Mann von kleiner Statur, sondern ein Zwerg war. Elegante Pantoffeln aus grünem Eidechsleder, die er unter einem Schemelchen entdeckte, gaben schließlich den Ausschlag. Als er auf der Terrasse Einzug hielt, gab ihm die lange Schleppe, die der viel zu große Frisierumhang hinter ihm bildete, das Aussehen eines Kaisers.

Die große Sonnenbrille, die Ediths Gesicht wie eine Maske bedeckte, ließ kaum eine Möglichkeit, Gefühle von ihrer Miene abzulesen, und so verriet, als die majestätische kleine Gestalt vor sie hintrat und mit einem wieselflinken Sprung in dem Baldachin-Liegestuhl Logis bezog, nur ein jähes Erstarren ihre Verblüffung. Der Kanzleivorsteher war verschwunden und hatte einem drollig-fremden, koboldhaften Geschöpf Platz gemacht, dessen Häßlichkeit einen übermannte und in Bann schlug, einem heilig-heillosen Scheusal, dem das Komische überdies einen zersetzenden, destruktiven Zug verlieh.

»Das ist Bobs Frisierumhang«, murmelte sie, um nur etwas zu sagen; in ihrem Tonfall mischte sich Protest und schlichte Feststellung.

»Ich kann ihn auch ablegen«, erwiderte Lucien dreist.

Und er schlug den Umhang weit auseinander, glitt, wie ein Insekt aus einer Blüte, zu Boden und schwang sich mit einem Satz auf Ediths Liegestatt.

Lucien war noch unberührt. Das Wissen um sein körperliches Gebrechen hatte den Ruf des erwachenden Geschlechts immer erstickt. An diesem Tag nun entdeckte er die Liebe, und das Abwerfen seiner Kanzleikleidung, vor allem der Verzicht auf seine hohen Schuhe, die Bejahung seiner eigenen Zwerghaftigkeit, waren in seiner Seele mit dieser blendend grellen, neuen Erfahrung untrennbar verknüpft. Edith hingegen – die sich nur scheiden ließ, weil ihr allzu schöner Ehemann ihr nicht genügte – schien es das reine Wunder, wie ein so kleiner, so verwachsener Körper so phantastisch bestückt und so köstlicher Wirkung fähig sein konnte.

Das war der Anfang eines Verhältnisses, dessen leidenschaftliche Glut rein körperlicher Natur war. Luciens Gebrechen würzte es obendrein für sie mit einer etwas schamvollen Raffinesse, während es ihn ständig in einer aus Angst und Ekstase gemischten, pathetischen Spannung hielt. Ihrem gemeinsamen Willen entsprechend breiteten sie über ihre Beziehung den Schleier völliger Geheimhaltung. Abgesehen davon, daß sie nicht die Stirn gehabt hätte, sich mit einem so seltsamen Geliebten in der Öffentlichkeit blicken zu lassen, hatte er ihr auch auseinandergesetzt, es sei für ihren Scheidungsprozeß ausschlaggebend, daß ihr Lebenswandel bis zum Urteil untadelig erscheine.

Lucien führte nun ein Doppelleben. Nach außen hin blieb er der kleine, dunkel gekleidete Mann mit den hohen Schuhsohlen, den seine Bürokollegen täglich an seinem großen Schreibtisch kritzeln sahen, doch zu manchen Stunden – die keiner bestimmten Ordnung, eher der Laune folgten und mit telefonisch durchgegebenen, verschlüsselten Mitteilungen festgelegt wurden – verschwand er in dem Wohnblock am Bois de Boulogne, ging in das Doppelappartement hinauf, zu dem er einen Schlüssel besaß, und dort, nach seiner Metamorphose in einen herrscherlich stolzen, eigensinnig stampfenden, begehrlichen und begehrten Zwerg, unterwarf er das große blonde, geziert daherredende Weib, für das er wie Opium war, dem Gesetz der Lust. Sie fieberte unter seiner Umarmung, und ihr Liebeslaut, der meist mit kehligen Trillern, mit verklingenden Koloraturen, mit echoartigen, drei Oktaven durchschweifenden Gesangsansätzen begann, gipfelte stets in einer Salve zärtlich-zotiger Schimpfworte. Dann nannte sie ihren Geliebten »mein Ausrutscher«, »mein Schißhäschen«, »mein Juckhagebuttchen«, »mein Goldsackwichtel«. War dann der Sturm vorüber, so hielt sie ihm Vorträge, aus denen hervorging, daß er nichts sei als ein Geschlecht mit allerlei Organen drumherum, ein Glied mit Beinen; sie nannte ihn »mein Anhänger«, »mein Unkeuschheitsgürtel«, sie trug ihn, wie Affenmütter ihre Jungen, an ihre Hüfte geklammert umher und tat so, als ginge sie ihren häuslichen Arbeiten nach.

Er ließ sie reden, ließ es mit sich geschehen, ließ sich von seiner »Zwergenschlepperin«, wie er sie dafür seinerseits nannte, hin- und herbeuteln und sah dabei amüsiert über seinem Kopf zwei Brüste kullern als wären es zwei Fesselballone. Dennoch zitterte er, er könnte sie verlieren, und fragte sich voller Angst, ob die Lust, die er ihr schenkte, stark genug sei, um das Vergnügen am mondänen Leben, das er ihr nicht bieten konnte, wettzumachen. Er wußte aus langer Erfahrung mit Ehescheidungen: Die Frau ist, mehr als der Mann, ein Gesellschaftswesen und kann sich nur in einer Atmosphäre entfalten, die reich ist an menschlichen Beziehungen. Würde sie ihm nicht eines schönen Tages zugunsten eines ansehnlichen oder auch nur präsentablen Geliebten den Laufpaß geben?

Ein unerklärliches Stillschweigen von ihrer Seite machte ihm schwer zu schaffen. Er war darauf eingestellt, ausschließlich auf Ediths Anruf zum Bois de Boulogne zu kommen. Eine ganze lange Woche gab sie kein Lebenszeichen von sich. Schweigend fraß er es in sich hinein, dann wieder ließ er seinen Ingrimm an den Hilfskräften der Kanzlei aus. Nie waren die Briefe, die er scheidungswilligen Mandanten an ihre Ehepartner diktierte, so voller Gift und Galle gewesen. Schließlich wollte er Klarheit haben, und so begab er sich auf eigene Faust zu seiner Geliebten. Diese Klarheit erhielt er auch, und zwar unverzüglich. Mit seinem Schlüssel öffnete er lautlos die Tür des Appartements und schlich in den Flur. An sein Ohr drangen Stimmen. Unschwer erkannte er Edith und Bob, die im besten, ja zärtlichsten Einvernehmen schienen.

Der Schlag traf ihn hart, zumal er unerwartet kam. Hatten die beiden sich wieder versöhnt? War die Scheidung wieder in Frage gestellt? Durch diesen Rückschlag fühlte sich Lucien nicht nur aus dem Leben seiner Geliebten verjagt, sondern überdies zurückgeworfen in sein früheres Dasein, geprellt um die wunderbare Metamorphose, durch die sich sein Schicksal verwandelt hatte. Tödlicher Haß überkam ihn, und er mußte sich gewaltsam zwingen, unter ein Regal zu schlüpfen, als Edith und Bob lachend aus dem Zimmer traten und zur Tür gingen. Als das Geräusch des Lifts verhallt war, verließ Lucien sein Versteck und ging, als folge er einer Gewohnheit, ins Badezimmer. Er zog sich aus, nahm eine Dusche, dann setzte er sich, in Bobs großen purpurnen Frisierumhang gehüllt, auf einen Schemel und wartete, regungslos wie ein Baumstumpf.

Drei Stunden verflossen, da ging die Wohnungstüre, und Edith kam, vor sich hin summend, allein zurück. Sie rief etwas die innere Treppe hinauf, was darauf hindeutete, daß Bob im oberen Stock der Wohnung war. Auf einmal trat sie, ohne Licht zu machen, ins Badezimmer. Lucien hatte den Umhang abgeworfen. Mit einem Satz hing er an ihr, die Beine wie früher um ihre Hüfte geklammert, aber seine Hände hatten, kräftig wie ein Doggengebiß, ihren Hals umfaßt. Edith taumelte, fing sich jedoch wieder und machte, schwer von ihrer tödlichen Last, einige Schritte. Dann hielt sie inne, schien zu zögern und brach zusammen. Sie röchelte schon, als Lucien sie noch ein letztes Mal besaß.

Er hatte nicht mit Vorbedacht gehandelt, und doch ging alles, was er tat, so Schlag auf Schlag vor sich, als folgte er einem lang gehegten Plan. Er zog sich an und lief eiligst zum Büro. Dann kehrte er mit den Beleidigungs- und Drohbriefen, die er Bob diktiert hatte, in das Appartement zurück und versteckte sie in einer Schublade von Ediths Kommode. Schließlich ging er nach Hause und wählte Bobs Telefonnummer. Er mußte es lange klingeln lassen. Endlich meldete sich eine verdrossene, schläfrige Stimme. »Mörder! Du hast deine Frau erwürgt!« sagte Lucien schlicht, mit verstellter Stimme. Und er wiederholte diese Bezichtigung dreimal, denn der andere gab nur stumpfsinnigste Verständnislosigkeit zu erkennen.

Am übernächsten Tag berichteten die Zeitungen über das Vorkommnis; sie führten aus, der Tatverdächtige Nummer 1, der Ehemann der Ermordeten, dessen Briefe am Tatort vorgefunden worden seien und keinen Zweifel an seinen Absichten zuließen, sei flüchtig, seine Verhaftung werde jedoch kaum lange auf sich warten lassen.

Lucien verbarg sich in der Gestalt des von der Natur stiefmütterlich behandelten Kanzleivorstehers, des kleinen Mannes, der viel zu leiden und viel Spott zu erdulden hat – doch verließ ihn keinen Augenblick die Erinnerung an den Übermenschen, der er gewesen war, weil er auf die fünf Zentimeter Größenzuwachs, den seine Spezialschuhe ihm brachten, verzichtet hatte. Weil er endlich den Mut zu seiner eigenen Monstrosität gehabt hatte, war er imstande gewesen, eine Frau zu verführen. Sie hatte ihn verraten. Er hatte sie umgebracht, und nach seinem Rivalen, dem Ehemann, einem lächerlich langen Kerl, wurde von der Polizei aller Länder gefahndet! Sein Leben war ein Meisterwerk, und er wurde jedesmal von einem Freudentaumel erfaßt, wenn er daran dachte, daß er nur die Schuhe auszuziehen brauchte, um sogleich zu werden, was er wirklich war: ein Ausnahmemensch, dem himmellangen Gesockse weit überlegen, ein unwiderstehlicher Verführer und unentrinnbarer Rächer. Sein ganzes Unglück in den vergangenen Jahren war gewesen, daß er das furchtbare Erwähltsein von sich gewiesen hatte, das sein Schicksal war. Feige war er vor der Schwelle des Zwergentums zurückgewichen wie im Vorhof eines Tempels. Endlich hatte er es gewagt, die Schwelle zu überschreiten. Der kleine quantitative Unterschied, den er in Kauf genommen hatte, als er in Ediths Badezimmer auf seine Ausgleichsschuhe verzichtete, der hatte eine umstürzende qualitative Verwandlung mit sich gebracht: Die furchtbare Eigen-

70

schaft, ein Zwerg zu sein, war über ihn gekommen und hatte aus ihm ein Ungeheuer gemacht, das tabu war. Durch das Grau-in-Grau des Anwaltsbüros hindurch suchten ihn Träume heim, in denen er despotische Macht besaß. Zufällig hatte er ein Dokument über die Frauenkonzentrationslager Ravensbrück und Birkenau gelesen. Er sah sich dort als Kommandant, als Lagerleiter, wie er mit einer überlangen Peitsche riesige Herden nackter, wundgeschlagener Frauen vor sich hertrieb – und nicht selten hörten die Stenotypistinnen zu ihrer Verblüffung, wie er eine Art Gebrüll von sich gab.

Aber daß seine neue Würde Geheimnis bleiben sollte, das bedrückte ihn. Er hätte sich gerne vor aller Augen damit umgeben. Er träumte von sichtbarer, öffentlicher, strahlender Anerkennung, wie eine begeisterte Menge sie ihm zollen würde. Er bestellte bei dem Schneider, der ihm seine Anzüge machte, ein dunkelrotes Wams, das eng am Körper anlag, so daß seine Muskeln und sein Geschlecht kräftig hervortraten. Wenn er aus dem Büro kam, tat er die Livree des kleinen Anwaltsschreiberlings von sich, nahm eine Dusche und zog an, was er bei sich seinen Abendanzug nannte; er hatte ihn mit einem leichten Tuch aus malvenfarbener Seide aufgelockert, das er, so wie einst die wilden Burschen, eng um den langen Hals geknotet trug. Dann, Mokassins mit dünnen, biegsamen Sohlen an den Füßen, schlüpfte er hinaus. Er hatte entdeckt, wieviel Bequemlichkeiten es ihm brachte, klein zu sein. Er schritt erhobenen Hauptes durch die niedrigsten Türen. Er konnte in den kleinsten Autos aufrecht stehen. Sessel waren für ihn stets geräumige Nester. Gläser und Teller im Bistro und im Restaurant enthielten für ihn Oger-Portionen. In jeder Lebenslage schwamm er im Überfluß. Bald lernte er auch die Riesenkräfte ermessen, die in seinen Muskeln steckten. In etlichen Lokalen war er rasch bekannt, und die Stammgäste luden ihn ein, mit ihnen zu trinken. Er schwang sich mit einem Satz auf die hohen Barhocker und machte, die Beine wie Arme gekreuzt, einen Handstand. Eines Nachts beleidigte ihn ein Gast, der zuviel getrunken hatte. Lucien renkte ihm das Knöchelgelenk aus und warf ihn zu Boden, dann trat er auf ihm herum und fing an, ihm mit einer Wut, die die Augenzeugen erschreckte, das Gesicht zu zertrampeln. Am selben Tag gab sich ihm eine Dirne hin, ohne Entgelt, nur aus Neugier, weil der Anblick seiner Kraft sie erregte. Von nun an fürchteten die Männer den roten

Zwerg, die Frauen folgten der dunklen Faszination, die von ihm ausging. Sein Bild von der Gesellschaft wandelte sich. Er war die felsenfeste Mitte innerhalb einer Menge von Langstelzigen, die schwächlich und feige auf ihren langen Haxen herumwankten und ihrer Liebsten nichts als das Glied eines Pinseläffchens zu bieten hatten.

Doch der Ruf, den er in kleinem Kreise genoß, sollte nur ein Vorspiel sein. Eines Abends wurde er in einer Bar am Pigalle, wo er gerade ein Spiel aus zweiundfünfzig Karten auf einmal zerrissen und damit eine Wette gewonnen hatte, von einem sonnverbrannten, diamantengeschmückten Mann mit schwarzem, gekräuseltem Haar angesprochen. Er stellte sich vor: Signor Silvio d'Urbino, Direktor des Zirkus d'Urbino, dessen Zelt diese Woche an der Porte Dorée stand. Ob der rote Zwerg nicht bereit sei, in seine Truppe einzutreten? Lucien griff nach einer Kristallkaraffe, um sie auf dem Kopf des unverschämten Menschen zu zertrümmern. Dann besann er sich. Seine Phantasie ließ vor ihm eine riesengroße Schale erstehen, an deren aufsteigender Wandung sich die Köpfe Schaulustiger dicht wie Kaviarkörner um eine grell erleuchtete runde Piste drängten. Von der Schale ringsum brandete brausender, gar nicht mehr endender Beifall nieder auf eine winzige, rotgekleidete Gestalt, die allein in der Arena stand. Er sagte zu.

In den ersten Monaten begnügte sich Lucien damit, die toten Punkte des Programms heiter zu überbrücken. Er lief auf der kreisrunden Brüstung rings um die Arena herum, verhedderte sich in den Trapezseilen, flüchtete mit schrillen Schreien, wenn einer der Männer auf der Piste, aufgebracht, ihm drohte. Am Ende ließ er sich dann in der großen Matte der Todesfahrer einfangen, und die Männer trugen ihn, eine dicke Beule in der zusammengerollten Plane, ohne viel Federlesens hinaus.

Das Lachen, das seinetwegen in den Zuschauerrängen losbrach, verletzte ihn nicht, sondern trug ihn empor. Das war ja nicht mehr das gezielte, rohe Lachen des einzelnen, vor dem ihm bis vor seiner Metamorphose angst und bange gewesen war. Es war ein stilisiertes, ästhetisches, rituelles, kollektives Lachen, eine wirkliche, respektvolle Liebeserklärung der Menge an den Künstler, dem sie, ein weibliches Raubtier, zu Füßen liegt. Überdies schlug das Lachen, wenn Lucien wieder in der Arena erschien, in Beifall um, wie das Blei im Tiegel des Alchimisten plötzlich zu Gold wird.

Doch bald war Lucien dieser kleinen Narreteien müde, die nichts als tastende Versuche waren. Eines Abends sahen seine Zirkuskollegen, wie er in eine Art Arbeitsanzug aus rosafarbenem Plastikstoff schlüpfte, der eine riesige Hand darstellte. Dem Kopf, jedem Arm, jedem Bein entsprach ein Finger mit dem Fingernagel am Ende. Der Rumpf war die Handfläche, und hintendran saß die Andeutung einer abgeschnittenen Manschette. Der riesige, grausliche Körperteil bewegte sich, nacheinander auf jeden Finger gestützt, radschlagend fort, stellte sich auf seine Manschette, krümmte sich kribbelnd zu den Scheinwerfern hin, lief mit der Behendigkeit eines Alptraums umher, erkletterte sogar Leitern und schwang sich, an einem Fingerglied hängend, um Reckstange oder Trapez. Die Kinder brüllten vor Lachen, den Frauen wurde beklommen zumute, wenn ihnen diese riesige Spinne aus rosa Fleisch zu nahe kam. Die Weltpresse schrieb über die Nummer mit der Riesenhand.

Der Ruhm befriedigte Lucien nicht. Er fühlte, daß etwas fehle, etwas noch nicht vollkommen sei. Er wartete – ohne Ungeduld, mit Zuversicht – vielleicht auf etwas, wahrscheinlich aber auf jemanden.

Der Zirkus d'Urbino war schon sechs Monate auf Tournee, als er seine Zelte in Nizza aufschlug. Er sollte dort eine Woche bleiben und dann in seine italienische Heimat zurückkehren. Die Abendvorstellung am dritten Tag war glanzvoll gewesen, und das Auftreten der Riesenhand hatte Furore gemacht. Lucien hatte sich abgeschminkt und ruhte sich in dem luxuriösen Wohnwagen aus, der ihm seit seinem großen Erfolg zur Verfügung stand – da hörte er leise ans Fenster klopfen. Er machte das Licht aus und trat nahe an die säuberlich gerafften Gardinen heran, die ein Viereck von fahler Helle säumten. Eine hohe, massige Silhouette stand schattenhaft vor dem Himmel. Lucien machte das Fenster einen Spalt weit auf.

»Wer sind Sie?«

»Ich möchte Monsieur Gagneron sprechen.«

»Wer sind Sie denn?«

»Ich bin's, Bob.«

Lucien mußte sich setzen, ihm wurde schwach vor Erregung. Nun wußte er, worauf er gewartet hatte, wozu er nach Nizza gekommen war. Er war einer Art Verabredung gefolgt, einer Verabredung mit Edith Watson. Er ließ Bob herein, und die linkische Masse des Wasserski-Stars war in der engen Behausung, mit der Lucien doch ganz bequem auskam, sogleich überall im Wege. Wieder einmal dachte er verächtlich an die Langstelzigen, die eben nirgends zu gebrauchen sind.

Halblaut schilderte Bob, was geschehen war. Seit Ediths Tod führte er ein gehetztes Dasein auf sonnenglühenden Dachböden, in feuchtschimmernden Kellern, wo er von seiner Mutter und von einem Freund wie ein Tier versorgt wurde. Unablässig bedrängte ihn die Versuchung, sich der Polizei zu stellen, aber schon die Aussicht auf die Untersuchungshaft schreckte ihn, und vor allem waren da diese verdammten Briefe voller Morddrohungen, die das Beweismaterial gegen ihn so belastend machten. Aber diese Briefe – er, Lucien, konnte doch bezeugen, daß er sie Bob nur im Hinblick auf die Scheidung diktiert hatte und daß die darin enthaltenen Drohungen nur auf dem Papier standen und auch nur so aufgefaßt werden sollten.

Lucien weidete sich gründlich an seiner Allmacht über den Riesen mit dem Mädchengesicht. Er räkelte sich in einem Nest aus Kissen und bedauerte nur, daß er nicht – insbesondere nicht Pfeife – rauchte, denn sonst hätte er, ehe er eine Antwort gab, sich endlos lange Zeit gelassen, seine Pfeife nach allen Regeln der Kunst zu putzen, sie dann zu stopfen und sie schließlich anzuzünden. In Ermangelung einer Pfeife schloß er die Augen und gönnte sich eine gute Minute wollüstiger, lächelnder, buddhahafter Betrachtung.

»Sie werden von der Polizei gesucht«, sagte er schließlich. »Es wäre meine Pflicht, Sie anzuzeigen. Ich will mir überlegen, was ich für Sie tue. Aber ich brauche einen Beweis Ihres unbedingten, blinden Vertrauens. Das ist ganz einfach. Sie gehen jetzt zurück in Ihr Versteck. Morgen zur gleichen Zeit kommen Sie wieder. Es ist keine Mausefalle. Sie haben dann den Beweis, daß Sie mir vertrauen können. Dann verbindet uns ein Pakt. Es steht Ihnen jederzeit frei, nicht wiederzukommen.«

Tags darauf war Bob da.

»Mit meiner Zeugenaussage wegen der Briefe können Sie nicht rechnen«, sagte Lucien, »aber ich habe Ihnen Besseres zu bieten: Übermorgen ziehen wir weiter nach Italien. Ich nehme Sie mit.«

Bob fiel im Wohnwagen vor ihm auf die Knie und küßte ihm die Hände. Es war für Lucien ein Kinderspiel, ihn in seinem Bett zu verstecken und ihn so über die Grenze zu schmuggeln.

Er gebot ihm, im verschlossenen Wagen zu bleiben, während der Zirkus in San Remo, Imperia und Savona Station machte. Er wartete bis Genua, ehe er ihn Signor d'Urbino als einen Freund vorstellte, den er zufällig in der Menge getroffen habe und mit dem er eine neue Nummer auf die Beine stellen wolle. Sogleich gingen sie an die Arbeit.

Schon ihr enormer Größenunterschied legte es nahe, klassische Nummern zu bringen. So mimten sie den Kampf Davids mit Goliath, dem Lucien ein Finale nach eigener Erfindung angehängt hatte. War der Riese zusammengebrochen, so pumpte sein Besieger ihn mit einer Fahrradpumpe auf. Damit wurde er ein feister Dickhäuter, fügsam und weichlich, der auf der Piste von Rand zu Rand kugelte und mit dem der Zwerg bald seinen Spaß, bald sein böses Spiel trieb. Er benutzte ihn, zweckentfremdet, als Luftmatratze, um darauf ein Nickerchen zu machen, als federndes Trampolin, um zum Trapez oder zu den Turnringen hinaufzuhüpfen, oder als Medizinball. Und dabei wurde der Koloß immerfort verhöhnt, verprügelt von seinem winzigen Widersacher. Am Ende schwang sich Lucien rittlings auf Bobs Hals und hüllte sich in einen endlos langen Mantel, der Bob bis auf die Knöchel hinunter zudeckte. Und so machten sie dann, zu einem einzigen zwei Meter fünfzig großen Mann geworden, die Runde, Bob durch den Mantel blind und völlig ausgelöscht, Lucien gebieterisch-zürnend, in luftiger Höhe.

Ihre Nummer gewann ihre endgültige Form und krönte Luciens Triumph, als sie zur hohen Tradition des Weißen Clowns und des Dummen August zurückfand. Der weißgeschminkte, aufgeputzte Clown, mit Tanzschuhen angetan, die Waden stolz in seidenen Strümpfen, hatte früher einmal, sprühend vor Geist und Eleganz, die Arena für sich allein gehabt. Aber er beging die Unklugheit, ein Gegenbild haben zu wollen, das seine Pracht und Schönheit erst recht zur Geltung bringen sollte, und der – zu diesem Zweck erfundene – Dumme August, fröhlich und derb, mit seinem weinseligen Vollmondgesicht, der hatte ihn nach und nach ausgestochen. Lucien führte diese Entwicklung fort; er machte seinen überfeinerten Partner zu seinem Spielzeug und Prügelknaben. Trotzdem war ihm für Bob nichts zu schön. Der Zwerg setzte ihm eine platinblonde Perücke auf, er brachte an seinem Kostüm wallende Bänder, Stickereien, Spitzen, Schwanenfedern an. Endlich, mitgerissen von der inneren Logik ihrer Nummer, stellte er, indes die Posaune den Hochzeitsmarsch von Mendelssohn spielte, die groteske Vermählung dieses baumlangen, schneeweiß geschmückten jungen Mädchens mit dem winzigen, krötenhaften Knirps dar, der quakend an ihr hinaufhüpfte. Am Ende der Nummer sprang er mit einem Satz wie ein Hund hoch und umfaßte mit seinen kurzen Beinchen die Hüfte seines Partners, und so trug dieser ihn unter tosendem Beifall hinaus in die Kulissen.

Der Sprung am Schluß verwirrte Lucien zutiefst, denn er erinnerte ihn mit schmerzhaft-lustvollem Taumel an die Umschlingung, die Edith Watson das Leben gekostet hatte. Bob und er – waren sie nicht beide vereint in der Liebe zu der ehemaligen Sängerin? Lucien, im Banne dieser Erinnerung, verwechselte am Ende Bob mit Edith, und da ihm mehr daran lag, die Langstelzigen unterzukriegen und zu demütigen als ihnen ihre Frauen wegzunehmen, kam es eines Nachts – und dann allnächtlich – dazu, daß er zu seinem früheren Rivalen auf dessen Schlafstatt im Unterteil des Wohnwagens kroch und ihn besaß wie ein Tier sein Weibchen.

Später gewann das Kaiser-Thema, schon vorgezeichnet durch Bobs purpurnen Frisierumhang, wieder Macht über ihn. Nichts stand mit der clownesken Tradition besser in Einklang als die Idee, den Dummen August – schon der Name legte es ja nahe – zur Parodie eines römischen Kaisers auszugestalten. Lucien hüllte sich in eine rote Tunika, die seine krummen, muskulösen Oberschenkel unbedeckt ließ. Er trug ein Schwert, eine großmächtige Halskette und einen Kranz von Rosen. Das war nicht mehr der August, auch nicht Augustus, das war Nero, *Gag-Nero*, wie d'Urbino, stets auf der Suche nach Werbeslogans und Plakattexten, eines Tages sagte. Was Bob anbetraf, so wurde der ganz natürlich zu Agrippina. Daß Nero seine Mutter hatte umbringen lassen, nachdem er sie zuerst zur Geliebten gehabt hatte – das erschien Lucien – Lucius Nero – als gutes Vorzeichen, denn er fand sich bei den üblichen, ehrenfesten Leitbildern nicht am rechten Platz und ließ sich darum gern von den grandiosen Schandtaten der Antike inspirieren. Es gefiel ihm, daß sich sein Leben allmählich zu einer Karikatur des Lebenswandels der Langstelzigen gestaltete, in grellen Farben und über und über bespritzt mit Blut und Samen.

»Eines macht mir Kummer«, so sagte er eines Nachts, als er

Bob verließ, um wieder in sein kleines Bett zu kriechen – »nämlich daß wir, was immer wir tun, nie ein Kind bekommen.«

Diese Betrachtung enthielt ihr gerüttelt Maß an brutalem Zy-
nismus, war aber gleichwohl insgeheim angeregt durch eine
jüngst gemachte Entdeckung, die einen neuen Wendepunkt
seines Schicksals bezeichnete. Er hatte bemerkt, daß der Beifall
des gewöhnlichen Publikums ohne merklichen Einfluß auf den
geballten Haß blieb, der hart und schwer in seiner Brust lastete,
daß ihn aber zuweilen doch ein lauer Frühlingshauch von den
Zuschauerrängen her anwehte, und zwar gerade von den ober-
sten Reihen, von den letzten Bänken her, die sich im Dunkel
des Zeltes verloren. Diesem Hauch, der ihn anrührte, ihn bewegte, ihn wie ein Segen überkam, spürte er nun leidenschaftlich nach und suchte diejenigen Vorstellungen auszumachen,
in denen er sich kundtat. Und sieh da! Er zeigte sich stets bei
der Nachmittagsvorstellung, und weniger sonntags als vielmehr am Donnerstag, an dem die Kinder zur damaligen Zeit
keine Schule hatten.

»Ich möchte«, sagte er eines Abends zu d'Urbino, »daß wenigstens einmal in der Woche der Eintritt für alle, die älter als
zwölf Jahre sind, verboten ist.«

Der Direktor zeigte sich ob dieses Ansinnens sehr überrascht,
doch respektierte er Launen bei Stars, wenn deren Begabung
sich schon in aufsehenerregenden, einträglichen Ideen kundgetan hatte.

»Wir könnten am 24. Dezember, dem Heiligen Abend, anfangen«, erläuterte der rote Zwerg.

Der Termin war so nah, der drohende Einnahmeausfall so klar
ersichtlich, daß d'Urbino in Bewegung geriet.

»Aber weshalb denn, verehrter Meister, was ist das für eine
Idee: nur unter zwölf Jahren, was soll denn das heißen?«

Lucien fühlte, wie sein alter, haßerfüllter Zorn ihn wieder erfaßte, und er trat drohend auf seinen Direktor zu.

»Das heißt, daß ich einmal ein Publikum nach meinem Zu-
schnitt haben will! Verstehen Sie das, ja? Ich will keinen Langstelzigen dabeihaben, keinen einzigen!«

»Aber – aber – aber«, stammelte d'Urbino, »wenn man Er-
wachsene und Heranwachsende nicht hereinläßt, dann kostet
das eine Menge Geld!«

Die Antwort Luciens, der sonst ganz wild auf seinen Vorteil aus
war, ließ d'Urbino erstarren.

»Das zahle ich!« sagte er schneidend. »Wir lassen den Verlust durch den Kassierer ausrechnen, und Sie setzen den Betrag von meiner Gage ab. Für die Nachmittagsvorstellung am Vierundzwanzigsten ist es übrigens noch einfacher: Ich kaufe alle Plätze. Der Eintritt ist gratis . . . für Kinder.«

Diese Weihnachtsvorstellung blieb in der Zirkusgeschichte ein denkwürdiges Ereignis. Die Kinder strömten aus dem ganzen Umkreis meilenweit herbei, zuweilen in ganzen Omnibussen, denn man hatte Schulen, Erziehungsheime und Waisenhäuser mobil gemacht. Einige Mütter, die am Eingang zurückgedrängt wurden, verfielen darauf, die Ihren aneinanderzubinden, damit die Kleinen nicht verlorengehen sollten, und so sah man Seilschaften von fünf, sechs und sieben Geschwistern die Zuschauertribüne erklettern. Welche Nummern der rote Zwerg an diesem Tag brachte – niemand weiß es, denn es waren keine Zeugen dabei außer Kindern, und die ließ er schwören, das Geheimnis zu wahren. Am Ende der Vorstellung bereiteten sie ihm eine ungeheure Ovation, und er, auf seinen nie wankenden Beinen im Sägemehl aufgepflanzt, stand da, die Augen geschlossen vor Glück, und fühlte, wie dieser Sturm von Zärtlichkeit, dieser Wolkenbruch von Sanftheit und Süße all seine Bitternis hinwegspülte, ihn schuldlos rein und licht werden ließ. Dann brachen die Kinder zu Tausenden in die Arena, umbrandeten ihn als wirre, liebkosende Woge und trugen ihn singend im Triumph umher.

Hinter den rot-goldenen Vorhängen des Stalleingangs die Stallknechte, der Tierbändiger, die chinesischen Taschenspieler, die fliegende Trapezistin, die nepalesischen Jongleure und dahinter die lange, groteske Erscheinung Agrippinas – sie alle wichen zurück und verzogen sich, betroffen von diesem wilden Lobgesang.

»Lassen wir ihn«, sagte d'Urbino zu ihnen. »Er ist bei den Seinen, er wird von seinem Volk gefeiert. Vielleicht zum erstenmal in seinem Leben ist er nicht mehr allein. Ich für meinen Teil, ich habe meinen Slogan: *Lucius Gag-Nero, der Kinderkaiser.* Ich sehe schon mein Plakat: der rote Zwerg in der Toga mit Schwert und mit Krone, und eine riesige Menge kleines Volk, unter dem keiner ihn auch nur einen Fingerbreit überragt. Aber welch ein Ereignis, diese Vorstellung, welch ein Ereignis, Freunde!«

# Tristan Vox

Diese Geschichte spielt in einer Zeit, die erst wenige Jahre zurückliegt und die doch jungen Menschen von heute geradezu prähistorisch vorkommen wird. Damals gab es nämlich noch kein Fernsehen. Das Medium, das allenthalben die Gemüter beherrschte und die Phantasie erhitzte, war der Rundfunk. Indessen darf man nicht meinen, seine Macht sei geringer gewesen als heute die des Fernsehens. Blieben die Stimmen auch ohne Blick und Gesicht, so hatten sie darum erst recht etwas Geheimnisvolles, und ihre Magie übte auf die Männer und Frauen am Lautsprecher eine zuweilen erschreckend starke Wirkung aus. In zahlreichen Religionen – das muß man bedenken – offenbaren sich ja auch Gottes Ratschlüsse durch eine unsichtbare Stimme vom Himmel. So erschienen auch die *Speakers* – so nannte man die Rundfunksprecher – der Öffentlichkeit als körperlose, mit Allgegenwart begabte Geschöpfe, allmächtig und unnahbar zugleich. Manche, die jeden Tag zur selben Zeit – mit quasi astronomischer Regelmäßigkeit – zu Wort kamen, erfreuten sich eines ungewöhnlichen Bekanntheitsgrades und fesselten ständig die leidenschaftliche Aufmerksamkeit ungeheurer Menschenmassen. Ihre Popularität konnten sie an der sagenhaften Menge Post ermessen, die sie bekamen – Post, unter der alles, schlechthin alles zu finden war: Aufschreie, Klagen, Drohungen, Herzensgeheimnisse, Versprechungen, Angebote, flehentliche Bitten. Selbst wenn sie bornierteste, starrköpfige Materialisten waren, konnten sie nicht im unklaren darüber sein, welche Rolle sie in den Gedanken der Absender dieser Zuschriften spielten, und mitunter, wenn sie sich im Spiegel betrachteten, sprachen sie zitternd den schrecklichen, aus vier Lettern bestehenden Namen dessen aus, den sie gegen ihren Willen zu verkörpern genötigt wurden.
Unbestritten der Berühmteste von allen war der hinreißende Tristan Vox. Von einem kleinen, obskuren Studio irgendwo hinter einem riesigen Hochhauskomplex an den Champs-Elysées aus war seine Stimme allabendlich von zweiundzwanzig Uhr bis Mitternacht bei Millionen einsamer Herzen, wiegte sie in Träume und begeisterte sie zugleich. Wie war er zu erklären,

der Zauber dieser Stimme? Gewiß, in ihr war ein dunkler, ein samten liebkosender Klang, dem etwas Zersprungenes, Zerbrochenes, eine tiefe Wunde noch eine ganz besondere Note gab. Und der darum jedem Zuhörer – und erst recht jeder Zuhörerin – mit unwiderstehlicher Süße ins Herz schnitt. Das Rauhe in Tristans Stimme war etwas ganz anderes als die rauhe Stimme Aznavours, ihr gedämpftes Echo, das erst später kam und immerhin einen kleinen armenischen Sänger, einen schmächtigen, fröstelnden Faun zu einem der Idole des Variétés gemacht hat.

Doch die physische Eigenart der Stimme von Tristan Vox hätte nicht genügt, die ungewöhnliche Wirkung zu erklären, die sie ausübte. Auch hier hatte der Rundfunk vor dem Fernsehen den ungeheuren Vorzug, daß er sich an die Augen der Seele, nicht an die des Körpers wendet. Der Mensch im Fernsehen hat nur das Gesicht, das er eben besitzt. Im Rundfunk hat der Mensch das Gesicht, das ihm seine Hörer und Hörerinnen auf den bloßen Klang seiner Stimme hin verliehen.

Doch – seltsam genug – durch die zahllosen Briefe hindurch und sogar in den Zeichnungen, die Tristan Vox erhielt, trat ein gewisser Konsens zutage. Das Bild, das man sich nach seiner Stimme allgemein von ihm machte, war das Bild eines Mannes in den besten Jahren, groß, schlank, elastisch, mit einer Fülle ungebärdiger, kastanienbrauner Haare, die durch ihr romantisch-verschwimmendes Flair das allzu Düstere milderte, das seine schmerzvoll-edlen Züge mit den etwas hohen Backenknochen trotz der Sanftheit seiner großen, melancholischen Augen an sich haben mochten.

Tristan Vox hieß in Wahrheit Félix Robinet. Er war an die Sechzig, war klein, kahlköpfig und besaß ein hübsches Bäuchlein. Erklären ließ sich seine gewinnende Stimme durch eine chronische Halsentzündung und durch ein seltsam zum Vibrieren neigendes Doppelkinn, das den unteren Teil seines Gesichts zierte. Am Ende einer Durchschnittskarriere als Schauspieler vom komischen Fach, die ihn auf Tourneen kreuz und quer durch alle Kreisstädte Frankreichs geführt hatte, war er froh und erleichtert gewesen, als er eine feste, ortsfeste Stellung als *Speaker* beim Rundfunk gefunden hatte.

Zunächst hatte er Wetterberichte, den Nachrichtenüberblick und die Programmvorschau zu verlesen gehabt. Seine Berühmtheit begann erst an dem Tag wirklich, als er seine

Stimme der Zeitansage lieh, die jeder nach Wählen der Nummer *Observatoire 84 00* im Telefon hören konnte. Nun ging das Rätselraten über ihn los, und eine große Tageszeitung warf, wie eine Art Kriminalrätsel, die Frage auf: Wer verbirgt sich hinter der sprechenden Uhr? Robinet, der sich diese Tätigkeit ausgesucht hatte, um einen friedlichen Ruhestand zu haben, hatte sich nun mit Geheimnissen umgeben. Damit trieb er die Neugier vollends zum Siedepunkt.

Eines Tages kam es zwischen dem Direktor des Senders und ihm zu einer Unterredung.

»Offen gestanden«, sagte der andere im wesentlichen zu ihm, »Sie sind wirklich Gold wert. Die Masse der Hörer, die wir durch Ihre Bemühungen ansprechen, ist ungeheuer. Finanziell können Sie von mir verlangen, was Sie wollen.«

Robinet hatte, als von *Bemühung* die Rede war – einer jener falschen Fachausdrücke, die er nicht ausstehen konnte –, eine Grimasse unterdrückt. Er war gegenüber seinem eigenen Schicksal zu mißtrauisch, um sich vorbehaltlos über diese Einleitung zu freuen. Glück zu haben hieß für ihn, daß dahinter gleich die Falle kommen mußte. Dennoch dankte er dem Direktor und sagte ihm zu, er werde sich's überlegen. Tatsache ist, daß seine Bedürfnisse bescheiden waren und daß das Entgegenkommen seines Direktors ihn irgendwie ein bißchen in Verlegenheit brachte. Für ihn kam der Erfolg zu spät. Seine Komödiantenlaufbahn war zu Ende. Zwanzig, dreißig Jahre früher vielleicht? Selbst das war nicht sicher. In Wirklichkeit hatte er diesen Beruf betrieben wie irgendeinen anderen, in aller Gemütsruhe und ohne daß der Dämon des Ehrgeizes ihn jemals aus der Ruhe gebracht hatte.

»Nur, wissen Sie«, fuhr der Direktor fort, »zwei Wünsche hätte ich auch meinerseits an Sie. Wir sind nicht da, um Kratzfüße voreinander zu machen, nicht wahr, und ich will's unumwunden sagen. Die Leute, die Ihnen zuhören, machen sich ein anderes Bild von Ihnen als wie Sie wirklich sind. Sie malen sich Ihre Stimme aus, idealisieren Sie, machen sich das reinste Kino vor. Niemand hat ein Interesse daran, sie zu enttäuschen. Das heißt, Sie müßten erstens ein Pseudonym annehmen, zweitens absolut unsichtbar bleiben. Kein Foto, kein Auftreten in der Öffentlichkeit, bei Festlichkeiten, Cocktails oder sonstwo. Sind Sie damit einverstanden?«

Diese Forderungen sagten Robinet so zu wie man es sich nicht besser wünschen kann. Nichts ging ihm so gegen den Strich wie ein Rummel in der Öffentlichkeit, der nichts taugte und ihn nur in seiner geruhsamen Behaglichkeit stören mußte. Seine Stimme – die in vierzig Theaterjahren nie ein Gemüt bewegt hatte – erregte die Massen, wenn sie über ein Mikrophon zu ihnen drang. Das war einer jener närrischen Einfälle des Schicksals, deren Auswirkungen möglichst zu begrenzen ganz in seinem Sinne war. Mochte also diese goldene Stimme alle möglichen und erdenklichen phantastischen Mythen aufkommen lassen. Er, Félix Robinet, würde sich aus diesen Verrücktheiten heraushalten.

So wurde Tristan Vox geboren, ein herrliches Gemisch aus höfischem Roman und modernem Allerweltsgeschmack. Zwischen Vox und Robinet – da sollten alle Brücken abgebrochen sein. Niemand außer dem Senderpersonal durfte während Robinets Bemühungen das Studio betreten. Keine Fotografie von ihm durfte verbreitet werden. Seine Verbindungen mit der Außenwelt – Post, Telefon, Verabredungen – mußten auf das Sorgfältigste gefiltert werden. Robinet bildete sich ein, wenn er auf diese Weise alle Fäden zerschneide, die ihn mit Vox verbänden, werde dieser ohne weiteres schon dadurch, daß er nicht existiere, ungefährlich sein. In Wahrheit ließ Robinet ihm furchtbar viel Freiheit, die Freiheit beispielsweise, nun, nachdem Vox sich in Millionen Leben einen Platz geschaffen hatte, gewaltsam in das Leben seines eigenen Schöpfers einzudringen und darin ein böses Durcheinander anzurichten.

Denn die Verwandlung, bei der mittels eines schlichten Mikrophons aus Félix Robinet allabendlich Tristan Vox hervorging, war nicht minder geheimnisvoll als die, mit der vom Zauberstab berührt der Kürbis zur Kutsche wird. Robinet zeigte keinerlei dramatisches Bemühen, dem dunklen Helden zu gleichen, der seiner Hörerschaft vorschwebte. Weil es seinem Wesen entsprach, vermied er jeglichen Effekt, jede irgendwie etwas lebhaftere Bewegung, jede leidenschaftliche Betonung, und zwischen zwei Schallplatten, die er ankündigte und »abkündigte« – wie es im Radiojargon heißt – unterhielt er seine Zuhörer im Ton vertrauten Gesprächs, einem Ton, der liebevoll, ein wenig traurig war, der aber Zuversicht gab und in dem, aus unendlicher Erfahrung gespeist, ein Zug amüsiert-illusionsloser Milde zu spüren war. Wovon sprach er? Von allem und nichts. Von den Jahreszeiten, von seinem Garten, seinem

Haus – dabei wohnte er in einer Etagenwohnung in der Rue Lincoln –, er sprach von den Tieren, unerschöpflich, unterschiedslos von allen Tieren, er, der doch nie auch nur einen Goldfisch besessen hatte. Dafür vermied er jede Anspielung auf Kinder, denn er wußte instinktiv, sein Publikum bestehe größtenteils aus Alleinstehenden – Junggesellen und dürren alten Jungfern –, und durch das Bild des Kindes fiele ein Frosthauch über das Tête-à-tête, das er mit Tausenden zur selben Zeit pflegte.

Man hätte ihm vorhalten können, er lüge, er täusche seine Zuhörer, er begehe Abend für Abend einen fortgesetzten Vertrauensbruch. Er hätte das guten Gewissens weit von sich gewiesen und erklärt, er führe doch nur hinter dem Mikrophon den Komödiantenberuf weiter, den er sein Leben lang auf den Brettern ausgeübt habe und der darin bestehe, in den Augen des Publikums einen anderen zu verkörpern als den, der man sei. Hätte man ihm entgegnet, das sei nicht dasselbe, so hätte er das wohl zugegeben, doch ohne genau sagen zu können, worin eigentlich der Unterschied bestehe. Denn diesen Tristan Vox, den verkörperte er anders als ein Schauspieler, der Rodrigo oder Hamlet gestaltet. Er verkörperte ihn mit der unzweideutigen Behauptung, wirklich Tristan Vox zu sein, und er schuf ihn zugleich erst, in jedem Augenblick, anstatt ihn ganz und gar einem Repertoire zu entnehmen. War er sich klar, welches Risiko er damit einging? Denn eine so intensiv lebendig gehaltene Illusion muß doch am Ende über das Reich der Phantasie hinauswachsen, sich in die Wirklichkeit hineinfressen und dort ungeahnte Wirrnisse anrichten.

Ein festes Bollwerk dagegen, daß Tristan Vox verheerend in Félix Robinets friedliches Leben einbrach, waren zwei Frauen. Zunächst und in erster Linie seine Sekretärin, Mademoiselle Flavies magere Pferdegestalt. An ihr brach sich die Flut des morgendlichen Posteingangs, der schwere Beschuß mit Geschenken und Paketen und der ungelegene Ansturm männlicher und weiblicher Besucher. Sie beantwortete Briefe – solche, die für ihn von Interesse sein konnten, legte sie ihm zunächst vor –, leitete die Geschenke an ein Altenheim weiter und entmutigte mit unbeugsamer Höflichkeit alle, die das Vorzimmer belagerten. Félix Robinet sah Mademoiselle Flavie sozusagen nur von hinten und kannte sie kaum, denn sie trat unerschütterlich der hemmungslosen, nach ihrem Götzen gierenden

Masse entgegen, die Tristan Vox bejubelte und für sich beanspruchte. Sie selbst, immerfort im Bann des wundersamen Tristan, hatte Mühe, den unscheinbar grauen, geruhsamen Félix überhaupt wahrzunehmen: Er war in ihren Augen nichts als der Schatten und gewissermaßen die schäbige Innenseite des anderen.

Zudem hatte Robinet, wenn er kurz nach Mitternacht das Studio verließ, nur ein einziges, eiliges Ziel: das traute Heim, wo er von seiner Frau, der zärtlich-vollbusigen Amélie, mit einem kleinen Mitternachtsschmaus in ihrem Stil, das heißt nach auvergnatischer Art erwartet wurde. Denn Amélie war eine hervorragende Köchin, und sie stammten beide aus Billom, einem kleinen Marktflecken im Departement Puy-de-Dôme, wohin sie sich in einigen Jahren zurückzuziehen gedachten. Bedauerlich war nur, daß bei diesem Souper, das die Robinets allnächtlich in gastronomischer Glückseligkeit vereinte, niemand Zeuge war, denn ihre genüßlich-verklärten Mienen, wenn das so lang ausgebrütete Gericht vor ihrer Nase seine betörend würzigen Düfte entfaltete, boten geradezu das Idealbild von Eheglück und Gattentreue. Andererseits hätte man zu der schwermütig-vergeistigten Gestalt eines Tristan Vox schwerlich einen größeren Gegensatz finden können als diese Szene.

Doch gerade an diesem Punkt, der sie beide besonders nah anging – ihrer gemeinsamen Herkunft aus Billom – sollte Vox mit seinem ersten Angriff gegen Robinet ansetzen.

Alles begann mit einer Reihe von Brandbriefen, die von einer gewissen Isolde – offensichtlich hatte sie mit einem an den Vornamen Tristan anknüpfenden Pseudonym unterschrieben – in regelmäßigen Abständen eingingen und die bestürzend genaue Einzelheiten über das Leben der Robinets enthielten. Mademoiselle Flavie war natürlich die erste, der das auffiel.

»Komisch«, meinte sie eines Tages, als sie Robinet die von ihr entworfenen Antwortschreiben zur Unterschrift vorlegte. »Was ist das eigentlich: der Große und der Kleine Turluron? Ich habe Sie diese Namen am Mikrophon nie erwähnen hören.«

Den Einwohnern von Billom freilich ist nichts besser vertraut als der Große und der Kleine Turluron: zwei stattliche Hügel östlich der Stadt, ein beliebtes Ziel für den sonntäglichen Spaziergang. Und eben das setzte Robinet seiner Sekretärin auseinander.

»Trotzdem«, beharrte sie eigensinnig, »ich entsinne mich nicht, daß Sie jemals eine Anspielung auf Billom geäußert hätten.«

Sie hatte ein Elefantengedächtnis, und Robinet konnte sich auf sie verlassen. Er las den Brief. Im Zuge eines höchst freimütigen Geplauders kamen der Kleine und der Große Turluron in kaum verhüllter, obszöner Bedeutung vor. Unterschrieben war das Ganze mit: Isolde.

»Es kann doch sein, daß ich meinen Geburtsort Billom und die beiden Turlurons, die dortzulande jeder kennt, einmal erwähnt habe«, wagte er einzuwenden, ohne es jedoch, als er Mademoiselle Flavie entschieden den Kopf schütteln sah, selbst wirklich zu glauben.

»Das wäre mir nicht entgangen«, beteuerte sie. »Antworten können wir dieser Isolde jedenfalls nach wie vor nicht, denn der Brief trägt ebensowenig eine Absenderadresse wie die anderen.«

Eine Weile blieb alles ruhig, dann meldete Isolde sich von neuem mit einer Salve von Episteln, die jetzt alle Grenzen des Schicklichen überschritten. Sprachlos las Robinet ein übers andere Mal den Satz: *Ach, mein Liebster! Könntest Du mich sehen, wenn ich Dir zuhöre, da kämst Du Dir nicht bescheuert vor!*

»Was, glauben Sie, meint sie wohl damit?«

Mademoiselle Flavies Miene drückte Empörung aus.

»Wie soll ich das wohl wissen?«

»Das hat doch eine Frau geschrieben, und Sie sind doch auch eine Frau«, argumentierte Robinet.

»Sie müßten eigentlich wissen, daß es verschiedene Sorten Frauen gibt!« entrüstete sich das alte Mädchen.

Robinet zuckte die Achseln, ging und schloß sich, nachdem er kurz mit seiner Frau telefoniert hatte, in sein Studio ein. Er ließ die schwere Tür hinter sich zufallen, die dann durch Drücken eines langen Hebels verriegelt wurde, und setzte sich ans Mikrophon. Früher ähnelten die Mikrophone einer dicken, viereckigen Blechschachtel mit vielen kleinen Löchern darin. Sie hatten etwas Anheimelndes, Kindlich-Braves, diese dicken Fliegenkäfige. Die neuen Mikrophone sahen aus wie eine Viper, die es auf das Gesicht, auf den Mund des Sprechenden abgesehen hatte. Robinet kam der Gedanke, eben diese feindselig-bösartige Schlange sei es, die ihn in Tristan Vox verwandle. Besonders stark empfand er die seltsame Einsamkeit, die täglich zur selben Stunde um ihn war. Der überheizte, schalldichte kleine Raum, fest verschlossen wie ein Panzerschrank, hatte als einzige Öffnung zur Außenwelt ein doppelt verglastes Rechteck, durch das Robinet undeutlich draußen über Skalen und Armaturen gebeugt die träge Gestalt des Tonmeisters sah. Sie arbeiteten schon so lange zusammen, daß sie die Gegensprechanlage, über die sie ein paar Sätze hätten miteinander wechseln können, nie mehr benutzten. Der Tontechniker begnügte sich damit, Robinet durch ein kurzes grünes Lichtzeichen darauf hinzuweisen, daß er nun auf Sendung schalte. Dann flammte das rote Lichtsignal auf, und Robinets Einsamkeit, gegenüber seinen Mitarbeitern und seinen privaten Beziehungen fest abgeschottet, tat sich gähnend weit auf zu der ungeheuren, stummen Masse seiner Zuhörer hin. Nun war Félix Robinet sozusagen ins Grab versunken. Tristan Vox, allgegenwärtig wie ein Gott, klang in aller Ohren. Er drängte sich in die Herzen, er entfaltete sich als strahlender Phönix in der Phantasie der Menschen.

Doch Félix Robinet, der an diesem Abend ein bißchen traurig und verängstigt war, reagierte noch mehr als gewöhnlich mit einer zärtlichen Neigung zu gastronomischen Herrlichkeiten. Schon vor Beginn der Sendung hatte er seine Frau angerufen – nur um sie zu fragen, wie es mit den Kuttelflecken aus Chaudes-Aigues stehe, die auf dem Feuer schmurgelten und die den Hauptteil ihres Soupers bilden sollten. Natürlich war es völlig ausgeschlossen, daß Tristan Vox in seiner Sendung die geringste Andeutung auf dieses Gericht machte, eines der deftigsten der ganzen bäuerlich-auvergnatischen Küche, die ja noch nie als leicht und raffiniert gegolten hat. Aber die Kuttelflecke – das kann man sagen – gingen Robinet während der ganzen Dauer seiner Sendung nicht aus dem Kopf.

Am übernächsten Tag brachte Mademoiselle Flavie erneut einen Brief Isoldes und machte ihn besonders auf einen Satz aufmerksam, den sie, jedenfalls aus ihrer Sicht, schlechthin sibyllinisch fand: *Gestern am Mikrophon, da konnte mein Tristan kaum mehr sprechen, so wässerte ihm der Mund; und er wartete mit rasender Ungeduld, bis er die Beine in den Magen stecken konnte!*

Arme Mademoiselle Flavie! Wie hätte sie auch ahnen können, daß ihr Chef an diesem Abend Kuttelflecke essen würde, und die sind ja nichts anderes als gefüllte Hammelbeine, die in Mägen, ebenfalls vom Hammel, stecken? Die Anspielung war, zumindest für Robinet, auffällig. Doch war das nicht eine von der

Erinnerung an das köstliche, nächtliche Mahl verursachte Selbsttäuschung? War es nämlich eine Anspielung – wie ließ sich dann erklären, daß Isolde über die auvergnatische Spezialität Bescheid wußte, die Robinet nach Mitternacht zu erwarten hatte? Dafür gab es nur eine mögliche Erklärung: Er hatte, ohne es zu wollen, in seiner Sendung etwas Derartiges durchblicken lassen. Und doch hatte er keinerlei Erinnerung an einen so groben Schnitzer, und wenn es jetzt schon so weit mit ihm gekommen war, daß er am Mikrophon Dinge sagte, über die er hätte stillschweigen sollen, und obendrein keinerlei Erinnerung daran hatte – war das nicht ein Grund, sehr beunruhigt zu sein?

Tief verstört quälte sich der redliche Robinet mit der Frage herum, ob er denn noch in der Lage sei, einen Beruf auszuüben, in dem er doch vielerlei Risiken und schwere Verantwortung zu tragen hatte.

Zehn Tage lang verhielt sich Isolde mäuschenstill. Offenbar aber nur, um ein Briefchen auszuhecken, in dem Perfides und Geheimnisvolles ein explosives Gemisch bildeten. Übrigens handelte es sich nicht so sehr um einen Brief als um eine große, farbige Zeichnung, die einen riesigen, mit Herzen gespickten Kuchen darstellte. Bunte Buchstaben liefen als Girlanden um den Kuchen. Drehte man das Blatt um seinen Mittelpunkt, so konnte man lesen:

> *Happy birthday for the big Tristan!*
> *Und einen großen Picoussel mit sechzig Kerzen ...*

»Was ist denn ein Picoussel?« fragte Mademoiselle Flavie, aufrecht und düster wie Justitia.

»Was, Sie kennen keinen Picoussel?« wunderte sich Robinet. »Allerdings, das stimmt, ißt man ihn nur in der Auvergne, und zwar besonders, wissen Sie, in Mur, in Mur-de-Barrez, einem Dorf im Cantal.«

Und sein Gesicht blühte auf vor Behagen.

»Er ist eine Art Auflauf, ja, ein Auflauf aus Buchweizenmehl mit Pflaumen darin. Und gewürzt mit Kräutern. Man trinkt dazu vorzugsweise einen Chanturge oder einen Châteaugay.«

Die idyllische Erinnerung konnte Mademoiselle Flavies Stirnrunzeln nicht glätten; etwas, das ihr in dreierlei Hinsicht rätselhaft war, ließ sie nicht los. Diese sogenannte Isolde – woher wußte sie, wann Robinet Geburtstag hatte, wie alt er war, daß er aus der Auvergne stammte? Unwirsch fragte sie ihn danach.

»Das ist jemand, der Sie kennt, Monsieur Robinet. Und das heißt: eine Frau, die Sie kennen!«

Mit dieser hintersinnigen Anschuldigung kehrte sie ihm den Rücken und ging. Ein klarer Fall: In den Augen seiner getreuen Sekretärin hatte Robinet ein Weibsbild und plauderte beim Bettgeflüster allerlei Geheimnisse aus.

Robinet, so brutal aus seinen Picoussel-Träumen gerissen, war von der Ungerechtigkeit und Bösartigkeit des Schicksals ganz geschlagen. Lustlos machte er sich an den Truffado d'Aurillac, den Amélie an diesem Abend für ihn zubereitet hatte.

»Am Samstag, da ist dein Geburtstag«, sagte sie, bevor sie sich den nächsten Bissen in den Mund schob. »Da mache ich dir einen ...«

»Gar nichts!« Robinet schnitt ihr das Wort ab. »Keine Blumen und keine Kränze zu meinem Sechzigsten, hörst du! Mir reicht's schon so!«

Sprach's, ging zu Bett und ließ bei dem noch kaum angeschnittenen Truffado eine darob höchst bestürzte Amélie zurück.

Am Samstag, als Tristan ins Studio kam, wartete seiner dort ein großes, hutschachtelförmiges Paket. Das mit Bildchen und Buchstaben buntbemalte Papier erinnerte an Isoldes letzte Botschaft. Und natürlich enthielt es den besagten Geburtstagspicoussel.

Robinet schickte es ungeöffnet weiter an ein Heim.

Dieser Schlag auf den Magen hatte Isolde offenbar gereizt. Schon am nächsten Tag legte sie wieder los, zielte nun aber eindeutig unter die Gürtellinie. Es war, als hätte sich eine rasende Lust am Unzüchtigen ihrer bemächtigt. Und wenn es wenigstens nur Verheißungen, Liebkosungen, katzenhafte Schmeicheleien gewesen wären, die da allesamt in abscheulich präzisen Ausdrücken geschildert wurden! Aber den Text begleiteten obendrein auch noch farbige Zeichnungen, und die waren derart, daß selbst ein bretonischer Beichtvater schamrot werden mußte.

Robinet nahm diese eigenartigen Zuschriften mit ganz offensichtlichem Widerwillen in die Hand.

»Mademoiselle Flavie«, sagte er schließlich einmal zu seiner

Sekretärin. »Sie bringen mir doch meines Wissens ohnedies nicht alle Briefe, die unter dem Namen Tristan Vox für mich eingehen? Weshalb suchen Sie mir gerade diese Schweinereien aus?«

Mademoiselle Flavie war sichtlich in großer Verwirrung.

»Nun, Monsieur, weil ... ja eben weil ... ich habe mir eben gedacht, diese Briefpartnerin könnte für Sie vielleicht von einem gewissen Interesse sein«, stammelte sie.

»Ja, das stimmt, das ist möglich«, gab Robinet zu. »Man weiß ja nie, auf was diese Verrückte noch kommen mag. Es ist besser, wenn man sie im Auge behält.«

Unter einem Hagel von Briefen, abwechslungsweise mit gastronomischen Anspielungen und mit erotischen Ausbrüchen, ging das Doppelleben Robinet-Vox weiter seinen Gang. Seltsamerweise vermischten sich die beiden Themen nicht; sie stellten gleichsam zwei deutlich unterschiedene Briefquellen dar. Vielleicht hätte die Lage so noch lange andauern können, wäre nicht ein neues Ereignis eingetreten, das sie über den Haufen warf, ein Schicksalsschlag, so gewaltsam und perfide, wie man es sich kaum vorstellen konnte.

Jeden Mittwoch erschien eine vielgelesene Hörerzeitschrift, *Radio-Hebdo*; sie brachte außer den Programmen der kommenden Woche jeweils eine Bildbeilage, die den Stars des Rundfunks gewidmet war. Dem Chefredakteur war nicht klar, weshalb die Normalauflage seiner Zeitschrift diese Woche innerhalb einiger Stunden vergriffen war. Er veranlaßte eine Neuauflage und ging der Sache nach.

Die Lösung des Rätsels fand sich dann in der Ecke einer Seite des Magazins. Am Rand neben den Programmnotizen erschien da das Porträt eines noch jungen Mannes mit mäßig starken Backenknochen, mit melancholischen Samtaugen und vollem, ungebändigtem, kastanienbraunem Haar. Durch ein unbegreifliches Versehen beim Druck stand jedoch unter diesem Foto der Name *Tristan Vox*, während es in Wahrheit das Foto eines gewissen Frédéric Durâteau war, eines Tennisspielers, der an der Schlußrunde um den Borotra-Pokal des Tennisclubs Nanterre teilnahm.

Robinet schlug nie eine Zeitung auf, und so erfuhr er erst durch den Direktor des Senders von dem Vorfall. Nachdem ihm schon die täglichen Brandbriefe der mysteriösen Isolde schwer zusetzten, zeigte er sich über dieses neue Mißgeschick höchst betroffen. Der Direktor bemühte sich freilich, ihn zu beruhigen. Daß ein Foto erschienen war, das ihm nicht im geringsten ähnlich sehe, könne das Publikum nur erst recht irreführen und sein Incognito verstärken. Ohne danach gesucht zu haben, habe er in Zukunft für seine Bewunderer ein Gesicht, und dieses Gesicht sei nichts als eine Maske, hinter der er vollkommen unsichtbar bleibe.

Die Argumente waren vernünftig und überzeugend. Robinet hörte sie sich mit dem allerbesten Willen an. Aber im Grunde seiner selbst war und blieb er überzeugt, der Horizont sei schwarz und voll von Bedrohlichem. Mehr noch, er hatte zuinnerst das Empfinden, sein ganzes Leben sei drauf und dran, wie ein Kartenhaus zusammenzustürzen. Und in Erwartung neuen Unheils machte er schon den Buckel krumm.

Am darauffolgenden Montag brach es herein. Die großen Zeitungen hatten über Samstag und Sonntag genug Zeit gehabt, in die Fußstapfen von *Radio-Hebdo* zu treten und eine stark vergrößerte Reproduktion des angeblichen Fotos von Tristan zu bringen. Als Robinet an diesem Montag einige Minuten vor Beginn seiner Sendung im Studio erschien, eilte Mademoiselle Flavie in einem Erregungszustand, dessen er sie niemals für fähig gehalten hatte, auf ihn zu:

»Monsieur, Monsieur«, rief sie. »Er ist da!«

»Wer ist da?« fragte Robinet.

Er stellte diese Frage, weil sie sich aufdrängte, doch wußte er leider gut, wer gemeint war.

»Tristan Vox natürlich!« rief Mademoiselle Flavie.

Robinet sank auf einen Stuhl, die Knie von der Aufregung wie zerschlagen. Nun war also der Augenblick da, auf den er seit Monaten mit Schrecken gewartet hatte. Der Augenblick, da er einer imaginären Gestalt gegenüberstand, die von ihm, genau gesagt von seiner Stimme abgeleitet, die täglich zwei Stunden vor einer riesigen Menschenmasse beschworen, von den Träumen dieser Masse befruchtet und durch sie mit Wirklichkeit beschwert worden war, die von ihm, Robinet, und von dieser Masse herbeizitiert und zum Erscheinen aufgerufen und daher zwangsläufig dazu bestimmt war, sich über kurz oder lang in Fleisch und Blut zu verkörpern.

Unter Mademoiselle Flavies forschendem, fiebrigem Blick ließ er einige Minuten verstreichen.

»Wo ist er?« brachte er schließlich hervor.

»Er wartet . . . im Büro.«

Robinet bemerkte flüchtig, daß sie nicht »in Ihrem Büro« sondern »im Büro« gesagt hatte. Wahrscheinlich würde sie bald »in seinem Büro« sagen.

»Gut«, sagte er entschieden, »ich sehe mal nach.«

Er vermied es, deutlich zu sagen, »ich sehe nach *ihm*«, denn er wollte lediglich durch den Türspalt einen Blick auf ihn werfen, nicht etwa ein Gespräch anknüpfen, das über die Zeit, die ihm bis zum Beginn seiner Sendung noch blieb, hinaus- und vielleicht über seine Kräfte gegangen wäre.

Er ging auf den Fußspitzen davon und kam zwei Minuten später ebenso zurück.

»Er ist es tatsächlich. Das ist der Mann auf dem Foto.«

»Er ist Tristan Vox!« verbesserte Mademoiselle Flavie schonungslos.

»Es ist der Mann auf dem Foto«, wiederholte Félix Robinet eigensinnig.

Er hatte nicht einmal zur Hälfte recht, und er wußte es. Denn der, den er geduldig hatte im Büro sitzen sehen, wies all die körperlichen – und wahrscheinlich auch die seelischen – Züge auf, die Tristan Vox in der Unmasse von Hörerpost zugeschrieben wurden, und wenn man von einem Zeichner verlangt hätte, er solle nach diesen Briefen das Phantombild des berühmten Rundfunksprechers entwerfen, so hätte er genau das Porträt des unerwünschten Besuchers gezeichnet.

»Was soll ich mit ihm?« fragte Mademoiselle Flavie.

»In zwei Minuten beginnt meine Sendung, und dann hab' ich zwei Stunden zu tun«, sagte Robinet. »Sagen Sie ihm . . . Ach was, das ist mir egal! Machen Sie mit ihm, was Sie wollen!« schrie er und schloß sich ins Studio ein.

Ahnten die Leute, die an diesem Abend seine Sendung hörten, die ungewöhnlichen Umstände, unter denen sie stattfand? Vielleicht, denn von der Erregung, die Robinet den Hals zuschnürte, war seine Stimme noch hinreißender in ihrer sanften, tiefschmerzlichen Rauheit. Er sprach, und seine Seele flog auf schnellen Schwingen zu Tausenden anderer Seelen. Doch zum erstenmal besaß seine Seele einen Körper. Und der war nicht der – schwerfällige, lächerliche – Körper Félix Robinets. Dieser Körper saß in einem Büro neben dem Studio, und infolge der »Rückeinspeisung« dessen, was über den Sender kam, entging ihm kein Wort, das Robinet in den Äther schickte. Robinet wußte das und war davon tief verstört. Zum erstenmal hatte er das scheußliche Gefühl, einen Betrug zu begehen, ungefähr so, als spiele er Shakespeares *Caesar* und wisse, in den Kulissen stehe der historische Caesar, beobachte ihn und höre ihm zu.

Zwei Minuten nach Mitternacht verließ er, der Erschöpfung nahe, das Studio. Er ging hinüber zu seinem Büro, nicht ohne den Herrgott zu bitten, der Eindringling möge fort sein. Er war immer noch da. Robinet konnte der Unterredung, die »der andere« offensichtlich erwartete, nicht mehr ausweichen. Er bat Mademoiselle Flavie, seiner Frau zu bestellen, er komme erst später, und sie möge sofort die bardierten Wachteln aus dem Backrohr nehmen, wo sie jetzt sein mußten, wenn sie in fünfunddreißig Minuten – der Zeit, die er brauchte, um nach Hause zu fahren und sich an den Tisch zu setzen – aufgetragen werden sollten. Dann ging er, wie man ins Wasser springt, in sein Büro, drückte dem Besucher die Hand – eine offene, kühle, sehnige Hand, ging ihm durch den Sinn – und setzte sich ihm gegenüber.

»Nun?« sagte er anstelle jeder Einleitung.

»Nun?« wiederholte Durâteau leicht verwundert. »Nun ja, darauf . . . Darauf bravo! Ja, Tristan Vox, bravo! Ich höre Ihnen seit zwei Stunden zu. Sie waren noch nie so überzeugend, so herzlich, so undemagogisch freundschaftlich, so unaufdringlich intim, so ohne Selbstdarstellung menschlich. Soll ich es Ihnen sagen? Ja, als ich Sie hörte, war ich stolz!«

»Stolz?« wunderte sich Robinet. »Stolz – worauf?«

»Stolz? Eben ganz einfach stolz, Tristan Vox zu sein!«

»Denn Sie sind Tristan Vox?«

»Ach, lieber Herr, glauben Sie mir, ich habe nicht danach gestrebt! Nein! Ich hab' von niemandem was gewollt. Es ist erst acht Tage her, da wußte ich noch nicht mal von seiner Existenz, von diesem Monsieur Tristan Vox. Und dann – na ja, dann ist urplötzlich mein Foto in allen Zeitungen, und ich kann die Nase nicht mehr aus dem Haus strecken, und schon zeigt man mit Fingern auf mich, schon will man von mir Autogramme, Geld, Ratschläge, Liebe und was weiß ich noch alles! Meinen Sie vielleicht, das sei ein Leben, sowas? Denn, Monsieur, das mag Sie womöglich überraschen, ich habe eine Frau, Kinder, Eltern, Freunde, eine Stellung. Und was, frage ich Sie, bleibt von alledem, seit ich Tristan Vox bin?«

»Also jetzt versteh' ich gar nichts mehr«, gestand Robinet.
»Sind Sie da, um mir zu gratulieren oder um sich zu beklagen?«

»Zugegeben, ich war hergekommen, um von Ihnen Rechenschaft zu fordern. Ihnen zu sagen, daß Sie nicht das Recht haben, das Leben eines Menschen, der Ihnen nichts getan hat, derart durcheinanderzubringen. Ja, ich kam, um mit Ihnen über mögliche Absprachen zu reden, was weiß ich, über einen Ausgleich, einen Schadensersatz, wenn Sie wollen! Ja, und dann bin ich seit zehn Uhr hier ins Zimmer gesperrt und hör' Ihnen zu. Höre also Tristan Vox, und höre insoweit, als mir alle versichern, ich sei Tristan Vox, eigentlich mich selbst. Und ich finde mich verdammt gut! Denn sehen Sie, alles, was Sie heute abend gesagt haben – ja, ich hatte das Gefühl, es käme aus meinem Munde. Ein komisches Gefühl, kann ich Ihnen versichern!«

»Nicht nur für Sie!« bemerkte Robinet ironisch.

Eine Pause entstand. Aus der Ferne, näher und näherkommend, hörte man die klagenden Doppeltöne eines Krankenwagens.

»Ein Engel geht durchs Zimmer«, bemerkte Robinet, noch immer sarkastisch.

»Ein Engel?« wiederholte Durâteau. »Unter uns: Der Engel geht nicht durchs Zimmer. Der Engel steht da, strahlend, unvergänglich, geistsprühend, hochherzig, schrecklich vor Reinheit und Macht. Der Engel Tristan Vox!«

»Nein! Jetzt hab' ich's satt!« schrie Robinet. »Sie sind vollkommen verrückt, und ich hab' den Verdacht, daß Sie mich anstecken. Sie möchten wohl, daß wir alle überschnappen!«

Da wurde jäh die Bürotür aufgerissen, und der struppige Kopf eines Technikers schaute herein.

»Denken Sie«, stieß er heiser hervor, »Ihre Sekretärin, die hat einen Unfall gehabt! Gerade wird sie in einen Krankenwagen verladen.«

»Mademoiselle Flavie? Was für ein Unfall? Was ist ihr passiert?«

»Sie ist gestürzt.«

»Gestürzt? In ihrem Büro? Auf der Treppe?«

»Nein, aus dem Fenster. Aus dem dritten Stock. Auf die Straße.«

»Das ist ja . . . ! Aber wie konnte sie denn aus dem Fenster stürzen?«

»Das weiß ich doch nicht. Vielleicht hat sie ein bißchen nachgeholfen?«

»Mein Gott! Ich muß gleich zu ihr! Würden Sie meine Frau anrufen?«

Robinet stürzte hinaus, rannte, vier Stufen auf einmal nehmend, die drei Stockwerke hinunter und kam gerade rechtzeitig unten an, um noch den Krankenwagen mit Blinklicht und jammerndem Signalhorn davonfahren zu sehen. Er mußte sich nach dessen Ziel erkundigen, dann ein Taxi suchen und mit ihm nach Neuilly in die Klinik fahren.

Robinet fand Mademoiselle Flavie, wie sie, den Kopf in einen riesigen Turban von Mullbinden gewickelt, auf einem Feldbett lag und auf das Röntgen wartete.

Die Krankenschwester ließ Robinet vorbei, als sie sah, daß die Verletzte ihn mit eindringlichen Gesten bat, er möge näherkommen. Sie empfahl ihm, sich so kurz wie möglich zu fassen, und verschwand.

Robinet hatte Mühe, in diesem vermummten Etwas mit dem verschwollenen Gesicht seine Sekretärin zu erkennen.

»Kommen Sie her, Félix!« murmelte sie. Er gehorchte. Daß sie ihn zum erstenmal beim Vornamen nannte, beeindruckte ihn tief.

»Ich weiß nicht, was mit mir wird, und ich bin Ihnen eine Erklärung schuldig. Und vor allem ein Geständnis. Ja, Isolde – das war ich!«

Sie verstummte, als wollte sie ihm Zeit lassen, diese ungeheuerliche Kunde in sich aufzunehmen.

»Ich konnte nicht mehr, verstehen Sie? Dieses ganze Leben, diese ganzen Briefe an jemanden, den es gar nicht gab. So ging es nicht mehr weiter. Ich spürte, ich würde verrückt. Ich mußte unbedingt etwas finden, das ihm zum Dasein verhalf, das ihn dazu zwang. Da kam Isolde ins Spiel. Von ihren ersten Briefen an hatte ich den Wunsch, ihren Platz einzunehmen. Ich hab' ihre Schrift nachgemacht und habe Sie mit stürmischen, ungehörigen Briefen bombardiert, die mich Tränen der Scham und Wut kosteten, wenn ich sie schrieb. Und all das nur, um Tristan Vox zu zwingen, sich offen zu zeigen, seinen Bau zu verlassen, verstehen Sie?«

Sie verstummte für einen Augenblick, als lasse sie in der Erinnerung die Mühen dieses Briefschreibens an sich vorüberziehen. Es wäre Robinet nie im Traum eingefallen, diese himmelschreienden, obszönen Briefe mit seiner Sekretärin, der pünktlichen, prüden Mademoiselle Flavie, in Verbindung zu bringen; er empfand hingegen keinerlei Schwierigkeit dabei, in dieser neuen, mit einem Turban aus weißem Mull umwickelten, über und über mit violettlichen Blutergüssen überzogenen Person die Verfasserin dieser Briefe zu sehen.

»Ich war sicher, er werde schließlich doch offen hervortreten, und gleichzeitig spürte ich eine nahende Katastrophe. Denn ich konnte ihr ja nicht entgegentreten, verstehen Sie?«

Das war nun schon das zweite Mal, daß sie ihn fragte, ob er verstehe. Er schwieg. Nein, er verstand das nicht. Er hatte ohnehin schon lange nichts mehr verstanden. Schon seitdem Tristans Foto in *Radio-Hebdo* erschienen war, oder gar schon vorher, seit dem ersten Brief mit der Unterschrift *Isolde*. Welche Isolde? Nicht Mademoiselle Flavie, denn die hatte, ihrem Geständnis zufolge, ja erst später ihre Briefe unter die Briefe einer anderen, der ersten Isolde, geschmuggelt ...

Die Patientin gab sich verzweifelte Mühe, sich zu rechtfertigen.

»Ich war wahnsinnig vor Besorgnis, als er im Studio auftauchte. Ich habe ihn sofort erkannt, und ich war mir sicher: ich war schuld, daß er gekommen war. Ich weiß gut, daß das Unsinn ist, aber der Gedanke läßt mich nicht los. Dann haben Sie mir gesagt, ich solle sehen, wie ich mit ihm zurechtkomme, und daß Sie ihn nicht sehen wollen. Unterschwellig hieß das, ich sei schuld daran, daß er hier im Büro sei. Und um mich vollends fertigzumachen, haben Sie mich veranlaßt, Ihre Frau anzurufen. Als ich ihr alles erzählt habe ...«

Ach so! Also war jetzt auch noch seine Frau in diese ganze komplizierte Geschichte verwickelt! Als wäre die Situation nicht schon verworren genug gewesen!

»Ja, und dann? Was haben Sie zu meiner Frau gesagt? Was hat sie Ihnen geantwortet?«

Doch Mademoiselle Flavie war, die Augen geschlossen, wieder auf ihr Kopfkissen zurückgesunken. Einen Augenblick betrachtete Robinet dieses bleiche, buntfleckige Clownsgesicht, dessen groteske Trauer und Häßlichkeit seinem eigenen Schicksal glichen. Hier gab es für ihn nichts mehr zu erfahren. Überdies gab ihm die Krankenschwester ein Zeichen, er solle gehen.

Er stand auf, verließ die Klinik und mußte eine ganze Weile zu

Fuß gehen, ehe er ein Taxi fand. Es war fast zwei Uhr früh, als er vor seiner Wohnungstür stand. Der Sicherheitsriegel war vorgelegt; er bekam mit seinem Schlüssel die Tür nicht auf. Er läutete.

»Komm, Amélie! Mach auf! Ich bin's, Félix!«

Hinter der Tür waren leise, schlurfende Schritte zu hören.

»Bist du's, Félix?«

»Ja, mach auf.«

Geräuschvoll wurde der Riegel umgelegt, die Tür ging auf, und schon taumelte Félix zurück – so stürmisch warf sich Amélie ihm in die Arme.

»Félix, Félix«, schluchzte sie. »Verzeih mir. Ich bin an allem schuld.«

»Woran bist du schuld? Was soll ich dir verzeihen?«

»Sag zuerst, daß du mir verzeihst!«

»Ich verzeihe dir.«

»Isolde, das war ich!«

Und das Schluchzen begann von neuem. Für Robinet war es nun eindeutig, daß die ganze Welt sich gegen ihn verschworen hatte.

»Sollten wir jetzt nicht schlafengehen und über all das dann morgen reden?« schlug er vor.

Amélie war sprachlos.

»Über sowas könntest du schlafen? Und ohne vorher was zu essen?«

»Essen? Na ja, weshalb nicht? Die bardierten Wachteln, die für diesen Abend vorgesehen waren, hatte er ganz vergessen. Er löste sich aus Amélies Umarmung und ging hinüber in die Küche. In der Luft lag ein Geruch von verkohltem Fleisch. Das Backblech auf dem Herd bot ein Bild des Jammers: vier kleine Bündel, kohlschwarz, von Sprüngen durchzogen.

»Ich hatte Flavie gesagt, sie möge dich anrufen, damit du das hier aus dem Ofen nimmst.«

»Deine Sekretärin? Ja, ja, die hat mich angerufen! Aber nicht, um von Wachteln zu reden! Sag mal, Félix, an was denkst du?«

»An was ich denke? An was soll ich schon denken um zwei Uhr früh mit leerem Magen?«

»Mademoiselle Flavie hat mir gesagt, Tristan Vox sei bei dir im verschlossenen Büro. Sie wirkte, als wär' sie verrückt vor Angst. Sie sagte noch: ›Das mit den Isoldebriefen, das gibt bestimmt eine Tragödie!« Und Isolde, das war ich!« rief Amélie von neuem, und wieder überwältigten sie die Tränen. Schließlich saßen die beiden in der Küche und kauten an einer Käseomelette, die Amélie zwischendurch unter Schluchzen zubereitet hatte. Währenddessen schilderte sie ihren Leidensweg.

»Jeden Tag, den der Herrgott werden ließ, hab' ich wie tausend andere abends zwischen zehn Uhr und Mitternacht zugehört, wenn Tristan Vox sprach. Aber eben nicht so wie tausend andere. Denn ich war schließlich Félix Robinets Frau. Und Tristan und Félix, das war ja eigentlich derselbe Mensch. Eigentlich schon, ja, aber das soll mal einer wissen! Denn ich hab' nämlich deine Stimme im Radio nie wiedererkannt, hörst du, gar nie! Da hab' ich mir zwangsläufig Gedanken gemacht. Was hatte es mit diesem Tristan Vox auf sich, der im Alltag mein Mann und zugleich für eine Masse unbekannter Frauen die große Liebe war? Ich wollte Klarheit. Wollte mich in Tristan verlieben. Ich schrieb Briefe, unterschrieb sie mit Isolde. Wollte sehen, was daraus würde. Und zudem versuchen, von dir auch dann noch etwas zu finden, zu erfassen, wenn aus dir Tristan Vox geworden war.«

Während Robinet aß, starrte er nur vor sich hin und dachte nach. Er war wirklich recht unvorsichtig gewesen. Jahrelang hatte er sich allabendlich bemüht, eine mit jeglichem Charme, mit allen Vorzügen begabte Idealgestalt erstehen zu lassen, eine Gestalt, die zwar nur in der Vorstellung, dennoch aber – anders als er bisher gemeint hatte – wirklich vorhanden war, weil Hunderttausende von Hörern und Hörerinnen an ihre Existenz glaubten. Diese Masse von Gläubigkeit war gleichsam ein gesammeltes Energiepotential, ein ungeheurer Spiralnebel, dessen Ausstrahlung die, welche ihr voll ausgesetzt waren – in erster Linie seine Sekretärin und seine Frau – unausweichlich verwirren, und die unter Umständen einen Niederschlag, eine Verdichtung zu einer menschlichen Gestalt erzeugen mußte, die im vorliegenden Falle Frédéric Durâteau hieß. In der ganzen Sache hatte Robinet die Rolle des Zauberlehrlings gespielt, der die Seinen ins Unglück und sich selbst ins Verderben stürzt, weil er in aller Harmlosigkeit mit Kräften hantiert, die seinen Verstand übersteigen.

Was tun also? Nicht noch mehr aufs Spiel setzen! Im Grunde existierte Vox ja nur dadurch, daß ihm täglich zwei Sendestunden lang ein Pseudoleben eingeflößt wurde.

»Ich muß ihm den Hahn zudrehen«, dachte Robinet.

Einseitig den Vertrag mit dem Sender brechen? Daran war nicht zu denken. Dieser Fall war im Vertrag geregelt: Zwar konnte die Leitung des Senders ihm jederzeit ohne Vorwarnung und Entschädigung kündigen, er hingegen hätte als Preis für seine Freiheit eine beträchtliche Abstandszahlung zu leisten.

Immerhin genügte Flavies Selbstmord, um einen Nervenzusammenbruch und drei Wochen Erholung zu rechtfertigen.

Er ging nicht wieder ins Studio, er ließ durch Amélie dem Direktor des Senders schreiben, in welchem Zustand er sich befinde. Dann wartete er auf die Antwort. Sie kam am übernächsten Tag und war so positiv wie er es nur wünschen mochte. In Anbetracht der Vorfälle bewillige man ihm die gewünschte Erholungszeit sehr gerne.

Gleich am Wochenende stieg das Ehepaar Robinet in den Zug und fuhr nach Billom. Sie richteten sich in Amélies elterlichem Haus, das sie nach den Ferien verlassen hatten, häuslich ein. Die Wände, die Zimmer und draußen die Straßen und Plätze, die man sonst gewöhnlich nur im Sommer sah, nun dicht vor dem Winter vorzufinden, war für sie eine seltsame, etwas traurige, aber friedlich stimmende Erfahrung, die ihnen das Gefühl gab, als seien sie plötzlich um vieles älter geworden. War das eine Auswirkung des Alterns? Amélie hatte jeden kulinarischen Schwung verloren, und keine Anspielung ihres Mannes konnte sie bewegen, zum Backofen und Herd zurückzukehren.

Robinet nahm die Gewohnheit an, jeden Abend im Grand Café in der Rue du Colonel-Mioche seine Partie Billard zu spielen. Amélie blieb zu Hause; oft verbrachte sie dort den Abend mit einer Nachbarin zusammen. Weil Robinet gewohnt war, spät schlafenzugehen, vergaß er nicht selten die Zeit und blieb, bis das Café schloß. Doch eines Tages kehrte er wegen eines Grippeanfalls vorzeitig in die eheliche Wohnung zurück. Über das Radio gebeugt, hörten die beiden Frauen die Tür nicht gehen. Robinet horchte genau hin. Er verstand nur einen Namen, den Namen des Mannes, dessen warme, jugendliche, sympathische Stimme nun von neuem erklingen würde: Tristan Vox!

An diesem Abend hatte Robinet das sichere Gefühl, er werde nie wieder vor einem Mikrophon sprechen. Die Bestätigung dafür bekam er, als er am übernächsten Tag in einem Zeitungskiosk die neueste Nummer von *Radio-Hebdo* liegen sah. Auf der Titelseite prangte groß Frédéric Durâteaus Foto, und dabei stand eingerahmt, in großen Buchstaben, nur ein einziger Name: Tristan Vox.

Einige Tage später überkam ihn ein Gefühl abgrundtiefer Einsamkeit: Er gewahrte denselben Namen unversehens auf einem Briefumschlag, den Amélie offenbar heimlich zur Post bringen wollte.

# Véroniques Schweißtücher

Alljährlich im Juli locken die *Rencontres internationales de Photographie* eine Unmenge Amateur- und Berufsfotografen nach Arles. Ein paar Tage lang prangt an jeder Straßenecke eine Ausstellung, auf den Terrassen der Cafés entspinnt sich ein großes Palaver, des Abends projizieren die markantesten Gäste auf einer großen Leinwand im Hof des ehemaligen erzbischöflichen Palais ihre Werke und ernten von einem leidenschaftlich beteiligten, unnachsichtigen jungen Publikum Beifall oder lautstarkes Zischen. Wer im Gotha der Fotografie bewandert ist, goutiert es, wenn er in den Gassen und auf den kleinen Plätzen der Stadt Ansel Adams und Ernst Haas, Jacques-Henri Lartigue und Fulvio Roiter, Robert Doisneau und Arthur Tress, Eva Rubinstein und Gisèle Freund erkennt. Man macht einander auf Cartier-Bresson aufmerksam, der dicht an den Mauern entlangstreicht, weil er meint, er könne nichts sehen, solange er selbst gesehen wird, auf Jean-Loup Sieff, der so schön ist, daß man wünschte, er machte nur noch Selbstporträts, auf den nachtdunklen, geheimnisvollen Brassaï, der selbst in der prallen provenzalischen Sonne einen alten schwarzen Regenschirm niemals aus der Hand läßt.

»Brassaï, was soll denn der Regenschirm?«

»Eine Manie von mir. Sie hat mich an dem Tag gepackt, als ich das Rauchen aufgab.«

Sicher habe ich Hector und Véronique schon beim erstenmal beisammen gesehen, aber es ist wohl verzeihlich, wenn mir zunächst nur Hector auffiel. Es war auf einer jener schmalen Landzungen, die am Saum der Camargue das Meer von den letzten brackigen Binnenseen trennen, ein Zwischenreich, auf das die Flamingos niederfallen wie riesige weiß-rote Netze. Eine Gruppe Fotografen, geführt von einem der Organisatoren der *Rencontres*, hatte sich auf diesem weithin überfluteten Gelände zusammengefunden, um Aktaufnahmen zu machen. Das Modell, ein junger Mann, konnte sich hier in herrlich-großartiger Nacktheit entfalten: Bald lief er durch den Schaum der Wellen, bald lag er mit dem Leib flach auf dem Sand, er kauerte da, in embryonaler Stellung zusammengeduckt, oder er schritt in den toten Wassern des Binnensees dahin und schob dabei mit den starken Oberschenkeln Algen und salzglänzende Schlieren zur Seite.

Hector war ein mediterraner Typ, mittelgroß, schwerfällig-muskulös, das Gesicht rund, ein wenig kindlich, verdüstert von der Stirn eines jungen Stiers, über der sich girlandenhaft eine schwarze Mähne kräuselte. Spielerisch lebte er ganz und gar das Natürlich-Animalische aus, das ihm eigen war und das so glücklich zu den einfachen, urwüchsigen Dingen dieses Landes am Rande der Welt paßte: Wasser, flutendes oder stockendes; fahlrote Gräser, gräulich blauende Sandflächen, Baumstümpfe, weißgefegt von Wetter und Wind. Er war nackt, ja, aber nicht völlig, denn er trug eine Art Halsband, eine lederne Schnur, die in einen großen, durchbohrten Zahn auslief. Dieser wilde Schmuck trug übrigens noch zu seiner Nacktheit bei, und Hector nahm das unaufhörliche Dauerfeuer der Fotografen mit naivem Wohlgefallen entgegen als die Huldigung, die seinem prachtvollen Körper ganz zu Recht gebührte.

Zurück nach Arles fuhren wir mit einem halben Dutzend Autos. Der Zufall hatte mich neben einer schmalen, lebhaften kleinen Frau plaziert, an der ein wacher Verstand und ein gewisser fiebriger Charme die Schönheit ersetzten und bei der ich die Schwere und Unhandlichkeit der Fotoausrüstung, mit der sie sich abschleppte, als unmenschlich empfand. Sie schien übrigens ziemlich schlechter Laune zu sein, brummte andauernd unwirsch vor sich hin und war in der Beurteilung des Arbeitstermins vom Vormittag schonungslos, ohne daß ich ganz sicher gewesen wäre, daß ihre Äußerungen mir galten.

»Die Bilder heute vormittag – nicht eines zu gebrauchen! Dieser Strand! Dieser Hector! Zum Heulen banal! Firma Ansichtskarten und Co.! Dabei hatte ich wenigstens noch mein Vierzig-Millimeter-Distagon. Mit dem Superweitwinkel kriegt man immerhin interessant verzerrte Perspektiven. Streckt Hector seine Hand auch nur ein bißchen zum Objektiv hin, so hat er gleich eine Riesenhand mit einem Mini-Korpus und einem Spatzenschädel dahinter. Amüsant. Aber letzten Endes eine billige Art, originell zu sein. Das bringt nichts. Wenn Meer, Sand und morsche Baumstümpfe erst wieder in die Requisitenkammer gewandert sind, möchte man ja ganz gern etwas anstellen mit ihm, diesem kleinen Hector. Freilich würde das Arbeit erfordern. Arbeit und Opfer ...«

Als ich am Ende dieses Tages einen kleinen Spaziergang durch das nächtliche Arles machte, gewahrte ich beide – Hector und Véronique – auf der Terrasse des *Vauxhall*. Sie redete auf ihn ein. Er hörte ihr mit erstaunter Miene zu. Sprach sie mit ihm über Arbeit und Opfer? Ich ging langsam genug, um immerhin seine Antwort auf eine Frage Véroniques hören zu können. Er hatte das Halsband, das ich morgens bei ihm gesehen hatte, aus dem Hemdkragen geholt.

»Ja, das ist ein Zahn«, erklärte er. »Ein Tigerzahn. Ich hab' ihn aus Bengalen mitgebracht bekommen. Die Eingeborenen sind überzeugt, daß sie, solang sie diesen Talisman tragen, nicht fürchten müssen, von einem Tiger gefressen zu werden.«

Während er sprach, beobachtete ihn Véronique mit düsterer, drängender Miene.

Die *Rencontres* gingen zu Ende. Ich verlor Hector und Véronique aus den Augen, und im darauffolgenden Winter vergaß ich sie sogar ein bißchen.

Ein Jahr später war ich in Arles wieder dabei. Die beiden auch. Véronique fand ich unverändert. Hector war kaum wiederzuerkennen. Von seiner etwas kindlichen Tapsigkeit, der unbekümmert auftrumpfenden Art eines schönen Tieres, von dem Optimistischen, Sonnigen, Blühenden, war nichts mehr übrig. Unterm Einfluß ich weiß nicht welcher Veränderung seines Daseins war er auf fast besorgniserregende Weise abgemagert. Véronique schien ihm ihren fiebrigen Lebensrhythmus mitgeteilt zu haben, und sie umhegte ihn mit Besitzerblick. Übrigens sträubte sie sich gar nicht, seine Verwandlung zu kommentieren, ganz im Gegenteil.

»Voriges Jahr war Hector schön, aber nicht wirklich fotogen«, sagte sie. »Er war schön, und die Fotografen konnten, wenn sie wollten, recht naturgetreue und darum gleichfalls schöne Kopien von seinem Körper und seinem Gesicht herstellen. Aber wie alle Kopien blieben die Bilder, die so entstanden, immer unter dem Niveau des wirklichen Originals. Jetzt ist er *fotogen* geworden. Worin besteht das Fotogene? Es ist die Fähigkeit, Fotos zu erzeugen, die *weiter gehen* als das reale Objekt. Grob ausgedrückt: Der fotogene Mensch überrascht die, die ihn kennen und nun zum erstenmal Fotos von ihm sehen, denn sie sind schöner als er, sie sehen aus, als enthüllten sie eine Schönheit, die bislang immer verborgen war. Doch die Fotos enthüllen diese Schönheit gar nicht, sie schaffen sie.«

Im weiteren Gespräch erfuhr ich, sie wohnten miteinander in einem bescheidenen *Mas*, das Véronique unweit von Méjanne in der Camargue gemietet hatte. Sie lud mich ein.

Es war eine jener Katen, die so niedrig sind, daß man von ihnen samt ihrem Schilfdach in der Camarguelandschaft schlechterdings nichts ahnt, bis man gegen das Gatter der Umzäunung stößt. Wie sie miteinander in diesen paar kärglich möblierten Räumen hausten, konnte ich mir schlecht vorstellen. Voll und ganz heimisch war darin lediglich die Fotografie. Nichts als Spotlights, Elektronenblitzgeräte, Aufhellschirme, Aufnahmeapparate, dann ein Negativ- und ein Positivlabor mit Chemikalien in Hülle und Fülle, in Flaschen, Kanistern, Vakuumpackungen, Einmalportionen. Eines der Zimmer schien immerhin für Hector bestimmt. Doch hier fand sich neben einem mönchisch-einfachen Tisch und einer Duschwanne mit Gummivorhang das ganze Arsenal intensiven Muskeltrainings; hier sprach alles von Anstrengung, Arbeit, unablässigem Wiederholen derselben, mit Gußeisen oder Stahl schmerzhaft erschwerten Bewegung. An einer Seite ragte eine Sprossenwand empor. Gegenüber lag in Regalen eine ganze Skala von Gewichten und Hanteln und ein vollständiger Satz Keulen aus geschliffenem Eichenholz. Den Rest des Zimmers nahmen Expander, Impander, Turnringe, ein Bauchkiller, ein Rudergerät und Gewichtsstangen ein. Das Ganze hatte etwas von einem Operationssaal und von einer Folterkammer.

»Voriges Jahr, falls Sie sich noch erinnern können«, erklärte Véronique, »stand Hector noch voll im Fleisch wie eine jugendfrische Frucht, schön reif und fest. Richtig zum Hineinbeißen, aber fotografisch ganz uninteressant. Über diese kompakten, glatten Rundungen strich das Licht hinweg, es verfing sich nicht darin, es spielte nicht mit ihnen. Täglich drei Stunden intensiven Trainings haben da Wandel geschaffen. Ich sage Ihnen, seit ich ihn in die Hand genommen habe, begleitet uns dieses ganze Gymnastikgerät überallhin. Wenn wir verreisen, ist unser Kombi zum Bersten voll.«

Wir gingen in einen anderen Raum. Auf einem Tisch aus zwei Böcken mit einem Brett darüber lag ein Stoß Vergrößerungen, sämtlich Variationen über dasselbe Thema.

»Da, schauen Sie«, sagte Véronique mit einem Anflug von Begeisterung in der Stimme, »das und nur das ist der wahre Hector!«

War das wirklich Hector, diese ausgemergelte Maske: Backenknochen, Kinn, Augenhöhlen und darüber ein Haarbusch, dessen straff gezügelte Locken wie lackiert schienen?

»Eines der großen Gesetze der Aktfotografie«, fuhr Véronique fort, »ist die überragende Bedeutung des Gesichts. Wieviel Aufnahmen, die man sich voller Hoffnung schon so herrlich vorgestellt hatte – und die es hätten sein können, sein müssen –, gehen durch ein schlechtes Gesicht oder durch eines, das einfach mit dem Körper nicht harmoniert, in die Binsen! Lucien Clergue, dessen Gäste wir in Arles alle mehr oder weniger sind, löst das Problem dadurch, daß er seinen Aktdarstellungen den Kopf abschneidet. Köpfen ist natürlich eine Radikalkur! Logisch gesehen müßte es eigentlich für das Bild tödlich sein. Es gibt ihm jedoch im Gegenteil ein intensiveres, geheimes Leben. Es ist, als wäre alles Seelische, das im Kopf drin war, aus dem abgetrennten Haupt hinübergeströmt in den sichtbaren Körper und zeige sich nun darin, daß es eine Fülle kleiner, lebensvoller, auf gewöhnlichen Aktdarstellungen nicht vorhandener Details ins Blickfeld rückt: Poren der Haut, Haarflaum, andersfarbige Pigmentkörnchen, Gänsehaut mit gesträubten Härchen und auch jenes zarte Anschwellen der Weichteile, wenn Wasser und Sonne sie gestreichelt und geformt haben.

Das ist große Kunst. Doch ist sie, glaube ich, dem weiblichen Körper vorbehalten. Der männliche Akt gäbe sich zu diesem Spiel, in dem der Kopf gewissermaßen vom Körper verschluckt wird, nicht her. Schauen Sie sich dieses Bild an. Das Gesicht ist der Schlüssel zum Körper – damit meine ich: der Körper selbst, jedoch verschlüsselt, das heißt in ein anderes Zeichensystem übersetzt – und gleichzeitig auch der Schlüssel, der den Zugang zum Körper eröffnet. Sehen Sie sich doch einmal einige verstümmelte Statuen an, wie sie in den Depots von Museen liegen! Der Mann ohne Kopf ist nicht zu entschlüsseln. Er sieht nichts, denn er hat keine Augen mehr. Und doch gibt er dem Betrachter das ungute Gefühl, er, der Betrachter, sei blind geworden. Während die Statue einer Frau, wenn sie den Kopf eingebüßt hat, um so mehr aufblüht in der Fülle ihres Fleisches.«

»Trotzdem«, wandte ich ein, »kann man wohl kaum sagen, das Gesicht, das Sie Hector gegeben habe, strahle von Intelligenz und gespannter Betrachtung der Außenwelt!«

»Natürlich nicht! Ein waches, wißbegieriges, weltzugewandtes

Gesicht wäre für den nackten Körper ein Verhängnis. Es müßte ihn ja geradezu seiner Substanz berauben. Der Körper würde zum belanglosen Stativ für dieses auf die Umwelt gerichtete Licht, ebenso wie der Turm eines Leuchtfeuers, in die Nacht versunken, lediglich dazu da ist, die rotierende Lampe zum Himmel zu recken. Für ein Aktbild ist ein verschlossenes, gesammeltes, auf sich konzentriertes Gesicht das einzig Richtige. Schauen Sie sich *Le Penseur* von Rodin an, das ist ein ungeschlachter Kerl, der sich, das Gesicht in den Fäusten, gewaltig Mühe gibt, aus seinem armseligen Hirn einen Schimmer Licht herauszuholen. Von den einwärts gestellten Füßen über sein Möbelpacker-Rückgrat bis zu seinem Stiernacken geht diese Anstrengung durch seinen ganzen mächtigen Körper und verwandelt ihn sozusagen von Grund auf.«

»Ja, ich denke wirklich an die Augen von Statuen, an ihren seltsamen Blick, der wirkt, als schaue er durch einen hindurch, ohne einen zu sehen, als könnten diese steinernen Augen nichts anderes erfassen als Stein.«

»Die Augen von Statuen sind versiegelte Brunnen«, meinte zustimmend Véronique.

Eine Zeitlang herrschte Stille. Prüfend betrachteten wir drei Abzüge auf Extra-hart-Papier. Auf einfarbig schwarzem Grund – ich kenne die großen Papierrollen in allen Farbtönen, die den Fotografen dazu dienen, ihr Modell genauso zu isolieren wie ein Insekt unterm Schauglas des Entomologen – lag hier, zerschnitten von den Schatten- und Lichtflächen einer einzigen grellen Lichtquelle, Hectors Körper, wie erstarrt, bloßgelegt bis auf die Knochen, seziert wie auf der Darstellung einer Autopsie oder auf einer anatomischen Schautafel.

»Das ist nicht gerade das, was man ›lebensecht‹ nennt«, scherzte ich bei dem Versuch, den bösen Zauber dieser Bilder zu brechen.

»Das Lebensechte ist nicht meine Stärke«, räumte Véronique ein. »Und denken Sie auch an Paul Valéry: ›Die Wahrheit ist nackt, aber unter der Nacktheit liegt das Muskelrelief.‹ Es gibt eben in der Fotografie zwei Schulen: die einen, die dem überraschenden, ergreifenden, erschreckenden Bild nachjagen. Sie rennen überall in den Städten und auf dem Land, an Stränden und auf Schlachtfeldern umher, um flüchtige Ereignisse, verstohlene Gebärden, funkelnde Augenblicke im Nu festzuhalten – allesamt Illustrationen der entsetzlichen Belanglosigkeit des menschlichen Daseins, das dem Nichts entstiegen und verurteilt ist, ins Nichts zurückzukehren. Die Vertreter dieser Schule heißen heute Brassaï, Cartier-Bresson, Doisneau, William Klein. Und dann haben wir noch die zweite Strömung, die ganz auf Edward Weston zurückgeht: die Richtung des sorgsam überlegten, ausgeklügelten, statischen Bildes, die nicht auf den Augenblick, sondern aufs Ewige abzielt. Dazu gehört etwa Denis Brihat, den Sie, mit Bart und Brille à la Hemingway, hier vielleicht schon gesehen haben. Er lebt fernab droben im Lubéron und fotografiert seit zwanzig Jahren nichts als Pflanzen. Und wissen Sie, wer sein ärgster Feind ist?«

»Na, sagen Sie's schon!«

»Der Wind! Der Wind, denn der verwackelt ihm die Blumen.«

»Und da muß er sich ausgerechnet im Land des Mistrals ansiedeln!«

»Diese Richtung der Fotografie herrscht auf vier Gebieten vor: Porträt, Akt, Stilleben und Landschaft.«

»Auf der einen Seite steht also das Lebensechte, auf der anderen das Stilleben, die *nature morte*. Fast habe ich Lust, das Wortspiel zu riskieren: einerseits die lebendige Natur, andererseits das Todesechte.«

»Das würde mich nicht stören«, sagte Véronique nachgiebig.

»Der Tod interessiert mich, ja sogar mehr als das! Früher oder später geh' ich bestimmt eines Tages in die Leichenhalle und mache dort Aufnahmen. Im menschlichen Leichnam – im wirklichen, unverhüllten, nicht so, wie man ihn auf dem Bett zurechtmacht, die Hände gefaltet und darauf gefaßt, sich ohne Stirnrunzeln mit Weihwasser besprengen zu lassen –, ja, im menschlichen Leichnam liegt eine ... wie soll ich sagen ... eine marmorne Wahrheit. Haben Sie schon einmal bemerkt, wie ein Kind, wenn es sich nicht anderswohin tragen lassen will, die Fähigkeit hat, sich schwer zu machen, sich ein ganz erstaunliches *Totgewicht* zuzulegen? Ich hab' noch nie einen Toten getragen. Ich glaube bestimmt, wenn ich's versuchte, bräche ich unter der Last zusammen.«

»Sie machen mir Angst!«

»Spielen Sie nicht den Zartbesaiteten! Es gibt nichts Lächerlicheres, finde ich, als diese neue Form der Prüderie, die kopfscheu wird, wenn vom Tod und von Toten die Rede ist. Tote sind überall, bei der Kunst angefangen. Nehmen Sie doch einmal die Renaissancekunst: Wissen Sie eigentlich, was die genau ist? Man kann sie auf verschiedene Begriffe bringen. Der treffendste, meine ich, lautet: Sie ist die Entdeckung der Leiche. Weder die Antike noch das Mittelalter hatten Leichen seziert. Die Kunst der griechischen Bildhauer, anatomisch gesehen absolut makellos, beruht voll und ganz auf der Beobachtung des lebenden Körpers.«

»Lebensechtheit also.«

»Jawohl. Praxiteles hatte Athleten beim Wettkampf beobachtet. Aus religiösen, sittlichen oder allen möglichen anderen Gründen hatte er nie eine Leiche geöffnet. Um die Anatomie im echten Sinne entstehen zu sehen, muß man warten bis zum 16. Jahrhundert, genaugenommen bis zu dem Flamen Andreas Vesal. Er wagt es als erster, Leichen zu sezieren. Jetzt erst fallen die Künstler über die Friedhöfe her. Und die damals gemalten Akte beginnen fast alle nach Leichen zu riechen. Nicht nur, daß die Manuskripte Leonardo da Vincis und Benvenuto Cellinis von anatomischen Zeichnungen strotzen, aus zahlreichen Darstellungen recht lebendiger nackter Körper spürt man auch heraus, wie sehr sie besessen sind von dem, was unter der Haut liegt, vom Muskelrelief. Der Heilige Sebastian von Benozzo Gozzoli und Luca Signorellis Fresken im Dom von Orvieto sehen aus, als wären sie geradewegs einem Totentanz entsprungen.«

»Das ist natürlich ein etwas unerwarteter Aspekt der Renaissance.«

»Im Gegensatz zu dem so schön gesunden Mittelalter erscheint die Renaissance als die Ära des Morbiden, Angsterfüllten. Es ist das goldene Zeitalter der Inquisition und der Hexenprozesse mit ihren Folterkammern und Scheiterhaufen.«

Ich hatte die Aktfotografien Hectors wieder auf den Tisch gelegt, und mit einemmal wirkten sie allesamt wie Beweisstücke aus einem Hexenprozeß.

»Liebe Véronique, falls wir plötzlich in diese früheren Zeiten hineinversetzt würden – glauben Sie nicht, Sie liefen größte Gefahr, auf einem Scheiterhaufen zu enden?«

»Nicht unbedingt«, entgegnete sie – so schlagfertig, daß einem unwillkürlich der Gedanke kam, sie habe sich die Frage selbst schon einmal gestellt. »Es gab damals ein recht einfaches Mittel, bis über die Ohren im Hexentum drinzustecken, ohne im geringsten gefährdet zu sein.«

»Welches Mittel denn?«

»Dem Richterkollegium der Heiligen Inquisition anzugehören! Und was den Scheiterhaufen angeht, so finde ich aus allen möglichen Gründen, daß der beste Platz nicht *obendrauf* ist, sondern dicht daneben, auf den vordersten Logenplätzen.«

»Um alles sehen und fotografieren zu können.«

Ich schickte mich an zu gehen, doch eine letzte Frage brannte mir auf den Lippen:

»Wenn wir schon beim Sehen sind – ich wäre enttäuscht, wenn ich von Ihnen fortmüßte, ohne Hector guten Tag gesagt zu haben.«

Ich glaubte zu bemerken, daß ihr Gesicht, das sich bei meiner Ironie einen Augenblick erhellt hatte, sich wieder verschloß, als hätte ich soeben eine Taktlosigkeit begangen.

»Hector?«

Sie zog ihre Uhr zu Rate.

»Um diese Zeit schläft er. Im Gegensatz zu der irren Diät, die er früher einhielt, veranlasse ich ihn jetzt, wenig zu essen und viel zu schlafen.«

Und, immerhin lächelnd, setzte sie hinzu:

»Das ist die goldene Regel der Gesundheit: Geschlafen ist so gut wie gegessen.«

Ich ging schon zur Tür, da schien sie sich zu besinnen.

»Aber Sie können ihn trotzdem sehen. Ich kenne ihn ja. Davon allein wacht er nicht auf.«

Ich folgte ihr zu einem Kämmerchen am Ende des Flurs, den es wie eine Sackgasse abschloß. Zunächst meinte ich, der zellenartige Raum habe kein Fenster, doch dann bemerkte ich Vorhänge, die zugezogen waren und in die fahle Blässe der Wände und der Zimmerdecke übergingen. Alles war so weiß, so nackt, daß man sich im Innern einer Eierschale glauben mochte. Hector lag auf einer niedrigen, breiten Couch hingestreckt, flach auf dem Bauch; seine Lage erinnerte mich an eine Stellung, die er ein Jahr zuvor in der Camargue eingenommen hatte. Die herrschende Wärme war Grund genug, daß er weder Decke noch Leintuch hatte. In dem gleichförmig milchigen Halbdunkel diesen mahagonifarbenen Leib zu sehen, wie er dalag, ein Knie angezogen, den Arm auf der anderen Seite über das Bett hinausgestreckt, erstarrt zu einer asymmetrischen Stellung, in der völlige Hingabe und zugleich ein leidenschaftlicher Wille war zu schlafen, zu vergessen, nein zu sagen zu den Dingen und Menschen der Außenwelt – das war trotz allem ein schöner Anblick.

Véronique ließ einen besitzerstolzen Blick auf ihm ruhen, dann schaute sie mich triumphierend an. Das war ihr Werk, unbestreitbar ein prachtvoll gelungenes Werk, dieser massige, skulpturenhaft-goldene Leib, der da hinten in dieser eiähnlichen Zelle hingestreckt lag.

Drei Tage später entdeckte ich sie im hinteren Raum einer kleinen Kneipe an der Place du Forum, wo nur Zigeuner und Bewohner von La Roquette, des ärmlichsten Stadtviertels, verkehren. Es fiel mir nicht ganz leicht, es mir einzugestehen, doch es war eine Tatsache: Véronique hatte getrunken. Obendrein schien sie vom Wein übel gelaunt zu sein. Wir wechselten einige enttäuschte Worte über die Corrida vom Vortag, über eine Aufführung von Rossinis »Elisabeth von England«, die tags darauf im Antiken Theater stattfinden sollte, über eine am Nachmittag eröffnete Bill-Brandt-Ausstellung. Sie antwortete mit kurzen, gezwungenen Sätzen, ihre Gedanken waren sichtlich anderswo. Schweigen machte sich breit. Unvermittelt raffte sie sich auf.

»Hector ist fort«, sagte sie.

»Fort? Wohin?«

»Wenn ich das wüßte!«

»Hat er Ihnen nichts gesagt?«

»Nein – doch, ja, einen Brief hat er hinterlassen. Da!«

Und sie warf einen aufgerissenen Briefumschlag auf den Tisch. Dann machte sie ein mürrisches Gesicht, als wolle sie mir reichlich Zeit zum Lesen geben. Die Schrift war sorgfältig, säuberlich, ein wenig schülerhaft. Der Ton des Briefes, eine gedämpfte, durch das »Sie« noch verfeinerte und wie vergeistigte Zärtlichkeit, frappierte mich.

*Liebste Véronique,*
*Wissen Sie, wie viele Fotos Sie während der dreizehn Monate und elf Tage, die wir zusammen verbracht haben, aus mir herausgeholt haben? Sicher haben Sie sie nicht gezählt. Sie haben mich eben freiweg fotografiert, ohne dabei zu zählen. Ich habe mich fotografieren lassen und jedesmal gezählt. Das ist doch wohl ganz in Ordnung, nicht? Sie haben mir zweiundzwanzig-*

*tausendzweihundertneununddreißigmal mein Bild entrissen. Natürlich hat mir das Zeit zum Nachdenken gegeben, und ich habe vieles begriffen. Als ich vorigen Sommer für alle und jeden das Modell machte, war ich ziemlich naiv. Das war auch nicht ernst zu nehmen. Mit Ihnen, Véronique, wurde es Ernst. Fotografische Arbeit, die nicht Ernst macht, berührt das Modell nicht; sie gleitet drüber weg, ohne es auch nur zu streifen. Ernsthaftes Fotografieren schafft einen beständigen Austausch zwischen dem Modell und dem Fotografen. Ein System kommunizierender Gefäße. Véronique, Liebste, ich verdanke Ihnen viel. Sie haben einen anderen Menschen aus mir gemacht. Aber Sie haben mir auch viel genommen. Zweiundzwanzigtausendzweihundertneununddreißigfach ist mir etwas entrissen worden, ein Teil meiner Selbsts, nichts wie hinein damit in die Bilderfalle, in ihre »kleine Boîte de nuit« (camera obscura), wie Sie sagen. Sie haben mich gerupft wie ein Huhn, mir das Haar ausgezupft wie einem Angorakaninchen. Magerer, härter, dürrer wurde ich nicht durch irgendeine besondere Diät oder Gymnastik, sondern durch diese Aufnahmen, die Tag für Tag an meiner Substanz gezehrt haben. Daß all das nicht möglich gewesen wäre, wenn ich meinen Zahn behalten hätte, brauche ich wohl nicht zu sagen. Doch Sie, gar nicht dumm, hatten ja dafür gesorgt, daß ich ihn ablege, meinen magischen Zahn ... Jetzt bin ich leergepumpt, erschöpft, ausgeplündert. Die zweiundzwanzigtausendzweihundertneununddreißig Beutestücke von mir, die Sie mit eifersüchtiger Sorgfalt klassifiziert, etikettiert, datiert haben, die lasse ich Ihnen. Ich habe nur noch Haut und Knochen, und die will ich behalten. Das Fell, liebe Véronique, lasse ich mir nicht über die Ohren ziehen! Jetzt finden Sie eben sonst einen Mann oder eine Frau, jemanden, der noch ganz beisammen, der noch heil, noch im Besitz eines ungeschmälerten Bildkapitals ist. Ich will versuchen mich zu erholen, das heißt, mir wieder ein Gesicht und einen Korpus zuzulegen nach der furchtbaren Ausplünderung, der ich durch Sie ausgesetzt war. Denken Sie nicht, ich sei Ihnen gram darum; im Gegenteil, ich liebe Sie von Herzen wieder für all die Liebe, die Sie mir entgegengebracht haben – eine Liebe nach Ihrer Fasson, die einen auffrißt. Nach mir zu suchen, ist freilich zwecklos. Sie werden mich nirgends finden. Nicht einmal vor Ihrer Nase – falls wir einander zufällig über den Weg laufen sollten – werden Sie mich finden, so durchsich-*

*tig, so hauchdünn, so wasserhell und kaum mehr sichtbar wie
ich geworden bin.*
*Ich umarme und küsse Sie*                                    Hector.

*P. S. Meinen Zahn habe ich wieder an mich genommen.*

»Seinen Zahn? Was für einen Zahn denn?«
»Aber das wissen Sie doch!« Véronique wurde ungeduldig.
»Dieses Eingeborenen-Amulett, das er an einer Lederschnur
um den Hals trug. Ich hatte meine liebe Not, bis er es endlich
ablegte, damit ich ihn fotografieren konnte.«
»Ach ja, der Fetischzahn, von dem die Bengalis glauben, er
schütze sie vor dem Appetit der Tigerinnen.«
»Der Tigerinnen? Weshalb reden Sie von Tigerinnen und nicht
von Tigern?« fragte sie gereizt.
Natürlich hätte ich dafür, daß ich dieses Femininum gebraucht
hatte, keinen Grund angeben können. Ein lastend-feindseliges
Schweigen entstand. Aber da ich nun schon begonnen hatte,
mir mit ihr und Hector Scherereien einzuhandeln, beschloß
ich, meinem Herzen Luft zu machen.
»Wie wir uns das letzte Mal gesehen haben«, fing ich an, »da
erzählten Sie mir des langen und breiten von den Anatomen
der Renaissancezeit, besonders von dem Flamen Andreas Vesal. Damit haben Sie mich auf den Geschmack gebracht, und
ich war so neugierig, in die Stadtbibliothek zu gehen, um mehr
über die Persönlichkeit dieses Mannes, des eigentlichen Be-
gründers der Anatomie, zu erfahren. Ich stieß auf ein geheimnisvolles, abenteuerliches, gefährliches Leben voller Schick-
salsschläge und plötzlicher Wendungen, vom Anfang bis zum
Ende geleitet von einer einzigen Leidenschaft: der Leidenschaft
nach wissenschaftlicher Erkenntnis.
In Brüssel geboren, wird Vesal rasch vertrauter Gast auf Fried-
höfen, unter Galgen, in Krankenhäusern, an Folterstätten,
kurzum an allen Orten, an denen Menschen sterben. Einen Teil
seines Lebens verbringt er im Schatten des Montfaucon, des
Hügels, auf dem die Verbrecher gehenkt werden. Man denkt
unwillkürlich an eine nekrophile Neigung, eine Anlage zum
Vampir, zum Aasgeier – wirklich grauenhaft, wäre all das nicht
geläutert durch das Licht klaren Geistes. Karl V., auch er ein
Flame, macht ihn zu seinem Leibarzt und nimmt ihn mit nach
Madrid. Dort kommt es zum Skandal. Es verbreitet sich das

Gerücht, Vesal begnüge sich nicht damit, Leichen zu sezieren. Denn der leblose Körper gibt zwar seine anatomische Struktur preis; über die Physiologie sagt er nichts aus, und das heißt: hier kann nur der lebende Körper Auskunft geben. Vesal, als unerschrockener Forscher, läßt sich Gefangene überstellen. Er gibt ihnen Opium, bis sie völlig verblöden. Dann zerlegt er sie kunstgerecht. Kurz, kaum hat er die Anatomie erfunden, begründet er die Vivisektion. Das ist ein bißchen viel, sogar für eine Zeit, die keineswegs zimperlich war. Vesal wird vor Gericht gestellt. Er wird zum Tode verurteilt. Philipp II. rettet ihm mit knapper Not das Leben. Seine Strafe wird in die Auflage umgewandelt, eine Wallfahrt ins Heilige Land zu machen. Doch das Schicksal, so meint man, war nun ein für allemal gegen ihn. Auf der Rückfahrt von Jerusalem erleidet er Schiffbruch und wird auf die öde Insel Zante verschlagen. Dort stirbt er vor Hunger und Erschöpfung.«

Véronique, aus ihrem mürrischen Grübeln gerissen, hatte mit wachsendem Interesse zugehört.

»Welch schöner Lebenslauf, und welch gutes Ende nimmt er!«

»Ja, aber Sie sehen: Für Vesal waren die Leichen nur ein Notbehelf. Lebende waren ihm trotz allem lieber.«

»Ja, sicherlich«, gab sie zu, »aber nur falls er sie in Stücke schneiden konnte.«

Im Lauf des Winters, in Paris, habe ich nur selten Gelegenheit, wieder mit befreundeten Fotografen zusammenzutreffen. Bei der Eröffnung einer Ausstellung, die von der Fotogalerie in der Rue Christine veranstaltet wurde, verfehlte ich indessen Véronique nur ganz knapp.

»Sie ist vor kaum fünf Minuten erst gegangen«, sagte mir Chériau, der sie kannte. Sie hat sehr bedauert, daß sie dich nicht vorfand, aber sie konnte nicht länger bleiben. Übrigens hat sie mir Dinge erzählt – hinreißend, hörst du, einfach hinreißend!«

Ich für mein Teil hatte nichts zu bedauern. Chériau ist die lebende Zeitung im Grünwiesel des Fotografenvölkchens, und ich brauchte nur meine Ohren weit aufzusperren, um zu erfahren, was Véronique ihm kundgetan hatte, und noch einiges mehr.

»Erstens«, fing er an, »hat sie ihr Modell wieder, ihren Prügelknaben, den kleinen Hector, weißt du noch? Den sie in Arles aufgegabelt hat.«

Ich wußte es.

»Mit seiner Hilfe stürzte sie sich dann in eine Reihe von Experimenten mit ›Direktfotografien‹. So nennt sie Aufnahmen ohne Kamera, ohne Film und ohne Vergrößerungsgerät. Im Grunde der Traum der meisten großen Fotografen, die ja die technischen Zwänge ihres Metiers als schmählichen Ballast empfinden. So leicht sich diese Direktfotografie formulieren läßt, so heikel ist es, sie zu verwirklichen. Véronique benutzt sehr großformatiges Fotopapier; sie beginnt damit, es bei Tageslicht in aller Ruhe zu belichten. Ohne Vorhandensein eines Entwicklers reagiert die vom Licht beeinflußte Schicht nur mit einer kaum merklichen gelben Tönung. Danach taucht sie den unglückseligen Hector in ein Entwicklerbad (Metol, Natriumsulfit, Hydrochinon und Borax). Dann legt sie ihn, noch ganz naß, in dieser oder jener Stellung auf das Fotopapier. Nun gilt es nur noch das Papier mit einer sauren Fixiersalzlösung abzuspülen ... und das Modell unter die Dusche zu schicken. Das Ergebnis von alledem sind seltsame, plattgedrückte Silhouetten, Projektionen von Hectors Körper in eine Ebene, recht ähnlich dem – so sagt Véronique wörtlich –, was da und dort an Hauswänden in Hiroshima von den Japanern übriggeblieben ist, die unterm Atomblitz zu nichts zerstoben sind.«

»Und Hector? Was sagt er zu alledem?« fragte ich und dachte an seinen Abschiedsbrief, der in meiner Erinnerung plötzlich den Charakter eines tragisch-lachhaften Hilferufs annahm.

»Das ist es ja gerade! Als die gute Véronique von der ›Direktfotografie‹ Wunderdinge erzählte, da ahnte sie nicht, daß ich auch die Kehrseite des Unternehmens kannte. Denn anderswoher – du weißt ja, ich habe meine Informationsquellen – habe ich erfahren, daß der arme Hector mit einer allseitigen Hautentzündung in ein Krankenhaus aufgenommen werden mußte. Vor allem eines bereitete den Ärzten Kopfzerbrechen: Die Hautschädigungen, sichtlich durch Chemikalien hervorgerufen, ähnelten den berufsbedingten Hautkrankheiten, die man bei Gerbern, Drogisten oder Graveuren beobachtet. Doch während sie bei diesen Leuten lokal an Unterarmen und Händen auftreten, wies Hector großflächig toxische Erytheme an Körperpartien auf, die – wie etwa der Rücken – dergleichen nur selten ausgesetzt und daher um so anfälliger sind.«

»Meiner Ansicht nach«, meinte Chériau abschließend, »täte er gut daran, schleunigst auszubüxen aus den Krallen dieser

Hexe, sonst zieht sie ihm am Ende noch das Fell über die Ohren!«

Das Fell über die Ohren ... Im wahrsten Sinne des Wortes! Und doch war ich weit davon entfernt zu ahnen, welche Illustration zu diesem Wort ich einige Monate später erhalten sollte.

Einige Monate später führten mich die *Rencontres internationales* dem Ritus entsprechend wieder nach Arles. Gegenüber dem Beginn der Veranstaltungen war ich etwas zu spät dran, und so erfuhr ich erst aus der Presse von der Eröffnung einer Ausstellung in der Malteserkapelle des Réattu-Museums, die den Titel *Les suaires de Véronique – Véroniques Schweißtücher* – trug. Die Pressenotiz war begleitet von einem Interview mit der Künstlerin. Véronique führte aus, sie sei nach einer Reihe von Versuchen mit ›Direktfotografie‹ auf Papier zu einem geschmeidigeren, vielseitigeren Bildträger übergegangen, dem Fotoleinen. Das durch Behandlung mit Silberbromid lichtempfindlich gemachte Gewebe werde dem Licht ausgesetzt. Das Modell, das tropfnaß aus einem Entwicklerbad kam, werde von Kopf bis Fuß darin eingehüllt »wie ein Leichnam in ein Leichentuch«, erläuterte Véronique. Schließlich werde die Leinwand mit Fixierbad behandelt und gewässert. Auch interessante Tönungswirkungen ließen sich erreichen, sofern man das Modell mit Titandioxyd oder Urannitrat anfeuchte. Der Abdruck nehme dann blaue oder goldene Schattierungen an. Insgesamt – so schloß Véronique – sei die herkömmliche Fotografie durch diese Neuschöpfungen überwunden, die man treffender als *Dermografie* bezeichnen müsse.

Wie man sich denken kann, galt mein erster Besuch der Malteserkapelle. Die Höhe der Decke läßt das Schiff verschwindend schmal erscheinen, als wäre es in einen Graben eingezwängt. Der leicht bedrückende Eindruck, der für den Besucher daraus entsteht, wurde durch die »Schweißtücher« verstärkt, mit denen Wände und Boden förmlich tapeziert waren. Überall, oben, unten, rechts, links, prallte der Blick auf den schwarzgoldenen Schemen eines plattgedrückten, breitgewalzten, zusammen- und wieder auseinandergerollten Körpers, der einen hier in allen Stellungen als makaber-bedrängender Fries verfolgte. Man mußte unwillkürlich an die Haut von Menschen denken, die man abgezogen und dann wie barbarische Trophäen reihenweise allesamt hier ausgestellt hatte.

Ich war allein in der kleinen Kapelle; sie nahm für mich den Charakter eines Leichenschauhauses an, und meine Angst wuchs immer noch, so oft ich eine Einzelheit entdeckte, die mich an das Gesicht oder den Körper Hectors erinnerte. Nicht ohne Ekel dachte ich an die blutigen, symmetrischen Abklatschfiguren, die wir erhielten, wenn wir in der Schule eine Fliege zwischen zwei Blatt Papier gefangen und sie dann mit einem Faustschlag zerquetscht hatten.

Ich wollte gerade gehen, als ich mich unvermittelt auf Nasenlänge Véronique gegenübersah. Ich hatte nur eine einzige Frage an sie, und ich konnte sie keine Sekunde länger für mich behalten.

»Véronique, wo ist Hector? Was haben Sie mit Hector gemacht?«

Sie lächelte ein geheimnisvolles Lächeln; mit vager Geste wies sie auf die Schweißtücher, die uns auf allen Seiten umgaben.

»Hector? Nun, der ist ... hier. Was ich mit ihm gemacht habe? Das da ... Was wollen Sie mehr?«

Ich war drauf und dran, weiterzufragen, da sah ich etwas, das mich endgültig verstummen ließ.

Sie trug eine Lederschnur am Hals, und daran hing der durchbohrte Tigerzahn aus Bengalen.

# Das Mädchen und der Tod

Die Lehrerin hielt in ihrem Unterricht plötzlich inne; sie hatte ganz hinten in der Klasse ein ersticktes Lachen gehört.

»Was ist denn schon wieder los?«

Hochrot und lachend fuhr ein Mädchenkopf in die Höhe.

»Melanie, Mademoiselle. Sie ist wieder einmal am Zitronenessen.«

Die ganze Klasse prustete los. Die Lehrerin ging nach hinten zur letzten Bankreihe. Melanie blickte zu ihr auf, mit einem Unschuldsgesicht, dessen schmale Blässe von ihrem schweren dunklen Haar noch betont wurde. In der Hand hielt sie eine sorgsam geschälte Zitrone; die Schale rollte sich als goldene Schlange vor ihr auf dem Schreibpult. Ratlos blieb die Lehrerin stehen.

Diese Melanie Blanchard hatte ihr seit Beginn des Schuljahrs unaufhörlich zu schaffen gemacht. Sie war folgsam, klug und fleißig, und so war es unmöglich, sie nicht als eine der besten Schülerinnen der Klasse zu betrachten und zu behandeln. Dennoch fiel sie – freilich ohne provozierende Absicht und mit entwaffnender Spontaneität – durch verrückte Einfälle und absonderliche Verhaltensweisen auf. So bekundete sie etwa im Geschichtsunterricht eine leidenschaftliche, beinah morbide Wißbegier für alle berühmten Persönlichkeiten, die zum Tode verurteilt und hingerichtet worden waren. Sie konnte mit unheimlich munterem Blick die letzten Augenblicke von Jeanne d'Arc, Gilles de Rais, Maria Stuart, Ravaillac, Karl I., Damiens in allen Details auswendig vortragen und ließ von deren Qualen dabei nicht die kleinste Einzelheit aus, mochte sie auch noch so gräßlich sein.

War es einfach die bei Kindern häufige Faszination durch das Grauenhafte, noch verstärkt durch einen gewissen Sadismus? Andere Züge ergaben, daß es sich bei Melanie um etwas Vielschichtigeres, Tiefergehendes handelte. Gleich nach Ende der Ferien war sie schon durch die erstaunliche Erlebnisschilderung aufgefallen, die sie der Lehrerin abgeliefert hatte. Die Lehrerin hatte wie üblich den Kindern aufgegeben, einen Tag der eben zu Ende gegangenen Ferien zu schildern. Obgleich nun Melanies Erzählung ziemlich banal mit den Vorbereitungen zu einem Picknick im Grünen begann, schwenkte sie im Nu auf den plötzlichen Tod der Großmutter um, der die ganze Familie gezwungen hatte, auf die Landpartie zu verzichten. Dann fing sie nochmals an, aber in negativer, irrealer Art, und Melanie beschrieb unerschütterlich und in einer Art halluzinatorischer Vision die Etappen des Ausflugs, den sie nicht gemacht hatten, den Gesang der Vögel, den niemand gehört hatte, die Mittagsrast unter einem Baum mit dem Essen, das nicht stattgefunden hatte, die komischen Zwischenfälle bei einem Gewitter auf dem Heimweg, der keinerlei Sinn hatte, weil sie gar nicht fortgewesen waren. Und sie schloß:

*Die Familie war traurig um das Bett versammelt, auf dem die Großmutter lag. Niemand lief lachend davon, sich in der Scheune unterzustellen, es gab kein Drängeln und Schubsen vor dem einzigen kleinen Spiegel des Wohnzimmers, vor dem sich alles wieder frisieren wollte, kein großes Feuer wurde angezündet, um die tropfnassen Kleider daran zu trocknen, die darum auch nicht am Kamin dampften wie das Fell eines schweißgebadeten Pferdes. Die Großmutter war ganz allein aufgebrochen und hatte alle anderen zu Hause sitzen lassen.*

Und nun die Zitronen! Ob wohl zwischen all den wunderlichen Einfällen des Mädchens eine Beziehung bestand? Und welche? Die Lehrerin stellte sich die Frage, vermutete, daß es eine Antwort gebe – denn diese Einfälle hatten alle eine gewisse »Familienähnlichkeit«, waren von derselben persönlichen Note geprägt – doch sie fand nichts.

»Magst du Zitronen so gern?«

Melanie schüttelte verneinend den Kopf.

»Also weshalb ißt du dann welche? Hast du Angst vor Skorbut?«

Auf diese beiden Fragen konnte Melanie keine Antwort geben. Die Lehrerin zuckte die Achseln und rettete sich auf vertrauteres Gelände.

»Jedenfalls ist es verboten, während der Stunde zu essen. Du schreibst mir fünfzigmal den Satz *Ich esse im Unterricht Zitronen.*«

Melanie ließ es sich fügsam gefallen; sie war heilfroh, sich nicht ausführlicher äußern zu müssen. Wie hätte sie – da sie es doch selbst so wenig begriff – anderen begreiflich machen können, daß nicht der Skorbut es war, was sie fürchtete und mit

Zitronen behandelte, sondern ein Leiden, das tiefer saß, ein zugleich körperliches und seelisches Leiden, eine Woge von Schalheit und eintönigem Grau-in-Grau, die plötzlich über die Welt hereinbrach und sie zu verschlingen drohte? Melanie langweilte sich. Sie wurde in einer Art metaphysischem Taumel von der Langeweile überwältigt.

Doch was sich da langweilte – war das überhaupt sie? Waren es nicht vielmehr die Dinge, die Landschaft ringsum? Vom Himmel fiel plötzlich totenbleiches Licht. Das Zimmer, die Klasse, die Straße sahen aus, als wären sie in einen fahlen Schlamm hineingemanscht, in dem die Formen sich langsam auflösten. Als einziges lebendes Wesen in dieser ekelhaft-trostlosen Öde kämpfte Melanie verbissen darum, nicht ebenfalls im Schlamm zu versinken.

Zu diesem unvermittelten Wechsel der Beleuchtung, der das Wesen der Dinge veränderte, hatte sie schon in ihrer frühen Kindheit eine harmlose und doch recht eindrucksvolle Entsprechung gefunden, und zwar auf der Wendeltreppe, die in ihrem elterlichen Hause hinauf zu den Mansardenzimmern führte. Das Fenster, das diese Treppe erhellte, war nur eine schmale, mit bunten Glasscheiben versehene Schießscharte. Auf den Stufen der Treppe sitzend hatte Melanie sich oft damit vergnügt, den Garten durch das eine, dann wieder durch ein anderes farbiges Glas zu betrachten. Und jedesmal war es wieder dasselbe Staunen, dasselbe kleine Wunder: Der Garten, der ihr so vertraut war und den sie ohne das geringste Zögern erkannte – durch das rote Glas gesehen glühte er im Schein einer Feuersbrunst. Das war nicht mehr der Ort, wo sie zu spielen und zu träumen pflegte. Er war leicht wiederzuerkennen und zugleich ganz unkenntlich, war ein von grausen Flammen umzüngelter Höllenschlund. Dann ging sie zu der grünen Scheibe über, und schon wurde aus dem Garten der Grund eines Tiefseegrabens. Gewiß lauerten Meeresungeheuer in diesen smaragdenen Tiefen. Das gelbe Glas hingegen breitete über alles die Fülle warmen Sonnenscheins, einen erquickenden Schimmer von Goldstaub. Das Blau hüllte Bäume und Rasenflächen in romantische Mondnachtstimmung. Das Indigo gab den unscheinbarsten Dingen den Anstrich des Feierlich-Großartigen. Und immer war es derselbe Garten, doch jedesmal wieder mit überraschend neuem Gesicht, und wie eines Wunders freute sich Melanie ihrer magischen Fähigkeit, ihren Garten ganz nach

Belieben in ein dramatisches Inferno, in jubelnde Freude oder in festlichen Prunk zu tauchen.

Denn eine graue Scheibe war nicht in dem Treppenfensterchen, und der Aschenregen der Langeweile hatte eine andere, weniger harmlose, realere Ursache.

Schon ziemlich früh hatte sie herausgefunden, was im Bereich der Ernährung den Anfall dieser Verdrossenheit begünstigte und was ihm andererseits Einhalt gebieten konnte. Sahne, Butter und Konfitüre – womit man sie, weil das angeblich etwas für Kinder war, unentwegt überfüttern wollte – waren stets etwas quasi Herausforderndes, und sie deuteten darauf hin und riefen es geradezu hervor, dieses hereinbrechende Grau-in-Grau, dieses Versumpfen des Lebens in einem dicken, glitschigen Lehmbrei. Pfeffer hingegen, Essig und Äpfel, die noch grün waren, alles, was sauer, scharf, pikant war – brachten in die stagnierende Atmosphäre einen prickelnden, belebenden Schuß Sauerstoff. Saurer Sprudel und Milch – diese zwei Getränke symbolisierten für Melanie das Gute und das Schlechte. Zum Frühstück hatte sie sich trotz der Proteste der Familie schwarzen Tee ausersehen, der mit Mineralwasser bereitet und mit einer Scheibe Zitrone aromatisiert war. Dazu recht hartes Keksgebäck oder eine gut geröstete Scheibe Toast. Dafür hatte sie auf die senfbestrichene Stulle als Vesperbrot verzichten müssen, auf die sie zwar Lust hatte, die aber in der Schule auf dem Pausenhof schallendes Gelächter und Geschrei erregt hatte. Sie hatte begriffen, daß sie mit ihrer Senfstulle die in einer Provinzschule gültige Toleranzgrenze für Unübliches überschritten hatte.

Was Klima und Jahreszeiten anging, verabscheute sie nichts so sehr wie einen schönen Sommernachmittag, das Träge, Schmachtende an ihm, das satt-obszöne Blühen und Schwellen der Pflanzen, das sich Tieren und Menschen mitzuteilen scheint. Die gräßliche Bewegung, zu der diese feuchtwarmwollüstigen Stunden einluden, bestand darin, sich schlaff in einen Liegestuhl sinken zu lassen, die Beine gespreizt, die Arme erhoben, laut gähnend, als gälte es, Geschlecht, Achseln und Mund aufzutun für etwas Unnennbares, das über sie kommen und ihr Gewalt antun würde. Ganz im Gegensatz zu diesem dreifach klaffenden Gähnen hatte Melanie etwas übrig für Lachen und Schluchzen, beides Reaktionen, die etwas Abweisendes, Distanziertes, In-sich-Verschlossenes enthielten. Das

Wetter, das zu diesem Ablehnungsverhalten am besten paßte, war eine trockene, lichte Kälte, die eine kahle, eisige, zu hartem Glanz erstarrte Welt entstehen ließ. Dann ging Melanie mit eiligen, begeisterten Schritten übers Land, die Augen tränend von der eiskalten Luft, doch den Mund voll ironischen Lachens.

Wie alle Kinder war auch sie dem Geheimnis des Todes begegnet. Aber es hatte in ihren Augen von Anfang an zwei recht gegensätzliche Aspekte gehabt. Die Leichen von Tieren, die sie gesehen hatte, waren gewöhnlich aufgedunsen, in Verwesung begriffen und sonderten eitrige Exsudate ab. Das Lebendige, auf sein letztliches Los reduziert, gab seine von Grund auf faulige Natur ungeschminkt zu erkennen. Tote Insekten hingegen wurden federleicht, wie vergeistigt, und gingen ganz von selbst in die unbeschwert-reine Zeitlosigkeit der Mumien ein. Und nicht nur Insekten, denn beim Stöbern auf dem Dachboden hatte Melanie eine Maus und ein Vögelchen gefunden, die nicht minder ausgetrocknet, geläutert und auf ihren Wesenskern reduziert waren: So war er gut, der Tod.

Melanie war die einzige Tochter eines Notars aus Mamers. Ihrem Vater, der sie erst spät bekommen hatte und ihr gegenüber verschüchtert schien, blieb sie ziemlich fremd. Ihre Mutter war von schwacher Gesundheit, schwand vorzeitig dahin und ließ sie im Alter von zwölf Jahren allein mit dem Notar zurück. Dieser Trauerfall traf sie. Sie spürte zuerst einen Schmerz in der Brust, ein quälendes Stechen an einer Stelle, als wäre sie von einem Geschwür oder von einer inneren Verletzung getroffen. Sie hielt sich für ernstlich krank. Dann begriff sie, daß ihr gesundheitlich nichts fehlte: Es war der Kummer.

Zur selben Zeit spürte sie hin und wieder Anwandlungen einer zärtlichen Rührung, die gar nicht unangenehm waren. Es genügte schon, daß sie intensiv an ihre Mutter, an den Tod ihrer Mutter dachte, an den schmalen, steifen Leichnam, der da drunten in einem eiskalten Loch in einer Kiste lag ... Ihre Augen füllten sich mit Tränen, und sie konnte ein stoßweise hervorbrechendes Schluchzen, das einem kurzen, bitteren Lachen glich, nicht zurückhalten. Dann fühlte sie sich erhoben, den Dingen, die sie umringten, entrückt, von der Bürde des Daseins befreit. Für einen kurzen Augenblick war das Alltägliche, das Wirkliche zum Gespött geworden, der aufgeplusterten Wichtigkeit, mit der es sich schmückt, entkleidet und des Gewichts ledig, das so drückend auf dem Mädchen lastete. Nichts war mehr von Bedeutung, denn ihre liebste Mama war ja tot. Dieser Gedankengang war so klar, so augenfällig, daß er sie wie eine geistige Sonne durchstrahlte. Von düsterer Trunkenheit getragen schwebte Melanie in Lüften voll klingender Heiterkeit.

Dann verflog ihr Kummer. Ihr blieb nichts als eine Narbe, die sich zusammenkrampfte, wenn jemand von der Verblichenen sprach oder wenn sie manchmal nachts keinen Schlaf fand und mit großen Augen ins Dunkel schaute.

Von nun an folgte und glich ein Tag dem anderen, mit einer alten, immer schwerhöriger werdenden Hausmagd und einem Vater, der aus seinen Aktenbergen nur auftauchte, um von Vergangenem zu reden. Melanie wuchs ohne sichtbare Probleme heran. Für ihre Umgebung war sie weder schwierig noch verschlossen, noch schwermütig, und alle wären überrascht gewesen, hätte ihnen jemand verraten, Melanie kämpfe sich wie eine Ertrinkende mit der Kraft der Verzweiflung durch eine trübselige, graue Leere, kämpfe gegen die schale Angst, mit der dieses wohlhabende Haus voller Erinnerungen, diese Straße, wo nie etwas Neues passierte, diese verschlafenen Nachbarn sie erfüllten. Sie wartete inbrünstig darauf, daß etwas geschehe, daß plötzlich jemand komme, und das war gräßlich, denn nichts geschah, niemand kam.

Als zwischen den Vereinigten Staaten und der Sowjetunion wegen der Kuba-Frage ein Atomkrieg auszubrechen drohte, war Melanie alt genug, Zeitungen zu lesen und die Nachrichten im Radio und im Fernsehen zu verfolgen. Ihr war, als fege ein frischer Luftzug über die Welt, und Hoffnung schwellte ihre Lungen. Denn sie aus ihrer Erschlaffung zu reißen, verlangte nichts Geringeres als die riesigen Zerstörungen und die entsetzlichen Menschenopfer eines modernen Krieges. Dann schwand die Drohung, der Deckel über dem Dasein, der sich für einen Moment auf Spaltbreite gehoben hatte, fiel über ihr wieder zu, und sie begriff, daß von der Weltgeschichte nichts zu erwarten war.

Im Frühjahr pflegte der Notar die Zentralheizung abzuschalten und abends, wenn es wirklich zu kühl war, im Kamin ein großes Feuer zu machen. So kam eines schönen Aprilmorgens Étienne Jonchet mit dem LKW und brachte eine Ladung Holzscheite. Beschäftigt war er bei einem Sägewerk dicht am Wald von

Écouves – seine fünfte Tätigkeit in noch nicht einmal einem Jahr –, und er war einer jener hübschen, frisch-fröhlichen Burschen, die es als ungerechte, schmutzige Bürde empfinden, arbeiten zu müssen. Er duftete nach Harz und Gerberlohe, und seine aufgekrempelten Hemdsärmel ließen volle, goldbraune Arme sichtbar werden, die mit deftigen Tätowierungen verziert waren. Melanie war zum Bezahlen in den Keller gegangen. Während sie in der Brieftasche kramte, schaute er sie so sonderbar an, daß sie es mit der Angst bekam. Und erst recht wurde ihr ganz anders zumute, als er langsam seine Hände zu ihren Schultern, ihrem Kopf hob und sie fest um ihren Hals legte. Ihre Knie zitterten, ihr Mund war wie ausgedörrt, und sie sah nur noch die tätowierten Arme und dahinter das lächelnde Gesicht des jungen Mannes.

»Er erwürgt mich«, sagte sie sich. »Er hat es auf die Brieftasche abgesehen und bringt mich um, damit er sie mir wegnehmen kann!«

Und im Gefühl des nahen Todes, in dem Schrecken und eine brennende Lust vage durcheinandergingen, fühlte sie ihre Sinne schwinden. Schließlich sank sie in ihrer Schwäche um, doch er fing sie in seinen Armen auf, legte sie auf einen Haufen Anthrazit, und in diesem Alkoven von schwärzester Schwärze nahm er ihren zarten weißen Jungmädchenkörper in Besitz.

Als sie nachher auf der Treppe ihrem Vater begegnete, war der nicht wenig überrascht, daß sie ihm, über und über schwarz von Kohle, um den Hals fiel und lachte. Sie war entjungfert und am ganzen Körper voller Flecken, aber glücklich.

Sie sahen einander wieder. Einen Monat später nahm sie unter dem Vorwand, sie mache Ferien bei einer Schulfreundin, gerade soviel mit, wie sie auf dem Leibe trug, und entwischte zu ihrem schönen Holzhackerburschen.

Étienne war kein feiner Psychologe, aber das ungewöhnliche Verhalten seiner neuen Gefährtin wunderte ihn doch. Sie tauchte häufiger im Sägewerk auf als es nötig gewesen wäre. Anstatt ihm allmorgendlich sein Mittagsbrot in der Proviantttasche mitzugeben, brachte sie es ihm lieber selbst und verzehrte es mit ihm im Kreis seiner Arbeitskameraden. Zwar tat er sich nicht wenig zugute auf die Jugend, die Schönheit und vor allem auf die offensichtlich gutbürgerliche Herkunft seines Mädchens. Doch hätte sie, sobald die Arbeit wieder begann, verschwinden müssen. Statt dessen trödelte sie bei den Maschinen herum, fuhr mit dem Finger über die Zähne der Sägeblätter, probierte, wie scharf ihre Spitzen, ihre Schneiden waren, welchen Weg sie zurückzulegen hatten, wie fest gespannt die stählernen Bänder waren und wie deren Seitenflächen von der furchtbaren Reibung, die daran schliff, unendlich glatt und glänzend geworden waren. Dann nahm sie eine Handvoll Sägemehl, spürte seine samten-federnde Kühle, hielt es an die Nase, sog seinen Waldgeruch ein und ließ es durch die Finger rieseln und verwehen. Daß man aus festen, massigen Holzstämmen solch einen filzweichen Schnee zustande bringen konnte, war ein Wunder, das sie bezauberte!

Aber nichts faszinierte sie so wie das kurze Aufheulen der Kreissägen, die sich tief in ein Holzscheit hineinfraßen, und das irre Schnauben der großen Gattersäge, wenn sie ihre zwölf Sägeblätter nebeneinander im Blindholz des Baumstamms, der da noch unentrindet auf dem Vorschubwagen lag, auf- und abtanzen ließ.

Das Material instandzuhalten oblag Papa Sureau. Als früherer Kunsttischler hatte er schon bessere Tage gesehen, doch war er, als seine Frau gestorben war, dem Alkohol verfallen, und er lebte schlecht und recht davon, daß er beim Sägewerk die Sägeblätter schärfte. Melanie legte es darauf an, ihn für sich zu gewinnen. Sie suchte ihn in seiner baufälligen Kate auf, erwies ihm diesen oder jenen kleinen Dienst, machte sich Liebkind bei ihm. In Wahrheit wußte sie, was sie wollte, doch hätte kein Mensch begriffen, für welch großartiges Projekt sie ihn mit solcher Hartnäckigkeit einzuspannen suchte. Sie erreichte schließlich, daß er seine »Klarinetten« – wie er seine Werkzeuge nannte – wieder hervorholte, daß er sie schärfte und sich an die Arbeit machte. Freilich würde er vielleicht Jahre brauchen, um das, was ganz sicher das Meisterwerk seines Lebens würde, zu einem guten Ende zu bringen.

Der Sommer verging herrlich in Sonne und Liebe, untergründig stets begleitet vom Geheimnis des Projekts Sureau. Der Umarmungen Melanies und Étiennes schien kein Ende. Sie dauerten an bis in die Herbstnebel hinein, bis der Regen nächtlich auf das Schindeldach ihrer Hütte prasselte, bis sich der weiße Mantel des Schnees über sie breitete, der in jenem Winter so reichlich fiel.

Anfang März wurde Étienne im Gefolge eines Streits mit seinem Arbeitgeber auf die Straße gesetzt. Er ging auf Arbeitssuche. Gerüchtweise hatte er gehört, beim Gestüt Fichtenkapf würden Leute eingestellt. Er versprach, Melanie zu holen, sobald er irgendwo untergekommen sei. Sie sollte nie wieder etwas von ihm hören. Und da ein Unglück selten allein kommt, mußte überdies Papa Sureau mit einer Rippenfellentzündung ins Krankenhaus. Es ist nun mal so, daß das Frühjahr alten Leuten nicht selten zum Verhängnis wird.

Dennoch dachte Melanie nicht daran, zu ihrem Vater zurückzukehren, mit dem sie noch eine spärliche Briefverbindung aufrechterhielt. Das Wundersame, bestürzend Neue ihrer Liebeserfahrungen, das herrlich-tolle Spiel der Sägen im Sägewerk und das Projekt Sureau, das eindeutig aus beidem entsprang – dies alles schuf eine Mauer zwischen ihrem jetzigen Leben und den grauen Fluten, in denen das väterliche Haus, aus ihrer Erinnerung heraus gesehen, wie eine morsche Arche gescheitert zu sein schien.

Doch in den herb-feuchten Lüften eines Frühlings, der sich darin nicht genugtun konnte, breitete sich unerbittlich von neuem Leere um sie. Die Trostlosigkeit des Waldes, der schwarz und verstört aus der Schneeschmelze hervorging, bemächtigte sich der Kate. Melanie ertappte sich eines Tages bei einer bedeutungsschweren Bewegung: Sie gähnte, und entsetzt erkannte sie das Zeichen, mit dem sie die heranplätschernde Flut der Langeweile begrüßte und sie zugleich herbeirief. Die Zeit der kindlichen kleinen Tricks – wie Zitronen und Senf – war wohl vorüber. Da sie ja nun frei war, hätte sie fliehen sollen. Aber wohin? Denn so wirkt sie, die verheerende Kraft der Langeweile: Wie in einer Art universaler Ansteckung überschwemmt sie mit ihren Wogen wie ein böser Zauber die ganze Welt, das ganze All. Nichts, kein Ort, kein Ding scheint ihr entrinnen zu können.

Beim Stöbern im Werkzeugverschlag, wo Beile, Äxte, Keile und Sägen Étiennes wenig wahrscheinlicher Rückkunft harrten, fand Melanie die Lösung. Es war ein Seil, ein schönes, neues, von der Seilerei her noch ganz glänzendes Seil, das – wie es schien – absichtsvoll in eine Öse auslief. Zog man das andere Seilende durch diese Öse, so erhielt man eine Schlinge, die sich vortrefflich zum Erhängen eignete.

Zitternd vor Erregung, befestigte sie das Seil am Firstbalken des Daches. Die Schlinge baumelte hin und her, zwei Meter fünfzig über dem Fußboden, die ideale Höhe, denn man brauchte sich nur auf einen Stuhl zu stellen, und schon konnte man den Kopf hineinstecken. Melanie stellte auch wirklich den besten Stuhl, den sie besaß, genau unter die Schlinge. Dann setzte sie sich auf den zweiten – ziemlich wackeligen – Stuhl, den es im Hause gab, und bewunderte ihr Werk.

Nicht daß etwa die beiden Dinge – das Seil und der Stuhl – an und für sich irgendwie bewundernswert gewesen wären. Das Vollkommene lag vielmehr in der Verbindung zwischen diesem Stuhl und einem herunterhängenden Hanfseil und in dem verhängnisschweren Sinn, der davon ausging. Sie versank in selig-philosophisches Betrachten. Dadurch, daß sie Vorkehrungen zu ihrem eigenen Tod traf, daß sie der Aussicht auf die öde Wüstenei ihres Lebens eine sichtbare, greifbare Schranke setzte, daß sie den stagnierenden Wassern der Zeit durch einen Deich Einhalt gebot, machte sie der Langeweile mit einem Schlag ein Ende. Ihr unmittelbar bevorstehender Tod, durch das Seil und den Stuhl greifbar deutlich geworden, gab dem Augenblick ihres Lebens etwas unvergleichlich Dichtes, Glühendes.

In solchem Galgenglück verlebte sie mehrere Wochen. Doch als plötzlich der Postbote erschien, den sie sonst selten sah, begann der Zauber zu verfliegen. Der Postbote brachte einen Brief von ihrer besten Freundin Jacqueline Autrain, die für das dritte Schultrimester als Aushilfslehrerin an die Volksschule eines benachbarten Dorfes versetzt worden war; sie schrieb, sie bewohne ganz alleine den ersten Stock des Schulhauses, sie würde sich freuen, wenn Melanie ein paar Tage bei ihr verbringen und ihr helfen würde, sich häuslich einzurichten.

Melanie schnürte ihr Bündel, versteckte den Schlüssel der Hütte in einem Loch, das auch Étienne bekannt war, und fuhr zu ihrer Freundin.

Jacquelines herzlicher Empfang und das Dorf in seiner Frühlingspracht ließen Melanie ihre qualvollen Gedanken und die makabre Arznei, die sie dagegen besaß, vergessen. Allerdings hatte sie ihr Seil im Dunkel der verschlossenen Hütte schön senkrecht über dem Stuhl hängen lassen, sozusagen abwartend und als Pfand dafür, daß sie auch bestimmt zurückkomme. Während ihre Freundin Schule hielt, versorgte Melanie den Haushalt. Dann begann sie sich für die Kinder zu interessieren. Sie ging dazu über, denen, die schlecht mitkamen, Nachhilfestunden zu erteilen. So wie zuvor im Sommer und im Winter die Liebe, so entdeckte sie nun mit dem Erwachen der Natur die Freundschaft. Zwischen diesen beiden Festen des Lebens dehnte sich eine trostlose, von riesigen, ekelhaften Schemen bevölkerte Öde, und nur ein Seil, das in eine schöne runde, leicht laufende Schlinge auslief, konnte sie bewohnbar machen.

Jacqueline war verlobt mit einem jungen Mann, der gerade eine praktische Ausbildung bei der Sicherheitspolizei absolvierte. Im Verlauf des Frühlings hatte sie schon zweimal einen Urlaub dazu benutzt, ihn in seiner Kaserne in Argentan zu besuchen. Eines Tages kam er selbst an, mit Helm, Käppi, Gummiknüppel und einer dicken, prallen Pistolentasche. Die beiden Mädchen amüsierten sich über diese Aufmachung.

Sein Urlaub währte drei Tage. Der erste bestand nur in fortwährendem Gelächter und Geschmuse der beiden Verlobten. Wenn es zu zärtlich wurde, suchte Melanie sich zu verziehen. Am zweiten Tag wollte der junge Mann mit den beiden Mädchen unbedingt einen Ausflug machen, obgleich Jacqueline sichtlich gern zu Hause geblieben wäre, um mehr zu haben von den doch so seltenen gemeinsamen Stunden. Am dritten Tag machte sie Melanie eine heftige Szene und warf ihr vor, sie versuche die Aufmerksamkeit des allzu arglosen Polizisten von ihr ab- und auf sich zu lenken.

Darüber kam der junge Mann selbst hinzu; er mischte sich lebhaft in den Streit ein, war so ungeschickt, Melanie zu verteidigen und brachte seine Verlobte damit vollends zur Verzweiflung. Als er sich wieder auf den Weg nach Argentan machte, hinterließ er einen Scherbenhaufen an Gefühlen.

So war nicht daran zu denken, daß Melanie noch länger bei Jacqueline wohnen konnte. Sie suchte sich eine Bleibe in Alençon und unterrichtete für den Rest des Schuljahrs an einer Privatschule.

Dann kamen die großen Ferien. Die Schulen leerten sich, die Straßen, die ganze Stadt, und Melanie sah sich wieder allein unter einer weißen, erbarmungslosen, stechenden Sonne. Im staubigen Gezweig der Platanen, zwischen den ungleichen Pflastersteinen der Plätze, auf den aussatzschwärenden, vom Licht gefolterten Wänden tauchte es auf, das bleiche, gedunsene Antlitz der Langeweile.

Melanie fühlte den Grund unter ihren Füßen schwinden und

klammerte sich an ihre jüngsten Erinnerungen. Wenn sie sich das Bild von Jacquelines Verlobten ins Gedächtnis rief, so kam ihr seltsamerweise immer zuerst seine dicke, pralle Pistolentasche in den Sinn. Sie schrieb ihm nach Argentan in die Kaserne und bat ihn, sich mit ihr zu treffen. In seiner Antwort schlug er ihr dann Tag, Uhrzeit und als Treffpunkt ein Café vor.

Hatte er anfangs an ein kleines Abenteuer geglaubt, so wurde er enttäuscht. Im Gegenteil, Melanie setzte ihm auseinander, sie wolle jedes Mißverständnis ausräumen und versuchen, zwischen Jacqueline und ihm die guten Beziehungen wiederherzustellen, zu deren Zerrüttung sie ungewollt beigetragen haben mochte. Sie bat ihn inständig, mit seiner Verlobten möglichst bald wieder Kontakt aufzunehmen und ihr, Melanie, von einem Erfolg dieser Wiederbegegnung Nachricht zu geben; das wäre ihr eine große Erleichterung.

Dann kam ihr plötzlich ein Einfall. Weshalb rufe er eigentlich Jacqueline nicht sofort, vom Café aus, an? Sie wüßte dann, daß nichts unversucht geblieben sei.

Er wehrte sich nur schwach, dann zuckte er die Achseln, stand auf und ging zur Telefonkabine. Käppi, Helm, Gummiknüppel und die dicke, pralle Pistolentasche ließ er auf dem Tisch liegen.

Melanie wartete einen Augenblick. Die Verbindung war offenbar nicht leicht zu bekommen, denn der junge Mann kam lange nicht zurück. In Wahrheit konnte sie einfach kein Auge von seiner dicken, prallen Pistolentasche lassen, die sich da so ganz unschuldig auf dem Tisch plusterte. Plötzlich erlag sie der Versuchung. Sie schob das Ding in ihre Handtasche und eilte zum Ausgang. Wieder nach Alençon in ihr Kämmerchen zurückgekehrt, schenkte ihr das befriedigte Gefühl, ihre Pflicht getan zu haben, ein paar Tage der Ruhe. Doch konnte sie nicht vergessen, daß sie sich, indem sie die beiden Verlobten miteinander versöhnte, ein für allemal von deren Freundschaft ausgeschlossen hatte. Dafür war die Pistole ihr ein Quell der Kraft und des Trostes. Jeden Tag zu einer bestimmten Stunde, die sie zitternd vor Ungeduld und Vorfreude erwartete, holte sie das herrliche, gefährliche Ding hervor. Sie hatte keine Ahnung, wie man damit umzugehen hatte, doch an Zeit und Geduld gebrach es ihr ja nicht. Die Pistole, die da so nackt auf dem Tisch lag, schien eine Energie auszustrahlen, die Melanie mit wollüstiger Wärme umgab. Der knappe, strenge, gedrungene Umriß, ihr mattes, gleichsam priesterliches Schwarz, die Leichtigkeit, mit der die Hand sich der Form anschmiegte und von ihr Besitz ergriff – alles an dieser Waffe trug dazu bei, ihr eine unwiderstehliche *Überzeugungskraft* zu verleihen. Wie schön mußte es sein, durch diese Pistole zu sterben! Überdies gehörte sie Jacquelines Verlobtem, und Melanies Selbstmord würde dann ihre Freunde wieder vereinen, ebenso wie ihr Leben sie beinah für immer entzweit hätte.

Die Pistole war nicht geladen, doch enthielt die Tasche ein Magazin mit sechs Schuß, und die Einschuböffnung im Griff, in die das Magazin gehörte, hatte Melanie schnell gefunden. Am Einschnappen merkte sie, daß das Magazin richtig saß. Und eines Tages spürte sie dann, nun könne sie einen Versuch damit nicht länger aufschieben.

Sie machte sich frühmorgens auf in den Wald. Am Rand einer Lichtung angelangt, weitab von jedem Weg, holte sie die Pistole aus der Handtasche, hielt sie mit beiden Händen möglichst weit von sich weg, schloß die Augen und drückte mit all ihren Kräften auf den Abzug. Nichts geschah. Sicher gab es irgendwo einen Sicherungsflügel. Eine Zeitlang strich sie suchend über Lauf und Abzug. Schließlich verschob sich etwas zum Lauf hin, und ein roter Punkt wurde sichtbar. Das war es wohl. Sie probierte es noch einmal. Der Abzug gab unter ihren Fingern nach, und die Waffe, als wäre sie plötzlich toll geworden, bäumte sich in ihren Händen auf.

Der Knall des Schusses war Melanie fürchterlich vorgekommen, doch das Geschoß hatte unter den Bäumen und im Dickicht, in dem es sich verirrt haben mußte, keinerlei Spur hinterlassen.

Am ganzen Leib zitternd, tat Melanie die Pistole wieder in ihre Handtasche und ging weiter – mit weichen Knien, doch ob das von der Angst oder von der Freude kam, wußte sie nicht. Nun verfügte sie über ein neues Instrument der Befreiung, eines, das ja soviel moderner und praktischer war als Seil und Stuhl! Nie zuvor war sie so frei gewesen. Der Schlüssel zu ihrem Käfig – hier war er, hier drinnen in ihrer Handtasche bei Lippenstift, Geldbeutel und Sonnenbrille! Sie hatte kaum hundert Meter zurückgelegt, als sie einen alten Mann, wie ein Fischer und zugleich wie ein Bergsteiger gekleidet und eine Botanisiertrommel umgehängt, mit großen Schritten herankommen sah. Er sprach sie sogleich an:

»Was war denn das? Haben Sie den Schuß nicht auch gehört?«

»Nein«, log Melanie, »ich habe nichts gehört.«

»Sonderbar, sonderbar. Dabei kam's mir vor, als wär's in der Richtung, aus der Sie kommen. Und ich hatte schon gefürchtet, ich würde schwerhörig! Na, sei's drum! Nehmen wir halt an, ich habe eine Wahnvorstellung, eine, sagen wir, eine akustische Halluzination gehabt.«

Er hatte die letzten beiden Worte mit einer Art ironischem Pathos ausgesprochen, und er schloß seinen Satz mit einem kurzen, knarrenden Lachen. Dann gewahrte er Melanies Tasche.

»Suchen Sie auch Pilze?«

»Ja freilich, Pilze«, log Melanie eilends aufs neue.

Dann setzte sie in plötzlichem Einfall hinzu:

»Ich möchte vor allem wissen, wie man giftige erkennt.«

»Pah! giftige! Für einen echten Pilzkenner gibt es das selten, fast überhaupt nicht! Wissen Sie, daß meine Freunde von unserer Wissenschaftlichen Gesellschaft und ich einander zu Diners einladen, bei denen als besondere Delikatesse die als tödlich geltenden Giftpilze gleich schüsselweise auf den Tisch kommen? Nur muß man's eben verstehen, sie richtig zuzubereiten und vielleicht auch, sie ohne Furcht zu essen. Furcht macht den Organismus anfälliger, das ist ja bekannt. Im Grunde also ein unterhaltsamer Zeitvertreib für Fachleute.«

»Ja sind denn Giftpilze so wenig gefährlich?« fragte Melanie mit einer Spur Enttäuschung in der Stimme.

»Für uns, für uns Pilzkenner! Aber für Laien – oha, halt! Wissen Sie, es ist so ähnlich wie bei den Raubtieren im Zoo! Der Dompteur kann in den Käfig hineingehen und sie am Schnurrbärtchen ziehen. Doch wehe dem Zuschauer, der sich das erlauben würde!«

»Hinreißend, wie Sie das sagen!«

Aristide Coquebin war Inhaber eines kleinen Antiquitätenladens in der Rue des Filles-de-Notre-Dame, unweit des Geburtshauses der heiligen Theresia vom Kinde Jesus. Er gehörte zu jenen gebildeten und allseitig interessierten Geistern, wie sie unscheinbar im Schatten kleiner Provinzstädte blühen. Sein Bestes gab er für die Wissenschaftliche Gesellschaft; er erfreute sich mit überaus vielseitigen Vortragsveranstaltungen, die von den Wundern der Botanik bis zum verworrenen Geschreibsel obskurer Mystiker reichten.

Er war zu froh, ein unverbildet offenes Ohr gefunden zu haben, als daß er Melanie so bald wieder fortgelassen hätte, und so wanderten sie lange in lebhaftem Gespräch nebeneinander her. Als sie in ihre bescheidene Behausung zurückkam, war die Pistole in ihrer Tasche unter einem duftenden Proviant von Steinpilzen, Pfifferlingen und Schirmlingen verschwunden, die sie miteinander gesammelt hatten. Doch sie hatte nicht locker gelassen und auch noch – freilich gesondert in einem Plastiksack – drei leichenfarbige Rötlinge und zwei Knollenblätterpilze, die gefürchtetsten Mordgesellen am Waldboden, mitgenommen.

Am Abend baute sie alles auf dem Tisch auf, die ihres Etuis entkleidete Pistole und auf einem Teller die fünf Giftpilze. Dämmernde Stille umgab sie, wie sie so allein dasaß, doch von diesen tödlichen Dingen ging ein Strahlen aus, dessen erquickende Glut sie wohl kannte. Mühelos fand sie hier das wollüstige Beben aus den Stunden wieder, die sie in der Hütte vor dem Seil und dem Stuhl verbracht hatte. Doch ging sie nun in ihrer engen Vertrautheit mit dem Tod noch weiter.

Verwirrend war für sie zunächst etwas Geheimnisvoll-Verwandtes, durch das diese beiden verschiedenartigen Dinge einander nahegerückt schienen. Gemeinsam war ihnen eine gedrängte Kraft, eine unterdrückte Energie, schlummernd und gleichsam zusammengeduckt in einem Äußeren, das diese nur mühsam zu bändigen vermochte und hiervon auch Zeugnis ablegte. Die derbe Breitschultrigkeit der Pistole – der Faustfeuerwaffe – und die muskulösen Rundungen der Pilze erinnerten Melanie überdies an etwas Drittes, lange in den Falten ihres Gedächtnisses verborgen Gewesenes, das sie aber schließlich doch, nicht ohne schamrot zu werden, zutage förderte: das Geschlecht Étienne Jonchets, das ihr lange Wochen hindurch so viel Glück geschenkt hatte. So entdeckte sie das untergründige Ineinanderspielen von Liebe und Tod, entdeckte, daß die auf Étiennes schöne Arme tätowierten drohend-scheußlichen Zeichnungen ihren Umarmungen den wahren Sinn gaben. So fand auch Étienne seinen gebührenden Platz in der Waldlandschaft, deren Mitte nach wie vor Seil und Stuhl blieben.

Pilze, Pistole, Seil: drei Schlüssel, deren jeder eine Tür zum

Jenseits auftat, drei monumentale, in Art und Stil zweifellos recht unterschiedliche Türen.

Die Pilze waren die weichen, gewundenen Schlüssel zu einer Tür, die das Sanfte, Runde eines riesigen Bauches bot. Sie glich einem großen, anatomisch-grellen, der Verdauung, dem Stuhlgang und dem Geschlecht zu Ehren errichteten Fronleichnamsaltar. Diese Tür würde sich nur langsam, nur träge ein wenig öffnen. Wenn sie die Pilze aß und in sich aufnahm, so würde sie durch einen schmalen Spalt schlüpfen müssen wie ein Kind, das sich mit eigensinniger Schlauheit bemüht, unbedingt wieder zurückgeboren, entboren zu werden.

Die zweite Tür war gegossenes Erz. Schwarz, wie eine Tafel, ragte sie unerschütterlich vor einem lodernden Geheimnis auf, das mit unstetem Flackern durch das Schlüsselloch drang. Einzig ein furchtbares Bersten, ein betäubendes Krachen in Melanies Ohr würde es mit einem Schlag aufreißen und eine Flammenlandschaft enthüllen, den weißglühenden Schlund eines Schmelzofens voller Salpeter- und Schwefelwolken.

Der dritte Schlüssel – Seil und Stuhl – verbarg unter seiner rustikalen Derbheit den überquellenden Reichtum unmittelbarer Verwandtschaft mit dem Reichtum der Natur. Schob Melanie den Kopf in das Halsband aus Hanf, so würde sie dort hinunterschauen in die verborgene Tiefe des schwarzen Waldbodens, vom Gewitterregen geschwängert und vom weihnachtlichen Frost versteint. Ein Jenseits, das nach Harz und Holzfeuer roch, das widerhallte vom Orgelgedröhn des Windes, wenn er brausend die Hochwälder durchwühlt. Wenn Melanie mit Fleisch und Blut den Ballast für das am First der Holzfällerhütte festgemachte Seil abgab, würde sie ihren Platz einnehmen in dem großen Gebäude aus wiegenden Wipfeln und schwankenden Zweigen, aus hochragenden Stämmen und verworrenen Ästen, das Wald hieß.

Coquebin hatte Melanie eingeladen, ihn zu besuchen. Sie ließ eines Abends das silberne Geläut eines ganzen Bündels Röhren erklingen, die beim Öffnen der Tür aneinanderstießen. Ein ganzes Paradies voller Heiliger aus buntbemaltem Gips empfing sie mit offenen Armen oder segnend erhobener Hand. Die kleine Schwester Theresia, in hundert Exemplaren verschiedenster Größen, preßte ein Kruzifix an ihre Karmelitinnentracht und blickte zu den Stukkaturen an der Decke empor.

»Sie ist ja nur ein paar Schritt von hier geboren«, erklärte Coquebin leidenschaftlich. »Im Haus Rue Saint-Blaise 42. Wenn Sie wollen, gehen wir einmal hin und besichtigen ihr Geburtshaus.«

Die entgeisterte Miene, mit der Melanie sich dafür bedankte, konnte ihm nicht entgehen. Er begriff, er war auf dem Holzweg; im vorliegenden Falle mußte der fromme Antiquar gegenüber dem Philosophen in den Hintergrund treten. Wollte er hinter die Persönlichkeit dieses sonderbaren jungen Mädchens kommen, die ganz allein in den Wäldern umherlief, Pistolenschüsse abgab und mit Vorliebe Giftpilze sammelte, so war es ratsam, die Augen aufzumachen und Demut an den Tag zu legen. Sicher war sie kein alltäglicher Charakter. Leider erwies sich das Gespräch mit ihr als schwierig, denn es war ihr mehr darum zu tun, von ihm präzise Auskunft über anspruchslose, schlichte Dinge zu erhalten als von sich selbst zu erzählen.

Nach einer Viertelstunde ging sie, doch kam sie am übernächsten Tag wieder, und ihre Vertrautheit nahm allmählich zu. Mit wachsendem Erstaunen fügte Coquebin die Stückchen zusammen, in denen ihm Melanie etwas von ihrem kurzen Lebensschicksal enthüllte. Denn der Altersunterschied und die sanft-fromme Atmosphäre in Coquebins Laden gaben ihr Geborgenheit und den Mut, sich auszusprechen. Als sie ihm dann eines Tages mitteilte, sie sei an einer Schule und unterrichte Kinder, fuhr er unwillkürlich überrascht auf. Denn sie hatte ihm von ihrem Abenteuer mit dem tätowierten Herzensbrecher und von der Faszination, die Seil und Schlinge auf sie ausübten, das Wesentliche mitgeteilt. »Arme Kinder!« mußte er denken. »Aber offenbar sind im Unterrichtswesen nur selten ganz normale Menschen tätig, und vielleicht ist es natürlich und ein Vorzug, wenn Kinder, diese Halbverrückten, die wir unter uns dulden[3], von Originalen erzogen werden.«

Später erzählte sie ihm von der Wendeltreppe, dem schmalen Fensterchen, den buntfarbigen Scheiben, durch die sie den Garten so grundverschieden betrachten konnte. »Kant!« dachte er. »Die apriorischen Formen der sinnlichen Wahrnehmung! Mit zehn Jahren hat sie, ohne es zu wissen und zu wollen, das Wesentliche der Transzendentalphilosophie entdeckt!« Doch als er sie in die Lehre Kants einzuführen versuchte, sah er gleich, daß sie ihm dabei nicht folgte, ihm sogar nicht einmal zuhörte.

Dann ging sie in ihren Erinnerungen weiter zurück, kam auf das zu sprechen, was sie als junges Mädchen gern gemocht und was ihr zuwider gewesen war – ihre Vorliebe für Zitronen, ihren Widerwillen gegen süßes Gebäck –, sprach auch von der Langeweile, die manchmal wie eine graue, glitschige Flut über sie hereinbreche, von der prickelnd-erquickenden Erleichterung, die sie im kleinen zunächst in ganz sauren Speisen und Getränken, später auf großartige Weise im Tod ihrer Mutter gefunden habe.

Da zweifelte er nicht mehr daran, daß sie eine angeborene metaphysische Begabung besitze, die von einer spontanen Ablehnung alles Ontologischen begleitet war. Er suchte ihr begreiflich zu machen, sie verkörpere im Groben den jahrtausendealten Widerstreit zwischen zwei Formen des Denkens. Schon seit der ersten Morgenfrühe der abendländischen Menschheit verschränkten und bekämpften sich die beiden Strömungen, die eine beherrschend vertreten durch Parmenides von Elea, die andere durch Heraklit von Ephesus. Für Parmenides verschmölzen Wirklichkeit und Wahrheit im bewegungslosen, kompakten, einig in sich selbst ruhenden Sein. Diese starre Sicht sei dem anderen Denker, Heraklit, ein Greuel; er sehe das Modell aller Dinge im lodernden, brausenden Feuer und im lichten Strömen rauschenden Wassers das Symbol des immerdar schöpferischen Lebens. Ontologie und Metaphysik – Ruhen im Sein und Hinausgreifen über das Sein – ständen einander von jeher als zweierlei Weisheit und zweierlei Spekulation gegenüber ...

Während er ganz im Bann seines erhabenen Themas so sprach, heftete Melanie ihre großen, dunklen, leidenschaftlichen Augen auf ihn. Er hätte meinen können, sie höre ihm, überwältigt von dem abgründigen Bild, das er von ihr zeichnete, zu. Doch er besaß ein feines Gespür und einen hellen Kopf, und er wußte, zuoberst auf einem Wärzchen auf seiner Wange kräusle sich ein langes rotes Haar, und er brauchte Melanie nur anzuschauen, um zu wissen, sie habe bloß Augen für diesen geringfügigen Schönheitsfehler, und von dem, was er sage, dringe dem jungen Mädchen kein Wort ins Bewußtsein.

Nein, es war offensichtlich, man konnte sich der Erkenntnis nicht verschließen: Melanie hatte ganz entschieden keine philosophische Ader, trotz der erstaunlichen Gabe, mit der sie spontan, in ungefüger Form und ganz unbewußt, die großen Fragestellungen überzeitlichen Spekulierens erlebte. Die philosophischen Grundwahrheiten, in deren Bann sie stand und die ihrem Schicksal gebieterisch die Richtung wiesen, waren für sie nicht in Begriffe und Worte übersetzbar. Genial als Philosophin, würde sie immer unkultiviert bleiben und sich nie zum Verbalen emporschwingen können.

Ihre Besuche hörten auf. Coquebin war darob nicht sonderlich erstaunt. Nachdem seine Worte das junge Mädchen innerlich unbeeindruckt gelassen hatten, wußte er, daß seine Beziehungen zu ihr allerlei zufälligen, undurchsichtigen, unberechenbaren Einflüssen ausgesetzt seien. Trotzdem ging er schließlich hin und klopfte an die Tür des Kämmerchens, das sie bewohnte. Und erfuhr dann von einem Nachbarn, sie sei ausgezogen.

Aus was für einer instinktiven Ahnung heraus hatte sie beschlossen, wieder in die Kate am Wald von Écouves zurückzukehren? Vermutlich hatte ein Gedanke, der sich ihr aufgedrängt hatte, viel dazu beigetragen.

Einzig und allein die Aussicht auf den Tod – auf einen bestimmten, nach Mittel und Weg klar vorgezeichneten Tod – war imstande, sie dem Ekel vor dem Dasein zu entreißen, in dem sie sonst versank. Doch war diese Befreiung lediglich vorübergehend, und sie verlor nach und nach ihre ganze Kraft, wie eine Arznei, die schal wird – bis sich Melanie ein anderer »Schlüssel« bot, die Verheißung eines neuen Todes, eine jüngere, frischere, überzeugendere Verheißung mit noch ganz unangetastetem Glaubwürdigkeitskapital. Klar war freilich, daß dieses Spiel nicht mehr lange so weitergehen konnte. Nach all diesen nicht eingehaltenen Versprechungen, all diesen versäumten Verabredungen mußte eines Tages unausweichlich der Zeitpunkt kommen, da sie alles würde einlösen müssen. So hatte Melanie, als sie wieder einmal in den Schlammkuhlen des Seins zu scheitern drohte, Datum und Uhrzeit ihres Selbstmordes auf Sonntag, den 1. Oktober*, mittags zwölf Uhr festgelegt.

Der Gedanke, sich so festzulegen, hatte sie zunächst erschreckt. Doch je ernstlicher sie ihn ins Auge faßte, je mehr der Entschluß in ihrem Kopf reifte, spürte sie, wie Welle um Welle, immer stärker und stärker, Ströme von Freude und Kraft sie

---

* Das ist der Festtag der heiligen Therese vom Kinde Jesus. In Melanies Sinn lag dabei wohl eine rührende Aufmerksamkeit gegenüber ihrem alten Freund Coquebin. Aber man kann sich mit Recht fragen, ob er sie auch dementsprechend zu schätzen wußte.

wärmten und ihr die Brust schwellten. Insbesondere dies hatte ihr Verhalten bestimmt. Der Tod, mochte er auch noch fern sein, begann allein schon dadurch, daß sein Zeitpunkt genau festgelegt war, sein allverwandelndes Werk. Und nun, nachdem dieser Zeitpunkt feststand, steigerte jeder Tag, jede Stunde dieses erquickende Strahlen, so wie jeder Schritt, der uns einem großen Freudenfeuer näherbringt, uns ein wenig mehr teilhaben läßt an seinem Licht und an seiner Wärme.

So war sie also wieder zurückgekehrt in den Wald von Écouves, wo sie einst in Étiennes tätowierten Armen, später im Betrachten von Seil und Stuhl Beglückungen erlebt hatte, die schon von der großen, letzten Ekstase kündeten.

Eine herrliche Überraschung sollte sie am 29. September gar vollends glücklich machen. Ein Lieferwagen hielt vor der Hütte. Ein alter Mann, der neben dem Fahrer gesessen hatte, stieg aus und klopfte an die Tür. Es war Papa Sureau, dessen Krankheit nur eine allerdings ziemlich ernste Warnung gewesen war. Die beiden Männer luden etwas aus und trugen es in den Wohnraum der Hütte: ein hohes, schütteres, schweres Etwas, ganz in schwarze Schleier gehüllt wie eine große Witwe, steif und feierlich . . .

»Wenn ich mich nicht scheute, ein Paradox auszusprechen«, meinte der junge Arzt, als er sein Stethoskop beiseite legte, »so würde ich sagen, sie sei vor Lachen gestorben. «

Und nun führte er aus, das Lachen sei in seiner ersten Phase durch eine plötzliche Dilatation des *orbicularis oris* und durch die Kontraktion des *risorius Santorini*, des *caninus* und des *buccinator*, gleichzeitig auch durch ein unterbrochenes Ausatmen gekennzeichnet, doch könnten dann, in einer zweiten Phase, die Muskelkontraktionen fortschreitend alle Ausläufer des *facialis* erfassen und sich bis auf die Halsmuskeln, insbesondere auf das *plathysma* ausdehnen. Und in einer dritten Phase erschüttere es dann den ganzen Organismus, führe dazu, daß Tränen flössen und Urin austrete und daß sich das Zwerchfell in schmerzhaften Stößen auf Kosten der Masse der inneren Organe und des Herzens zusammenziehe.

Für die einzelnen Augenzeugen, die im Kreis um Melanie Blanchards Leiche standen, hatte diese Vorlesung in Komischer Physiologie jeweils wieder einen anderen Sinn. Da sie Melanie kannten, wußten sie besser als der Arzt selber, daß die anscheinend so ausgefallene Theorie, sie sei am Lachen gestorben, zu dem exzentrischen Wesen der Verstorbenen gar nicht schlecht paßte. Ihr Vater, der alte Notar, schüchtern und zerstreut, sah sie wieder, wie sie ihm an jenem Frühlingstag mit zerzausten Kleidern, an Gesicht und Armen schwarz von Kohle, um den Hals gefallen war und wie eine Irre gelacht hatte. Étienne Jonchet erinnerte sich des sonderbar untergründigen Lächelns, das sie ankam, als sie einst mit der Hand zärtlich über die erschreckendsten Sägeblätter strich. Die Lehrerin mußte an die lustvolle Grimasse denken, die das kleine Mädchen nicht hatte unterdrücken können, wenn es begierig in eine Zitrone biß. Aristide Coquebin indessen suchte auf diesen ganz besonderen Fall die von Henri Bergson in *Das Lachen* aufgestellte Theorie anzuwenden, wonach das Komische dadurch entsteht, daß Lebendiges von Mechanischem überdeckt wird. Nur Jacqueline Autrain begriff von alledem nichts. Schluchzend lehnte sie an der Schulter ihres Verlobten und war überzeugt, Melanie habe sich aus verzehrender Liebe zu dem jungen Mann für sein und ihr Glück geopfert. Und Papa Sureau, der dachte an nichts anderes als an das Meisterwerk seines Handwerkerlebens und ließ unter seiner Schirmmütze hervor dessen traueumflorten Umriß, der den Hintergrund des Zimmers ausfüllte, nicht aus den Augen.

Melanie hatte vor ihrem Tode an alle eine Art vorzeitiger Todesanzeige abgesandt und ihnen Tag und Stunde ihres Suizids mitgeteilt, die Briefe freilich zu spät aufgegeben, als daß irgend jemand noch hätte eingreifen können. So hatten sie sich nacheinander im Wohnraum der Waldhütte eingefunden, nachdem Étienne Jonchet – der als einziger keine Anzeige erhalten hatte und nur gekommen war, um sein Werkzeug zu holen – die Leiche entdeckt hatte.

An der Decke hing noch immer das Seil, das schöne, neue, gewachste Seil, das in einer tadellos laufenden Schlinge endete. Auf dem Nachttischchen fand sich die Pistole – in deren Magazin nur ein Schuß fehlte – und eine Untertasse mit fünf Pilzen, die zu vertrocknen begannen. Auf ihrem breiten Bett ruhte Melanie, unversehrt, von einem Herzschlag hingerafft, der den heiteren, ja fröhlichen Ausdruck ihres Gesichts nicht verdüstert hatte. Tatsächlich schien sie in der Freude, nicht mehr zu leben, wie entrückt, diese Tote, die keines gewaltsamen Mittels bedurft hatte, um den Schritt über die Schwelle zu tun.

»Was ist denn das?« fragte schließlich der Arzt und deutete auf die »Witwe«.

Papa Sureau trat hervor, und mit den behutsam-zärtlichen Bewegungen eines Bräutigams, der seine ihm angetraute Braut mit eigener Hand entkleidete, ging er daran, die Schleier aus schwarzem Flor abzunehmen, mit denen das seltsame Ding verhüllt war. Verblüfft erkannte jedermann, daß es eine Guillotine war. Aber keine gewöhnliche Guillotine, nein, eine Salon-Guillotine, mit liebevoller Sorgfalt aus Edelholz hergestellt, zierlich mit schwalbenschwanzförmigen Zinken zusammengefügt, gewachst, gewienert, patiniert, ein wahres Meisterwerk der Kunsttischlerei, dem der blitzende Stahl des Fallbeils mit seinem strengen Profil eine grausam-eiskalte Note gab.

Coquebin als erfahrener Antiquitätenhändler bemerkte, daß die beiden senkrechten Rahmenschenkel, in deren Führung das Fallbeil lief, nach antiker Art in schönem Rhythmus mit Blattwerk und Zweigen verziert waren und daß das Oberteil, das sie krönte, dem Profil eines hellenistischen Architravs nachempfunden war.

»Und dabei«, murmelte er von Bewunderung hingerissen, »ist sie auch noch reinstes Louis Seize!«

# Der Auerhahn

An einem Morgen Ende März prasselten in Alençon wütende
Graupelschauer auf die großen Glasscheiben des Fechtbodens,
wo die besten Degen des 1. Chasseur-Regiments einander in rit-
terlichem, doch ungestümem Waffengang die Stirn boten. Die
Uniformität der unterhalb des Knies enganliegenden Hosen, der
wattierten Plastrons und vor allem der Gittermasken verwischte
die Titel-, Rang- und sogar die Altersunterschiede, und die beiden Fechter, denen die Aufmerksamkeit der anderen Fechtschü-
ler gehörte, hätten für Zwillingsbrüder gelten können. Sah man
freilich genauer hin, so erschien der eine von ihnen in seinen
Bewegungen knapper, reaktionsschneller, gewandter, und überdies war er drauf und dran, seinen Gegner in die Enge zu treiben;
dieser machte einen Ausfall, ripostierte erfolglos, griff ernst an
und ließ schließlich, bei einem langen Ausfall seines Gegners
von dessen Waffe getroffen, die Arme sinken.
Beifall brach los. Die Fechter nahmen die Masken ab. Der Un-
terlegene war ein junger Bursche mit rosiger Haut und locki-
gem Haar. Er zog die Handschuhe aus und applaudierte selbst
seinem siegreichen Gegner, einem graumelierten, drahtigen
Mann, der mit seinen sechzig Jahren ungemein gut und
jugendlich aussah. Alles umringte ihn. In den Zurufen und
Glückwünschen, die ihm galten, waren Sympathie, amüsierte
Bewunderung, respektvolle Vertraulichkeit zu spüren. Und er
strahlte, bescheiden und glücklich im Kreis dieser Gefährten,
die allesamt seine Söhne hätten sein können.
Doch nicht immer akzeptierte er ohne aufzubegehren die Rolle
des alten Wunderknaben, in die ihn diese jungen Leute drängten. Im Grunde hätte eigentlich dieser ganze Lärm um einen
langen Ausfall für ihn etwas Aufreizendes haben müssen. Gewiß, er hatte den kleinen de Chambreux festgenagelt. Na und?
Weshalb riefen ihm denn alle so nachdrücklich diese rund vierzig Jahre Altersunterschied ins Bewußtsein? Wie schwierig
war es doch, alt zu werden! Man sah es so richtig, als er sich
eine Stunde später verabschiedete. Wie er die Tür aufmachte,
stand er vor dem grauen, wehenden Vorhang eines dichten und
wahrscheinlich anhaltenden Platzregens. Ungeschützt wollte

er gleich hinaus unter die kalte Dusche. De Chambreux stürzte herzu, einen Schirm in der Hand.

»Herr Oberst, nehmen Sie ihn. Ich lasse ihn morgen früh wieder bei Ihnen abholen!«

Er schwankte. Nicht lange.

»Einen Schirm? Niemals!« protestierte er. »Ein Regenschirm ist in Ihrem Alter recht. Aber ich! Wie säh' ich denn da drunter aus?«

Und mit kühnem Schwung, ohne auch nur das Haupt zu neigen, eilte er hinaus in den Platzregen.

Oberst Baron Guillaume Geoffroy Étienne Hervé de Saint-Fursy war zur Jahrhundertwende auf dem Schloß der Familie in dem gleichnamigen Dorf in der Normandie geboren. Nach 1914 hatte er wie unter einem zweifachen Schönheitsfehler darunter gelitten, daß er zu jung war, sich freiwillig zu melden, und daß er mit Vornamen Guillaume, also Wilhelm, hieß wie der Preußenkaiser. Gleichwohl trat er, der von seinem Vater und seinem Großvater begründeten Tradition folgend, in die Offiziersschule in Saint-Cyr ein. Er verließ sie trotz einer Leistungsschwäche in Mathematik, die auch Nachhilfestunden nicht hatten beheben können, als Leutnant der Kavallerie. Doch er glänzte bei Abendgesellschaften, auf den Fechtböden und bei Reitturnieren. Seine wichtigsten Siege beim Reiten verdankte er einer Stute, die gerade die große Stunde ihres Lebens hatte. Florette brachte lange Zeit aus jedem Rennen, bei dem der Oberst sie einsetzte, einen Silberpokal mit. »Ich liebe sie mehr als eine Frau«, sagte er zuweilen. Doch das war nur ein launiger Scherz, denn die Frauen, die liebte er über alles. Florette reiten, Florett fechten, mit Frauen flirten – das war für ihn das Leben. Noch ein weiteres freilich gehörte dazu: die Jagd, denn der Baron war einer der bestbekannten Nimrode in weitem Umkreis. All das ließ er übrigens ein bißchen in seine markigen Aussprüche einfließen, erklärte beispielsweise, eine Frau lasse sich genauso erobern wie man ein Pferd bezähmt – zuerst den Mund, die Kruppe fügt sich dann von selbst – oder lasse sich ebenso zur Strecke bringen wie ein Auerhahn. *(Am ersten Tag jage ich ihn hoch, am zweiten ermüde ich ihn, am dritten Tag schieß' ich ihn.)* Und so nannte man ihn liebevoll-scherzhaft den »Auerhahn« – wegen dieser Redensarten, aber auch wegen seiner kräftigen Waden und seiner stets stramm vorgereckten Brust.

Er hatte jung, sehr jung geheiratet – zu jung, dachten manche seiner Freunde, denn mit zweiundzwanzig hatte er ein Fräulein Augustine de Fontanes geehelicht, die merklich älter als er, die jedoch zumindest *in spe* Erbin eines großen Vermögens war. Zu ihrem großen Kummer hatten sie keine Kinder bekommen. 1939 war er aktiver Major gewesen und hatte sich im Einsatz glänzend geschlagen; die Niederlage von 1940 jedoch hatte ihn körperlich wie seelisch schwer verwundet zurückgelassen. Die einzige Rettung, die er sich vorstellen konnte, war dann für ihn der Marschall Pétain gewesen. Und so nahm er bei Kriegsende vorzeitig seinen Abschied.

Von da an widmete er sich der Bewirtschaftung des Gutes, das seine Frau geerbt hatte. Die Langeweile der Provinz überlistete er mit Hilfe seiner Pferde, seines Floretts und kleiner Abenteuer, die ihm freilich mit den Jahren, die vergingen, immer weniger leicht gelangen. Denn für diesen ganz im Äußeren lebenden Mann konnte der Rückzug auf sich selbst nur ein Abdanken, das Alter nur ein Scheitern bedeuten.

Dies ist die Geschichte von Baron Guillaumes letztem Frühling.


An dem Fenster, das zum Garten hinausging, bildeten der Rücken der Baronin von Saint-Fursy und der des Abbé Doucet zwei ungleiche Schatten – der eine eckig, der andere rundlich – und brachten verblüffend beredt den Charakter der beiden zum Ausdruck.

»Das Winterende ist ausnehmend feucht gewesen«, sagte der Abbé. »Ein wahrer Segen für das Weideland. Bei mir im Dorf heißt es: ›Wenn's im Februar gießt, spart der Bauer den Mist.‹ Aber es ist wahrhaftig alles noch recht schwarz, recht winterlich!«

Es war, als finde die Baronin eine tonische Freude darin zu widersprechen, und Abbé Doucet war ein Mann, dem sich so angenehm widersprechen ließ!

»Ja, der Frühling läßt dieses Jahr auf sich warten«, bestätigte sie. »Na ja, um so besser! Schauen Sie nur, wie brav der Garten hier aussieht und wie sauber er ist. Alles ist noch in Ruhe und in Ordnung, so ganz in dem Zustand, in dem wir's im Herbst verlassen haben. Sehen Sie, Abbé, das Aufräumen des Gartens vor dem Einbruch des Winters ist ein bißchen so wie das Herrichten eines Verstorbenen vor dem Einsargen!«

»Da gehe ich mit Ihnen nicht einig!« protestierte der Abbé; er hatte mächtig Angst vor gewissen abwegigen Vorstellungen, denen sich die Baronin zuweilen hingab.

»Von einer Woche zur anderen«, fuhr sie unbeirrbar fort, »fällt jetzt das Unkraut über den Garten her, der Rasen wächst in die Wege herein, die Maulwürfe wühlen alles um, und man muß die Schwalben verscheuchen, die hartnäckig Jahr um Jahr in den Fensternischen und im Pferdestall ihre Nester bauen wollen.«

»Ja, freilich, aber wie schön ist es, dieses aufbrechende Leben! Schauen Sie hin, wie die ersten Krokusse dort einen gelben Fleck unter dem Pflaumenbaum bilden. Der Pfarrhausgarten, der ist ganz allein für weiße Blumen da. Zuerst für die Narzissen, dann den Flieder, dann natürlich die Rosen, *rosa mystica*, schließlich und vor allem, ach! für die Lilien, die Lilien des heiligen Joseph, des keuschesten Gatten Mariä, die Blume der Reinheit, der Unschuld, der Jungfräulichkeit ...«

Als ob diese Worte sie entmutigten, wandte die Baronin sich vom Fenster ab, ließ den Abbé in Betrachtung des Gartens zurück und setzte sich auf das Sofa.

»Reinheit, Unschuld, Jungfräulichkeit«, seufzte sie. »Man muß wirklich ein gottseliger Mann wie Sie sein, um das alles im Frühling sehen zu können. Célestine! Célestine! Na, wo bleibt denn der Tee? Die arme Célestine, die ist allmählich von einer Langsamkeit! Und natürlich so gut wie taub. Man muß sich die Kehle aus dem Halse schreien, bis sie kommt und einen bedient. Ich frage mich manchmal, ob Sie nicht Frömmigkeit mit Naivität verwechseln und ob die kleinen Strolche, denen Sie den Katechismus beibringen, nicht aufgeweckter sind als Sie, der Abbé! Denn es stimmt ja, die Jugend von heute ... Sogar Ihre ›Marienkinder‹. Da ist eine dabei ... Wie heißt sie gleich? Julienne ... Adrienne ... Donatienne ...«

»Lucienne«, murmelte mit unhörbarer Stimme der Abbé, ohne sich umzudrehen.

»Lucienne, ach ja! Also wissen Sie schon, was ich sagen will. Na ja, man möchte meinen, Sie seien tatsächlich der einzige, der nicht merkt, daß ihr Bauch es nicht mehr lange macht, sogar in den Kleidern ihrer Mutter nicht, und daß in wenigen Wochen Ihr Marienkind ...«

Mit einem Ruck wandte sich der Abbé vom Fenster ab und trat auf sie zu.

»Aber ich bitte Sie! Sprechen Sie mir bloß von einem Ärgernis!

Das Ärgernis liegt sehr oft in dem lieblosen Blick, mit dem wir auf unseren Nächsten schauen. Ja, die kleine Lucienne wird diesen Sommer noch Mutter, und ich weiß, welcher Mann daran schuld ist. Na ja, ich habe beschlossen, nichts davon zu merken. Denn falls ich es merkte, müßte ich sie davonjagen und obendrein gar zur Polizei gehen, und die Folgen, bei ihr angefangen, wären katastrophal.«

»Verzeihen Sie« – die Baronin gab nach, ohne freilich entwaffnet zu sein –, »ich fürchte, ich lege in meinen Blick nie genug Liebe hinein.«

»So machen Sie die Augen zu!« entschied der Abbé mit überraschender Bestimmtheit.

Célestine, die mit dem Teetablett ins Zimmer trat, brachte Ablenkung. Ungeschickt stellte sie Teekanne, Tassen, Zuckerdose, Milch und Wassertopf auf den Tisch. Dann verzog sie sich wieder, wohl wissend, daß ihre Unbeholfenheit die Baronin zur Weißglut brachte.

»Die brave Célestine!« sagte sie achselzuckend. »Dreißig Jahre gut und treu im Dienst bei derselben Familie. Doch jetzt hat die Stunde der Pensionierung für sie geschlagen.«

»Was soll aus ihr werden?« fragte der Abbé. »Möchten Sie, daß ich sie der Mutter Oberin im Hospiz Sainte-Cathérine empfehle?«

»Später vielleicht. Sie will zu ihrer Tochter ziehen. Wir wollen ihr weiterhin ihren Lohn überweisen. Ob sie dort bleiben kann, wird sich zeigen. Es wäre die beste Lösung. Versteht sie sich mit ihren Kindern nicht, dann rede ich nochmals mit Ihnen. Viel mehr Sorgen mache ich mir wegen einer Nachfolgerin.«

»Haben Sie schon jemand Bestimmten im Auge?«

»Überhaupt niemanden. Einen ersten Versuch habe ich bei der Stellenvermittlung des Diözesansozialwerks gemacht. Diese Mädchen, die überhaupt nichts können, stellen allesamt Ansprüche, die einfach wahnwitzig sind. Wahn-wit-zig! Und dann«, setzte sie leiser hinzu, »geht's auch noch um meinen Mann.«

Der Abbé, überrascht und beunruhigt, beugte sich zu ihr hinüber.

»Der Herr Baron?« fragte er in flüsterndem Ton.

»Leider ja. Ich muß seinen Neigungen Rechnung tragen.«

Des Abbés Augen wurden rund.

»Wenn Sie ein Dienstmädchen aussuchen, müssen Sie den

Neigungen des Barons Rechnung tragen? Ja ... welchen Neigungen denn?«

Zu ihm hinübergebeugt, stieß die Baronin hervor:

»Seiner Neigung zu Dienstmädchen ...«

Noch mehr verblüfft als schockiert reckte sich der Abbé mit seiner ganzen kleinen Gestalt hoch.

»Ich hoffe, ich verstehe nicht recht!« rief er laut.

»Ja natürlich um ihnen entgegenzutreten, diesen Neigungen!« schmetterte die Baronin entrüstet. »Daß ich ein junges, hübsches Mädchen einstelle, ist völlig unmöglich. Das ist mir nur einmal passiert, vor ... na, wieviel ... vierzehn Jahren. Es war eine Hölle! Das Haus war schon ein regelrechtes Lupanar.«

»Teufel!« rief der Abbé nicht ohne Erleichterung.

»Ich habe im *Réveil de l'Orne* eine Anzeige aufgegeben. Nächste Woche kommen dann, denke ich, die Bewerberinnen und stellen sich vor. Ach, da ist ja mein Mann.«

Der Baron kam wirklich gerade hereingestürmt. Er hatte Reithosen an und spielte mit seiner Reitpeitsche.

»'Tag, Abbé, 'Tag, mein Liebling!« rief er fröhlich. »Ich habe zwei große Neuigkeiten zu berichten. Erstens hat mein kleines Stutenfüllen vorhin ohne zu mucken den bretonischen Wall geschafft. Ein Kerl, die Kleine! Es ist erst acht Tage her, da kniff sie mir noch. Morgen, da bring' ich sie über den großen Oxer.«

»Sie brechen sich noch den Hals«, prophezeite die Baronin. »Sie haben es ganz schön weit gebracht, wenn ich Sie dann in einem Wägelchen herumschieben muß.«

»Und was ist die andere große Neuigkeit?« erkundigte sich höflich und neugierig der Abbé.

Der Baron hatte es bereits vergessen.

»Die andere große Neuigkeit? Ach ja! Na ja, das ist, daß der Frühling vor der Tür steht. Die Luft hat so etwas ... Finden Sie nicht?«

»So ein bißchen was Benebelndes, ja«, ergänzte der Abbé. »Gerade hab' ich noch von der Wiese gesprochen, auf der verstreut schon die ersten Krokusse blühen.«

Der Baron hatte sich mit seiner Tasse Tee in einen Sessel fallen lassen. Er summte vor sich hin:

*Wenn alle Krokus ringsum Glöckchen hätten,*
*Da hörte man vor Lärm sein eigenes Wort nicht mehr.*

Dann blickte er auf und warf einen listigen Blick auf seine Frau.

»Ich kam vorhin herein. Ich hab' noch gehört, wie Sie etwas äußerten von ›Bewerberin‹. Wäre es indiskret, wenn ich Sie frage: eine Bewerberin um was?«

Umsonst versuchte die Baronin zu leugnen.

»Ich hätte von einer Bewerberin gesprochen?«

»Ja, ja, ja – handelt es sich nicht etwa um die Nachfolge für Célestine?«

»Richtig, ja«, gab die Baronin zu, »ich sprach davon, wie schwierig es sei, ein Mädchen zu finden, das alle Eigenschaften habe, die ... auf die ...«

»Also ich«, entschied der Baron kurz, »ich will Ihnen sagen, welch zwei Eigenschaften sie zuallererst haben muß. Sie muß jung und hübsch sein!«

Für mancherlei kleine Arbeiten, wie sie mit adelsentsprechenden Tätigkeiten verbunden sind, hatte sich der Baron in einem Schuppen, der von seinem Arbeitszimmer unmittelbar zugänglich war, eine Werkstatt mit Hobelbank, Arbeitsgerät und technischer Bücherei eingerichtet. Hier hielt er seine Jagdgewehre, seine blanken Hiebwaffen, die fürs Reiten benötigten Ledersachen, Sättel und Geschirrteile instand. Eines Morgens stopfte er Patronen, da hörte er, wie seine Frau in sein Arbeitszimmer trat und sich an seinem Tisch niederließ. Da er seine – wie er es bei sich nannte – »nullte Garnitur« anhatte – Feldmütze, alte Drillichjacke und Kordsamthose –, dachte er außerhalb des Lebens in Haus und Heim zu stehen und empfand es als ärgerlich, daß die Baronin so in ein Reich eingebrochen war, von dem das weibliche Element fast so streng ausgeschlossen war wie vom Offiziersclub. Gleichwohl bemühte er sich, seine gute Laune zu bewahren, als er durch die offene Tür ihre Stimme hörte.

»Guillaume, ich stelle die Gästeliste für unser Diner im April auf. Wollen Sie sie mit mir durchsehen?«

»Liebling, ich mache Kartuschen zurecht. Aber fang' nur an, ich hör' schon zu!«

Die Stimme der Baronin wurde leiernd.

»Deschamps, Conon d'Harcourt, Dorbec, Hermelin, Saint-Savin, de Cazère du Flox, Neuville ... Die laden wir ja sicher ein wie sonst auch immer.«

»Natürlich, kein Problem. Bloß fehlt mir jetzt gleich das Werg zum Stopfen. Kreuzsapperlott, ich Idiot, daß ich gestern bei Ernest keines mitgenommen habe!«

Die Stimme der Baronin klang ungeduldig.

»Guillaume, fluchen Sie nicht und denken Sie an unser Diner!«

»Nein, mein Schatz, ja, mein Schatz!«

»Bretonniers, das ist vorbei. Die können wir nicht mehr empfangen.«

»Ja? Warum?«

»Na, das ist doch … Guillaume, woran denken Sie eigentlich? Sie wissen doch, daß vom Bankrott ihrer Bauunternehmung geredet wird.«

»Pah, geredet schon, ja.«

»Ich will keine dubiosen Leute in meinem Haus.«

»Auf jeden Fall kann seine Frau nichts dafür … und sie ist reizend.«

»Gäb' sie weniger für ihre Toilette aus, wäre ihr Mann vielleicht nicht ganz so ruiniert!«

»Ein ganz klein bißchen weniger vielleicht. Aber für mich kommt Sechser bei 'ner Schnepfe künftig nicht mehr in Frage. Auf 'ne Schnepfe mit Sechser – verboten! Wirkung, oh ja! freilich, Wirkung tut das schon! Aber was für 'n Gemetzel! Letztesmal hab' ich eine aufgelesen, das war nur noch ein Fetzen, ein Lappen, ein Stück Brüsseler Spitze. Ja, ganz hübsch, ein Vogel so als Brüsseler Spitze …«

»Also von Bretonniers niemand«, fuhr unerbittlich die Baronin fort. »Heikler ist die Frage, was die Cernay du Loc angeht. Sollen wir die einladen oder nicht?«

»Na schön! Was ist jetzt mit denen, den Cernay du Loc?«

»Mein Lieber, manchmal fragt man sich, auf welchem Stern Sie leben. Sie wissen also nicht, daß dieses Ehepaar ganz den Eindruck macht, als huldige es einer recht eigentümlichen Moral.«

»Ei, ei, ei, ei«, sang der Baron vor sich hin und drehte dabei munter die Kurbel seines Rändelgeräts. »Und darf man wissen, worin das Eigentümliche dieser Moral besteht?«

»Sie sind doch sicher diesem Flornoux oder Flournoy begegnet, der die Cernay du Loc den ganzen Winter lang nicht verlassen hat.«

»Nein, und wenn?«

»Na, dieser Herr, der mit Anne du Loc auf äußerst gutem Fuß zu stehen scheint, soll Cernay du Loc großzügig geholfen haben, gewisse Aufträge für sein Architektenbüro zu bekommen.«

»Teufel! Und für diesen kleinen Stups soll der Ehemann ein bißchen die Augen zugemacht haben. Das meinen Sie doch?«

»So heißt es jedenfalls.«

Der Baron, als wäre ihm ein Licht aufgegangen, hielt plötzlich in seiner Arbeit inne.

»Anne du Loc ... Einen Geliebten. Donnerwetter verdammt noch mal! Das ist einfach enorm! Aber meine Liebe, haben Sie sich Anne du Loc denn mal angeschaut? Sie wissen doch, wie alt sie ist?«

Vom Arbeitszimmer her kam das Schnurren eines Stuhls, der zurückgeschoben wurde, und plötzlich stand die Gestalt der Baronin imposant, tragisch unter der Tür.

»Anne du Loc? Sie ist zehn Jahre jünger als ich! Überlegen Sie auch, was Sie sagen!«

Der Baron, als er seine Frau vor sich sah, ließ seine Arbeit los und machte Miene aufzustehen, ohne freilich dergleichen zu tun.

»Na aber, das hat damit doch gar nichts zu tun! Sie werden sich doch wohl nicht gar vergleichen wollen mit dieser ... mit dieser ...«

»Mit dieser Frau? Und weshalb nicht? Man könnte gerade meinen, ich sei anderen Geschlechts als sie!«

»In gewisser Weise«, sagte der Baron, als fesselte ihn plötzlich das Problem des Geschlechts seiner Gattin, »in gewisser Weise schon, ja! Sie sind nicht *eine* Frau, Sie sind *meine* Frau!«

»Derlei feine Unterschiede mag ich nicht sonderlich.«

»Aber das ist doch ein wichtiger, sogar ganz wesentlicher Unterschied! In diesem Unterschied liegt der ganze Respekt, den ich für Sie, die Baronin Augustine de Saint-Fursy, geborene de Fontanes, habe.«

»Der Respekt, der Respekt ... mitunter finde ich, in gewisser Weise machen Sie von diesem Gefühl, was mich angeht, im Übermaß Gebrauch!«

»Also da, meine Liebe, da wollen wir unter uns doch kein Mißverständnis aufkommen lassen! Es ist schon eine schöne Weile her, als Sie mir zu verstehen gaben, gewisse Aspekte des Ehelebens seien Ihnen lästig und Sie wünschten, meine ... nächtlichen Besuche in größeren Abständen stattfinden zu sehen.«

»Ich fand schon immer, alles habe seine Zeit, und mit entsprechendem Alter – na ja, da gebe es gewisse Dinge, die nicht mehr zeitgemäß sind. Als ich Sie, wie Sie sagen, gebeten habe, Ihre nächtlichen Besuche auf größere Abstände zu verteilen, da habe ich nicht im entferntesten erwartet, Sie würden mir so bereitwillig folgen und sie dann bei anderen machen, Ihre nächtlichen Besuche.«

Der Baron, dem es peinlich war, angesichts der hochaufgerichteten Gestalt seiner Frau sitzen zu bleiben, stand seinerseits auf, ohne vorherzusehen, daß er damit den Ernst ihres Gespräches noch betonte.

»Augustine, wollen Sie, daß wir beide uns bemühen, aufrichtig zu sein?«

»Sagen Sie doch gleich, ich sei nicht aufrichtig.«

»Ich sage, was ich sage. Ich sage: Die Dinge, von denen Sie sprechen – geben Sie doch zu, die waren für Sie *niemals* zeitgemäß. Ich für mein Teil gebe zu, daß sie für mich noch *niemals unzeitgemäß* waren.«

»Sie sind ein Faun, Guillaume, das sollten Sie zugeben!«

»Demütig anerkenne ich, daß Keuschheit nicht meine Stärke ist.«

»Aber Sie sind schließlich kein Jüngling mehr!«

»Das, meine Liebe, ist eine Frage, die das Schicksal entscheidet. Solang ich gut zu Fuß bin, gute Augen habe, solang hab' ich auch noch Appetit auf mancherlei und das Zeug, ihn zu stillen ...«

Er sagte dies mit einer Art von naivem Großtun; er stand, so klein er war, hochaufgerichtet, fuhr mit einem Finger über sein Schnauzbärtchen und suchte mit den Blicken einen nicht vorhandenen Spiegel.

»Und was wird aus mir? Ist das der Respekt, den Sie mir angeblich zollen, wenn Sie mich in den Augen der ganzen Stadt mit Ihren ... nächtlichen Besuchen zum Gespött machen?«

»Ach, wüßte ich, welche Art von Respekt Sie denn wollen! Aber nein, wärmen wir bloß nicht noch einmal einen Streit auf, der weder Sinn noch Zweck hat.«

Plötzliche Müdigkeit schien ihn übermannt zu haben, und er blickte mit ratloser Miene um sich.

»Was ich Ihnen nochmals sagen wollte, Augustine, ist ... Ach, ist das schwierig! Ich bin plötzlich wieder zwanzig, und mir fehlen die Worte, und ich stammle wie bei meiner ersten Liebeserklärung. Na ja, ich meine: Was auch geschehen, was immer ich tun mag – Sie sind jemand, der mir sehr wichtig ist, Augustine. Wenn ich von Achtung rede, so ist das eigentlich nicht so recht das passende Wort. Aber ich hab' die Worte nicht vergessen, die meine Mutter sprach, als wir miteinander zu ihr kamen, um ihr Einverständnis zu unserer Heiratsabsicht zu erbitten. So jung, so zuversichtlich standen wir Hand in Hand vor der freundlichen, klarblickenden alten Dame. In unseren Augen mußte sie – mehr noch als Pfarrer und Bürgermeister – unseren Bund besiegeln. Und sie sagte: ›Kleine Augustine, ich bin glücklich, daß Sie unseren Guillaume nehmen. Denn Sie sind tausendmal gescheiter und braver als er. Wir legen ihn Ihnen ans Herz, Augustine. Wachen Sie über ihn und seien Sie sehr geduldig, sehr nachsichtig mit ihm . . .‹«

»›. . . seien Sie‹«, fuhr die Baronin fort, »›für unseren kleinen Auerhahn die Ruhe, die Kraft, das Licht, dessen er bedarf, um zu leben, um *gut* zu leben!‹«

»So war's, sie legte besonderen Nachdruck auf das Wort *gut*«, erinnerte sich der Baron.

Eine Zeitlang herrschte Stille; sie blickten einander gerührt und träumerisch an. Dann setzte sich der Baron unvermittelt wieder an seinen Werktisch und machte sich mit fieberhaftem Eifer an seine Patronen.

»Übrigens«, fragte die Baronin, »was ist das denn eigentlich für eine Jagdpartie, zu der Sie da Vorbereitungen treffen? Der Winter geht zu Ende, die Jagdsaison ist doch wohl vorbei?«

»Also jetzt, Augustine, muß ich Sie fragen, auf welchem fernen Planeten Sie leben! Denn wissen Sie, das war ja schon immer so, jedes Jahr, seit eh und je. Am Ende des Winters begießen wir das neue Jahr und schießen ein paar Schuß, um nicht aus der Gewohnheit zu kommen. Natürlich schießen wir kein Wild. Es ist mehr damit's knallt. Eben ein Jägerbrauch.«

»Mit einem Wort«, schloß die Baronin, »ihr feiert den Abschluß der Jagd.«

»Richtig, ja, den Abschluß der Jagd.«

»Also meinetwegen, auf zum Abschluß der Jagd!«

Die Baronin zog sich ins Arbeitszimmer zurück und ließ ihren Mann ganz mit seinen Patronen beschäftigt zurück. Aber nach einer kleinen Weile hob er mit verwirrtem Blick den Kopf und rieb sich das Kinn. Und murmelte:

»Was meint sie denn bloß mit ihrem ›Abschluß der Jagd‹?«

Das im *Reveil de l'Orne* erschienene Angebot einer Stelle als Mädchen für alles bei einem gutsituierten Pensionärsehepaar tat schon am übernächsten Tag seine Wirkung.

Die Baronin tagte in Permanenz in ihrem Gesellschaftszimmer, vor sich auf dem Tisch einen Haufen Zettel. »Sie sehen wie eine Kartenlegerin aus«, bemerkte mürrisch der Baron, der schlechter Laune war. Auf das Klingeln, das, je nachdem ob es dringlich oder schüchtern kam, schon einen ersten Hinweis ergab, setzte sie ihre Brille für die Ferne auf, indes die arme Célestine hinausging und öffnete. Nach einigen Minuten psychologischer Wartezeit wurde die Bewerberin dann vorgelassen. Es fand dann eine erste wortlose Prüfung nach Augenschein statt, die dem Auftreten und dem körperlichen Erscheinungsbild galt.

Die Baronin war hin- und hergerissen zwischen Anforderungen, die einander wiedersprachen. Sie hätte nicht den perversen Mut besessen, nach dem schlechthin Häßlichen zu suchen. Wie jedermann hätte auch sie es vorgezogen, sich von einem adretten und nicht allzu unerfreulich anzusehenden Mädchen bedienen zu lassen. Doch – und das war ein kategorisches, gegenüber allem anderen vorrangiges Gebot – es galt, den Baron nicht in Versuchung zu führen. Ihr Traum war darum ein Geschöpf, das nicht eigentlich häßlich, aber nichtssagend, farblos, fade, gewissermaßen fürs Auge nur Luft wäre. Oder gar eine *femina bifrons*, ein weibliches Wesen mit zwei Gesichtern, das für die Augen ihrer Herrin hübsch und voll Anmut sein, denen des Hausherrn jedoch einen schlechterdings abstoßenden Anblick bieten mußte. Ein Traum, der nicht zu verwirklichen war; das bewies zur Genüge die lange Reihe der Gemusterten, die sich in der ungewohnten Situation teils blöd und vor Schüchternheit wie gelähmt, teils anmaßend und überaus anspruchsvoll darstellten.

Der Baron seinerseits hatte letzten Endes das Weite gesucht, um nicht länger einem Treiben zusehen zu müssen, das er als gegen ihn gerichtet empfand. Ach, wäre ihm doch die Aufgabe zugefallen, die ›Neue‹ einzustellen! Das hätte sich nicht so hingeschleppt in diesem reizenden normannischen Frühling! Und die ganze Zeit, da er die Rue du Pont-Neuf in Richtung Champ du Roi hinaufging, sah er im Kino seiner Phantasie die wunderbar-prickelnde Szene ablaufen, wie er das Einstellungsgespräch führen würde: »Nun, nun, kommen Sie unbesorgt näher, mein Kind. Diese niedliche Stirn, dieses Näschen, dieses kleine Kinn, tja, gar nicht übel. Und die Brust, mein Gott, ja, die könnt' ein bißchen äpfeliger, ein bißchen aufgeschlossener sein. Und die Taille, die Taille, die Taille – die läßt sich beinahe mit zwei Händen umfassen, was sag' ich! Sie läßt sich wirklich umfassen! Und jetzt, Vögelchen, treten Sie zurück, ja, noch weiter zurück, lassen Sie mal Ihre Beine sehen, mehr, na, warum denn so zaghaft, wenn man so hübsche Beine hat, scheut man sich doch nicht, sie zu zeigen, potzdonner!« Und plötzlich wieder auf die Erde versetzt, konnte er nicht umhin, die Leute zu beneiden, die zur Zeit der Sklavenmärkte gelebt hatten.

A propos Kino – riesige Plakate zeigten gerade an, welcher Film diese Woche im Rex lief: *Blaubart* mit Pierre Brasseur und Cécile Aubry. Pierre Brasseur? Pah! dachte er. Ein Mann, an dem nichts dran war, der Härte mimte, der eine große Klappe, aber keinen eigenen Charakter hatte. Beweis: sein Kinn. Ein fliehendes Kinn, ein Feiglingskinn, durch das ihm Prügelknabenrollen auf den Leib geschrieben waren. Bis zu dem Tag, an dem er den genialen Einfall hatte, sich einen Bart wachsen zu lassen. Es war immer dasselbe. Der Zierat hat den Schönheitsfehler zu kaschieren. Es war wie bei den Pferden, deren von den Malern so geschätzter Schwanenhals in Wirklichkeit ein schnaufiges Tier verrät.

Aber Cécile Aubry ... Oho! Ein bißchen klein zwar, der Kopf für den Körper ein bißchen groß, ein pekinesenhaft schmollendes Gesicht. Und trotzdem, trotzdem, was für 'ne süße Pflanze von einem Mädchen in diesem leicht verrückten Frühling! Ja, das hätte er sich gefallen lassen: nach Hause zu kommen und sowas als Mädchen für alles angestellt finden. Wirklich als Mädchen für alles? Cécile Aubry – ja, die ist köstlich für alles, fabelhaft für alles! Und der Baron stellte sich Cécile vor – ja, natürlich, Hausmädchen nennt man immer bei ihrem Vornamen –, wie sie, einen Federwisch in der Hand, vor ihm her in seinem Arbeitszimmer herumwirbelte und mit kehligem Lachen die ihr zugedachten Zärtlichkeiten zugleich provozierte und vereitelte.

Als er zwei Stunden später nach Hause kam, war alles schon

geschehen. Er merkte es, als er gerade noch einem dicken Weidenkoffer ausweichen konnte, der den Vorraum versperrte. Die Neue kam von Pré-en-Pail, einem Marktflecken, der vierundzwanzig Kilometer entfernt an der Straße nach Mayenne lag. Sie war fünfzig, hatte einen Anflug von Schnurrbart, war vierschrötig wie ein Möbelpacker und hieß Eugénie.

Von Eugénies Debut war die Baronin hochbefriedigt. Da Eugénie selber ein Schrank war, brauchte sie gewissermaßen nur den kleinen Finger, um Möbel von der Stelle zu rücken. Ihre Anwesenheit wurde übrigens von der Baronin dazu benutzt, ein Großreinemachen zu veranstalten, wie sie stets am Ende des Winters im Haus das Unterste zuoberst kehrten und den Baron aufs äußerste erbitterten. Es war wirklich der Augenblick, da die Frauen von allen Räumen des Hauses Besitz ergriffen, so daß er sein Heil nur noch in der Flucht suchen konnte. Übrigens entpuppte sich Eugénie darin noch um einiges schrecklicher als die arme Célestine. Der Baron mußte das am eigenen Leib verspüren, als sie mit einer dicken Kommode vor dem Bauch rückwärts gehend ihn eines Tages aus Unachtsamkeit hatte übers Parkett schlittern lassen.

In den Augen der Baronin hatte Eugénie noch eine andere gute Eigenschaft. Kurz angebunden, wie es sich gehört für Leute ihres Schlages, wußte sie doch zuzuhören und dabei Aufmerksamkeit und Zustimmung genau mit den jeweils angebrachten Worten zu bekunden. Ihre Gespräche miteinander beruhten darauf, daß Frauen gegenüber Männern stets Komplizinnen sind. Doch gab sie sich auf diesen heiklen Gebieten stets weniger erfahren als ihre Herrin und verstand es dadurch, den sozialen Abstand, der sie von dieser trennte, wiederherzustellen.

So war sie eines Morgens ausgerüstet wie ein häuslicher Krieger: Turban auf dem Kopf, Schürze umgebunden, Ärmel hochgekrempelt, in der Hand die vorschriftsmäßige Ausrüstung mit Besen, Staubwedeln, Schrubbern und Bohnerbürsten. Die Baronin war bald vor ihr, bald hinter ihr und leitete ihre Manöver.

»Im Winter«, sagte die Baronin, »da sieht man den Staub nicht. Aber beim ersten Sonnenstrahl, da merkt man dann, wieviel es zu tun gibt.«

»Ja, Madame«, stimmte Eugénie zu.

»Ich möchte ein Haus, das in tadellosem Zustand ist. Trotzdem habe ich keinen Sauberkeitsfimmel. Flusen unter den Betten lasse ich freilich nicht durchgehen. Aber meine Großmutter zwang ihr Hausmädchen, mit einer Haarnadel den Staub aus den Fußbodenritzen zu pulen. So weit gehe ich nicht.«

»Nein, Madame.«

»Bilderrahmen, Nippes, Porzellansachen – da lassen Sie die Finger davon. Das ist meine Sache.«

»Ja, Madame.«

»Das Arbeitszimmer meines Mannes, das ist so 'ne Geschichte für sich. Ist er drin, so darf man nicht hinein, und ist er nicht drin, so dürfte man, wenn es nach ihm ginge, auch nicht die Nase hineinstrecken. Man muß alles saubermachen, ohne daß er es merkt.«

»Ja, Madame.«

»Im Pensionat, als ich ein kleines Mädchen war, sagte die Mutter Oberin immer: ›Ein sauberes, gutgehaltenes Haus ist das Ebenbild einer Seele, die den heiligen Engeln geweiht ist.‹«

In diesem Augenblick rückte Eugénie einen Stapel Akten zur Seite, und eine Flut erotischer Bilder und Schriften ergoß sich über den Teppich.

»Wieder dieses schmutzige Zeug!« rief die Baronin. »Wußt' ich's doch, daß er es irgendwo versteckt hatte!«

Sie las sie zusammen, hob sie auf und warf angewidert einen Blick darauf.

»Diese nackten Leiber, wenn sie so daliegen, sind dermaßen häßlich!«

»Ja, wirklich«, bestätigte Eugénie, ihr über die Schulter blickend.

»Und dermaßen langweilig! Man muß wirklich ein Mann sein mit dem schmutzigen Trieb der Männer, um daran etwas zu finden.«

»Ach ja, schmutzig, ich sag's ja – schmutzig sind sie, die Männer!«

»Ich bitte Sie, Eugénie, Sie sprechen vom Herrn Baron!«

»Ich bitte Madame um Entschuldigung!«

»Die Männer sind, wie sie eben sind. Was ich aber nicht verstehe, sind die Geschöpfe, die sich Männern zu deren Lust und Laune hingeben.«

»Vielleicht für Geld«, wagte sich Eugénie vor.

»Für Geld? Das wär' noch das kleinere Übel. Aber ich bezweifle es. Wissen Sie, es gibt welche, die sind lasterhaft genug, um so etwas gern zu tun.«

»Jam, das ist schon wahr, leider!«

Die Baronin war aufgestanden; sie machte ein paar Schritte hinüber zum Kamin, der voller Reitertrophäen war.

»Als ich ins Pensionat zu den Schwestern von Mariä Verkündigung kam, war ich neun. Badezimmer waren da. Vier Badezimmer für das ganze Pensionat. Jede, die dort war, durfte einmal in der Woche baden. In der Nähe der Badewanne hing eine Art Umhang aus grobem Rohleinen. Nur damit man sich ausziehen, waschen und wieder anziehen konnte, ohne den eigenen Körper zu sehen. Beim erstenmal hab' ich nicht begriffen, wozu das Ding da war. Ich wusch mich eben so, ohne was. Als die Aufsichtsführende merkte, daß ich dieses löschhornartige Ding nicht benutzt hatte – wissen Sie, was sie da zu mir sagte?«

»Nein, Madame.«

»Sie sagte zu mir: ›Wie, liebes Kind, Sie haben sich ganz nackt ins volle Licht gestellt? Wissen Sie denn nicht, daß Ihr Schutzengel ein junger Mann ist?‹«

»Na so was! Daran hatte ich gar nie gedacht!«

»Ich auch nicht, Eugénie«, meinte die Baronin abschließend. »Aber seitdem denke ich immerfort an diesen jungen Mann, der – überaus sanft, rein und keusch – jeden Augenblick bei mir ist als treuer Gefährte, als idealer Freund . . .«

Die Baronin hatte es schon zu Abbé Doucet mit Recht gesagt: Der Frühling mit seinem Keimen und Erblühen war eine Zeit des Wirbels und der Wirrnisse. Kaum hatte Eugénie das Großreinemachen im Hause beendet, kaum ihre Besen, Staubwedel, Schrubber, Bohnerbürsten und sonstigen Utensilien wieder ordentlich wie die Waffen in einer Rüstkammer aufgeräumt, kaum ihren Turban aufgewickelt und ihre Schürze abgebunden, da erhielt sie ein Telegramm aus Pré-en-Pail. Ihre Schwester stand dicht vor der Niederkunft, und ihre sieben Kinder durften im Hause nicht allein bleiben, obschon die Älteste, Mariette, schon achtzehn war.

Eugénie schilderte der Baronin die Situation. Mit der Schwester, um die es ging, war nicht viel los. Sie hatte obendrein einen Saufbold geheiratet, der nichts konnte als Kinder machen. Und die Mariette, das war ein verzogenes Ding, hatte nichts im Kopf als sich aufzuputzen oder illustrierte Liebesromane zu lesen; mit der durfte man nicht rechnen. Kurzum, Eugénie bat um vierundzwanzig Stunden Zeit, um an Ort und Stelle nachzusehen, wie die Lage war.

Vierundzwanzig Stunden vergingen, daraus wurden sechsunddreißig, wurden achtundvierzig Stunden. Am Abend des zweiten Tages endlich, als die Baronin gerade außer Hauses war – irgend jemand mußte ja einkaufen gehen –, klingelte es. Der Baron rief nach seiner Frau und stellte zu seinem Mißvergnügen fest, daß sie nicht da war. Entschlossen, sich nicht stören zu lassen, vergrub er sich in seinen Clubsessel und entfaltete zwischen sich und der Außenwelt eine Zeitung. Da klingelte es von neuem, diesmal herrisch, unüberhörbar, beinahe drohend. Der Baron stand auf und lief ins Vestibül, drauf und dran, den Flegel so grob abfahren zu lassen wie der es verdiente. Er riß die Tür auf – und wich sogleich wie geblendet zurück. Wer stand vor ihm? Cécile Aubry, wie sie leibte und lebte. Er war wie vor den Kopf geschlagen und traute seinen Augen nicht. Doch wirklich, das war das eigensinnig-kindhafte Vollmondgesichtchen unter dem vollen, mächtigen Haarbusch, der Schmollmund, die grünen Augen, die so herausfordernd dreinschauten – und dabei ein Schuß bäuerlicher Unbeholfenheit und der penetrante Geruch billigen Parfums, die spüren ließen, daß die normannische Erde ganz nah war.

»Ich möchte die Frau Baronin de Saint-Fursy sprechen«, sprudelte sie in einem Zug heraus.

»Das bin ich ... Vielmehr, ja, ich bin der Baron de Saint-Fursy. Meine Frau ist im Moment nicht da.«

»Ah so«, seufzte erleichtert das Mädchen.

Dann lächelte sie dem Baron unverblümt zu, trat ohne weiteres ins Haus und sah sich mit Besitzerblick im Vestibül um.

»Da bin ich nun«, sagte sie. »Ich bin Mariette, Madame Eugénies Nichte. Meine Tante kann noch nicht zurückkommen. Nein. Meine Mutter ist immer noch krank. In der Klinik. Die Geburt des Letzten, verstehen Sie. Der hätt' uns ja gestohlen bleiben können. Wo's im Dorf niemanden gibt zum Helfen. Also hab' ich gedacht, ich könnt' Sie aus der Klemme ziehen und die Tante einstweilen vertreten.«

»Sie? Eugénie vertreten? Na ja ... warum nicht?«

Der Baron hatte seine ganze Selbstsicherheit wiedergewonnen

und war angesichts dieser Kaskade von Wundern wieder ganz der Auerhahn geworden.

»Zumindest ist's mal 'ne Abwechslung für uns. Aber ... hat Eugénie Sie hergeschickt?«

»Nun ... ja und nein. Ich hab' ihr vorgeschlagen, hierherzugehen. Sie hat nur die Achseln gezuckt. Sie hat gesagt, da würde ich sicher nicht hinpassen.«

»Nein so was! So eine Idee!«

»Ja, nicht? Und dann ich, verstehen Sie, das Leben in Pré ...! Seit achtzehn Jahren mach' ich das jetzt mit!«

»Seit achtzehn Jahren?« wunderte sich der Baron. »Wo waren Sie denn vorher?«

»Vorher? Da war ich noch nicht auf der Welt!«

»Ach darum!«

»Also bin ich richtig drauf los auf diese Gelegenheit. Ich bin fort, ohne was zu sagen. Ich hab' bloß auf den Küchentisch einen Zettel hingelegt, ich sei fort, um der Frau Baronin zu helfen.«

»Sehr schön, sehr schön.«

»Glauben Sie denn, Madame will mich?«

»Sicher. Oder nein, sicher nicht. Aber hier entscheide doch ich, nicht? Also, abgemacht, einverstanden, Ihre Anstellung gilt. Nehmen Sie Ihr Gepäck, ich zeige Ihnen Ihr Quartier. Oder nein, lieber nicht, machen wir lieber einen Rundgang durchs Haus. Das hier ist mein Arbeitszimmer. Da putzt man mir immer zu oft. Bringt meine Schriftsachen durcheinander, und ich finde nichts mehr. Das, ja, das ist das Foto meines Vaters, des Generals von Saint-Fursy. Das hier, das bin ich als Leutnant. Ich war damals zwanzig.«

Mariette hatte sich der Fotografie bemächtigt.

»Oh, wie Monsieur sich verändert hat! Ja so was! Nie hätt' ich ihn dadrauf erkannt. Wie war er da jung und frisch!«

»Ja, schon, natürlich in dem Alter damals.«

»Das macht aber vielleicht was aus, die Jahre!«

»Gut, gut, jetzt reicht's!«

»Ach nein, wissen Sie«, setzte Mariette eiligst hinzu, »ich finde, Sie sehen jetzt eher besser aus.«

»Das ist aber nett.«

»Ein Mann, der zu jung ist, das ist kein Mann, finde ich.«

»Eben das denke ich auch. Bravo, bravo. Kommen Sie, wir gehen wieder ins Vestibül und von da ins Eßzimmer.«

Galant hatte er ihr den Vortritt gelassen, und so hätte er sie, weil sie vor einer hohen, dunklen Gestalt stehengeblieben war, beinahe gerammt. Freudetrunken, wie er war, hatte der Baron fast seine Frau vergessen.

»Ach, guten Tag, Liebling«, sagte er hastig. »Das ist Mariette. Ihre Tante Eugénie ist noch bei ihrer Mutter und kann nicht weg. Darum kommt sie uns zu Hilfe. Das ist doch nett, nicht?«

»Sehr nett«, bestätigte die Baronin mit eisigem Gesicht.

»Und jemand Junges im Haus, nicht, das ist für uns mal eine Abwechslung.«

»Vielen Dank, Guillaume.«

»Aber mein Liebling! Ich sage das nicht Ihretwegen! Ich dachte ... Nun, ich dachte an Eugénie.«

»Vielleicht dachten Sie auch ein bißchen an sich selbst?«

»An mich?«

Der Baron hatte die beiden Frauen vorausgehen lassen und war vor einem Spiegel stehengeblieben.

»An mich denken?« murmelte er. »Mal was anderes! Ein Schuß Jugend. Wieder ein Leutnant von zwanzig Jahren? Warum nicht?«

In den folgenden Wochen baute der Baron den Anfangserfolg, den der Zufall ihm so mühelos beschert hatte, geschickt aus. Das gelang ihm um so leichter, als Mariette von der Baronin mit einer Art heiligem Abscheu behandelt wurde und ständig Eugénies Rückkehr fürchten mußte, so daß er ihre einzige Zuflucht war. Die Baronin wäre sicherlich besser beraten gewesen, hätte sie das junge Mädchen an der Seite ihres Mannes nicht völlig abgelehnt, und vielleicht war sie sich darüber auch klar. Aber gegenüber dieser »kleinen Schlampe« waren ihre Gefühle zu stark beteiligt, als daß sie für Psychologie etwas übrig gehabt hätte. Der Auerhahn hingegen bewahrte immerhin noch so viel ruhiges Blut, um wenigstens den äußeren Anschein zu wahren. Offensichtlich brauchte Mariette sehr viel mehr Zeit als das Einkaufen beanspruchte, und wie zufällig war auch der Baron stets zur selben Zeit außer Hauses. Aber seine Avancen blieben doch unauffällig, soweit sie nicht dann vor den Augen seiner Frau wie Zeitbomben hochgingen. So etwa, als er das Landkind mit einem Foto von Cécile Aubry in *Blaubart* zu Roger, dem einzigen Modefriseur in der Gegend, gebracht hatte. Der Baronin verschlug es die Sprache, als sie dieses manikürte, geschminkte, aufgeputzte und lackierte Traumgeschöpf ankommen sah, und sie begriff sofort, wer der *deus ex machina* dieser Verwandlung gewesen war. Dennoch beschloß sie eines Tages, sich mit recht viel Klugheit und Geduld zu wappnen und eine ernste, liebevolle Aussprache mit ihrem Mann zu suchen. Der beste Moment dazu war wohl nach dem Abendessen, wenn Mariette mit einem kurzen *Bonsoir M'sieur 'Dame* verschwunden war. Die Baronin wartete also, bis die Tür im ersten Stock sich wieder geschlossen hatte, und wollte gerade den Mund auftun, um den Baron zu attackieren, der ihr, die mageren Schenkel nervös übereinandergeschlagen, zeitunglesend gegenübersaß. Da brach mit einem Mal in Mariettes Zimmer eine höllisch heiße Jazzmusik los und überschwemmte das ganze Haus.

»Was ist denn das?« rief die Baronin.

»New-Orleans-Jazz«, erwiderte der Baron, ohne von seiner Zeitung aufzublicken.

»Wie belieben?«

»New Orleans, wenn Sie das lieber hören«, sagte er in bester Oxford-Aussprache.

»Das haben wohl Sie sich wieder ausgedacht?«

»Das ist doch viel eher etwas für ihr Alter als für das meine! Glauben Sie denn, um sich einen Plattenspieler und Schallplatten zu besorgen, sei die Kleine auf mich angewiesen?«

»Ja, das glaube ich!« entfuhr es ihr. »Auf Sie oder Ihr Geld! Oh, ich kann nicht mehr, nein, ich kann wirklich nicht mehr!« rief sie wieder und wieder und verließ, ein Taschentuch auf den Mund pressend, das Zimmer.

Der Baron, an seinem Schnurrbart kauend, ließ einen kurzen Augenblick verstreichen. Dann stand auch er auf und ging einen Schritt auf das Zimmer seiner Frau zu. Das war er ihr einfach schuldig. Schließlich war er mit ihr verheiratet. Am Hochzeitstag hatte der Priester sie ihm anvertraut fürs ganze Leben. Doch dann hielt er inne und machte zwei Schritte in die Richtung, aus der die Musik kam. Mariette. Cécile Aubry. Beide in einem, mit ihrem zierlichen frischen Körper in diesem duftschweren Frühling. Er ging zurück zu seinem Sessel. Setzte sich wieder. Griff nach der am Boden liegenden Zeitung. Immer heißer wurden die Rhythmen der Musik. Der Plattenspieler, die Platten, die sie miteinander ausgesucht hatten. Wahrhaftig – diese Musik – war das etwa die rechte Musik, um sie einsam in einem Jungmädchenkämmerchen anzuhören? Er stand auf. Dann, wütenden Schrittes, nahm er seinen Hut vom Haken, warf seinen Lodenumhang über und ging fort, nicht ohne die Haustür schwer und für jeden unüberhörbar ins Schloß fallen zu lassen.

Weshalb hatte der Auerhahn es letzten Endes vorgezogen zu fliehen? Immerhin besaß er doch über bloße Grundsätze hinaus etwas Besseres, einen scharfen Sinn für das, was man als Mann von Geschmack tat und was nicht, und die Baronin unter ihrem eigenen Dach, in ihrer Anwesenheit beinah, zu betrügen, das stimmte schlecht mit dem Ehrbegriff überein, der die Hälfte des Wahlspruchs des 1. Chasseur-Regiments – *Honneur et Patrie* – ausmachte. Immerhin hatte er auch das schon getan, ja, es war ihm schon unterlaufen, daß er's sogar oben auf dem Dachboden seines eigenen Hauses mit Mägden getrieben hatte. Es war also noch etwas anderes im Spiel: das für ihn ganz neue Gefühl, dieses Abenteuer mit Mariette sei etwas Gewichtigeres als die anderen, die dunkel-bewegende Ahnung, vor einem Abschluß, einem Finale zu stehen, einer Art letzter Reverenz an das Leben, die er um keinen Preis versäumen dürfe. So galt es denn, nichts zu überstürzen; es galt, das nötige Maß an Mut, an Tatkraft, an Takt zu besitzen, um einem Mann, der sein Leben lang eher ein großer Verführter als ein gewöhnlicher Verführer gewesen war, einen schönen Abgang zu sichern.

Die Baronin hingegen war entschlossen zu handeln – mit all der Selbstsicherheit, die sie aus dem Bewußtsein gewann, daß das Recht auf ihrer Seite und dieses Recht zugleich das Beste für alle sei. Sie hatte sich nämlich, was Mariette anging, eine Theorie zurechtgelegt, wonach diese eine etwas einfältige Unschuld vom Lande und im Begriff sei, von den vergifteten Lockungen der Stadt gründlich und rasch verdorben zu werden. Als Beweis genügte ihr, wie sich das Mädchen verändert hatte, wie sie sich in wenigen Tagen zum Schlimmsten hin entwickelt hatte.

Dennoch war und blieb Mariette gegenüber der Baronin uneingeschränkt folgsam und respektvoll und erhob keinen Einwand, als ihr die Baronin ihren Entschluß mitteilte, sie nach Pré-en-Paul zurückzuschicken, ohne Eugénies Rückkehr abzuwarten.

»Aber wissen Sie, Mariette«, setzte sie, durch einen so unumschränkten Sieg milde gestimmt, hinzu, »ich bin nach wie vor sehr dankbar, daß Sie gekommen sind und mir geholfen haben, während Eugénie Ihrer Mutter behilflich ist. Nur ... sehen Sie, ich glaube, das Stadtklima ist nicht gut für Sie. Jedes an seinen Platz, nicht wahr? Ist einer auf dem Lande geboren, tut er besser daran, dort zu bleiben.«

»Ja, sicher«, stammelte Mariette, sich lässig in den Hüften wiegend.

»Was werden Sie jetzt wohl anfangen in Pré-en-Pail?« fragte die Baronin gleichmütig weiter.

»Na was schon, M'dame! Küh' melken, Bohnen anhäufeln, Kartoffeln rausklauben, was man als Mädchen vom Land halt tut.«

Der Baron, der gerade ins Zimmer getreten war, fand, die beiden Frauen gingen beiderseits doch ein bißchen weit.

»Nun, Mariette«, setzte er in weltmännisch-leichtem Ton hinzu, »ich hoffe, Sie können auch pflügen und Bäume fällen?«

»Guillaume, Sie sind nicht sehr witzig!« versetzte scharf die Baronin.

Doch bevor Mariette ging, schenkte ihr die Baronin eine Klapper für ihr kleines Brüderchen und ein Marienkreuz mit einem Halskettchen für sie selbst. Sie ließ es sich nicht nehmen, Mariette persönlich zum Bahnhof zu fahren und zuzusehen, wie sie in den Zug stieg, indes der Baron seinen alten Panhard aus der Garage geholt hatte, um sich im Gestüt in Carrouges ein Pferd anzuschauen.

Als der Zug zum erstenmal hielt, auf dem Bahnhof Saint-Denis-sur-Sarthon, stieg Mariette samt ihrem Koffer aus. Vor dem Ausgang stand der alte Panhard des Barons. Gelächter und Küsse. Dann Rückfahrt nach Alençon. Der Baron brachte seine kleine Freundin in einer niedlichen Junggesellenwohnung unter, die er kurz zuvor am Boulevard du Premier-Chasseurs gemietet hatte.

Es folgten drei Tage in Hochstimmung, ein leichter, zerbrechlicher Steg über Abgründe von Mißverständnissen. Denn während die Baronin sich unausgesetzt gratulierte, weil es ihr so gut gelungen war, Mariette nach Hause zu spedieren, schwebte der Baron in höchster Freude, weil er sie zur Rückkehr bewogen hatte. Mit der Zeit schließlich gab seine glückstrahlende Miene der Baronin doch zu denken. Es half ihm nichts, daß er sich in Gedanken an finstere Vorstellungen klammerte, um sein Gesicht düsterer erscheinen zu lassen, daß er Erfolge beim Reiten erfand, um die sprühende gute Laune zu erklären, die gegen seinen Willen aus ihm hervorbrach. Die Baronin war schon dabei, ihm auf die Schliche zu kommen. Eugénies Rückkunft überzeugte sie vollends, daß die Affäre Mariette nicht so zu Ende war wie sie geglaubt hatte, denn Eugénie machte große Augen, als sie hörte, ihre Nichte sei wieder nach Pré-en-Pail zurückgefahren. Nein, in den letzten zehn Tagen sei das junge Mädchen im Dorf nicht mehr erschienen. Wo war sie dann? Die stets muntere Miene des Barons beantwortete diese Frage. Übrigens hätte eine so bekannte Erscheinung wie der Baron de Saint-Fursy sein Doppelleben nicht lange vor der kleinen Alençoner Gesellschaft verbergen können. Langsam, aber sicher verbreitete sich das Gerücht, er halte sich in einem hübschen Liebesnest etwas ganz Junges. Man mochte ihn gern. Jedenfalls war er populärer als die Baronin, die als hochnäsig und auf ihren Vorteil bedacht galt. Er konnte mit amüsiert-freundlicher Nachsicht rechnen. Die Baronin hingegen sah sich bald von einem Kreis wohlmeinender Leute umgeben, deren empörte Mienen und deren mitleidsvolle Reden sie schmerzhaft trafen. Es war nicht der erste Seitensprung des Barons. Aber es war das erste Mal, daß er sich ganz offen im Ehebruch einrichtete.

Selbstverständlich vertraute sich die Baronin mit ihrem Kummer ihrem Seelsorger an. Erneut riet ihr Abbé Doucet, sich in ihr Los zu fügen. Man müsse sich das Alter des Barons vor Augen halten. Er komme in das Stadium, da die Leidenschaften um so mächtiger seien, als ihnen nur noch wenig Zeit bleibe, sich auszuleben. Die jetzige Aufwallung sei heftiger als die früheren, denn es sei vermutlich die letzte. Die Tatsache, daß der Missetäter zum erstenmal jedes Maß verloren habe, beweise es schon zur Genüge: Das, was er jetzt durchmache, sei der letzte Ansturm des Teufels. Sehr bald komme dann die ruhig und heiter leuchtende Zeit des Alters.

»Machen Sie die Augen zu!« sagte der Abbé und wiederholte es wie eine Litanei. »Wenn Sie sie dann wieder öffnen, ist der Sturm vorbei!«

Die Augen zumachen? Das Gewissen der Baronin und ihr Stolz empörten sich gegen diesen Ratschlag, in dem sie einen Versuch, ihr nach dem Munde zu reden, und zugleich eine Demütigung sah. Und wie sollte sie jene betuliche Heuchelei aushalten, die sich jedesmal, wenn sie unter dem Alençoner Bürgertum auftauchte, um sie zusammenballte? Einen Augenblick dachte sie daran zu verreisen. Sie besaß eine alte Strandvilla in Donville. Weshalb sollte sie die gute Jahreszeit nicht dort verbringen und ihr Domizil in Alençon der Obhut Eugénies überlassen? Doch fand sie, auch in dieser Lösung liege etwas von Abdankung, von schmählicher Flucht, ein Verlassen des Postens, auf den sie gestellt sei. Nein, sie würde dableiben und trotz der tröstenden Reden des Abbés mit weitoffenen Augen der Wahrheit ins Gesicht sehen, mochte sie auch noch so schmerzhaft sein.

Die Augen zumachen. So sehr die Baronin von Saint-Fursy in ihrer bewußten Haltung diesen allzuleichten Ratschlag von sich wies – man hätte meinen können, jemand in ihr habe ihn vernommen und setze ihn ohne Verzug in die Tat um. Jemand, der ursprünglicher und dem Grund ihres Wesens näher war als ihr Bewußtsein. Jedenfalls fand der Baron, als er eines Abends ganz fidel nach Hause kam, seine Frau vor, wie sie sich gerade mit einem medikamentgetränkten Gazebausch die Augen betupfte. Er wunderte sich, war höflich-besorgt.

»Nicht der Rede wert«, meinte sie. »Wohl eine Allergie durch den Blütenstaub, der zu dieser Jahreszeit überall in der Luft ist.«

Ungewollt hatte sie damit ein Thema berührt, das ganz dazu angetan war, den Baron lyrisch zu stimmen.

»Ach ja«, rief er aus, »Frühling! Blütenstaub! Manche Leute kriegen von Blütenstaub Asthma. Bei Ihnen, da setzt er den Augen zu. Bei anderen wirkt er noch ganz anders!«

Doch er verstummte sogleich und wurde finster, als ihm seine Frau ihr eingefallenes, tränenüberströmtes Gesicht zuwandte, aus dem ihn zwei Augen tot anblickten.

Zwei Tage später legte sie sich eine graue Brille zu, durch die sie alt, arm und erbarmungswürdig zugleich aussah. Dann nahm sie die Gewohnheit an, am Haus sämtliche Fensterläden schließen zu lassen, so daß innen alle gezwungen waren, mit ihr in düsterem Halbdunkel zu hausen.

»Immerfort diese Augen!« erklärte sie. »Ich kann nur noch gedämpftes Licht vertragen, und auch das nur ein paar Minuten am Tag.«

Und sie vertauschte ihre graue Brille mit einer schwarzen. Es war, als sei sie von einem stillen, geduldigen Dämon besessen, der das Licht hasse und sie langsam hinausdränge aus diesem Leben.

Daß sie sich derart zurückzog, machte sich der Baron anfangs zunutze. Mariette konnte sich nun ohne weiteres in die Stadt wagen, ohne eine Begegnung mit ihrer früheren Herrin befürchten zu müssen. Bestehen blieb freilich die Gefahr, eines Tages auf Nasenlänge ihrer Tante gegenüberzustehen. Doch dann würde sie wenigstens die Möglichkeit einer Aussprache im Rahmen der Familie haben, ohne daß die Baronin davon erfahren mußte. Der Auerhahn jedoch war noch nie so glücklich gewesen. Mariette war nicht nur die reizendste kleine Geliebte, die er je gehabt hatte. Sie übernahm überdies auch die Rolle des Kindes, das ihm versagt geblieben war. Er ließ sie das Autofahren lernen. Er hatte ihr eine Reithose machen lassen, die ihr festes, rundliches kleines Gesäß prächtig zur Geltung bringen mußte. Er träumte von Ferien in Nizza und Venedig, von einem Jagdkostüm und einem hübschen kleinen Gewehr zur Eröffnung der Jagd. Sogar die Anfangsgründe des Englischen brachte er ihr bei. Am hinreißendsten aber fand er das beifällige Geflüster und Getuschel, das wie Weihrauch für sein Ohr überall um ihn aufstieg, im Offiziersclub, im Kasino, in der Reithalle, auf dem Fechtboden. Sein Glück wurde ihm dadurch, daß es Stadtgespräch war, noch zehnmal köstlicher.

All dies half ihm die traurig-vergiftete Atmosphäre zu ertragen, in der die Baronin mit Eugénies tatkräftiger Unterstützung das Haus hielt. Die Lage schien unabwendbar dem Bruch zuzutreiben. Doch das Gegenteil trat ein.

Das Wetter war herrlich, als der Baron eines Tages in ausgelassener Stimmung nach Hause kam. Die Fenster im Erdgeschoß waren offen, doch die Läden waren, den Anweisungen der Baronin entsprechend, angelehnt und beinahe zu. Der Baron, eben noch ein Liedchen auf den Lippen, verstummte, trat herzu und riskierte einen schelmischen Blick durch die spaltweit geöffneten Läden des Kleinen Zimmers. Er erkannte die Baronin, die, ein Buch in der Hand, an ihrem Handarbeitstisch saß. Da sie offenbar ein Geräusch gehört hatte, schlug sie das Buch zu, verbarg es in ihrem Nähkörbchen, stand auf und verließ das Zimmer.

Der Baron lachte lautlos in sich hinein beim Gedanken, seine Frau in flagranti bei einer Lektüre ertappt zu haben, die sie verstecken mußte. »Schau, schau«, dachte er, »jetzt kommt sie auch darauf! Es wär' auch Zeit!« Er tritt auf leisen Sohlen in das Kleine Zimmer, geht zum Tisch, holt das Buch aus dem Körbchen und geht, immer noch heiter gestimmt, zum Lesen ans Fenster.

Sein Lächeln erstarrt. Er begreift gar nichts. Statt Worten stehen da kleine erhabene Punkte, in regelmäßigen Quadraten angeordnet. Er versteht das noch immer nicht, doch ein schrecklicher Argwohn erfaßt ihn. Er stürzt hinaus in den Flur und ruft nach seiner Frau. Schließlich findet er sie in ihrem Schlafzimmer. Vor einer weißen Wand, die ein Kruzifix ziert, steht sie, eine hohe, dunkle Gestalt.

»Ah, da sind Sie endlich! Was ist das?«

Er gibt ihr das Buch in die Hand. Die Baronin setzt sich, öffnet das Buch und birgt wie zum Weinen ihr Gesicht darin.

»Ich hätte ja so sehr gewollt, daß Sie die Wahrheit nicht erfahren! Oder doch erst so spät wie möglich!«

»Was für eine Wahrheit? Was haben Sie mit diesem Buch vor?«

»Ich lerne lesen. Blindenschrift.«

»Blindenschrift? Aber Sie sind doch nicht blind?«

»Noch nicht ganz. Ich habe noch zwei Zehntel Sehkraft im linken und ein Zehntel im rechten Auge. In nicht ganz einem Monat ist es vollends aus. Nur noch schwarze Nacht. Mein Arzt sagt es klar und deutlich. Sie sehen, ich muß mich beeilen, Blindenschrift zu lernen. Es geht immerhin leichter, wenn man noch ein bißchen sieht.«

Der Baron ist erschüttert. Sein gutes Herz, sein gerader Sinn, sein Ehrgefühl, seine Furcht, wie im Kasino, in der Reithalle und auf dem Fechtboden über ihn geurteilt würde, alles wirkt in diesem erschütternden Augenblick zusammen.

»Das ist doch Wahnsinn, das ist einfach unglaublich«, stammelt er. »Und ich habe überhaupt nichts gemerkt! Ihre Brille, Ihre Augentropfen, diese Dunkelheit, in die Sie sich eingeschlossen haben. Ich Riesenidiot! Ich gemeiner Egoist! Und während der ganzen Zeit ... Wahrhaftig, ich hab's direkt darauf angelegt, nichts zu merken! Ach, wirklich, es gibt Tage, da kann man sich nur verabscheuen!«

»Aber nein, aber nein, Guillaume, ich hab' mich doch versteckt! Ich kann nicht anders, ich schäme mich so gräßlich, zum Krüppel zu werden und allen zur Last zu fallen.«

»Blind! Ich kann es einfach noch nicht glauben. Was hat der Arzt eigentlich gesagt?«

»Zunächst habe ich unseren alten Freund Doktor Girard konsultiert. Dann hab' ich zwei Spezialisten aufgesucht. Natürlich haben sie sich bemüht, es mir schonend beizubringen. Aber ich habe die bittere Wahrheit recht gut verstanden: Mein Augenlicht nimmt von Tag zu Tag ab, und schon jetzt sehe ich fast nichts mehr.«

Der Baron steht Schicksalsschlägen nie hilflos gegenüber. Er ist nicht der Mann, der aufgibt, der sich ergeben damit abfindet. Er reißt sich zusammen, er steht wieder auf. Es ist wieder der alte Auerhahn, der aus ihm spricht:

»Sei's drum, Augustine«, sagt er entschlossen. »Wir kämpfen jetzt gemeinsam. Alles andere ist vorbei. Ich verlasse dich nicht mehr. Ich nehme dich bei der Hand, siehst du, so, und dann gehen wir behutsam miteinander der Heilung, dem Licht entgegen.«

Er nimmt sie in die Arme, wiegt sie hin und her.

»Mein Tinchen, dann sind wir wieder beisammen, wir beide, wie in alten Zeiten, und dann sind wir wieder glücklich. Weißt du noch, wie wir jung waren und ich, auf die Melodie von *Komm, Herzliebchen* immer sang: ›Komm, mein Tinchen, komm, mein Tinchen, komm!‹«

Die Baronin läßt sich in die Arme ihres Mannes fallen. Sie schmiegt sich an ihn und lächelt unter Tränen.

»Guillaume, Sie können auch gar nie ernst bleiben!« schilt sie ihn vorwurfsvoll-zärtlich.

Nein, eine Blinde betrügt man nicht. Die Erblindung der Ehefrau nützt man nicht aus. Schon tags darauf trachtete der Baron ebenso eifrig danach, sein Glück zu zerstören, wie er es bisher heißen Herzens aufgebaut hatte. Zu Mariette ging er nur noch, um sich von ihr zu verabschieden. Die Miete für ihre kleine Wohnung werde er weiter zahlen. Er werde ihr helfen, sich über Wasser zu halten, bis sie Arbeit gefunden habe – denn es kam ihm nicht in den Sinn, daß sie mangels Arbeit auch einen anderen Beschützer finden könnte. Doch wiedersehen würden sie einander nicht mehr. Sie weinte sehr. Er konnte an sich halten; sein Auge blieb trocken. Aber als er das Nest verließ, wo er seinen letzten Frühling verlebt hatte, tat er es blutenden Herzens.

In den Wochen danach bot er das Bild rührender Fürsorglichkeit für die Blinde. Er schnitt ihr das Fleisch im Teller. Er las ihr vor. Er führte sie langsam an seinem Arm spazieren, gab ihr ein Zeichen, wenn ein Hindernis kam und nannte ihr die Namen der Bekannten, an denen sie vorübergingen oder in deren Nähe sie kamen. Ganz Alençon sah es und war erbaut.

Die Baronin lebte in ungetrübtem Glück. Sie schloß sich nicht mehr tagelang im Dunkeln ein. Immer häufiger legte sie auch ihre schwarze Brille ab. Manchmal ertappte sie sich sogar dabei, wie sie in einem Journal blätterte oder ein Buch aufschlug. Es war wirklich so, als gehe es langsam wieder aufwärts mit ihr – wieder dorthin, von wo das Unglück sie so jäh hinabgestoßen hatte.

Eines Tages ließ sie in höchster Eile Abbé Doucet rufen und schloß sich gleich, als er kam, mit ihm ein.

»Ich habe Sie kommen lassen, um Ihnen etwas zu sagen. Etwas Schwerwiegendes«, begann sie ohne Umschweife.

»Was Schwerwiegendes, mein Gott! Ich hoffe, daß Ihnen kein neues Unglück ...«

»Nein, sogar eher ein Glück. Ein Glück, das sehr, sehr schwer wiegt.«

Sie wandte ihm voll ihr Gesicht zu und nahm mit einem Ruck ihre dunkle Brille ab. Dann schaute sie ihn mit zusammengekniffenen Augen unverwandt an.

Der Abbé seinerseits blickte ihr fest ins Gesicht.

»Nein, ich ... das ist ja seltsam!« stammelte er. »Sie haben nicht den Blick einer Blinden. In Ihren Augen ist so viel Leben!«

»Ich sehe, Abbé!« rief sie. »Ich bin nicht mehr blind!«

»Herr im Himmel, welch ein Wunder! Ihre Ergebung in Gottes Willen, das liebevolle Bemühen Ihres Gatten, meine Gebete zudem – wie ist alles belohnt worden! Aber seit wann ...«

»Zunächst habe ich in einem vagen Halbdunkel gelebt; nur manchmal schossen lichte Strahlen hindurch, aber nur für einen Augenblick. Für welchen Augenblick? Immer wenn ich meinen Guillaume mir besonders nahe fühlte. Und dann, ganz allmählich, wurde es wieder Tag um mich.«

»Ausgelöst oder zumindest beschleunigt wurde Ihre Heilung also durch ...«

»Ja, jeder außer Ihnen hätte nur ein Lächeln für das, was ich gesagt habe, weil es dermaßen ... erbaulich ist.«

»Erbaulich? Ja, das stimmt, das Erbauliche, das ist zum Lachen heute, man hat geradezu Angst davor, mehr Angst als vor dem Skandalösen. Eine sonderbare Zeit!«

»Sei's drum, Abbé, Sie können unsere Geschichte Ihren Schäflein erzählen, denn ich kenne keine schönere. Meine Genesung hat nur einen Namen, sogar nur einen Vornamen: Sie heißt Guillaume.«

»Der Baron?«

»Ja, mein Mann. Es ist eine Heilung durch Liebe, durch die eheliche Liebe. Wenn ich daran denke, daß ich damit hinterm Berg halten muß, um nur ja kein Gelächter hervorzurufen!«

»Das ist so schön! Ich bin froh und glücklich, daß ich das in meinem armseligen Priesteramt erleben durfte! Was meinte denn der Baron dazu, als er von Ihnen die wunderbare Nachricht erfuhr?«

»Guillaume? Er weiß doch noch gar nichts! Sie sind der erste, dem ich meine Genesung zu gestehen wage! Nicht wahr, ich rede davon, als hätte ich etwas Schlechtes begangen!«

»Aber man muß es dem Baron doch gleich mitteilen!« ereiferte sich der Abbé. »Wollen Sie . . .«

»Nein, ja nicht! Wir dürfen nichts überstürzen. So einfach ist das nicht.«

»Da komme ich nicht mit.«

»Überlegen Sie doch: Guillaume hat ein Verhältnis mit dieser Person. Ich werde krank . . . Das heißt, ich erblinde. Er bricht mit ihr, um sich mir zu widmen. Etliche Wochen darauf erhalte ich mein Augenlicht zurück.«

»Welch ein Wunder!«

»Eben. Was ich da sage, ist sehr schön und absolut wahr. Aber – ist es nicht ein bißchen zu schön, um *wahrscheinlich* zu sein?«

»Der Baron wird sich ja klaren Tatsachen nicht verschließen.«

»Klaren Tatsachen? Welchen denn? Ist es für ihn nicht klar, daß er geprellt worden ist? Der Gedanke, er könnte mich für eine Simulantin halten, ist mir unerträglich. Nicht jeder glaubt an Wunder wie Sie.«

»Er wird aber doch wohl . . .«

»Und es kommt noch ein Gesichtspunkt hinzu. Nur mein Leiden hat dazu geführt, daß sich Guillaume von diesem Frauenzimmer losgerissen hat. Muß man nicht befürchten, daß er mit meiner Genesung wieder seinem Laster verfällt? Ich brauche Ihren Rat, Abbé, und womöglich brauche ich gar Ihre Hilfe als Mitwisser.«

»Das gibt mir nun auch zu denken. Also müßte man dem Baron, zu seinem Besten, Ihre Genesung noch eine Zeitlang verheimlichen. Daß wir die Wahrheit damit ein wenig verdrehen, ist, meine ich, unserer höchst löblichen Absichten wegen gerechtfertigt.«

»Es geht ja nur darum, Rücksicht auf ihn zu nehmen. Ihn langsam auf die frohe Kunde von meiner Genesung einzustimmen.«

»Kurzum, eben Zeit gewinnen, mehr nicht.«

»Zeit, damit er sein Frauenzimmer vergißt.«

»So daß es sich also weniger um ein Belügen als um ein Aufschieben, ein Zurückstellen, ein allmähliches Beibringen der Wahrheit handelt.«

»Natürlich darf aber niemand die Wahrheit ahnen. Ich hab' ja auch nur mit Ihnen darüber gesprochen, und ich weiß, auf Ihre Verschwiegenheit darf ich bauen.«

»Das dürfen Sie, mein Kind. Wir Priester sind durch das Beichtgeheimnis gewohnt, unsere Zunge im Zaum zu halten. Wahrhaftig, es wäre ja verheerend, wenn der Baron von dritter Seite erführe, Sie seien nicht mehr blind. Und die Leute sind ja manchmal so schwatzhaft!«

»Vor allem sind die Leute manchmal so böswillig!« entgegnete auftrumpfend die Baronin.

Die Baronin und der Abbé hatten sich ganz schön ausgedacht, wie man die Wahrheit allmählich enthüllen wolle. Doch leider läßt sich die Wahrheit nicht immer im Zaum halten. Eines Sonntagnachmittags, beim Spaziergang auf der Demi-Lune, brach sie mit brutaler Unverblümtheit hervor.

Zur schönen Jahreszeit ist dieser Spaziergang in Alençon ein geheiligter Ritus. Alles, was zur guten Gesellschaft zählt, ist da, wandelt Arm in Arm den ulmenbestandenen Korso auf und ab; man grüßt sich, übersieht sich, bleibt eine genau bemessene Zeit beieinander stehen, je nachdem, wie das feine Netz von gesellschaftlichen Beziehungen und Rangunterschieden es will. Das Ehepaar Saint-Fursy nahm, seitdem sich der Baron seinen Pflichten als Ehemann einer Schwerbehinderten so uneingeschränkt stellte, auf diesem Schachbrett bürgerlichen Lebens einen bevorzugten Platz ein. Man umgab ihn mit einem

Nimbus gerührter Hochachtung. Weshalb mußte sich die ganze Szene gerade in einer so exponierten Situation abspielen?

Der Baron wäre fast mit einem Ruck stehengeblieben; unter den Bäumen sah er etwas Unerwartetes, nie Geahntes, jemanden, genaugenommen ein junges weibliches Wesen, Mariette, ja, und zwar frühlingshafter, reizender denn je. Aber das war noch nicht alles. Es war in Begleitung, das kleine Bauernmädchen aus Pré-en-Pail. Auf der Demi-Lune geht man nie allein spazieren. Sie hing am Arm eines Mannes, eines jungen Mannes. Und wie gut paßten sie zueinander, die beiden, so einig in ihrer Jugend! Wie glücklich sahen sie aus!

Das Ganze war nur einen Augenblick zu sehen gewesen, doch hatte es den Baron so stark und so spürbar getroffen, daß es seiner Frau, die ganz dicht an seiner Seite ging, unmöglich ganz entgangen sein konnte. Weshalb fragte sie ihn dann nicht danach, da sie ihm doch sonst unaufhörlich alle möglichen Fragen stellte? Besorgt schaute er sie an. Und was er nun sah, verblüffte ihn noch mehr als Mariettes plötzliches Auftauchen unter den Bürgern von Alençon: Die Baronin lächelte. Sie lächelte niemandem besonders zu wie all die Leute, die einander begegneten, einander grüßten. Es war ein Lächeln von innen heraus, das sich wohl nicht unterdrücken ließ, und dieses Lächeln erfaßte unter der dunklen Brille hervor ihr ganzes Gesicht, es wuchs und wuchs, und dann – etwas seit langem nicht mehr Gehörtes –, dann lachte sie, sie konnte nicht an sich halten, lachte ein kleines silbern-ironisches Lachen.

Weshalb das Lächeln, weshalb das Lachen? Und weshalb hatte sie keine Frage gestellt, als sie fühlte, wie ihr Mann an ihrer Seite im Innersten zusammenzuckte? Weshalb? Weil sie dasselbe gesehen hatte wie er – Mariette am Arm eines jungen Mannes –, weil sie in Wahrheit ebensogut sah wie er!

Für den Baron war es ein doppelter Schlag. Wie es seine Art war, reagierte er sofort. Er trat vor seine Frau hin, musterte einen Augenblick prüfend ihr Gesicht, dann riß er ihr mit jäher Bewegung die Brille weg und ließ sie fallen.

»Madame«, sagte er mit tonloser Stimme, »ich bin doppelt schmerzhaft getroffen. Von Ihnen und noch von einer anderen. Was Sie betrifft, muß ich erst reinen Tisch machen. Und ich habe den starken Verdacht, daß Sie gut ohne meine Hilfe nach Hause kommen.«

Und er eilte schnellen Schrittes davon.

Zu Hause angelangt, rief er Doktor Girard an. Dieser gab ihm Namen und Adresse eines Augenarztes, ferner Hinweise auf einen in Paris praktizierenden psychosomatischen Arzt. Auf seinen Rat ließ sich der Baron gleich am nächsten Morgen bei diesem letzteren melden.

Er konnte Paris nicht ausstehen, war darum auch seit Jahren nicht mehr dort gewesen. Doktor Stirlings Vorzimmer mit seinen konturlos ineinanderfließenden Möbeln und seinen abstrakten Gemälden war vollends dazu angetan, ihm Unbehagen zu bereiten. Mit dem Gefühl, er lasse sich von einer riesigen Schirmqualle verschlingen, ließ er sich in einen Sessel fallen. Einen mit Zeitschriften bedeckten niedrigen Tisch konnte er gerade noch mit der Hand erreichen. Er zog eine davon herüber auf seine Knie. Der Titel sprang ihm wie eine Kobra ins Gesicht. *Konversionshysterien und Organneurosen*. Mit Abscheu schob er sie fort. Schließlich bat ihn eine Krankenschwester in das Sprechzimmer des Arztes. Der war ein lächerlich schmächtiger Mann, ein Bürschchen, dachte der Baron. Lange Haare und eine winzige Himmelfahrtsnase, die nur mit großer Mühe eine riesige Brille trug, taten das ihrige, daß er die Achtung des Barons vollends verlor. »Ich wette, er lispelt«, dachte der Baron.

»Was kann ich für Sie tun?«

Nein, er lispelt nicht, stellte der Baron zu seinem Ärger fest.

»Ich darf mich vorstellen: Oberst Guillaume de Saint-Fursy. Ich komme wegen meiner Frau, die Ihre Patientin ist«, erklärte er.

»Madame de Saint-Fursy?«

»Natürlich!«

Der Arzt drückte auf einen Knopf am Karteiautomaten und legte die Karte, die dieser auswarf, vor sich hin.

»Madame Augustine de Saint-Fursy«, murmelte er. Dann, nach einigen unverständlichen, sehr schnell gelesenen Sätzen: »Ja, richtig. Ihr Hausarzt hatte sie einem Kollegen, einem Augenarzt überwiesen, der ihr dann seinerseits empfohlen hat, zu mir zu kommen. Was möchten Sie denn nun genau?«

»Nun, nicht wahr, das ist ganz einfach.« Der Baron, froh, nun von seinen Sorgen anfangen zu können, taute auf. »Meine Frau war blind. Ich glaubte es wenigstens. Sie hatte mich nämlich glauben gemacht, sie sei blind. Und dann, mit einem Mal, ist sie gesund und sieht so gut wie Sie und ich. Die Frage, die ich mir stelle und die ich Ihnen stelle, ist also ganz einfach: Ist meine Frau eine Simulantin – ja oder nein?«

»Zunächst möchte ich Sie bitten, erst einmal Platz zu nehmen.«

»Platz zu nehmen?«

»Ja. Denn, sehen Sie, wenn Ihre Frage auch noch so einfach ist – die Antwort darauf ist nicht einfach.«

Ziemlich ungnädig ließ sich der Baron dazu herbei, Platz zu nehmen.

»Fassen wir uns kurz«, fuhr der Arzt fort. »Madame de Saint-Fursy leidet an Sehstörungen, die bis zur völligen Erblindung gehen können. Zunächst sucht sie deswegen ganz selbstverständlich ihren Hausarzt auf, der sie ganz ebenso selbstverständlich einem Augenarzt überweist.«

»Und all das ohne mein Wissen«, verwahrte sich der Baron.

»Und nun geschieht folgendes: Der Augenarzt geht mit aller gebotenen Sorgfalt und mit Hilfe modernster Instrumente daran, Madame de Saint-Fursys Augen zu untersuchen. Und was findet er?«

»Ja, was findet er?«

»Nichts. Er findet gar nichts. Anatomisch und physiologisch sind bei Madame de Saint-Fursy die Augen, der Sehnerv, das Sehzentrum im Gehirn vollkommen in Ordnung.«

»Also simuliert sie«, folgerte der Baron.

»Nicht so schnell! Was tut der Augenarzt? Er erkennt, daß er es mit einem Fall zu tun hat, der über sein Fach hinausgeht, und schickt seine Patientin zu einem psychosomatischen Arzt, zu mir. Ich wiederhole die Untersuchungen und komme letztlich zu denselben Schlußfolgerungen wie mein Arztkollege.«

»Meine Frau hat völlig gesunde Augen, also ist ihre Blindheit simuliert. Daran führt kein Weg vorbei.«

»Hören Sie gut zu«, begann der Arzt geduldig von neuem. »Ich will mal ein ganz extremes Beispiel nehmen, das zum Glück mit dem Fall Madame de Saint-Fursy in keinem Zusammenhang steht. In den psychiatrischen Kliniken sterben jeden Tag Schizophrene. Der Tod tritt nach einem langen, langsamen Zerfall der Persönlichkeit des Kranken ein. Obduziert man nun den Toten, der an Schizophrenie gestorben ist, was findet man da? Nichts! Nach allen Regeln der Medizin ist die Leiche die eines völlig Gesunden.«

»Dann ist eben nicht richtig nachgesehen worden!« entschied

der Baron. »Übrigens haben Sie ja selbst gesagt, das Beispiel des Schizo ... Schizo ...«

»... phrenen ...«

»... phrenen stehe zum Glück in keinem Zusammenhang mit dem Fall meiner Frau.«

»Ja und nein. Der Zusammenhang ist, daß es Krankheiten gibt, die sich eindeutig physiologisch auswirken – im Tod des Schizophrenen, in der Erblindung Ihrer Gattin –, deren Ursache aber psychischer Natur ist. Man nennt sie psychogene Krankheitserscheinungen. Es war mir, wenn ich das noch sagen darf, eine sehr, sehr große Freude, daß Ihre Frau Gemahlin mich aufgesucht hat.«

»Sehr erfreut, es zu hören«, sagte der Baron ironisch.

»Ja, wirklich, Herr Oberst. Denken Sie doch: eine psychogene Erblindung! Schon allerlei ist in meinem Sprechzimmer an mir vorbeigezogen: psychogene Ulcera, psychogene Gastritis, psychogene Anorexien, psychogene Kardiospasmen, psychogene Obstipationen und Diarrhöen, psychogene muköse und ulceröse Kolitiden, psychogene Bronchialasthmata, psychogene Tachykardien, psychogene Hypertensionen, psychogene Ekzeme, psychogene Thyreotoxikosen, Hyperglykämien, Metritiden und Osteoartritiden ...«

»Hören Sie auf!« rief wütend der Baron und stand auf. »Ich frage Sie zum letztenmal: Ist meine Frau eine Simulantin – ja oder nein?«

»Ich könnte Ihnen eine Antwort darauf geben, wenn der Mensch ganz aus einem Guß wäre«, sagte der Arzt sehr ruhig. »Aber so ist es eben nicht. Es gibt das *Ich*, das bewußte, klare, überlegt vorgehende Ich, das Sie kennen. Aber *unter* diesem bewußten Ich liegt ein verschlungenes Durcheinander unbewußter, triebhafter, gefühlsbedingter Strebungen, das *Es*. Und über dem bewußten Ich steht das *Über-Ich*, eine Art Himmel, in dem die Ideale, die moralischen Grundsätze, das Religiöse zu Hause sind. Also wie Sie sehen, drei Ebenen« – er erklärte es mit entsprechenden Handbewegungen dem Baron, der gegen seinen Willen doch aufmerksam zugehört hatte –, »im Keller das Es, im Parterre das Ich, in den oberen Stockwerken das Über-Ich.«

»Nehmen Sie nun mal an, zwischen Kellergeschoß und oberen Stockwerken komme eine Art Beziehung zustande, ohne daß das Parterre davon unterrichtet sei. Nehmen Sie an, das Über-

Ich gebe einen Befehl nach unten, doch anstatt an das Ich zu gelangen, laufe dieser Befehl kurzschlüssig am Ich vorbei und beeinflusse unmittelbar das Es. Dieses befolgt ihn dann, aber ebenso unvernünftig wie es selbst ist. Es befolgt ihn buchstäblich, aber wider jeden Sinn. Damit haben Sie Krankheitserscheinungen, die psychogen, das heißt psychischen Ursprungs sind, an denen jedoch das bewußte, willentlich handelnde Ich nicht beteiligt ist. Und nicht nur Krankheiten entstehen so, sondern auch Unglücksfälle: Suizidhandlungen, die das Es einer falsch verstandenen Entscheidung des Über-Ich entsprechend begeht. Von den etlichen tausend Personen, die alljährlich von Autos überfahren werden, hat sich erwiesenermaßen eine beträchtliche Anzahl unbewußt vor das Fahrzeug gestürzt, um damit einem vom Über-Ich verhängten Todesurteil zu entsprechen. Es sind Selbstmörder besonderer Art, willentliche, aber unwissentliche Selbstmorde.«

Der Baron schien gefesselt.

»Im Grunde kenn' ich das ja«, übersetzte er sich das Gesagte. »Das Große Hauptquartier gibt einen strategischen Befehl, der normalerweise vom Generalstab in taktische Begriffe umgesetzt und so an die Truppe weitergegeben werden müßte. Der Generalstab hat jedoch keine Kenntnis davon, und so kommt der Befehl direkt zu den Unteroffizieren, die ihn falsch interpretieren.«

»Genauso ist es. Ich freue mich, daß Sie meinem Gedankengang folgen.«

»Gut, der Zusammenhang ist klar. Aber warum nun das alles?«

»Warum? Das ist in der Tat die große Frage, die sich der Psychosomatiker stellt. Sie richtig beantworten heißt den Patienten heilen. In unserem Fall läßt sich die Frage wie folgt ausdrücken: Warum hat Madame de Saint-Fursys Über-Ich ihrem Es befohlen, blind zu werden?«

Der Baron, der sich plötzlich betroffen fühlte, wurde wieder aggressiv.

»Ich wäre schon neugierig, das zu erfahren.«

»Leider können Sie allein die Frage beantworten«, fuhr der Arzt fort. »Ich bin ein Außenstehender. Madame de Saint-Fursy ist selbst im Ablauf der Dinge befangen. Sie, Herr Oberst, sind Akteur des Geschehens und zugleich sein nächster Zeuge.«

»Was soll ich Ihnen schon sagen? Schließlich bin ich doch nicht der Arzt!«

»Was ich möchte, ist, daß Sie mir eines sagen: Gibt es in Madame de Fursys Leben etwas, das sie nicht sehen will?«

Wiederum steht der Baron auf, er kehrt dem Arzt den Rücken zu und hat damit den Spiegel über dem Kamin gerade vor sich.

»Was wollen Sie da andeuten?«

»Etwas Häßliches, Unmoralisches, Niedriges, Entwürdigendes, Gemeines, etwas Schmachvolles, das ihr gleichzeitig so nahe ist, daß es nur ein Mittel gibt, es nicht sehen zu müssen: blind zu werden. Ja. Madame de Saint-Fursy *somatisiert*, verstehen Sie, somatisiert mit ihrer Blindheit ein Leid, eine Demütigung, die für sie unerträglich sind. Ist sie dann somatisiert, verschwindet die Demütigung, aber sie verschwindet nur, indem sie sich in ein körperliches Gebrechen, in die Blindheit verwandelt.«

Der Baron hatte sich während dieser Ausführungen des Arztes unausgesetzt im Spiegel angestarrt. Schließlich wandte er sich wieder dem Arzt zu.

»Monsieur«, sagte er zu ihm, »ich war mit dem Verdacht hierhergekommen, man wolle mich hinters Licht führen. Jetzt habe ich die Gewißheit, daß man mich in ein Irrenhaus zu führen sucht!«

Damit eilte er hinaus.

Wieder in Alençon angelangt, nahm er von seiner Frau in einer Form Abschied, daß sie sprachlos war.

»Ich komme gerade von Ihrem Schlappschwanz«, sagte er. »Der hat mir ja nette Sachen erzählt! Anscheinend heckt Ihr Über-Ich mit Ihrem Es ohne Wissen Ihres Ich ein Komplott aus. Und wozu, bitte sehr, dieses schöne Komplott? Um eine Schande, eine Schmach zu somatisieren, meine Liebschaften nämlich, ja, Gnädigste! Und was kommt bei alledem heraus? Eine psychogene Erblindung. Psychogen, das heißt mit Klappmechanik. Mein Mann führt sich schlecht auf, klacks, schon werde ich blind. Mein Mann kommt zu mir zurück, schwupp, gleich sehe ich wieder! Das ist wirklich bequem! Wahrhaftig, der Fortschritt ist nicht aufzuhalten! Aber ich sage da nein dazu! Nein zu dem Es, nein zu dem Über-Ich, nein zu dem Komplott! Und wenn Sie somatisieren, so somatisieren Sie in Zukunft ganz allein! Adieu, Madame!«

Nach diesem Auftritt ging der Baron nur für einen Sprung hinauf in die kleine Wohnung am Boulevard du Premier-Chasseurs. Mariette, im Négligé vor ihrem Toilettentischchen sitzend, war einigermaßen sprachlos über sein Eindringen, das um so plötzlicher kam, als er immer noch seinen Schlüssel besaß. Er erzählte in einem Zug alles, die Erblindung der Baronin, ihre Genesung, seinen Abschied für immer.

»Noch mal!« meinte sie dazu nur.

»Noch mal was?« fragte etwas verwirrt der Baron.

»Noch mal 'nen Abschied für immer. Sie hatten doch schon mal einen genommen. Von mir. Vor sechs Wochen.«

Seit vierundzwanzig Stunden lebte der Baron so wie im Sturmangriff: ohne zurückzublicken. Mariettes erstes Wort – dieses »noch mal« – stieß ihn mit Gewalt auf Vergangenes. Es stimmte ja, er hatte doch, um sich ganz der Blindheit seiner Frau zu widmen, mit der Kleinen Schluß gemacht. Was hatte sie seither getan? Weshalb hätte sie wohl treu und brav auf ihn warten sollen?

Aus Verlegenheit und zugleich um die Räumlichkeiten wieder in Besitz zu nehmen, schritt er rundum durch das Zimmer. Endlich beschloß er, sich die Hände zu waschen, und eilte stracks ins Badezimmer. Doch kam er gleich, einen Rasierapparat schwingend, wieder heraus.

»Was ist das?«

»Mein Rasierapparat. Für unter den Armen«, erklärte Mariette, hob mit einer Bewegung, die hinreißend war, die Arme hoch und bot damit seinen Blicken eine seidig-glatte, warmfeuchte, aufreizende Achsel dar. Der Baron war überwältigt. Er ging neben ihr in die Knie, beugte sich über die milchzarte, duftende Höhlung und sog sich glühend voll darin.

Mariette drehte und wand sich lachend.

»Guillaume, Guillaume, Sie kitzeln mich!«

Er nahm sie in die Arme, wollte sie ungeachtet ihrer Proteste auf ihr Bett tragen. Ein Aschbecher fiel zu Boden, verstreute Kippen von schwarzen Gauloises über den Teppich. Der Baron beschloß, nichts zu sehen, und wurde für einige Minuten wieder der berühmte Auerhahn, der er immer gewesen war. Wie gut das tat!

Das Leben ging weiter. Der Baron änderte keine seiner Gewohnheiten. Man konnte ihn weiterhin säbelrasselnd auf dem

Fechtboden sehen und auch bei Reitturnieren, wie er auf seiner kleinen fuchsroten Stute auf dem Hindernisparcours seine Runden ritt. Über sein Zerwürfnis mit seiner Frau und seine Liaison mit Mariette wußte natürlich jedermann Bescheid. Er vermied es einfach, irgendwohin zu gehen, wo er mit Vorwürfen rechnen mußte – beispielsweise in den Empfangsräumen der Präfektur und des Bischöflichen Palais –, und erschien nur dort, wo er bewundernder Nachsicht gewiß sein konnte. Bei den wenigen engen Freunden, die eine Anspielung auf Mariette riskierten, äußerte er mit genußvoll-verruchtem Mienenspiel, das Auge halb zugekniffen, die Hand krampfhaft-geziert auf die Weste gepreßt, immer von neuem: »Das vollkommene Glück!«

Es war nicht wahr. Wohl genoß er Freuden, lebensvolle, stürmische, ihn gar wie ein Blitz durchzuckende Freuden, wie er sie in seinem Alter nicht mehr erleben zu können geglaubt hatte. »Sie bringt mich um«, sagte er zuweilen mit dunkler Genugtuung. Aber das Glück, ein vollkommenes Glück ... Baron Guillaume wollte es sich nicht eingestehen. Sein ungetrübtes Verhältnis mit Mariette hielt sich nur dadurch, daß sich beide in jedem Augenblick die größte Mühe gaben zu verbergen, daß noch ein Dritter im Bunde da war. Nicht weil es Mariette etwa an freien Stunden gefehlt hätte, um sich dem *anderen* zu widmen. Aber wieviel Sorgfalt mußte sie aufwenden, damit von ihren beiden Leben das eine nahtlos ins andere paßte! Wieviel guten Willen mußte der Baron aufwenden, die Spuren zu übersehen, die das Phantom zwangsläufig hinterließ! Eines Tages ging es wirklich zu weit. Unter dem Schrank streckten Schuhe, richtige ungeschlachte Fuhrmannsstiefel, breitgetreten und verdreckt, ihre runde Schnauze hervor. Der Baron schnupperte. Vergeblich, er roch nichts. Das fuchste ihn. Er war überzeugt, daß diese Drecksdinger stanken! Und wie konnte man sich derart vergessen? War der andere in Socken fortgegangen oder war anzunehmen, er sei noch da, in drei Meter Abstand, im Schrank oder in der Toilette?

Nichts sehen, die Augen zumachen, es über die Augen legen wie eine Binde: Mariettes duftendes Haar, Mariettes kleine Brüste, Mariettes kleines, dreieckiges Geschlecht ... Die Augen zumachen? Diese drei Worte erinnerten ihn gegen seinen Willen an etwas, an eine peinliche Episode seines früheren Lebens, an die Blindheit der Baronin. War er dabei, nun selber blind zu werden, indem er *somatisierte*, was für ihn zwingendes Gebot war: den *anderen* nicht zu sehen?

Der Sommer hielt Einzug, und die Stadt leerte sich nach und nach. Herrliche Sonnentage lockten zum Aufbruch. Mitunter äußerte der Baron bei Mariette Reisepläne. Vichy, Bayreuth, vielleicht Venedig? Die berühmten, traditionsschweren Namen erweckten in dem Mädchen offensichtlich keinerlei Vorstellungen. Sie zog ein Schmollmündchen, schüttelte den Kopf, dann sagte sie, sich katzenhaft an ihn schmiegend: »Geht's uns denn nicht gut hier, uns beiden?«

Als er nach einem geselligen Abend im Regimentskasino in sein Liebesnest zurückkam, fand er sie nicht vor. Er wartete auf sie. Später, als sie immer noch nicht kam, warf er einen Blick in ihren Schrank. Alle ihre Sachen waren fort. Ihr großer Bauernkoffer auch. Der Vogel war ausgeflogen. Vielleicht hatte sie einen Brief hinterlassen? Er suchte in den Möbeln, den Taschen seiner Anzüge danach. Nichts. Schließlich gewahrte er in einem Korb ein Knäuel Papier. Er faltete es auseinander. Natürlich. Das arme Herzchen hatte schon versucht zu schreiben. Er konnte sich gut vorstellen, wie es zugegangen war. Sie, wie sie an seinem Füller kaute und mühsam Wort an Wort reihte. Den *anderen*, wie er fix und fertig dastand, ungeduldig, schimpfend, fluchend. Schließlich war es dann zu schwierig gewesen, sie hatte es aufgegeben. Wenn man geht, warum dann auch noch schreiben. »Ich gehe?« Ist das nicht klar genug? Er entzifferte ein paar Zeilen in kindlicher Schrift, sie steckten voller Absonderlichkeiten.

*Mon Cherry,*
(das war ein Relikt ihrer Englischstunden)
*Es ging nicht mehr, das Leben mit diesem Versteckspiel. Wirklich, mit dem dauernden Lügen konnte ich einfach nicht mehr. Und weißt Du, ich hab auch begriffen, daß da ein Graben zwischen uns ist wie Sie mir vorgeschlagen haben nach Vichy und ich weiß nicht wohin sonst noch zu gehen. Ich will nach Saint-Trop, da kannst halt nichts machen. Aber Sie in Saint-Trop, das ist kaum denkbar! Also gehe ich mit Guillaume hin. Ja, denn er heißt auch Guillaume, das ist komisch, nicht? Auch wenn mir das viele Versprecher erspart hat! Wir kommen zurück. Warum sollten wir nicht alle drei miteinander glücklich sein? Warum sollten Sie für uns nicht …*

Hier brach der Brief ab, und vergebens suchte der Baron die drei gekritzelten Worte zu entziffern, an denen sie sich festgefahren hatte.

Warum sollte er für sie nicht ... was denn sein? Der Hahnrei, der Opa, der stille Teilhaber, der Armleuchter? Jedes Wort schlug ihm eine schmerzhafte Wunde, und unablässig hörte er im Hintergrund, spöttisch und rachedürstend wie ein antiker Chor, die anderen von seinem Regiment, ihr Gelächter, ihre Kommentare. Dennoch empfand er nicht jenen belebenden, den Schmerz heilenden Zorn, der ihn einige Jahre zuvor noch geschüttelt hätte. Der Altersunterschied vermutlich. Mariettes Jugend, sein eigenes Alter, stimmten ihn eher weich. Er fand sie rührend, ihre Unbeholfenheit – wie sie sich vor allem in ihrem Schwanken zwischen Du und Sie verriet –, die Unbeholfenheit eines kleinen Mädchens in einer Situation, die ihre Kräfte und ihre Intelligenz überstieg. War es denn ihre Schuld, wenn alles so kompliziert war? Hatte nicht er, welterfahren und begütert wie er war, seine Pflicht versäumt, ihr ein Leben zu schaffen, das fröhlich, einfach und ohne Fallstricke war?

Noch einmal, ein letztes Mal riß er sich zusammen. Auf dem Reitgelände errang er alle am Saisonende vergebenen Preise. Auf dem Fechtboden schlug er die fixesten, ausfälligsten Gegner. Nie war er so lodernd lebendig gewesen, der Auerhahn! Man sah ihn noch bei der Parade am 14. Juli auf seiner kleinen tänzelnden Fuchsstute, die, um seine Worte zu gebrauchen, in ihrem Temperament so weiblich war, daß er sie liebte wie eine Frau. Was er nicht zugab, war, daß diese Stute das einzig Weibliche war, das ihm in seinem Leben geblieben war – welch bitterer Hohn!

Dann kam alles zum Stillstand. Die letzten Julitage sahen Alençon nur noch so vor sich hindämmern, der starrenden Augusthitze entgegen. Dem Baron graute vor der Leere, vor dem Alleinsein. Er irrte in der verlassenen, von der Sonne erdrückten Stadt umher, »wie eine arme Seele im Fegfeuer«, beschrieb es später die Kurzwarenhändlerin aus der Rue Desgenettes.

Eines Tages führten ihn seine Schritte unwiderstehlich nach Hause, zu seiner Frau. Ob Augustine wohl da war? Oder hatte sie sich über die heißesten Tage nach ihrem Haus in Donville zurückgezogen? Das Haus schien völlig sich selbst überlassen, ein Vorhängeschloß am Torgitter, die Läden geschlossen, im Garten wucherndes Unkraut. Es fehlte nicht einmal, halb aus

dem Briefkasten schauend, der Stoß Prospekte und Reklame-
sendungen, sozusagen der Abschaum der nicht vorhandenen
Post.

Die Straße lag da unter der Sonne, die senkrecht einfiel und die
Gebäude in scharf abgesetzte, schwarz-weiße Blöcke zer-
schnitt. All dies Licht in all dieser Leere, das hatte etwas Be-
ängstigendes, Erdrückendes, Todtrauriges an sich. Der Baron
spürte eine vage Übelkeit. Ihm war, als poche sein Blut mit
tödlicher Gewalt gegen seine Schläfen. Da gewahrte er im
Schweigen dieser Gebäude, die zugleich vertraut – sein eigenes
Haus – und aus einer anderen Welt waren, ganz deutlich eine
Art scharfes Klappern, ein schwaches Kastagnettengeräusch,
als schlüge einer mit dem Schlegel an den Rand einer Trommel.
Das Geräusch wurde deutlicher und noch unheimlicher. Jetzt
hörte es sich an wie Zähne, die in krankhaftem Tremolo gegen-
einander schlagen. Und plötzlich standen die zwei großen
schwarzen Gestalten vor ihm.

Es war der vereinte Schatten zweier Frauen, dicht aneinander-
gedrängt und in Trauer, und der Schatten kam langsam auf ihn
zu, wie wenn eine mächtige Mauer umfällt. Die größere der
beiden trug eine schwarze Brille und schlug mit dem Ende eines
weißen Stocks unaufhörlich an den Rand des Bürgersteigs, daher kam dieses Klappern. Drohend, unerbittlich rückte die
Mauer dem Baron immer näher. Er wich zurück, trat ins Leere,
brach im Rinnstein zusammen.

Die Ärzte konnten nicht sagen, ob er, vom Schlag getroffen, zu
Boden gefallen oder ob er im Gegenteil mit der Stirn auf das
Pflaster geschlagen war und hierdurch einen Hirnschlag erlit-
ten hatte. Als die Baronin und Eugénie ihn aufhoben, war er
ohne Bewußtsein. Langsam kam er dann wieder zu sich, doch
war seine ganze rechte Körperhälfte gelähmt. Sie pflegten ihn
mit bewundernswerter Selbstverleugnung. Im Gefühl der
Baronin vereinten sich die halbseitige Lähmung ihres Mannes
und ihre eigene Blindheit zu einer Art erbaulichem Diptychon
zu Ehren der ehelichen Treue. Mariette, von der doch sowohl
das eine wie das andere herkam, war völlig von der Bildfläche
verschwunden.

Das war übrigens auch das Bild, das sich den Spaziergängern
auf der Demi-Lune bot, wenn die Baronin vorbeikam: Von ihrer Blindheit endgültig geheilt, aufrecht, ernst und gelassen
wie eine Justitia, schob sie den Rollstuhl des Barons vor sich

her. In ihm kauerte traurig, verkümmert, auf die Hälfte seiner selbst reduziert, der Auerhahn. Er war mit dem Hochrelief eines gelähmten Körpers zusammengeschweißt, eine grausame Karikatur dessen, was er gewesen war, eine Gesichtshälfte zu ausgelassenem Grinsen erstarrt, das Auge halb zugekniffen, die Hand krampfhaft geziert auf die Weste gepreßt, als ob er lautlos immerfort wiederholte: »Das vollkommene Glück! Das vollkommene Glück!«

# Rastplatz Maiglöckchengrund

»Pierre, steh' auf! Es ist Zeit!«

Pierre schläft in der dickköpfigen Gemütsruhe seiner zwanzig Jahre und im blinden Vertrauen, seine Mutter werde schon beizeiten wach sein. Seine alte Mutti schläft so schlecht und ist so nervös, da ist keine Gefahr, daß sie die Zeit zum Wecken versäumt. Wie ein Klotz dreht er sich um, das Gesicht zur Wand, und verschanzt sich mit seinem Schlaf hinter seinem kräftigen Rücken und seinem kurzgeschorenen Nacken. Seine Mutter betrachtet ihn, denkt an die noch gar nicht lang zurückliegenden Stunden am frühen Morgen, als sie ihn noch weckte, um ihn zur Schule ins Dorf zu schicken. Er wirkt, als wäre er wieder tief eingeschlafen, aber sie läßt ihn in Ruhe. Sie weiß, die Nacht ist für ihn zu Ende, der Tag hat begonnen und spult nunmehr unerbittlich sein Programm ab.

Eine Viertelstunde später kommt er zu ihr in die Küche, und sie gießt ihm einen dicken Kakao in einen großen, geblümten Napf. Er blickt an ihr vorbei auf das dunkle Viereck des Fensters.

»Es ist noch Nacht«, sagt er, »aber die Tage werden doch länger. In knapp einer Stunde kann ich die Scheinwerfer ausmachen.«

Sie steht da, als träumte sie. Seit fünfzehn Jahren ist sie aus Boullay-les-Troux nicht hinausgekommen.

»Ja, der Frühling steht vor der Tür. Wenn du hinunterkommst in die Provence, blühen da vielleicht schon die Aprikosenbäume.«

»Ach, die Provence! Weißt du, um diese Zeit fahren wir nicht weiter runter als bis Lyon. Na, und Aprikosenbäume auf der Autobahn ... Auch wenn's welche gäbe, so hätt' man kaum Zeit zum Hinschauen.«

Er steht auf, und aus purem Respekt vor seiner Mutter – denn auf dem Land ist Geschirrspülen eigentlich nicht Männersache – wäscht er unterm Wasserhahn am Spülstein seinen Napf ab.

»Wann seh' ich dich wieder?«

»Übermorgen abend, wie gewöhnlich. Eine Fahrt Lyon hin und zurück, einmal Heia in der Kiste, alles mit Freund Gaston.«

»Wie gewöhnlich«, murmelte sie vor sich hin. »Ich gewöhn' mich nicht daran. Aber du siehst ja aus, als tät'st du's gern ...«

Er zuckt die Achseln.

»Muß ich doch!«

Der mächtige Schatten des Sattelschleppers mit Auflieger stand hoch vor dem im Frühlicht bleichenden Himmel. Pierre ging langsam um den Koloß herum. Jeden Morgen war es dasselbe: Wenn er nach der Nacht sein riesiges Spielzeug wiedersah, wurde ihm warm ums Herz. Nie hätte er es vor seiner alten Mutti zugegeben, aber im Grunde hätte er lieber da drinnen sein Bett gemacht und da geschlafen. Man konnte alles noch so gut zusperren, der übergroße Kasten war doch vor Unbill so schlecht geschützt: Es konnte ihn einer anfahren, etwas daran abmontieren, ihn ausplündern. Selbst daß das Fahrzeug samt Fracht gestohlen wurde, war nicht ausgeschlossen, das war vorgekommen, so unwahrscheinlich es klang.

Diesmal scheint noch alles in Ordnung, aber eine Fahrzeugwäsche ist überfällig. Pierre lehnt eine kleine Leiter an die Motorhaube und macht sich daran, die große, gebogene Windschutzscheibe zu säubern. Die Windschutzscheibe ist das Gewissen des Fahrzeugs. Alles übrige kann zur Not verdreckt und staubig sein und es auch bleiben – die Windschutzscheibe muß unbedingt tadellos sauber sein.

Dann kniet er sich beinah ehrfürchtig vor den Scheinwerfern auf den Boden und putzt sie. Er haucht auf das Glas und fährt mit einem weißen Lappen darüber – mit der Sorgfalt und Zärtlichkeit einer Mutter, die ihrem Kind das Gesichtchen wäscht. Dann – die kleine Leiter ist wieder an ihrem Platz bei den Spriegeln – klettert er ins Fahrerhaus, läßt sich auf den Sitz fallen und drückt auf den Anlasser.

Am Quai du Point-du-Jour in Boulogne-Billancourt, an der Ecke der Rue de Seine, steht ein altes, großes Haus, in seinen Umrissen ein bißchen krumm und schief; seine Baufälligkeit steht in schroffem Gegensatz zu dem Tabakladen-Café im Erdgeschoß mit seinem flammenden Glanz von Neon, Nickel und bunten Flipperboxen. Gaston bewohnt ganz allein ein Kämmerchen im sechsten Stock. Doch er steht putzmunter vor dem Bistro, und der Sattelzug muß kaum anhalten, um ihn aufzulesen.

»Wie geht's, Alterchen?«

»'s geht so!«

Alles läuft ab wie nach Noten: Gaston hält eine rituelle Pause von drei Minuten ein. Dann macht er sich ans Auspacken der Reisetasche, die er zwischen sich und Pierre auf die Sitzbank gehievt hat, und verstaut mit einer Geschwindigkeit, die lang eingefahrene Routine verrät, ringsum Tiefkühltaschen, Frischhaltebeutel, Eßgeschirre und Bestecketuis. Gaston ist ein kleiner, schmächtiger, nicht mehr ganz junger Mann mit aufmerksamem, stillem Gesicht. Man spürt, ihn beherrscht ganz die pessimistische Klugheit des Schwachen, der von Kindheit auf gewohnt ist, sich vor den Schlägen einer Welt zu ducken, die er aus alter Erfahrung ihm ganz und gar feindlich gesonnen weiß. Als schließlich alles ordentlich am Platz ist, geht er zu einer Entkleidungsszene über. Er vertauscht seine Schuhe gegen Filzpantinen, seine Jacke gegen einen dicken Rollkragenpulli, seine Baskenmütze gegen eine Skimütze, und er trifft sogar Anstalten, seine Hose auszuziehen, was bei dem winzigen Platz und dem schwankenden Boden ein heikles Unterfangen ist.

Um zu sehen, was er treibt, braucht Pierre gar nicht erst hinzuschauen. Den Blick fest auf das Gewühl in den überfüllten Straßen gerichtet, die auf den Autobahnring führen, entgeht ihm nichts von der vertrauten Betriebsamkeit zu seiner Rechten.

»Eigentlich hast dich doch grad erst angezogen, bist runter auf die Straße, und kaum bist eingestiegen, ziehst dich schon wieder aus«, bemerkt er.

Darauf geruht Gaston nicht zu antworten.

»Ich frag' mich ja, weshalb du nicht gleich im Nachtdreß runterkommst. Das wär'n doch zwei Fliegen mit einer Klappe, nicht?«

Gaston hat sich auf die Rücklehne seines Sitzes gehockt. Als das Fahrzeug an einer Ampel bei Grün anfährt, benutzt er das und läßt sich sachte rücklings auf die hinter den Sitzen ausgesparte Koje kippen. Noch ein letztes Mal ist seine Stimme zu hören:

»Falls d' mich mal was Gescheites fragen willst, darfst mich wecken.«

Fünf Minuten später dröhnte der Sattelzug die Einfahrt zum Autobahnring hinunter, der für diese frühe Stunde schon ziemlich stark befahren war. Für Pierre war das bloß der mäßige Auftakt. In diesem ganzen Strom von Fahrzeugen, in dem Lieferwagen, Privatautos, Arbeiterbusse trieben, gingen die richtigen Autobahnfernlaster schlechthin unter. Man mußte warten, bis der Strom durch die Ausfahrten Rungis, Orly, Longjumeau und Corbeil-Essonnes wie auch durch die Zweigstrecke in Richtung Fontainebleau gefiltert war und man schließlich mit der Mautstation Fleury-Mérogis die Schwelle des großen Betonbandes erreichte.

Als er dann später hinter vier anderen Lastzügen hielt, die den Mautschalter passieren wollten, war er doppelt glücklich: nicht nur weil er selber am Steuer saß, sondern auch weil Gaston schlief und darum nichts tun konnte, durch das er um seine feierliche Einfahrt in die A6 gekommen wäre. Bedächtig reichte er dem Kontrolleur seine Karte hinüber, nahm sie wieder in Empfang, fuhr an und brauste hinein auf die glatte, weiße Bahn, dem Herzen Frankreichs entgegen.

Nachdem er an der Servicestation Joigny vollgetankt hatte – auch das gehörte zum Ritual –, ging er wieder auf Reisegeschwindigkeit und behielt sie bis zur Ausfahrt Pouilly-en-Auxois bei; dann nahm er das Gas weg und bog zur Acht-Uhr-Frühstückspause auf den Rastplatz Maiglöckchengrund ein. Kaum war das Fahrzeug unter den Buchen des Wäldchens zum Stehen gekommen, als Gaston hinter den Sitzen hervor auftauchte und anfing, die Sachen für sein Frühstück zusammenzusuchen. Auch das war unabänderlich festgelegt.

Pierre sprang hinaus. In seinem gutsitzenden blauen Nylonoverall, Mokassins an den Füßen, sah er wie ein Sportler beim Training aus. Obendrein machte er andeutungsweise ein paar Gymnastikübungen, boxte hin und her hüpfend mit der Luft und rannte in einwandfreiem Laufstil ein Stück weit weg. Als er erhitzt und keuchend wieder am Ausgangspunkt ankommt, ist Gaston gerade dabei, sich vollends in »Tagesgarnitur« zu werfen. Bedächtig breitet er dann auf einem der Rastplatztische ein richtiges gutbürgerliches Frühstück mit Kaffee, heißer Milch, Croissants, Butter, Marmelade und Honig aus.

»Was ich an dir so schätze«, meint Pierre, »ist dein Sinn für Komfort. Man hat immer das Gefühl, du schleppst teils die Wohnung deiner Mutter, teils ein Stück Drei-Sterne-Hotel mit dir herum.«

»Alles im Leben hat seine Zeit«, erwidert Gaston und läßt dabei einen dünnen Faden Honig in ein seitlich aufgeschnittenes Hörnchen rinnen. »Dreißig Jahre lang war mein Frühstück morgens vorm Arbeiten ein trockener weißer Landwein. Weißwein aus der Charente und sonst gar nichts. Bis ich eines Tages gemerkt hab', daß ich 'nen Magen und Nieren hab'. Dann war's aus damit. Keinen Alkohol und keinen Tabak mehr. Einmal Milchkaffee für Monsieur! Mit Toast vom Grill und Orangenmarmelade. Wie eine Mami im *Claridge*. Und ich will dir sogar noch was sagen . . .«

Er unterbrach sich und biß in sein Hörnchen. Pierre ließ sich an seiner Seite nieder.

»Na, wo bleibt das, was du mir sagen willst? Kommt's noch?«

»Also, ich überleg' mir, ob ich nicht auf den Milchkaffee verzichte, der gar nicht so leicht verdaulich ist, und umsteige auf Tee mit Zitrone. Nämlich, weißt du, Tee mit Zitrone ist das Feinste vom Feinen!«

»Aber wenn du schon so weit bist, weshalb dann nicht Eier mit Schinken wie die Englishmen?«

»Oh nein! Ganz und gar nicht! Bloß nichts Salziges zum Frühstück! Nein, siehst du, das Frühstück, das muß . . . wie erklär' ich dir das? Das muß noch was Nettes, nein, was Liebevolles, nein, was Mütterliches sein. Ja, das mein' ich, was Mütterliches! Beim Frühstück, da darfst du noch mal 'n bißchen in die Kindheit zurückfallen. Nämlich der Tag, wenn der anfängt, ist nicht so arg zum Lachen. Also braucht man was Sanftes, 'n bißchen Geborgenheit, um so richtig aufzuwachen. Und das heißt eben: was Warmes, was Süßes, da kommst du nicht dran vorbei.«

»Und dein Flanellgürtel?«

»Ja, eben! Der hat auch was Mütterliches! Du siehst schon, wie das zusammenhängt, oder hast du das bloß zufällig gesagt?«

»Nein, seh' ich nicht.«

»Denk doch an die Windeln! Mit dem Flanellgürtel geh ich wieder zurück zu den Windeln.«

»Du willst mich wohl verarschen? Und das Fläschchen mit dem Gummisauger, kommt das auch bald dran?«

»Mein alter Freund, schau mich an und schneid' dir von mir 'ne Scheibe ab. Ich hab' dir nämlich zumindest eines voraus. Ich war schon längst so alt wie du, und niemand, nicht mal der liebe Gott, kann mir das nehmen. Während du keineswegs sicher sein kannst, daß du eines Tages so alt bist wie ich.«

»Das will ich dir gleich sagen, dieses Getue um das Alter, das läßt mich ziemlich kalt. Ich finde, blöd oder gewitzt ist man ein für allemal und bleibt's sein Lebtag.«

»Ja und nein. Immerhin gibt's nämlich verschiedene Grade von Blödheit, und ich glaub', es gibt ein für Blödsinn besonders anfälliges Alter: Hinterher gibt sich's dann eher wieder.«

»Und das anfällige Alter, wie du's nennst – welches ist das deiner Meinung nach?«

»Das kommt darauf an, was für 'n Kerl man ist.«

»Bei mir beispielsweise, da liegt's doch nicht etwa bei einundzwanzig?«

»Weshalb gerade einundzwanzig?«

»Weil ich gerade einundzwanzig bin.«

Gaston schaute ihn ironisch an und nippte schlürfend an seinem Kaffee.

»Die ganze Zeit, seit wir miteinander fahren, ja, da beobacht' ich dich und suche, wo du Blödsinn machst.«

»Und findest nichts, weil ich nicht rauche und den trockenen Weißen nicht mag.«

»Ja, aber weißt du, man muß großen und kleinen Blödsinn auseinanderhalten. Rauchen und trockener Weißer sind kleiner Blödsinn, die können einen unter den Boden bringen, aber erst auf lange Sicht.«

»Während der große Blödsinn einen mit einem Schlage unter den Boden bringt?«

»Ja, eben. Wie ich so alt war wie du – nein, ich war jünger, achtzehn werd' ich gewesen sein –, bin ich auf und davon und zur Résistance.«

»Und das war ein großer Blödsinn?«

»Ein Riesenblödsinn! Ich hatte keine Ahnung, was ich riskierte. Natürlich hab' ich Schwein gehabt. Aber mein bester Kumpel, der bei mir war, ist dabei draufgegangen. Verhaftet, abtransportiert, verschollen. Wozu war das gut? Das frag' ich mich jetzt schon dreißig Jahre.«

»Von daher bin ich ja nicht mehr gefährdet«, meinte Pierre.

»Nein, von daher nicht.«

»Das heißt, daß du immer noch bei mir nach dem großen Blödsinn suchst und ihn noch nicht gefunden hast?«

»Gefunden hab' ich ihn noch nicht, nein. Gefunden noch nicht, aber ich wittere ihn ...

Zwei Tage später. Pierres und Gastons Sattelzug fuhr wieder zur gleichen morgendlichen Stunde an der Mautstation Fleury-Mérogis vor. Diesmal war Gaston am Steuer, und Pierre, der rechts von ihm saß, fühlte sich wie immer leicht frustriert, den Tag als zweiter Mann beginnen zu müssen. Um nichts in der Welt hätte er ein so unvernünftiges Gefühl nach außen hin zu erkennen gegeben, ein Gefühl, das er sich übrigens selbst kaum eingestand, durch das er aber in leicht gereizter Stimmung war.

»Grüß dich, Bébert! Bist noch im Dienst heute?«

Daß Gaston auch immer das Bedürfnis hatte, sich mit der sonderbaren, ein bißchen mysteriösen, ein bißchen verächtlichen Rasse der Mautkontrolleure anzufreunden! In Pierres Augen kam dem förmlichen Einfahren in die Autobahn der Wert einer zeremoniellen Handlung zu, die nicht durch unnützes Geschwätz gestört werden durfte.

»Doch, ja«, erklärte der Angestellte. »Ich habe mit Tiénot getauscht; der ist zur Hochzeit seiner Schwester.«

»Ah so«, folgerte Gaston, »also sieht man dich am Freitag nicht hier?«

»Nein, nein, da ist Tiénot dran.«

»Also dann bis nächste Woche!«

»Bis dahin! Gute Fahrt!«

Gaston reichte Pierre die Mautkarte hinüber. Das Fahrzeug brauste hinaus auf die Autobahn. Gemütlich legte Gaston die Gänge ein, ohne übereiltes Gasgeben. Beide richteten sich in dem Hochgefühl ein, das sie überkam, als das riesige Fahrzeug in voller Fahrt dahinbrauste und ein Tag aufdämmerte, der herrlich zu werden versprach. Pierre, tief in seinen Sitz gelehnt, drehte die Mautkarte in der Hand.

»Weißt du, die Kerle, die da am Schalter sitzen – ich begreif' die nicht. Die g'hören dazu und gehören doch nicht dazu.«

Gaston sah ihn in eines jener Hirngespinste entschwinden, in die ihm zu folgen er sich weigerte.

»G'hören dazu, g'hören dazu, gehören wozu?«

»Na, eben zur Autobahn! Die bleiben vor der Tür, ja! Und schlimmer noch, am Abend, nach Dienstschluß, nehmen sie das Mofa und fahren heim auf den Bauernhof. Schön, und die Autobahn, was ist mit der?«

»Was soll mit der sein?« meinte Gaston gereizt.

»Ach, Mist, streng' dich 'n bißchen an! Spürst du nicht, wenn du am Einfahrtsschalter vorbei bist, wenn d' die Mautkarte in der Hand hast, spürst du dann nicht, daß da was geschehen ist? Hinterher, da fährst du dann los auf der Betongeraden, die hat was Starres, Sauberes, Schnelles, die schenkt einem nichts. Du bist in 'ner ganz anderen Welt. In was Neuem. Das ist die Autobahn, die A 6, ja, und zu der gehörst du!«

Gaston blieb stur dabei, er verstehe das nicht.

»Nein, die Autobahn, das ist für mich Arbeit, sonst nichts. Ich find' sie, kann ich dir sagen, sogar ein bißchen eintönig. Vor allem auf einer Kiste wie unserer. Ja, wie ich jung war, da hätt' mir's schon gefallen, so in 'nem Maserati mit zweihundert Sachen da drüber zu flitzen. Aber um Töf-töf zu machen mit vierzig Tonnen unterm Hintern, da find' ich Nationalstraßen wie die N 7 mit ihren schienengleichen Bahnübergängen und ihren kleinen Bistros viel lustiger.«

»Das stimmt«, gab Pierre zu, »das mit dem Maserati und den zweihundert Sachen. Und dabei hab' ich das, so wahr ich vor dir stehe und mit dir rede, sogar selber schon gemacht.«

»Was, du hast das schon gemacht? Du bist auf der Autobahn mit einem Maserati zweihundert Sachen gefahren?«

»Ja. Natürlich war es kein Maserati. Es war ein alter Chrysler, der von Bernard, weißt du, den er frisiert hatte. Auf der Autobahn kamen wir damit auf hundertachtzig.«

»Das ist schon nicht mehr ganz dasselbe.«

»Ach, hab' dich doch nicht so wegen zwanzig Sachen!«

»Ich hab' mich nicht so, ich sage: Das ist nicht dasselbe.«

»Gut, und ich sage dir: Mir ist unsere Kiste doch noch lieber.«

»Erklär's schon!«

»Nämlich im Maserati . . .«

»In dem frisierten Chrysler . . .«

»Das ist egal – da sitzt du tief unten am Boden. Du hast keinen Überblick. Unser Lastzug dagegen, der ist hoch, da hast 'nen Überblick.«

»Und du brauchst 'nen Überblick?«

»Ich mag die Autobahn gern. Also will ich was sehen. Da, schau doch mal, die Linie dort, die sich da so dünne macht bis hinüber zum Horizont! Ist doch prima, nicht? Das siehst aber nicht, wenn d' bäuchlings platt am Boden klebst.«

Gaston schüttelte nachsichtig den Kopf.

»Eigentlich, weißt du, solltest du Pilot in 'nem Flugzeug werden. Von wegen Überblick – da hätt'st du 'nen Überblick!«
Pierre war verärgert.
»Gar nichts hast du begriffen, oder aber du willst mich hochnehmen! Im Flugzeug, das ist nicht das Richtige. Ist zu hoch. Auf der Autobahn muß man sein. Muß zu ihr gehören. Darf nicht von ihr runter.«

An diesem Morgen lag der Rastplatz Maiglöckchengrund unter der jungen Sonne in so lachenden Farben da, daß die Autobahn im Vergleich damit als Inferno aus Lärm und Beton erscheinen konnte. Gaston hatte es übernommen, im Fahrerhaus sauberzumachen, und er hatte unter den ironischen Blicken Pierres, der ausgestiegen war, um sich die Beine zu vertreten, ein ganzes Arsenal von Lappen, Staubwedeln, Handbesen und Pflegemitteln ausgebreitet.
»Ich hab' ausgerechnet, daß ich die meisten Stunden meines Lebens in diesem Fahrerhaus verbringe. Also soll's da doch wenigstens sauber sein«, erklärte er, als spräche er mit sich selber.
Pierre, den die lebendige Frische des kleinen Wäldchens lockte, machte sich davon. Je weiter er unter die knospenden Bäume vordrang, desto schwächer wurde das Tosen des vorbeirollenden Verkehrs. Er fühlte, wie eine sonderbare, unbekannte Erregung über ihn kam, die sein ganzes Wesen so weich berührte, wie er das noch nie empfunden hatte, außer vielleicht vor Jahren, als er zum erstenmal in die Wiege schauen durfte, in der sein kleines Schwesterchen lag. Das zarte Laub brauste von Vogelgesang und Insektengesumm. Mit vollen Lungen holte er Atem, als wäre er endlich aus einem langen, erstickenden Tunnel wieder an die Luft, ins Freie gekommen.
Plötzlich bleibt er stehen. In einiger Entfernung gewahrt er ein reizendes Bild. Im Gras sitzt ein blondes junges Mädchen in rosarotem Kleid. Es sieht ihn nicht. Es hat nur Augen für drei oder vier Kühe, die sich friedlich auf der Wiese tummeln. Pierre spürt, daß er es von der Nähe sehen, mit ihm sprechen muß. Er geht darauf zu. Auf einmal muß er stehenbleiben. Vor seiner Nase ragt ein Zaun auf. Ein Gitter, das mit seinem überkragenden, stacheldrahtstarren First, abweisend, kerkerhaft, fast KZ-ähnlich wirkt. Pierre gehört der Autobahn. Ein Rast-

platz ist nicht der Ort, ihr zu entkommen. Das ferne Tosen des Verkehrs kommt ihm wieder zum Bewußtsein. Trotzdem bleibt er wie gebannt stehen, krallt die Finger in den Zaun und blickt unverwandt auf den blonden Fleck da drüben, am Fuß des alten Maulbeerbaumes. Schließlich dringt ein wohlbekanntes Signal an sein Ohr: die Fahrzeughupe. Gaston wird ungeduldig. Also zurück zu ihm! Pierre reißt sich von seinem stillen Betrachten los und kommt wieder zu sich, zur Wirklichkeit, zum Lastzug, zur Autobahn.

Gaston ist an der Reihe zu fahren. Er ist noch ganz bei seinem Großputz, unser Gaston.

»Jetzt ist es doch immerhin sauberer«, meint er befriedigt. Pierre sagt nichts. Er ist nicht da. Er ist stehengeblieben, die Finger in dem Gitterzaun, der den Rastplatz Maiglöckchengrund umgrenzt. Er ist glücklich. Er lächelt den Engeln zu, die unsichtbar gegenwärtig im klaren Himmel schweben.

»Bist ja mit einem Mal ganz schweigsam. Du sagst wohl gar nichts?« wundert sich Gaston schließlich.

»Ich? Nein. Was soll ich denn sagen?«

»Weiß doch ich nicht!«

Pierre schüttelt sich, versucht wieder in der Wirklichkeit Fuß zu fassen.

»Ach ja, so ist es wohl«, seufzt er am Ende. »Das ist der Frühling.«

Der abgekuppelte Aufleger stand auf seiner Stütze. Das Zugfahrzeug konnte das Lyoner Lagerhausareal verlassen, bis das Entladen durch die Lagerarbeiter beendet war.

»Das ist eben prima bei einem Sattelzug«, lobte Gaston, der am Steuer saß, »daß man, während er beladen oder entladen wird, mit dem Schlepper abhauen kann. Das ist dann fast so, wie mit 'ner ganz normalen Privatkutsche.«

»Ja, aber es gibt Fälle, da sollt' jeder seinen Schlepper haben«, wandte Pierre ein.

»Warum sagst du das? Möchtest du einen Extraverein für dich aufmachen?«

»Nein, ich sag das deinetwegen. Denn um diese Zeit gehen wir immer in das SB-Restaurant, und ich weiß, du magst das nicht besonders. Hätt'st du 'ne Privatkutsche, so könnt'st du bis zu Mutter Maraudes kleiner Pinte fahren, die ja in puncto Schmorgerichte einmalig ist.«

»Das stimmt, mit dir, da muß ich immer in ein Lokal, das aussieht wie beim Zahnarzt, und irgendwas, hopp hopp, in mich hineinstopfen.«

»Im SB geht's schnell, und es ist sauber. Und Auswahl hat's auch.«

Sie stellten sich an der Schlange hinten an und schoben ihr Tablett auf die Gleitbahn vor der Vitrine mit den Tellergerichten. Gastons verdrossenes Gesicht drückte deutlich aus, wie sehr er das alles mißbilligte. Pierre nahm sich ein Tellerchen mit rohen Vorspeisen und eine Grillplatte, Gaston eine Bauernpastete und gebratenen Rinderpansen. Dann galt es noch, ein freies Eckchen an einem Tisch zu finden.

»Hast du gesehen, wie vielerlei 's da gibt?« triumphierte Pierre. »Und brauchst keine Sekunde zu warten.«

Dann fiel sein Blick auf Gastons Teller.

»Was ist denn das?« wunderte er sich.

»Eigentlich sollte das gebratener Pansen sein«, erwiderte Gaston vorsichtig.

»Ist ja in Lyon ganz normal.«

»Ja, aber gar nicht normal ist, daß er schon so gut wie kalt ist.«

»Das hätt'st halt nicht nehmen sollen«, sagte Pierre. Er wies auf seinen Rohkostteller. »Bei dem riskierst nicht, daß er kalt wird.«

Gaston zuckte die Achseln.

»Da haben wir deine famose Schnelligkeit, die zwingt mich, mein Mittagessen mit dem Hauptgericht anzufangen. Sonst erstarrt er gleich im eigenen Fett, mein gebratener Pansen. Und ein Pansen, der kalt ist – das schmeckt unmöglich. Unmög-lich. Merk dir das gut. Hätt'st nichts als das bei mir gelernt, hätt'st deine Zeit nicht vertan. Deswegen geh' ich lieber in 'ne kleine Kneipe, warte 'ne Weile und trink' mit Kumpels einstweilen 'nen Schluck. Die Wirtin trägt selber das Geschmorte, das Tagesgericht auf, schön gar und heiß. So ist das mit der Schnelligkeit! Und mit der Küche – davon reden wir lieber gar nicht erst. Nämlich in den SB-Restaurants, ich weiß nicht warum, da getrau'n sie sich das Würzen nicht. Beim gebratenen Pansen zum Beispiel, da geht's nicht ohne Zwiebeln, Knoblauch, Thymian, Lorbeerblätter, Nelken und viel Pfeffer. Sehr heiß und sehr stark gewürzt muß er sein, der Pansen. Und jetzt probier' mir mal das da, ob es nicht schmeckt wie Wassernudeln für 'ne salzlose Diät!«

»Brauchtest doch bloß was anderes zu nehmen. Hattest ja die Auswahl.«

»Die Auswahl? Davon reden wir gleich, von der Auswahl! Ich will dir mal was sagen: Je weniger Auswahl du in 'nem Gasthaus hast, desto mehr taugt's. Bieten sie dir fünfundsiebzigerlei Gerichte, so kannst gleich wieder gehen, da ist's ganz mies. Die gute Köchin kennt bloß eins: das Tagesgericht.«

»Auf, geh mit mir 'ne Cola trinken, das tut dir gut!«

»Cola zu Rinderpansen!«

»Müßten uns halt einig werden. Seit zehn Minuten setzt du mir auseinander, das hier sei gar kein Pansen.«

Sie aßen schweigend, jeder hing seinen Gedanken nach. Schließlich sprach Pierre aus, zu welchem Schluß er gekommen war.

»Im Grunde, siehst du, haben wir nicht ganz die gleiche Auffassung von unserem Geschäft. Ich steh' ganz klar auf der A 6. Du stehst wohl eher noch auf der N 7.«


Das schöne Wetter schien unverwüstlich zu sein. Mehr denn je verdiente der Rastplatz Maiglöckchengrund seinen Namen. Gaston hatte sich nicht weit von seinem Fahrzeug auf den Boden gelegt, sog an einem Grashalm und betrachtete durch die zarten Zweige einer Zitterpappel den Himmel. Pierre hatte sich rasch in den hinteren Teil des Rastplatzes verzogen. Die Finger im Maschendraht, spähte er suchend über die Wiese. Eine Enttäuschung. Kühe gab es viele, aber kein Hirtenmädchen war zu sehen. Er wartete, zögerte, dann beschloß er, durch den Zaun zu pinkeln.

»Brauchst dich nicht zu genieren!«

Die junge, vom Burgunder Tonfall gefärbte Stimme kam links aus einem Gebüsch. Pierre steckte eiligst sein Ding wieder weg.

»Nicht umsonst ist da ein Zaun. Daß der Autobahndreck nicht hereinkommt. Halt gegen die Verschmutzung!«

Pierre bemühte sich, das etwas ferne, idealisierte Bild, das er seit zehn Tagen in seinem Kopf mit sich herumtrug, mit dem recht konkreten Bild des jungen Mädchens, das er vor sich hatte, in Übereinstimmung zu bringen. Er hatte sie sich größer, schlanker und vor allem nicht so jung vorgestellt. Das war ja wirklich eine Halbwüchsige, ein bißchen bäurisch obendrein, ohne jede Spur von Schminke auf dem sommersprossenübersäten Frätzchen. Und sogleich entschied er, so gefalle sie ihm noch besser.

»Kommst du oft hierher?«

Das war alles, was ihm einfiel, so verlegen war er.

»Manchmal. Du auch, glaub' ich. Ich erkenne deinen Laster wieder.«

Dann ein Schweigen, erfüllt vom Raunen des Frühlings.

»Es ist still hier, so nah an der Autobahn. Rastplatz Maiglöckchengrund. Weshalb heißt er so? Gibt's denn Maiglöckchen in dieser Ecke?«

»Es gab«, berichtigte das Mädchen. »Hier war ein Wald. Ja, voller Maiglöckchen im Frühling. Als dann die Autobahn gebaut wurde, verschwand der Wald. Von der Autobahn gefressen, verschluckt wie von einem Erdbeben. Aus war's mit Maiglöckchen!«

Erneutes Schweigen. Sie setzt sich auf den Boden, lehnt sich mit der Schulter gegen das Gitter.

»Wir? Wir kommen zweimal die Woche hier vorbei«, erklärte Pierre. »Bloß fahren wir jedes zweite Mal hinauf nach Paris. Dann sind wir auf der anderen Seite der Autobahn. Um hierherzukommen müßte man zu Fuß über beide Fahrbahnen laufen. Das ist gefährlich. Ist auch verboten. Und ihr habt hier in der Ecke irgendwo einen Hof?«

»Meine Eltern, ja. In Lusigny. Lusigny-sur-Ouche. Fünfhundert Meter von hier, sogar nicht mal ganz. Aber mein Bruder ist fort in die Stadt. Schafft als Elektriker in Beaune. Will nicht in der Erde rumkratzen, wie er sagt. Deshalb weiß keiner, was aus dem Hof werden soll, wenn Vater mal nimmer kann.«

»So geht's eben. Zwangsläufig. Der Fortschritt«, stimmte Pierre zu.

In den Bäumen ging sachte der Wind. Die Hupe des Lastzugs tönte herüber.

»Ich muß gehen«, sagte Pierre. »Bis bald, vielleicht.«

Das Mädchen stand auf.

»Auf Wiedersehen!«

Pierre lief davon, kam aber sofort zurück.

»Dein Name! Wie heißt du?«

»Marinette. Und du . . .?«

»Pierre.«

Bald danach fand Gaston, sein Fahrtgenosse habe sich im Wesen irgendwie verändert. Kümmerte er sich nicht plötzlich sogar darum, wie es Verheirateten ging?

»Es gibt Momente«, sagte er, »da wüßt' ich gern, wie das die Kumpels machen, die verheiratet sind. Die ganze Woche unterwegs. Dann, zu Hause, hast du zwangsläufig eher Lust zu schlafen. Und natürlich keine Rede von Spazierenfahren mit dem Wagen. Da muß sich ja das gute Weibchen natürlich vernachlässigt fühlen.«

Dann, nach einem Stillschweigen:

»Aber du warst doch früher mal verheiratet?«

»Ja, früher mal«, gab Gaston ohne Begeisterung zu.

»Und da?«

»Da hat sie's gemacht wie ich.«

»Wieso denn?«

»Na ja, ich war ständig fort. Sie ging halt auch fort.«

»Bloß du bist zurückgekommen.«

»Sie, ja, sie ist nicht wiedergekommen. Sie hat sich mit 'nem Kerl eingelassen, der in 'm Kramladen schafft. Ein Kerl, der sich nicht vom Fleck rührt, klar!«

Und nach einer nachdenklichen Pause schloß er mit den unheilschweren Worten:

»Autobahn und Frauen, siehst du, das geht im Grunde nicht zusammen.«

Üblicherweise wäre Gaston jedes zweite Mal drangekommen, das Fahrzeug zu waschen. So ist das nämlich bei allen Fernfahrerteams. Aber fast immer war Pierre derjenige, der die Initiative zum Wagenwaschen ergriff, und Gaston trug es mit Fassung, wenn ihm sein Platz in dieser Reihenfolge streitig gemacht wurde. Offensichtlich besaßen sie beide nicht denselben Sinn für Ästhetik und Hygiene, weder für sich selbst noch für ihr Handwerkszeug.

Gaston räkelte sich an diesem Tag auf dem Sitz des Fahrzeugs, während Pierre einen knallharten Wasserstrahl auf die Karosserie richtete, so daß die spärlichen, durchs offene Fenster ausgetauschten Bemerkungen zu abgehackten Brocken wurden.

»Meinst du nicht, jetzt hätt'ste genug Aufwand getrieben?«

»Aufwand woran?«

»An Armschmalz. Du glaubst wohl, du seist in 'nem Kosmetikinstitut?«

Pierre stellte, ohne zu erwidern, das Wasser ab und holte aus einem Eimer einen triefnassen Schwamm.

»Wie wir begonnen haben, miteinander zu fahren, hab' ich gleich begriffen, daß die Puppen, Maskottchen, Abziehbilder und alles, was so die Burschen an ihre Kiste hängen, daß das nicht dein Fall war«, fing Gaston wieder an.

»Nein, da hast du recht«, stimmte Pierre zu. »Ich finde, das paßt nicht zu der Art Schönheit, wie unser Fahrzeug sie hat.«

»Und die Art Schönheit, die du meinst, was ist die?«

»Das ist eine Schönheit, von der man etwas hat, die dem Zweck angepaßt ist, die der Funktion dient. Also nichts, das bloß irgendwo rumfährt, rumhängt und zu nichts gut ist. Nichts, was bloß hübsch aussehen soll.«

»Du mußt anerkennen, daß ich sofort alles weggemacht habe, einschließlich der schönen Veedol-Göre mit ihren nackten Schenkeln, die vorn auf dem Kühler Schlittschuh lief.«

»Die hättest du drauflassen können«, meinte Pierre nachgiebig und nahm wieder seinen Schlauch zur Hand.

»Sieh mal an!« staunte Gaston. »Monsieur wird menschlicher? Das muß wohl der Frühling sein. Du solltest Blümchen auf die Karosserie malen.«

In dem Höllenlärm, mit dem der Wasserstrahl auf das Blech prallte, hörte Pierre schlecht.

»Was soll auf die Karosserie?«

»Ich sage: Du solltest Blümchen auf die Karosserie malen. Maiglöckchen zum Beispiel.«

Der Wasserstrahl schwenkte herüber nach Gastons Gesicht, der eiligst die Scheibe hochkurbelte.

Am selben Tag kam es beim üblichen Halt auf dem Rastplatz Maiglöckchengrund zu einem Vorfall, der Gaston mehr beunruhigte als belustigte. Pierre, der ihn schlafend in der Koje glaubte, öffnete den hinteren Schlag des Zugfahrzeugs und holte die kleine metallene Leiter heraus, mit der man auf das Dach steigen konnte. Dann ging er damit zum hinteren Teil des Rastplatzes. Zuweilen scheint ein böser Geist das Geschehen zu lenken. Was nun folgte, mußte von jedem beliebigen Punkt der Fahrbahn gesehen werden können, weil die dort eine langgezogene Kurve beschreibt. Jedenfalls tauchten zwei Polizisten von der Autobahnpolizei auf Motorrädern just in dem Augenblick auf, da Pierre die Leiter an einen der Pfosten der Umzäunung anlegte und hinaufzusteigen begann. Sie fuhren hin, stellten ihn zur Rede, er mußte herunterklettern. Gaston schaltete sich ein. Unter viel Gefuchtel wurde die Sache beredet. Einer der Polizisten hatte auf dem Kotflügel des Fahrzeugs seine ganzen bürokratischen Siebensachen ausgebreitet und vertiefte sich in seinen Schriftkram, während Gaston die Leiter wieder an ihren Platz zurückbrachte. Dann, stolz im Sattel wie zwei Reiter des Schicksals, sprengten die Polizisten wieder davon, und der Lastzug setzte seine Fahrt in Richtung Lyon fort.

Nach sehr langem Stillschweigen sprach Pierre, der am Steuer saß, als erster.

»Du siehst doch das Dorf da drüben? Jedesmal, wenn ich daran vorbeifahr', muß ich an mein eigenes denken. Mit seiner gedrungenen Kirche und den geduckten Häusern drumherum ähnelt es Parlines bei Puy-de-la-Chaux. Und das, das ist wirklich der hinterste Winkel der Auvergne. Das Land der Kühe und der Krautbauern. Vor zwanzig Jahren hausten Mensch und Vieh dort noch im selben Raum. Ganz hinten waren die Kühe, links kam der Schweinekoben, rechts war der Hühnerstall, und zwar, damit das Federvieh auch hinauskonnte, mit einem Katzentürchen mit Fallklappe daran. Am Fenster war der Eßtisch und zu beiden Seiten davon zwei große Betten, in die sich die ganze Familie teilte. Auf diese Art ging im Winter kein Furz Wärme verloren. Aber die Luft dann, wenn man von draußen hereinplatzte! Zum Schneiden!«

»Du hast das aber nicht mehr kennengelernt, bist zu jung dazu«, wandte Gaston ein.

»Nein, aber ich bin da drin geboren. Das ist sozusagen ererbt, und ich frag' mich, ob ich je so richtig daraus hinausgewachsen bin. Das ist wie der Boden. Aus gestampfter Erde. Keine Rede von Fliesen- oder Bretterboden. Oh, da brauchte man die Füße nicht abzustreifen, wenn man hineinging! Der Ackerboden, der an den Sohlen klebte, und die Erde des Bodens drinnen, das war Jacke wie Hose, das durfte durcheinanderkommen. Das schätz' ich auch ganz besonders an unserem Geschäft: daß wir in Mokassins mit geschmeidiger Sohle arbeiten können. Trotzdem hatte es nicht bloß üble Seiten an unserem Sibirien. Zum Beispiel heizte und kochte man mit Holz. Man kann sagen, was man will – das war was anderes als Gas und Strom, die wir dann später gehabt haben, wie meine alte Mama Witwe geworden war und sich in Boullay niederließ. Es war eine Wärme, die lebt. Und der geschmückte Tannenbaum an Weihnachten ...«

Gaston wurde ungeduldig.

»Weshalb erzählst du mir das alles?«

»Weshalb? Weiß ich nicht. Weil ich daran denken muß.«

»Soll ich's dir sagen? Das Ding mit der Leiter. Du meinst, das hättst du gemacht, um die Marinette abzuküssen? Aber das war's nicht allein. Es ging vor allem darum, von der Autobahn runter und wieder heim in dein Parlines bei Puy-de-was-weiß-ich zu kommen!«

»Ach Mist! Das kannst du nicht verstehen!«

»Weil ich in Pantin bei Paris geboren bin, kann ich nicht verstehen, daß du Krautbauernsehnsüchte hast?«

»Was weiß denn ich? Meinst du, ich verstünd' selber was? Nein, echt, es gibt Momente, da wird das Leben zu kompliziert!«


»Und am Samstagabend gehst du manchmal auf'n Ball zum Tanzen?«

Pierre hätte sich lieber zu Marinette gesetzt und wäre da ganz still sitzengeblieben, aber dieser Zaun, dieses Gitter, in das er mit den Fingern greift, das schafft eine Distanz zwischen ihnen, die sie zwingt, miteinander zu reden.

»Manchmal, ja«, erwiderte Marinette ausweichend. »Aber es ist weit. In Lusigny gibt's nie Bälle. Also geht man nach Beaune. Meine Eltern lassen mich nicht so gern allein gehen. Die Nachbarstochter muß mich begleiten. Die Jeanette, die ist solide. Wenn die dabei ist, sind sie beruhigt.«

Pierre träumte.

»Ich hol' dich mal samstags in Lusigny ab. Nach Beaune. Und wenn es so ist, nehmen wir die Jeanette eben mit.«

»Du willst mich also mit dem Vierzigtonner abholen?« wunderte sich Marinette, die auf dem Boden der Wirklichkeit blieb.

»Ach nein, ich hab' ein Motorrad, eine Dreihundertfünfziger.«

»Zu dritt auf einem Motorrad, das ist nicht so bequem!«

Gedrücktes Schweigen. Pierre fand, sie gehe mit sehr wenig gutem Willen an die Sache heran. Oder ging im Gegenteil ihr Wunsch dahin, das Ganze sogleich in die Tat umzusetzen, und sie sah sofort die äußeren Hindernisse?

»Aber tanzen kann man auch hier«, sagte sie plötzlich, als machte sie eine überraschende Entdeckung.

Pierre begriff nicht.

»Hier?«

»Ja doch, ich hab' mein kleines Transistorradio da«, sagte sie, bückte sich und hob das Kofferradio auf, das im hohen Gras gelegen hatte.

»Mit diesem Drahtzaun zwischen uns?«

»Es gibt Tänze, da kommt man mit'nander gar nicht in Berührung. Den Jerk beispielsweise.«

Sie schaltete das Radio ein. Eine zarte Musik mit ziemlich langsamen Rhythmus erklang.

»Ist das ein Jerk?«

»Nein, das ist wohl eher ein Walzer. Versuchen wir's trotzdem?«

Und ohne seine Antwort abzuwarten, das Transistorradio weit von sich haltend, begann sie sich unter den verblüfften Blikken Pierres im Kreis zu drehen.

»Auf, tanzt du nicht auch?«

Unbeholfen zuerst, dann immer selbstvergessener tat er es ihr nach. Etliche dreißig Meter davon stand Gaston, der seinen für alle Zurufe taub gewordenen Fahrtgenossen hatte holen wollen, plötzlich verblüfft vor diesem sonderbar-traurigen Bild: ein Junge und ein Mädchen, beide strahlend von Jugend, wie sie da, durch einen stacheldrahtbewehrten Zaun getrennt, *miteinander* einen Wiener Walzer tanzten.

Als sie wieder losfuhren, übernahm Gaston das Steuer. Pierre langte nach dem Radio im Armaturenbrett. Sogleich ertönte Marinettes Walzer. Wie von glücklichen Träumen fortgetragen lehnte Pierre sich zurück. Ihm schien auf einmal, die Landschaft, die er vorbeiziehen sah, stimme wunderbar zu dieser Musik, so als bestünde eine untergründige Verwandtschaft zwischen dem in Blüten schwelgenden burgundischen Land und dem Straußschen Wien der Kaiserzeit. Freundlich-vornehme alte Adelssitze, harmonisch gewellte Hügel und Täler, zartgrüne Wiesen lösten einander vor seinen Augen ab.

»Komisch, wie schön die Landschaft hier ist«, sagte er schließlich. »Dutzend Male fahr' ich jetzt schon hier durch und hatte es gar nie gemerkt.«

»Das macht die Musik«, erklärte Gaston. »Das ist wie im Kino.

Musik, die richtig auf eine Filmszene angelegt ist, macht sie gleich viel eindrucksvoller.«

»Und die Windschutzscheibe ist auch noch da«, fügte Pierre hinzu.

»Die Windschutzscheibe? Was willst du damit sagen?«

»Die Windschutzscheibe, ja, die Glasscheibe, die die Landschaft schützt.«

»Ah, denn du meinst, die Windschutzscheibe ist dazu da, die Landschaft zu schützen?«

»In gewissem Sinne, ja. Und zugleich macht sie die Landschaft auch schöner. Allerdings könnt' ich nicht sagen, weshalb.«

Dann, nach einem Weilchen Nachdenken, verbesserte er:

»Doch, ich weiß wohl weshalb ...«

»Also, schieß los! Wieso kann die Windschutzscheibe die Landschaft schöner machen?«

»Wie ich 'n Bub war, bin ich immer sehr gern in die Stadt gegangen und hab' die Schaufenster angeschaut. Besonders gern natürlich am Heiligen Abend. Alles in den Schaufenstern war so schön zurechtgemacht, auf Samt mit Girlanden und Tannenzweigen. Ja, und die Schaufensterscheibe, die verwehrt einem, die hindert einen immer, was anzufassen. Wenn man in ein Geschäft hineinging und sich etwas aus dem Schaufenster holen und zeigen ließ, war es gleich nicht mehr so schön. Es hatte seinen Zauber verloren – verstehst du, was ich meine? Und so ist es hier mit der Windschutzscheibe: Siehst du, die Landschaft, die ist wie im Schaufenster. Schön zurechtgemacht und unmöglich anzufassen. Und vielleicht ist sie deshalb schöner.«

»Kurzum also«, schloß Gaston, »wenn ich recht verstehe, ist die Autobahn was Schönes, aber bloß fürs Auge. Halten und die Hand ausstrecken lohnt nicht. Verboten! Nicht berühren! Pfoten weg!«

Gaston hielt inne. Er hatte Lust, noch etwas zu sagen, vollends auszusprechen, was er dachte, doch er zögerte. Er wollte ihm nicht zu übel mitspielen, dem kleinen Pierrot, der noch so jung und so unbeholfen war. Schließlich rückte er aber doch damit heraus.

»Nur«, sagte er halblaut, »das eine mußt du wissen: Die Autobahn macht's einem unmöglich, die Landschaft anzufassen. Aber nicht nur die Landschaft. Auch die Mädchen. Die Landschaft ist hinter 'ner Windschutzscheibe, die Mädchen sind hinter 'nem Zaun, alles ist im Schaufenster. Verboten, nicht berühren, Pfoten weg! So ist halt die Autobahn!«

Pierre hatte sich nicht gerührt. Seine Passivität ärgerte Gaston. Bis er platzte.

»Nicht wahr, Pierrot?« brüllte er.

Pierre fuhr hoch und schaute ihn entgeistert an.

Der riesige, regungslose Schatten der Fahrzeuge ragte vor dem sternfunkelnden Himmel auf. Schwacher Lichtschein erhellte das Innere des Fahrerhauses. Gaston, im Schlafdreß, doch eine Brille mit Stahlgestell auf der Nase, war in die Lektüre eines Romans vertieft. Dieses Wachbleiben über die Zeit hinaus kam Pierre, der auf der Koje ausgestreckt lag, nicht geheuer vor.

»Was tust du denn?« fragte er mit schläfriger Stimme.

»Du siehst ja: Ich lese.«

»Was liest du?«

»Wenn du mit mir schwatzt und ich mit dir, les' ich nicht mehr. Dann hör' ich einstweilen auf zu lesen. Man kann nicht alles auf einmal. Vorhin, bevor wir schwatzten, hab' ich in 'nem Roman gelesen: *Die Venus des Sandmeeres* heißt er.«

»*Die Venus des Sandmeeres?*«

»Ja, *Die Venus des Sandmeeres.*«

»Wovon handelt der?«

»Er spielt in der Wüste. Im Tassili, genau gesagt. Das muß irgendwo im Süden der Sahara liegen. Es geht um Karawanenführer. Kerle, die mit Kamelen, vollbeladen mit Waren, die Wüste durchqueren.«

»Und das ist interessant?«

»Ganz anders als man meinen könnte, hat es eine gewisse Beziehung zu uns.«

»Erklär's schon.«

»Meine Karawanenführer, die ziehen den ganzen geschlagenen Tag mit ihren Kamelen durch den Sand. Sie befördern Waren von einem Punkt zu 'nem anderen. Das waren im Grunde die Fernfahrer von einst. Oder anders gesagt, wir sind die Karawanenführer von heute. Ersetz' die Kamele durch Lastzüge und die Wüste durch die Autobahn, dann läuft's auf dasselbe hinaus.«

»Uaah«, brummte Pierre im Halbschlaf.

Doch Gaston, von seinem Thema hingerissen, sprach weiter.

»Und Oasen kommen vor. Die Karawanenführer, die rasten in

den Oasen. Da gibt es Quellen, Palmen, Mädchen, die auf sie warten. So ist auch der Titel *Die Venus des Sandmeeres* zu verstehen. Das ist 'ne phantastische Göre, die in einer Oase wohnt. Und die Karawanenführer, die träumen natürlich von ihr. Paß auf, hör dir mal was davon an:

*Der junge Wüstenkrieger war von seinem weißen Mehari –* das ist sozusagen ein Kamel –, *war von seinem weißen Mehari abgesessen und suchte Aischa –* so heißt's nämlich, das Mädchen – *im Schatten des Palmenhains. Er fand sie nicht, weil sie sich unweit des Brunnens verbarg und durch den Spalt ihres Schleiers, den sie übers Gesicht geschlagen hatte, beobachtete, welche Mühe sich der junge Mann gab. Schließlich gewahrte er sie und erkannte durch die Zweige einer rosenfarbenen Tamariske undeutlich ihre Gestalt. Als sie ihn näherkommen sah, stand sie auf, denn es geziemt sich nicht, daß eine Frau sitzend mit einem Mann spricht.* Siehst du, dortzulande, da hat man noch Sinn für Rangordnung.

*›Aischa‹, sagt er zu ihr, ›acht Tage bin ich durch die Steine des Tassili gewandert, aber jedesmal wenn meine Augen sich unter der Sonnenglut schlossen, da erschien mir dein zartes Gesicht. Aischa, Blume des Sahel, hast du in dieser ganzen Zeit auch nur ein einziges Mal an mich gedacht?‹*

*Das Mädchen entdeckte, wie malvenfarben der Blick seiner dunklen Augen, wie weiß der Glanz seines Lächelns war.*

*›Achmed, Dahmanis Sohn‹, sagte sie, ›heute abend beteuerst du das. Aber beim frühesten Schimmern des Tages treibst du dein weißes Mehari zum Aufbruch und ziehst, ohne dich umzuwenden, gen Norden davon. Wahrhaftig, ich glaube, du liebst dein Kamel und deine Wüste mehr als mich!‹*

Na, was sagst du dazu?«

Pierre wälzte sich in seiner Koje. Gaston vernahm ein Stöhnen, aus dem er einen Vornamen herauszuhören glaubte: »Marinette!«

Der Rastplatz Maiglöckchengrund war nicht mehr weit; Pierre saß am Steuer. Gaston schlief hinter ihm in der Koje.

Das Fahrzeug bog in die Zufahrt zum Rastplatz ein und hielt.

»Ich steig' auf'n Sprung aus«, erklärte Pierre.

»Ich muckse mich nicht«, kam es aus der Koje.

Pierre ging zu den Bäumen hinüber. Das graue Wetter hatte

Farben und Vogelsang ausgelöscht. In der Luft lag etwas von enttäuschter Erwartung, etwas Unfrohes, fast Bedrohliches. Pierre kam an den Zaun. Er gewahrte weder Kühe noch ein Hirtenmädchen. Die Finger im Maschendraht, stand er einen Augenblick enttäuscht da. Sollte er rufen? Das lohnte nicht. Offensichtlich war niemand da, und daran lag es auch, daß der Zauber zerstört war. Unvermittelt, wie von einem jähen Entschluß getrieben, kehrte Pierre um und ging mit großen Schritten zum Fahrzeug zurück. Er nahm seinen Platz wieder ein und fuhr los.

»Hast aber nicht lang getrödelt diesmal«, kam der Kommentar aus der Koje.

Rasch wechselte das Fahrzeug auf die Einfahrtspiste hinüber und fuhr ohne achtzugeben in die Autobahn ein. Ein Porsche, der wie ein Meteor heranschoß, wich mit jäher Lenkbewegung nach links aus und blinkte empört mit der Lichthupe. Mit Vollgas, virtuos schaltend, holt Pierre aus dem – leider randvoll beladenen – Sattelzug das Letzte heraus. Im Nu ist die Ausfahrt Richtung Beaune da. Das Fahrzeug braust hinein. Gastons Kopf, völlig verschreckt unter seiner Skimütze, taucht hinter den Sitzen auf.

»Was machst du für 'n Scheiß? Bist wohl übergeschnappt?«

»Lusigny, Lusigny-sur-Ouche«, stößt Pierre zwischen den Zähnen hervor. »Ich muß hin.«

»Weißt du auch, was uns das kostet? Dir ist das ja wurscht. Was meinst du, wann wir da heut abend in Lyon sind? Nach deinem Streich mit der Leiter glaubst du wohl noch, du kannst dich aufspielen?«

»Bloß rasch 'nen Abstecher! Gib mir 'ne halbe Stunde.«

»Eine halbe Stunde! Das sagst du so!«

Das Fahrzeug stoppt am Schalter des Mautwärters. Pierre streckt ihm die Gebührenkarte hin.

»Lusigny, Lusigny-sur-Ouche? Weißt du, wo das steckt?«

Der Mann macht eine unbestimmte Handbewegung und gibt ein paar unverständliche Worte von sich.

»Was?«

Eine erneute, noch unbestimmtere Handbewegung, dazu unklare Laute.

»Gut, schon recht!« meinte Pierre schließlich und fährt an.

»Also im Grunde«, sagt Gaston zu ihm, »im Grunde weißt du nicht, wohin du fährst?«

»Nach Lusigny. Lusigny-sur-Ouche. Das ist doch klar, nicht? Fünfhundert Meter von hier, hat Marinette gesagt.«

Das Fahrzeug fährt eine kleine Weile und hält auf Höhe eines alten Weibleins an, das in der einen Hand einen Regenschirm, in der anderen einen Korb trägt. Von Angst gepackt, macht sie sich eiligst davon.

»Madame, können Sie mir sagen, wie man nach Lusigny fährt?«

Sie tritt herzu, klemmt den Regenschirm unter den Arm und hält die Hand wie eine Muschel ans Ohr.

»Wie? Das Industriewerk? Welches Industriewerk?«

»Nein, Lusigny, Lusigny-sur-Ouche.«

»Tintenstift und Tusche? Ja, das gibt's doch beim Krämer!«

Gaston glaubt, eingreifen zu müssen. Über Pierres Schulter hinauslehnend, sagt er langsam und deutlich:

»Nein, gute Frau. Wir suchen Lusigny, Lusigny-sur-Ouche.«

Die Alte kichert.

»Pfusch? Ach ja, all das ist ein großer Pfusch!«

»Scheiße!« brummt Pierre ärgerlich und fährt an.

Einen knappen Kilometer weit rollt der Zug mit niedriger Geschwindigkeit dahin, dann bremst er nochmals ab, als ein Mann, der eine Kuh vor sich hertreibt, in Gastons Fenster auftaucht. Gaston fragt ihn sofort. Der Mann, ohne stehenzubleiben, macht wortlos eine Armbewegung nach rechts.

»Müssen rechts abbiegen«, sagt Gaston.

Mühsam biegt der schwere Sattelzug in eine kleine Landstraße ein. Da kommt ein junger Bursche auf einem schweren Ackergaul geritten, einen Kartoffelsack als Sattel untergelegt.

»Sag mal, mein Jung', Lusigny, Lusigny-sur-Ouche? Das kennst du doch?«

Der Junge schaut ihn mit stumpfsinniger Miene an.

»Na, wie steht's? Kennst du's, ja oder nein? Lusigny?«

Abermals Schweigen. Dann streckt das Pferd den Hals, bleckt ein riesiges, gelbes Gebiß und stößt ein fröhlich schallendes Wiehern aus. Sofort bricht auch der junge Bursche, als hätte es ihn angesteckt, in ein irres Lachen aus.

»Laß schon«, rät Gaston. »Du siehst doch, daß der schwachsinnig ist.«

»Was ist denn los mit diesem verrotteten Kaff!« explodiert Pierre. »Die machen's wohl absichtlich, was?«

Sie kommen an eine Kreuzung der Straße mit einem Nebenweg. Der Pfosten eines Wegweisers ist da, doch die Hinweistafel fehlt. Pierre springt hinunter auf den Straßenrain und sieht im Gras rings um den Pfosten nach. Schließlich findet er eine grünbemooste Gußeisentafel mit den Namen verschiedener Ortschaften, darunter auch Lusigny. Er triumphiert:

»Na siehst du! Lusigny, drei Kilometer!«

»Ja, aber dir wurde doch gesagt: fünfhundert Meter«, gab Gaston zu bedenken.

»Das beweist, daß wir uns verfahren haben!«

Das Fahrzeug setzt sich in Bewegung und fährt auf den Nebenweg zu.

»Du willst uns doch da nicht hineinquetschen!« ruft Gaston erschrocken.

»Na doch, weshalb nicht? Schau, das geht ganz von selber.«

Wie ein Schiff schwankend, bewegt sich das Fahrzeug vorwärts. Zweige kratzen ihm an den Seiten, andere fegen über die Windschutzscheibe.

»Wir sind noch nicht aus dem Schneider«, seufzt Gaston.

»Den Kopf hängen lassen bringt Unglück.«

»Zuweilen ist es auch schlichte Vorsicht. Na – schau mal, was da auf uns zukommt!«

Tatsächlich taucht aus einer Kurve heraus ein Traktor mit angehängtem Leiterwagen auf, der die ganze Breite des Weges einnimmt. Beiderseits Halt. Pierre steigt aus und wechselt einige Worte mit dem Mann auf dem Traktor. Dann setzt er sich wieder an seinen Platz neben Gaston.

»Er sagt, etwas weiter vorn kommen wir aneinander vorbei. Er setzt zurück.«

Ein heikles Manöver beginnt. Der Sattelzug fährt im Schritttempo weiter und treibt den durch seinen Leiterwagen behinderten Traktor vor sich her. Tatsächlich kommen so die Fahrzeuge zu einer ziemlich mäßigen Verbreiterung des Weges. Der Sattelzug fährt, soweit es ohne Leichtsinn möglich ist, rechts ran. Der Traktor macht sich ans Vorbeifahren. Der Leiterwagen kommt nicht vorbei. Der Sattelzug setzt ein paar Meter zurück, fährt dann erneut vorwärts und schert dabei nach rechts aus. Für den Leiterwagen ist die Bahn frei, aber der schwere Sattelschlepper hängt gefährlich nach rechts. Pierre gibt Gas. Der Motor heult auf – vergebens. Die rechten Räder wühlen sich ins Gras und in die weiche Erde hinein.

»Da haben wir's! Wir stecken drin!« stellt Gaston mit finsterer Genugtuung fest.

»Hab dich nicht so, ich habe an alles gedacht.«

»Du – an alles gedacht?«

»Ja wirklich, wir haben doch einen Traktor? Der zieht uns jetzt gleich heraus!«

Pierre steigt aus, und Gaston sieht, wie er mit dem Traktorfahrer verhandelt. Der macht eine ablehnende Handbewegung. Pierre zieht seine Brieftasche. Erneute Weigerung. Schließlich setzt sich der Traktor in Bewegung, und der Leiterwagen fährt vollends an dem Sattelschlepper vorbei. Gaston springt aus dem Fahrzeug, läuft dem Traktor nach und holt ihn ein.

»Sagen Sie mal, wir wollen nach Lusigny. Lusigny-sur-Ouche. Wissen Sie, wo das liegt?«

Mit einer Handbewegung weist der Fahrer in die Richtung, in die er selbst fährt. Ganz geschlagen geht Gaston zu Pierre, der im Hintergrund des Fahrerhauses nach einem Abschleppseil sucht, und sagt:

»'ne feine Neuigkeit! Müssen umkehren.«

Aber soweit war es noch nicht. Pierre hatte das Seil abgerollt, kroch unter die Motorhaube und machte es an der Motorwinde fest. Dann ging er mit dem anderen Ende des Seils ein bißchen aufs Geratewohl auf die Suche nach einem Punkt, wo er es verankern konnte. Er zögerte vor einem Baum und entschied sich schließlich für ein altes Feldkreuz, das an der Kreuzung eines Ackerwegs stand. Er band das Seil um das Fundament des Sokkels und setzte sich wieder ins Fahrerhaus. Der Motor der Seilwinde brummte, und man konnte sehen, wie das Seil langsam eingeholt wurde, sich auf den Steinen der Straße ringelte, wie es sich dann straffte und unter der Spannung bebte. Pierre hielt inne, wie um sich zu sammeln, bevor der entscheidende Kraftakt kam. Dann legte er sich mit gebogenem Rücken über das Lenkrad, als wollte er an der Mühe teilhaben, das Fahrzeug mit seinen vierzig Tonnen aus dem Dreck zu ziehen. Gaston verfolgte die Aktion etwas weiter hinten im Fahrerhaus. Er wußte, ein Drahtseil, das reißt, kann einem Mann, der ungeschickt im Wege steht, mit einem einzigen, schrecklichen Peitschenhieb beide Beine abschlagen. Ein Zittern im Fahrzeug, dann zog es sich ganz langsam selbst aus dem weichen Erdreich heraus. Pierre, den Blick am Boden, schätzte Meter um Meter ab, wie das Fahrzeug vorankam. So sah Gaston als erster, daß das Feldkreuz eine besorgniserregende Schlagseite aufwies und, gerade als die vier Räder des Anhängers endlich wieder auf dem Straßenbelag griffen, plötzlich umstürzte und im Gras liegenblieb.

»Das Feldkreuz! Hast gesehen, was du angerichtet hast?«

Pierre, froh, sich aus der Affäre gezogen zu haben, zuckte die Achseln. Gaston sagt mit Nachdruck:

»Du wirst sehen, wir enden noch im Gefängnis!«

»Wär' der andere nicht so schäbig gewesen und hätte uns mit seinem Traktor geholfen, so wär' das nicht passiert!«

»Das kannst du dann den Gendarmen sagen!«

Holpernd fährt das Fahrzeug auf dem unebenen Weg weiter.

»Recht hübsch, die Gegend, aber vergiß trotzdem nicht, daß wir kehrtmachen müssen.«

»Irgendwohin kommen wir auch so.«

Tatsächlich kommen sie einen Kilometer weiter auf einem Platz mitten in einem kleinen Marktflecken heraus. Ein Kolonialwarengeschäft mit Kneipe, eine Drogerie, Reihen von rostigen Rohrgestellen für die zusammengerollten Planen eines nicht vorhandenen Marktes und, im Hintergrund, ein Kriegerdenkmal: ein Poilu, der mit aufgepflanztem Bajonett, den Knobelbecher auf eine Pickelhaube setzend, voranstürmt. Alles nicht ideal für ein Wendemanöver, doch haben sie kaum eine andere Wahl. Gaston steigt aus, um das Fahrzeug einzuwinken. Es gilt, eine abschüssige Gasse auszunutzen, das Vorderteil des Schleppers dort hineinzufahren und sodann, links einschlagend, zurückzustoßen. Das Ärgerliche ist, daß die Gasse nachher nicht mehr als Raum für das anschließende Rangieren des Fahrzeugs zur Verfügung steht. Demnach muß man versuchen, so weit wie möglich zurückzustoßen, bis an die Abschrankung des Kriegerdenkmals.

Gaston läuft vom Hinterende des Anhängers zum Fenster des Fahrerhauses und weist Pierre an, wie er zu lenken hat.

»Los, vorwärts ... noch etwas ... stopp ... Jetzt rechts einschlagen ... Rückwärts ... stopp ... links einschlagen ... vorwärts ...«

Es ist wirklich ein Umdrehen auf einem Handtuch. Daß keinerlei Passanten oder Einwohner zu sehen sind, verstärkt noch das Unbehagen, das die beiden Männer seit dem Beginn ihrer Eskapade empfinden. In was für eine Gegend haben sie sich da verirrt? Kommen sie da am Ende überhaupt wieder heraus?

Das Schwierigste bleibt noch zu tun. Wenn nämlich die Stoßstange des Motorwagens das Schaufenster des Drogisten berührt, ist das Hinterende des Anhängers dem Kriegerdenkmal bedrohlich nahe. Aber Gaston ist auf der Hut. Er ruft, rennt, zappelt sich ab. Der brave Gaston! Er, dem doch Unvorhergesehenes und nutzlose Anstrengungen ein Greuel sind, hat heute wirklich seinen großen Tag!

Das Fahrzeug kann keinen Zentimeter mehr vorwärts fahren, ohne das Schaufenster einzudrücken, hinter dem sich Hustenpastillen, Kräutertees und Rheumabinden präsentieren. Pierre schlägt bis zum Anschlag ein und fährt rückwärts an. Er hat das unbestimmte Gefühl, daß Gaston, weil er übervorsichtig ist, ihn bei jedem Rangiermanöver um kostbare Zentimeter bringt. Den muß man eben immer ein bißchen vergewaltigen! Er fährt weiter rückwärts. Fern, aber deutlich, ist Gastons Stimme zu hören.

»Weiter! Sachte. Noch etwas. Noch. Sachte. Stopp, gut so!«

Aber Pierre ist überzeugt, daß er hinten noch gut einen Meter Platz hat. Damit kann man sich ein nochmaliges Rangiermanöver sparen. Er stößt also noch weiter zurück. Gastons Stimme überschlägt sich:

»Stopp! Halt! So halt' doch, bei Gott!«

Ein scharrendes Geräusch, dann ein dumpfer Schlag. Pierre stoppt endlich und springt hinaus.

Der Poilu, der sein Bajonett eben noch in beiden Händen hielt, hat weder Bajonett noch Hände, noch Arme mehr. Nach Kräften verteidigt hat er sich immerhin, denn das Blech des Anhängers weist eine große Schramme auf. Gaston bückt sich und liest ein paar Bronzestücke auf.

»Jetzt ist er ein Krüppel geworden«, stellt Pierre fest. »Eigentlich macht sich ein Schwerkriegsversehrter hier doch gar nicht so übel, was?«

Gaston zuckt die Achseln.

»Diesmal müssen wir wirklich zur Gendarmerie. Da können wir uns nicht drum drücken. Und mit dem verreckten Kaff an der Ouche ist es für heute bestimmt aus!«

Die Formalitäten hielten sie fast zwei Stunden auf, und die Nacht war schon angebrochen, als sie die Gendarmeriestation verließen. Gaston war aufgefallen, daß Pierre – düster, entschlossen, wie besessen von unterdrücktem Zorn – die Gendarmen nicht einmal gefragt hatte, wo es nach Lusigny gehe. Wie sie dazu gekommen seien, sich mit ihrem Vierzigtonner in diesen Marktflecken zu verirren? Auf diese Frage hatten sie sich auf eine angeblich dringende Ersatzteilbeschaffung, auf eine Werkstatt, die ihnen beschrieben worden sei, auf eine ganze Kaskade von Mißverständnissen berufen.

Jetzt gab es nichts anderes mehr, als auf die Autobahn zurückzufahren. Gaston übernahm das Steuer. Pierre verschloß sich noch immer in gewitterschweres Schweigen. Sie waren etwa zwei Kilometer gefahren, als ein Geknalle den Lärm des Motors übertönte.

»Was ist das nun wieder?« fragte Gaston beunruhigt.

»Nichts«, grollte Pierre. »Das kommt nicht vom Motor.«

Sie fuhren weiter, bis ein fahles, blendendes Licht die Fahrbahn sperrte. Gaston stoppte.

»Warte«, sagte Pierre, »ich seh' nach.«

Er sprang hinaus. Es war nichts als ein Rest von bengalischem Feuer, der auf der Straße vollends ausbrannte. Pierre will schon wieder ins Fahrzeug steigen, da bricht wildes, närrisches Trompetengeschmetter los, und eine Bande Maskierter umringt ihn tanzend und fackelschwingend. Einige haben papierene Faschingswürste, die sich ausrollen und bläken, wenn man hineinpustet, andere haben Trompeten. Pierre wehrt sich, will ausbrechen aus dem burlesken Reigen. Konfetti regnen auf ihn herab, ein Hanswurst umgarnt ihn mit Papierschlangen, aus einer rosaroten Schweinsmaske fährt ihm plötzlich eine papierene Zunge ins Gesicht.

»Ach was, hört doch auf, blöde Lackel!«

Ein Kanonenschlag krepiert vor ihm am Boden. Pierre hat das rosa Schwein an den Jackenaufschlägen gepackt, er schüttelt es in rasender Wut, er schlägt ihm die Faust auf den Rüssel, daß der danach ganz zerknautscht und verbeult ist. Die anderen kommen zu Hilfe. Pierre wird ein Bein gestellt, er fällt hin. Nun stürzt Gaston mit einer Taschenlampe aus dem Fahrerhaus herzu. Er brüllt laut.

»Schluß jetzt, ihr dämliche Bande! Wir sind doch nicht zum Spaß hier! Wir kennen eure Gendarmen gut, daß ihr's wißt! Wartet, wir holen sie gleich!«

Der Tumult legt sich. Die Jungen nehmen ihre Masken ab, und die fröhlichen Gesichter sonntäglich herausgeputzter Bauernburschen werden sichtbar. An ihrem Rockaufschlag tragen sie allesamt die blau-weiß-rote Kokarde und die wehenden Bänder frischgemusterter Rekruten.

»Was soll's? Wir sind recht fürs Militär, also wollen wir auch unsern Spaß! So ist das halt!«

»Und was furzt ihr überhaupt um diese Zeit mit der Kiste da durch die Gegend? Zieht ihr um?«

Brüllend vor Lachen tippten sie sich an die Stirn.

»Ja, so ist's: Die ziehen um!«

Pierre reibt sich sein schmerzendes Kreuz. Gaston beeilt sich, ihn zum Fahrzeug zu schieben und ihn ins Fahrerhaus zu hieven, ehe die Dinge sich wieder zum Schlimmeren wenden.

Auf der Autobahn, während er am Steuer sitzt, beobachtet Gaston aus dem Augenwinkel das nun so harte Gesicht, das eigenwillige Profil seines Gefährten, wenn es von den seltenen, grellen Lichtern des übrigen Verkehrs jäh aus dem Dunkel gerissen wird.

»Weißt du, dein Lusigny«, meint er schließlich, »na ja, ich bin bald soweit, daß ich mich frage, ob's das überhaupt gibt. Oder deine Marinette, ob die dich nicht reingelegt hat.«

»Daß es Lusigny nicht gibt, ist leicht möglich«, erwiderte Pierre nach einer Weile Stillschweigen. »Aber Marinette, die hat mich nicht reingelegt, nein.«

»Aber wenn sie dich nicht reingelegt hat, dann erklär' mir doch, weshalb sie dir den Namen von 'nem Dorf gesagt hat, das es gar nicht gibt?«

Wieder eine Weile Schweigen. Und dann mußte Gaston eine Antwort hören, die ihn verblüffte:

»Vielleicht ist es so, daß es die Marinette auch nicht gibt. Und ein Mädchen, das es nicht gibt – daß das in einem Ort wohnt, den es nicht gibt –, das ist doch nichts Besonderes, oder?«

Es war heller Morgen, als das Fahrzeug tags darauf bei der Rückfahrt nach Paris in Höhe des Rastplatzes Maiglöckchengrund ankam. Am Steuer saß Pierre. Er hatte noch immer die finstere Miene vom Abend zuvor und brach sein Schweigen nur, um brummend vor sich hinzuschimpfen. Gaston, in seine Ecke gekauert, betrachtete ihn mit Sorge. Ein Touristenauto überholte sie und scherte etwas zu schnell wieder nach rechts ein. Pierre explodierte.

»Da, siehst du! Diese Touristen! Dieses Drecksvolk auf den Straßen! Und die Unfälle nachher, das sind dann immer die

Fernfahrer! Die sollen doch in den Zug steigen, wenn sie sich in den Ferien vergnügen wollen!«

Gaston blickte zur Seite. Ein Deux-Chevaux versuchte mühsam, sie ebenfalls zu überholen.

»Selbst 'ne Ente kann's nicht lassen! Obendrein mit 'ner Frau am Steuer. Wenn sie schon nicht so schnell ist wie wir, weshalb muß sie dann unbedingt an uns vorbei?«

Zur großen Überraschung Gastons nahm Pierre trotzdem das Gas weg, und der Deux-Chevaux überholte ohne weitere Schwierigkeit. Im Vorbeifahren dankte die Fahrerin mit einer leichten Handbewegung.

»Ist ja recht nett von dir«, meinte Gaston, »aber nach der gestrigen Eskapade dürfen wir keine Zeit mehr verlieren.«

Da merkte er, daß Pierre weiterhin das Gas wegnahm, den rechten Blinker betätigte und dem Randstreifen der Fahrbahn zustrebte. Als er auf der anderen Seite der Autobahn den Rastplatz Maiglöckchengrund gewahrte, verstand er plötzlich.

»Nein, laß den Scheiß! Fang' bloß nicht wieder an!«

Wortlos springt Pierre hinaus. Es wird sehr schwierig sein, über die beiden Fahrbahnen zu kommen, auf denen in beiden Richtungen starker, schneller Verkehr herrscht. Pierre kümmert das offenbar nicht. Es ist, als wäre er blind geworden.

»Pierre, du bist wohl verrückt geworden! Vorsicht, um Gottes willen!«

Mit knapper Not kommt ein Mercedes noch an Pierre vorbei; empört heult sein Signalhorn auf. Pierre rennt weiter, erreicht den Mittelstreifen mit seinen Leitplanken, überspringt sie und hastet auf die Gegenfahrbahn aus Richtung Paris. Ein Fernlaster streift ihn und zwingt ihn, stehenzubleiben. In verzweifeltem Sprung stürzt er vorwärts, um noch vor einem Citroën DS vorbeizukommen. Ein Stoß wirbelt ihn herum, ein weiterer Stoß wirft ihn zu Boden, doch bevor er die Erde berührt, schleudert ihn ein schrecklicher Aufprall hoch in die Luft. »Es war, als spielten die Autos mit ihm Fangball«, schildert Gaston es später. Reifen quietschen, Hupen gellen. Ein Stau entsteht. Gaston ist als erster bei Pierre. Mit drei hilfsbereiten Autofahrern trägt er ihn zum Fahrzeug zurück. Pierres blutüberströmter Kopf schlackert leblos hin und her. Gaston hält ihn mit beiden Händen fest. Mit todtrauriger Zärtlichkeit blickt er ihm in die Augen. Und da bewegen sich Pierres Lippen. Er stammelt, möchte etwas sagen. Dann, langsam, fügt es sich zu Worten.

»Die Autobahn«, murmelt er. »Die Autobahn ... Siehst du, Gaston, wenn man halt der Autobahn gehört ... darf man nicht von ihr runter wollen.«

Später macht sich der Sattelzug, Gaston am Steuer, wieder auf den Weg. Vor ihm her fährt ein Krankenwagen mit Blaulicht. Der ordnet sich schon bald nach rechts ein und strebt der Ausfahrt Beaune zu. Der Sattelzug überholt ihn und braust in Richtung Paris weiter. In verlangsamtem Tempo fährt der Krankenwagen die Ausfahrt hinauf, an einem Wegweiser vorbei, dessen Aufschrift Pierre in seiner Bewußtlosigkeit nicht lesen kann: *Lusigny-sur-Ouche 0,5 km.*

# Der Fetischist

Spiel für einen Sprecher
in einem Akt

*(Er erscheint im Saal, am Ende des Hauptganges, und geht zur Bühne. Er wirft ängstliche Blicke hinter sich, dann lächelt er beruhigt dem Publikum zu:)*
Alles geht glatt. Die trauen mir. Die sitzen jetzt in der ... *(Name einer Kneipe in der Nähe des Theaters)* Kneipe drüben und heben einen. Sie haben mich eine Stunde allein gelassen. Das hab' ich benützt, um Einkäufe zu machen. *(Schaut um sich).* Hmm, sind die Leute hier elegant! Schöne Kleider! Das mag ich gern. Es beruhigt mich. Es ist so fein, so nett, so schön weich.
*(Er schwingt sich auf die Bühne, hängt seinen Hut an einen Kleiderhaken.)*
Und zudem sind Kleider auch gesund! Wer sich wohlfühlt, ist gut gekleidet. Beim Arzt heißt es gleich: »Ziehen Sie sich mal aus!« Tja – und schon ist man nicht mehr derselbe. Man ist beinah schon sterbenskrank. Der Arzt, der fiese Kerl, der bleibt natürlich angezogen. Geradezu »über«angezogen in seinem bis ans Kinn zugeknöpften weißen Kittel. Und der Patient steht da, einfach lächerlich mit seinen baumelnden Hosenträgern, mit seinen wedelnden Hemdzipfeln, und die Hose wie eine Ziehharmonika unten auf den Schuhen. »Schön, Sie können sich wieder anziehen!« Na ja, dann ist es noch mal gutgegangen. Aber es kommt vor, daß man sich nicht wieder anziehen darf. Gar nie! Die psychiatrische Klinik, die ist voller Männer und Frauen, die haben sich nie wieder anziehen dürfen. Sie laufen im Drillich, im Schlafrock, in der Unterjacke, im Nachthemd herum. Aber das sind gar keine richtigen Kleider. Die liegen nicht an der Haut an. Ein richtiges Kleidungsstück, das sitzt, das ist was Festes, das ist ein Panzer. Meine Kumpels aus der Anstalt, bei denen braucht man nur zu husten, und flutsch! runter sind die Kleider, wenn man das Kleider nennen kann – nichts mehr da – die Kranken splitternackt – zum Arzt, zum Duschen, ins Bett, zum Elektroschock. Ach, überhaupt der Elektroschock! Bei uns in der Anstalt ist einer, der hat ein künstliches Gebiß. Das muß er vor einem Elektroschock jedes-

mal rausnehmen. Als hätten sie Angst, er beißt! Sollen ihm doch gleich einen Maulkorb verpassen!

*(Er schaut, die Hand über den Augen, prüfend ins Publikum, zu einer jungen Frau hin.)*

Das kann doch nicht wahr sein! Bist du's denn wirklich, Antoinette, mein Schatz? Man ist ja ganz blind von all den Lichtern!

*(Er geht in den Saal hinunter, bleibt vor einer Zuschauerin stehen, betrachtet sie lange.)*

Ach nein, natürlich nicht. Wär' auch zu phantastisch gewesen.

*(Er geht wieder auf die Bühne.)*

Zwanzig Jahre sind das jetzt, stellen Sie sich das vor! Ich hab' halt Geduld. Ich warte die ganze Zeit auf sie. Niemand außer ihr kann mich aus meinem Loch herausholen. Jedesmal wenn ich Ausgang habe, ist mir, als ging' ich auf die Suche nach ihr. Wie sie mich das letzte Mal besucht hat . . . *(Langes Schweigen)* Am Tag vorher ließ der Anstaltsdirektor mich kommen. Ich hab' mich gefragt, was will er wohl von mir. Er sagt zu mir: »Martin, wir kennen uns doch schon sehr lange, und über eines, nicht wahr, sind wir uns doch einig: Ihnen geht es gut.« Ich: »Ja, gewiß, ich fühle mich wohl, vielleicht ein Anflug von Schnupfen . . .« – »Nein, ich meine geistig, da sind Sie doch nicht krank?« – »Ich? Geistig krank? Ich bitte Sie! Na, Herr Doktor, das müssen doch wirklich Sie mir sagen!« – »Nein, nein, ich meine, wir verstehen uns doch, Sie sind labil, ein rechtes Nervenbündel, und zudem haben Sie einen etwas sonderbaren Geschmack, das schon, aber Sie sind doch nicht das, was man landläufig einen Verrückten nennt.«

Nicht übel! Ich habe wahrhaftig geglaubt, jetzt werd' ich entlassen! Ich hab' auf einmal sogar ein bißchen Angst davor bekommen. Denn, natürlich, man ist das Leben in freier Wildbahn nicht mehr gewöhnt, man kann sich nicht mehr recht vorstellen, man wäre draußen und für alles selbst verantwortlich und so! Aber der Direktor, der hat mich gleich beruhigt, er hat mir sogar eine Riesenfreude gemacht, und ich hab' mich so maßlos gefreut, daß ich beinahe geheult hätte. Nein, ich hab' wirklich geheult. Er hat zu mir gesagt: »Ich muß das mit Ihnen besprechen, weil Sie morgen Besuch bekommen, von Frau Martin, das heißt, von Ihrer Frau.« Da hab' ich keine Angst mehr gehabt. Ich hab' mir gesagt: Sie kommt und holt mich ab.

Ich werde entlassen, aber sie kümmert sich dann um mich, sie behütet mich. Da sagte der Direktor: »Sie kommt mit ihrem Rechtsanwalt.« Nun wurde ich natürlich stutzig. Ein Rechtsanwalt, wozu denn? Der Direktor sprach weiter: »Sie sind also geistig gesund. Ihre Unterschrift ist gültig. Es geht um folgendes: Ihre frühere Frau, ich meine, Ihre Frau, möchte wieder heiraten. Dazu muß sie sich natürlich erst scheiden lassen. Wenn Sie krank wären, ich meine geistig krank, verrückt eben, dann ginge das nicht. Das Gesetz läßt das nicht zu. Ist einer der Ehegatten geisteskrank, kann der andere die Scheidung nicht beantragen. Aber Sie, Martin, sind ja nicht verrückt, da sind wir uns doch wohl einig?« – Nicht verrückt, damit ich Antoinette verlieren kann. Verrückt genug, daß ich eingesperrt bleibe. Ich saß zwischen sämtlichen Stühlen! Anderntags hab' ich mich geweigert, ins Büro des Direktors zu kommen. Ich habe erklärt, ich würde mit geschlossenen Augen alles unterschreiben, was man von mir wolle, und wäre es mein Todesurteil. Aber sehen wollte ich niemanden. Schließlich habe ich im Gemeinschaftsraum dann doch mit dem Anwalt gesprochen. Ich habe unterschrieben, nichts wie unterschrieben – alles, was er in seiner Mappe mitgebracht hatte. Es war aus. Keine Antoinette mehr. Die neue Antoinette, die, die ich nicht kannte, die von mir nie mehr etwas wissen wollte, die war verschwunden, ja, die war fort für immer. Die andere, die alte, die Antoinette aus frohen Tagen, die lebt noch, da drin *(schlägt sich auf die linke Brustseite).*
Antoinette ... Wie ich sie kennengelernt hab', war sie sechzehn. Ich war neunzehn. Unsere Eltern waren Nachbarn. Wir sahen uns fast täglich. Aber ich war schüchtern, ich hatte Angst vor ihr. Schließlich hab' ich sie dann doch angesprochen. Eines Sonntagmorgens kam ich aus dem Haus, da hab' ich sie auf dem Bürgersteig gesehen. Sie war ganz in Weiß. Vermutlich ging sie zur Messe. Sie ließ einen Handschuh fallen. Ich bin losgestürzt und hab' ihn aufgehoben. Es war ein Handschuh aus sehr feinem, durchbrochenem Batist, genau gesagt aus Linon. Einen Augenblick hab' ich gezögert, ein bißchen aus Schüchternheit, aber ein bißchen auch, weil mich die Versuchung überkam, ihn als Souvenir zu behalten, diesen Handschuh, diese kleine Hand aus Stoff, die ich in meiner Hand zerdrücken, in meiner Tasche vergraben konnte. Antoinettes Hand ...
Schließlich bin ich ihr nachgerannt und hab' ihr den Hand-

schuh zurückgegeben. Jetzt war's soweit, wir kannten uns! Es wär' doch zu dumm gewesen, diese Gelegenheit zu verpassen! Wenn ich bloß da schon gewußt hätte ... Eigentlich hätte ich es ja damals schon merken müssen! Später gab es dann noch mal einen solchen Fall, und auch da hab' ich nichts gemerkt, und dennoch ...

Ich habe meinen Militärdienst abgemacht. Bei den Berittenen Jägern. Ich hatte eine Stute, die ich sehr gerne mochte. Sie hieß Aja. Wenn ich sie morgens sattelte, hatte ich das Gefühl, ich zöge ihr Kleider an, sie wäre, ja, sie wär' eine Frau, und ich zöge sie an mit Zaumzeug, Sattel, Gurt und allem! Eines Tages ritten wir aus zu einer Übung. Feldmarschmäßig: Helm, Karabiner, Säbel, den Mantel gerollt vorn am Sattel, Kochgeschirr, Feldflasche, der ganze Kram. Es war furchtbar heiß. Auf einmal – wen sehe ich da an einer Straßenbiegung? Antoinette! In einem Schimmer Sonnenschein, kreideweiß und einsam wie ein Gespenst. Später hat sie mir erzählt, sie hatte Angst gehabt, als junges Mädchen so verlassen vor einem ganzen Regiment von Männern, die hoch zu Roß daherkamen und die sicher bei ihrem Anblick feixen, lachen und Witze reißen würden. Aber sie wollte tapfer sein. Sie hat sich zusammengenommen, hat weggeschaut und ist weitergegangen. Und dann, patsch! kam die Tücke des Schicksals. Der Reiterzug ist gerade auf ihrer Höhe, da hört sie, wie in ihren Kleidern was reißt. Es wird ihr sonderbar weit um die Gürtellinie, und gleich darauf fällt etwas Leichtes auf die Füße. Sie hat ihren Schlüpfer verloren! Sie steht da wie gelähmt, um sie dreht sich alles, sie sagt sich immer wieder, ich werde ohnmächtig, ich werd' ohnmächtig, gleich fall' ich um, und mein Rock rutscht hoch, und um mich stehen die Soldaten – entsetzlich! entsetzlich! Da merkt sie, daß bei den Reitern ein Tumult entstanden ist. Einer der Männer ist nach vorn überm Hals seines Tieres zusammengesunken und vom Pferd gerutscht. Die anderen Pferde stutzen und springen zur Seite, um nicht auf ihn zu treten. Der Mann war ich! Ich ganz allein hatte gesehen, wie Antoinettes Höschen auf ihren Schuhen landete, und da blieb mir die Luft weg, es traf mich wie ein Hieb, und dann bin ich aus den Latschen gekippt. Es war fast wie damals mit dem Handschuh, aber hundertmal tausendmal stärker! Antoinette nutzt die Verwirrung, zieht ihren Schlüpfer vollends aus und stopft ihn in die Handtasche. Sie will sich gerade unbemerkt aus dem Staub machen, da erkennt sie mich. Auf dem Pflaster, da liegt kein anderer als ihr junger Nachbar! Einige Soldaten waren abgestiegen, sie hatten mir einen Mantel unter den Nacken geschoben und wollten mir aus einer Feldflasche zu trinken geben; es lief mir alles am Kinn herunter. Da hatte Antoinette Mitleid mit mir. Anstatt sich davonzumachen, kam sie zu mir her, kniete sich neben mich und wischte mich mit ihrem Taschentuch ab ... das heißt mit dem, was sie für ihr Taschentuch hielt! Denn als sie mich ins Krankenhaus gebracht hatten, was find' ich da um meinen Hals? Das Höschen! Ganz mit Schnaps getränkt! Und ich war betrunken, ja, aber nicht vom Fuseldunst! Es wurde mein Fetisch, dieses Höschen! Drei Wochen später war schon Krieg. Anfangs noch scheinbar harmlos, später nicht mehr so zum Lachen – schon gar nicht für Kavalleristen. Ein Anachronismus, die Kavallerie, angesichts der deutschen Panzerdivisionen! Viel Glanz und Gloria, das schon, aber sonst ... Eines Tages halten wir auf einem Hügel. Und was sehen wir im Tal drunten? Eine Kolonne feindlicher Panzer! Der Hauptmann fackelt nicht lange. Zieht blank! Hoch den Degen! Ran an den Feind! Es lebe die erste Schwadron!

Wir gingen ran. Die Boches haben uns mit MG-Feuer begrüßt. Aja bekam eine Kugel mitten in die Brust. Ich bin im grünen Klee gelandet. Wie gerädert, aber unverletzt. Die anderen hat es alle erwischt. Bloß ich war gesund und munter. Weshalb? Weil ich ihn um den Hals hatte, meinen kleinen Fetisch. Er hat mich auch begleitet, wie ich mit Tausenden in ein Gefangenenlager nach Schlesien kam. Sagen muß ich noch, daß wir beide, Antoinette und ich, dann sozusagen durch unsere Eltern, die Nachbarn waren, wieder zusammengekommen sind. Antoinette wurde meine Kriegspatin. Sie schickte mir Briefe, Schokolade, Süßigkeiten, Eingemachtes und auch Unterwäsche. Allerdings war es Unterwäsche für mich, Männerwäsche. Nie hab' ich mich getraut, ihr zu schreiben, mit was für Unterwäsche sie mir wirklich Freude gemacht hätte.

Männerwäsche ... das war etwas vom Schlimmsten im Lager, all diese Männer mit ihrem zerlumpten Zeug, an dem sie die ganze Zeit schlecht und recht herumflickten. Die Uniform, ja, das ist schon was! Ein Offizier, ein Unteroffizier, ein Muschkote – pudelnackt unter der Dusche sind's halt drei Männer, nicht mehr und nicht weniger, und sind gut getrimmt oder Jammergestalten, je nachdem. Das geht sogar soweit: Die

Deutschen und wir, Sieger und Gefangene – ohne Uniform waren alle gleich. Kleider machen Leute, jawohl! Aber nicht bloß das: Kleider machen einen zum Menschen! Ein nackter Mensch ist eine Larve, ohne Würde, ohne Aufgabe, er hat keinen Platz in der Gesellschaft. Ich hab' vor der Nacktheit immer einen Horror gehabt. Nackt sein ist schlimmer als unanständig, es ist bestialisch. Die Seele des Menschen ist die Kleidung. Und mehr noch als die Kleidung sein Schuhwerk.

Die Schuhe ... Ich hab' in Gefangenschaft über Schuhe viel gelernt. In den Baracken nahm man uns jeden Abend die Schuhe weg. Um einer Flucht vorzubeugen. Ohne Schuhe waren wir Untermenschen. Putzlumpen von Menschen, der reinste Müll. Vor allem im Schuhwerk unterschieden sich auch die Sieger von uns. Die Stiefel ... Ja, die Stiefel, das war überhaupt das Deutschland von damals, das Nazi-Deutschland. Wissen Sie, gleich nach dem Krieg hat man doch einen Haufen SS-Menschenschinder erschossen. Eine maßlose, plumpe Methode. Man brauchte doch bloß ihre Stiefel zu beschlagnahmen. Allerdings für immer! Ohne Stiefel keine Menschenschinder mehr! Nehmen Sie einem Nazi-Schergen, dem übelsten Sadisten, seine Stiefel weg, und geben Sie ihm dafür Pantoffeln, Galoschen aus Filz mit Schnallen: Sie machen ein Lamm aus ihm. Er ist wie ein Tiger, dem man Zähne und Krallen gezogen hat: Mit den Pranken kann er nur noch streicheln, mit der Schnauze nur noch Bussi geben. Das gilt auch nicht nur für die SS und ihre Stiefel. Jeder Mensch ist, was in seinen Schuhen steckt. Nehmen wir doch zum Beispiel die Schmuggler. Man sagt manchmal, die Basken, die haben das Schmuggeln im Blut. Ich sage, die Basken, die haben das Schmuggeln nicht im Blut, sondern in den Schuhen, in ihren Espadrillas. Nehmen Sie einem Basken seine Espadrillas und lassen Sie ihn dicke, genagelte Berglatschen anziehen – und aus ist's mit dem Schmuggeln.

Aber die Gefangenschaft war schon hart, denn es fehlten die Frauen. Sicher, es gab manchmal Möglichkeiten, wenn man draußen bei den Leuten arbeitete. Die Kameraden nutzten das auch aus. Ich nie. Denn die Frauen, die sind für mich nicht ... wie soll ich sagen ... die sind für mich nicht zum Anfassen an Ort und Stelle da, sondern viel eher zum Mitnehmen, verstehen Sie, was ich meine? Die Frau ist das, was sie um sich verbreitet, ist Atmosphäre. Deshalb war das Lager so scheußlich:

Da gab's nichts als Mann und noch einmal Mann. Erst später habe ich begriffen, daß auch der Mann zu etwas gut sein kann, daß der auch seinen Sinn hat. Aber in der Gefangenschaft, da war ich noch nicht so weit. Männer – ich sah wirklich nicht, weshalb es das gab. Und so war ich, als es um einen Fluchtplan ging, gleich als einer der ersten dabei.

Einmal im Monat fuhr ein Lastwagen von Baracke zu Baracke, holte die schmutzige Wäsche ab und brachte sie in eine Wäscherei, fünf Kilometer entfernt, zum Waschen. Auf diesem Lastwagen, dachten wir, konnten sich zwei Mann verstecken und so aus dem Lager entkommen. Nach drei Kilometern fuhr der Lastwagen auf einer einsamen Straße durch einen ziemlich dichten Wald. Dort mußte man abspringen. Alles weitere war dann nur noch eine Sache des Marschwegs, des Proviants und des Glücks. Durch das Los wurde ich mit einem Kameraden für den ersten Versuch bestimmt. Als der Lastwagen die Wäsche aus unserer Baracke auflud, versteckten wir uns hinten auf der Pritsche. Unbehelligt verließen wir das Lager. Alles lief reibungslos. Nach fünf Minuten kamen wir in den Wald. Mein Kamerad sprang ab, ging unter den nächsten Bäumen in Deckung und wartete auf mich. Aber ich sprang nicht. Ich war ohnmächtig geworden. Ich hatte den faden Gestank dieser Schmutzwäsche nicht vertragen. Es war Männerschmutz, Mannsgestank. Und – das war vielleicht das Ärgste – der Geruch war kalt. Es ist wie bei einer Pfeife: Eine warme Pfeife, mag sie noch so alt und zerraucht sein, läßt sich in puncto Geruch ertragen. Eine kalte Pfeife ist eine tote Pfeife, sie stinkt. Wie der Körper die Kleider braucht, die ihn warmhalten, so brauchen die Kleider den Körper, der sie warmhält. Kleider, die zu lange vom Körper fort sind, sterben schließlich. Auf dem Lastwagen lag ein Haufen von toten Kleidern, von Kleiderkadavern.

Das hab' ich nicht verkraften können. Vor Freude war ich ohnmächtig geworden, als damals Antoinettes Höschen auf das Pflaster fiel. Auf dem Lastwagen mit der schmutzigen Gefangenenwäsche bin ich vor Abscheu und Ekel ohnmächtig geworden. Wie sie in der Wäscherei den Wagen abgeladen haben, ist mit den Wäscheballen auch mein halbtoter Korpus herausgekullert. Ich hab' noch Glück gehabt, daß ich nicht in einem Dampfkessel geendet habe. Sie haben gleich Alarm geschlagen. Meinen Kameraden haben sie wieder gefaßt. Der Trick mit dem

Lastwagen und der schmutzigen Wäsche ist futsch gewesen. Durch meine Schuld. Die anderen haben mir das übelgenommen. Ich hab' mich geschämt. Aber eigentlich war es nicht meine Schuld. Es ist meine Natur. Nichts ist meine Schuld. Es ist der Zug meines Schicksals. Ich, wie ich hier stehe, ich habe nämlich ein Schicksal, jawohl, und es ist schrecklich, wenn man ein Schicksal hat. Man meint, man ist wie die anderen. Und sieht auch nicht nach was Besonderem aus. Aber im Grunde ist man nicht frei. Man folgt bloß seinem Schicksal. Und mein Schicksal das ist . . . das ist . . . *(mit kaum hörbarer Stimme)* der Firlefanz, der schicke Firlefanz . . .

Der Beweis? Antoinette erwartete mich am Bahnhof in Alençon, als ich Anno 45 aus der Gefangenschaft heimkam. Sie war da, meine kleine Kriegspatin, mitsamt ihren und meinen Eltern. Das erste, was ich gesehen habe, war ihr Kleid. Ich sehe es immer noch vor mir, ein weißes Organdykleid und darüber ein Schürzchen mit lauter Blümchen und Vögelchen, die ineinander verschlungen waren. Um die Schultern trug sie einen großen Schal aus schwarzer Wolle, wie aus Spitzen so fein. Es hat mir leidgetan, daß sie keinen Hut trug. In meinem Gefangenendasein hatte ich immer von Frauen geträumt, die Hüte trugen, ein bißchen verrückte Hüte aus Filz, aus Stroh, mit Federn, mit Blumen und Bändern, vor allem aber, ach ja! vor allem mit Schleierchen. Nichts sieht sich so verwirrend schön an wie das Gesicht einer Frau durch den leichten, zitternden Schatten eines Schleierchens! Aber damit war es vorbei. Die Hüte und mit den Hüten auch die Schleierchen sind dem Krieg zum Opfer gefallen. Heute gehen die Frauen, wie man so schön sagt, barhäuptig, das heißt mit nacktem Kopf und nacktem Gesicht. Nacktsein ist was Tristes! Aber mein Schicksal war sie, diese Antoinette, auch ohne Hut und Schleier. Drei Monate später hab' ich sie geheiratet.

Manchmal sage ich mir: Das hättest du nicht tun dürfen. Ein Mann mit einem Schicksal, der heiratet nicht, der bleibt Junggeselle, lebt ganz für sich oder wenn es sein muß als Pfarrer, ja als Pfarrer mit einer alten Hausmagd ganz allein in einem Pfarrhaus. Übrigens, eines muß ich schon sagen: in puncto schicker Firlefanz, da kommen die Herren Pfaffen schon auf ihre Kosten. Sie lassen sich nichts entgehen, die geistlichen Herren. Eines Tages – bald nach meiner Entlassung aus der Gefangenschaft – bin ich an einem Geschäft an der Place

St. Sulpice vorbeigekommen. Das hieß *Der elegante Geistliche*. Da gibt es Sachen wie Soutanen aus Nylon, weiße, granatrote, purpurne, violette Seidenstrümpfe ... Und Chorhemden aus Spitzen und goldbestickte Meßgewänder und Kardinalsmäntel in Malvenrosa, Rot oder Schwarz. Ganz toll! Ich konnte nicht umhin, in den Laden hineinzugehen und diese ganzen übernatürlichen Garderoben mit den Händen anzufassen. Aber im Grunde waren sie mir zuwider. Denn letzten Endes war das alles doch Männerwäsche. Schöne Wäsche, fürstliche, bischöfliche, erzbischöfliche Wäsche, o ja! Kein Vergleich mit den zerlumpten Klamotten von uns Gefangenen, eigentlich genau das Gegenteil. Und trotzdem eben Männerwäsche, die nach Vater, nach Körperhaar, nach Bart roch. Denn wie gesagt, die Gebrauchsanweisung für Männer, die bekam ich erst später geliefert. Jedenfalls *Der elegante Geistliche* hatte mir so gut wie gar nichts zu bieten. Der Priesterberuf war eine Sackgasse. Darum ins Eheglück! Mit Antoinette ...

Die Hochzeitsnacht. Einfach schockierend. Denn mit Frauen, damit hatte ich nie näher Bekanntschaft gemacht. Vor dem Krieg war ich noch zu jung und zu schüchtern. Und die Frauen, die in der Gefangenschaft mitunter zu sehen ... und zu haben waren ... Meine Kumpels, ja, die nutzten das aus, wenn wir auf Außenkommando waren. Männer waren damals landauf, landab ziemlich rar in Deutschland. Es gab schon Möglichkeiten. Nur für mich nie. Mir waren sie zu mies angezogen, diese Möglichkeiten. Hätten Sie sehen sollen, die Schlampen! Ich bin halt so: Eine Frau, die schlecht angezogen ist, die ist mir zuwider. Und dann die pommerischen Bauernweiber, was die als Dessous sehen ließen, wenn sie beim Kartoffelausbuddeln ihre Hintern in die Höhe streckten!

Wir zwei haben also geheiratet, Antoinette und ich. Am selben Tag gingen wir mit dem Auto meines Schwiegervaters auf Hochzeitsreise. Nach dem Süden. Ich am Steuer. Sobald wir für den Tag vom Fahren genug hatten, wollten wir unterwegs übernachten. So landeten wir in der Auvergne droben, in Besse-en-Chandesse. Im Hotel Universum. Ärmlich, aber sauber, so ländlich-sittlich. Ein großes, sehr hohes Zimmer mit einem riesigen Kupferbett. Schon bei der geringsten Berührung gab das Bett ein Gebimmel von sich wie eine Troika mit ihrem Schellengeläut. Eine Ecke des Zimmers war durch einen Vorhang abgetrennt, dahinter waren ein Waschtisch und ein

Bidet aus Blech. Für eine Hochzeitsnacht hätte sich was Besseres träumen lassen. Aber eigentlich hatten wir ja ungefähr so was gesucht oder nicht? Wir haben uns also unter lautem Gebimmel auf die Troika gesetzt. Wir haben gelacht, dann haben wir einander angeschaut. Da hat Antoinette zu mir gesagt: »Geh noch ein bißchen, ich bin gleich soweit ...«

Ich bin hinuntergegangen. Ich habe mir eine Zigarette angezündet und bin planlos in dem Städtchen herumgelaufen. Mir war nicht ganz wohl in meiner Haut. Ich spürte, gleich geschieht etwas, etwas Schwerwiegendes. Bisher hatte ich noch eine Gnadenfrist. Das war nun vorbei, ich stand am Fuß der Mauer, oder besser am Fuß des Bettes, es gab kein Zurück mehr. Vor allem trieb mich die Frage um, was wohl in Antoinettes Köpfchen vorging. Antoinette war doch ein braves, frommes, wohlerzogenes, bescheidenes Mädchen. Oh, bei ihr, da konnte man ganz beruhigt sein, bei ihr gab es kein vorlautes Wort, keine unziemliche Geste, keinen zu kecken Blick. Bloß, na, jetzt war sie eben verheiratet. Und ich war ihr Mann. Und darum sagte sie sich wohl jetzt: Schluß mit dem Prüdetun, jetzt kommt die andere Seite, jetzt hab' ich einen Mann ...

Als ich nach schüchternem Anklopfen ins Zimmer trat, lag Antoinette ausgestreckt auf der Troika. Splitternackt! Lächelnd, immerhin leicht errötend, schaute sie mich an. Aber ich erkannte sie gar nicht wieder. Ja, das Gesicht war da, auch das Lächeln, das ich so gern hatte, aber dieser große, weiße Leib, der lag da vor mir ... wie ... wie ... wie ein Stück Fleisch im Schlachthaus. Und da hab' ich mich geschämt, für sie, für mich, für uns beide. Ich bin rot geworden, über und über rot, weiß Gott! Und sie lächelte immer noch und streckte mir die Arme entgegen! Ich habe dann weggeschaut in meinem Unglück, und so habe ich den Stuhl gesehen ... Ja, den Stuhl – wie war ich erleichtert! – Was für 'nen Stuhl denn? werden Sie fragen. Na ja, den Stuhl, auf dem ihre Kleider lagen. Für mich wie ein Flecken fester Boden mitten in einem Sumpf. Da bin ich zu dem Stuhl hingegangen, mit langsamem, festem, mechanischem Schritt, dem Schritt eines Roboters, einem Schritt, der weiß wohin, einem Schritt ohne Zögern. Ich bin vor dem Stuhl stehengeblieben, hab' mich hingekniet und habe mein Gesicht in den Kleiderhaufen gewühlt. Ein Haufen, warm und weich, der gut roch, wie im Sommer das Heu in der Sonne. So bin ich lange knien geblieben, das Gesicht in die Kleider vergraben. Antoinette hat sich bestimmt gefragt, ob ich bete oder eingeschlafen bin. Schließlich hab' ich die Kleider zusammengerafft, hab' sie mir vors Gesicht gepreßt, um nichts sehen zu müssen, und bin aufgestanden. Ich bin auf das Bett zugegangen, und die Kleider, die hab' ich über Antoinette geschmissen. Und hab' gesagt: »Zieh dich an!« Dann bin ich wie ein Irrer hinausgerannt.

Ich hatte Fieber. Ich war ganz durcheinander. Mindestens dreimal muß ich im Laufschritt um das Städtchen gerannt sein. Schließlich bin ich in einer Kneipe gestrandet. Und ich, der doch nie trinkt, ich hab' gesoffen. Einen derben Roten. Ein Glas ums andere. Antoinette hat mich dann aufgegabelt. Ich war blau. Anscheinend habe ich nur noch in mein Glas gestiert und gesagt: »Ist mein Glas voll, seh' ich Wein. Ist mein Glas leer, wein' ich sehr.« Und mein Zustand war wirklich zum Weinen! Aber vielleicht ist das halt so, wenn man Hochzeit macht? Antoinette hat einen Geldschein auf den Tisch gelegt und mich mitgenommen, mitgeschleppt, abgeschleppt. Bis zum Hotel Universum, bis in unser Zimmer, in unsere Hochzeitskemenate. Dort hat sie mich geküßt. Da habe ich sie auf die Troika geschubst, und unter Glöckchengebimmel ist sie meine Frau geworden. Jetzt aber angezogen, völlig angezogen.

Dann ... Na ja, wir haben uns aneinander gewöhnen müssen. Anfangs ging das natürlich oft nur tastend und zögernd. Wir haben einander erst entdecken müssen. Sie hat erst lernen müssen, woran sie mit ihrem Mann ist. Oh, und ich mußte auch einiges lernen. Denn im Grunde wußte ich auch selber nicht, was ich eigentlich hatte. Scham war es jedenfalls nicht. Das sicher nicht. Es geht viel weiter als Scham. Eigentlich ist es ganz einfach. Für mich ist ein Körper ohne Kleider ... ein Baum ohne Blätter, ohne Blüten, ohne Früchte. Ein Baum im Winter! Nichts als Holz! Jetzt fragen Sie natürlich: und Kleider ohne Körper? Oh, das ist was ganz anderes! Kleider, wenn sie neu sind, wie etwa in einem Schaufenster, in einem Geschäft, die leben noch nicht. Aber sind voller Verheißungen! Und, fragen Sie, wenn Sie nun zu wählen hätten zwischen einem Körper ohne Kleider und Kleidern ohne Körper, was wär' Ihnen lieber? Hm – eigentlich zögere ich nur anstandshalber, damit's nicht aussieht, als wär' ich so stur. Aber wenn ich ehrlich bin: Da gibt es für mich kein Schwanken! Für mich ist der Körper nur ... eine Kleiderpuppe, ein Garderobenständer, sonst nichts! Hoch lebe der süße Firlefanz!

Und Antoinette? werden Sie fragen. Ach, sie war keineswegs unglücklich, meine Frau! Es kann recht vorteilhaft sein, einen Mann zu haben wie mich. Antoinette war die schickste Frau von Alençon. Es war eine Art Pakt zwischen uns, ein Geschäft auf Gegenseitigkeit, ein komisches Geschäft allerdings. Abgemacht war vor allem, daß sie sich vor mir nie nackt zeigt. Gar nie! Nacktsein war recht für die Körperpflege. Nicht für mich. Ging mich nichts an. Intimsphäre. Frauengeheimnis. Schamhaft zu verbergen. Für sich zu behalten. Aber nett, wie Antoinette zu mir war, suchte sie immer fröhliche Dessous aus, Wäsche zum Lachen, wissen Sie. Nur war Antoinette eben leider bei den Nonnen erzogen worden. Ihre Frivolitäten blieben darum ein bißchen sehr im Rahmen. Und obendrein wohnten wir in Alençon. Alençon ist eine reizende Stadt, man macht dort sogar schöne Spitzen, aber für kesse Sachen zum Anziehen ist Alençon doch wohl nicht das Richtige!

Eines Tages zog ich ein kleines Päckchen aus der Tasche. Eine Überraschung für Antoinette. Sie machte es auf: ein Büstenhalter. Aus schwarzem Satin. Leider hatte ich ihn aus der Erinnerung heraus zu groß gekauft. Die Phantasie verschönt eben alles. Antoinettes Titten schaukelten darin wie bengalische Finken in ihrem Käfig. Wir haben ihn umtauschen müssen. Eine Lehre habe ich freilich daraus gezogen. Ich habe mir Antoinettes sämtliche Maße notiert, ihre Kleider-, Schuh- und Hutgrößen, den Umfang von diesem und jenem. Zuerst hab' ich es aufgeschrieben, und dann hab' ich es auswendig gelernt. Ich könnte Ihnen heute noch, zwanzig Jahre später, alles herunterbeten. Eine Frau, die numeriert, gemessen, erfaßt, einsortiert war – das war Antoinette ... Und alle zwei Monate wurde nachgemessen. Denn die Frauen, die ändern sich natürlich. So konnte nichts mehr schiefgehen. Und das war auch nötig, denn ich kam selten mit leeren Händen heim. Es hörte gar nicht mehr auf und wurde immer schicker, immer ausgefallener, immer weniger züchtig ... Es war eine richtige Leidenschaft geworden. Ich machte Spritztouren nach Paris, die reinsten Sexpartys, ganz allein mit dem, was mir vorschwebte, aber ich kannte auch alle Geschäfte für Damenwäsche in der Umgegend, in Mortagne, in Mamers, in L'Aigle, in Chartres, in Dreux, sogar in Le Mans! Denn, wissen Sie, Kleider in der Schublade, im Schaufenster, am Kleiderbügel, das sind Dinge, die bestimmt sind zu leben und die danach rufen zu leben.

Kleine Seelen, die einen Leib wollen, um wirkliches Dasein zu haben. Wenn ich durch die Geschäfte gehe, hab' ich das Gefühl: Diese Seelen rufen nach mir, sie schreien: Ich will leben, ich auch, ich auch, nimm mich mit! Da sehe ich sie zärtlich an, ich streichle sie liebevoll, und das verwirrt mich. Erst recht hat es mich verwirrt, als ich mir alle auf Antoinettes Körper vorstellen konnte, warm und lebendig von Antoinettes Körper, und ich war glücklich, nichts als glücklich ... Ich suchte die niedlichsten, rührendsten, aufregendsten Stücke aus und lief nach Hause, um sie Antoinette zu Füßen zu legen, damit ihr Körper ihnen Leben schenkte. Es war wunderbar, diese duftigen, leichten Dinge zu sehen, wie sie zuerst noch dürr und platt waren und sich dann entfalteten wie Blumen, sich rundeten wie Früchte ...

Natürlich brachte das Probleme mit sich. Auf dem Finanzsektor, wenn ich so sagen darf. Ich war damals Bankangestellter: dritter Kassierer bei der B. M. V. D. I. Ich war nicht glücklich in meinem Beruf, weil ich keine Beziehung sah zwischen meinem kleinen vergitterten Schalter und dem, was mich auf der Welt einzig und allein interessierte. Es gingen zwar täglich Riesensummen durch meine Hände. Aber einen einzigen Pfifferling davon in die eigene Tasche zu stecken war von vornherein unmöglich. Bankkassierer sind alle von peinlicher Gewissenhaftigkeit. Kein Wunder, es bleibt ihnen gar nichts anderes übrig. Das ist einer der wenigen Berufe, in denen Stehlen völlig ausscheidet. Es ist unmöglich. Zu genau ist alles gezählt, geprüft, kontrolliert. Man braucht also kein Tugendbold zu sein. Hier wird der größte Gauner korrekt. Er kann gar nicht umhin. Und bei mir kommt noch etwas anderes hinzu: Geldscheine sagen mir nichts. Sie haben mich immer kalt gelassen. Man brachte sie mir bündelweise, versiegelt. Man reißt den plombierten Streifen auf, dann hat man die Scheine einzeln. Steif, glatt, glänzend, glasiert. Schwerlich was für mich. Keine menschliche Wärme! Ohne menschliche Wärme geht bei mir nichts. Trotzdem habe ich die Sache anders gesehen, seit ich zum erstenmal eine Verbrennung durchgeführt hatte. Eine Verbrennung alter Geldscheine. Normalerweise machte das der Hauptbuchhalter. Im Beisein eines Urkundenbeamten. Der Hauptbuchhalter war im Urlaub. Der zweite Kassierer hätte statt seiner das Geld verbrennen müssen. Im Beisein eines Urkundsbeamten. Aber er war krank. Also habe ich das Geld ver-

brannt. Im Beisein des Urkundsbeamten. Die alten, zerrisse-
nen, fleckigen, zerknitterten, vor allem aber weich und zart
gewordenen Geldscheine. Oh, sie sind so schön zart wie Sei-
denpapier, wie Seide. Diese seidenzarten Scheine, die niemand
mehr will, verbrennt man jeden Monat. Im Beisein eines Urkundsbeamten, der die Nummern notiert. Sie werden in eine
Metalldose gelegt. Mit Benzin übergossen. Ein Streichholz
draufgeschmissen. Tja, es geht rasch. Ganze Vermögen habe
ich in Rauch aufgehen sehen! Beim erstenmal, da hatte ich ein
ganz komisches Gefühl dabei. Ja. Und Tränen in den Augen,
Ehrenwort. Und so hab' ich beantragt, daß künftig immer ich
das Geld verbrennen darf. Warum auch nicht? Außer mir
machte es niemand Spaß. Und in puncto Sicherheit war ja immer der Urkundsbeamte dabei und nahm alles zu Protokoll. So
übernahm ich schließlich in unserem Hause das Verbrennen
ganz. Wenn der Urkundsbeamte fort war, blieb ich noch da. Ich
befühlte die Seitenflächen der Büchse. Noch warm, fast heiß.
Ich rührte mit einer Kelle in der Asche. Funken sprühten auf.
Bald konnte ich hineinlangen. Herrlich weich! Schöne, perl-
graue, brustwarme Asche. Ich strich sie mit der Kelle zusammen, schüttete sie sachte, sachte in einen Sack. Der dann zu mir
nach Hause kam. Ich hatte den ganzen Keller voll, lauter Säckchen mit Asche, auf jedem das Verbrennungsdatum und die
Summe der verbrannten Scheine. Sehr bald war ich Milliardär.
Ich bummelte durch die Stadt, tat, als ob nichts wäre und trug
einen Sack mit hundert Millionen in der Hand. Ich sah Schaufenster an, Schmuck, Luxusautos, vor allem schöne Garderoben. Die Preise entlockten mir ein mitleidiges Lächeln. Aber in
die Geschäfte hinein traute ich mich nicht. Mit meinem Sack
voll Asche hätten mich alle für einen Verrückten gehalten. Ich
und verrückt? Gesund wie ein Fisch im Wasser bin ich!
Einmal strich ich auf so einem Bummel auch vor einem Anti-
quitätengeschäft herum. Schöne Möbel, wirklich, alte Möbel,
Tapisserien, abgenutzt, verwaschen, verblichen wie meine sei-
digen Geldscheine. Ich ging und ging nicht weiter. Und vor
dem Geschäft saß auf einer Bergère der Inhaber und sah mir zu.
Es war ein alter, bärtiger Jude mit einer komischen Mütze auf
dem Kopf und mit verschmitzten Äuglein. Er sprach mich an.
Ich weiß nicht mehr, was er sagte. Ich habe geantwortet.
Kurzum, wir haben geschwatzt, und schließlich hab' ich mich
neben ihn auf die Bergère gesetzt. Und unversehens fragte er

mich, was ich da in dem Säckchen hätte. Ich habe nicht widerstehen können. Ich hab' ihm mein Herz ausgeschüttet, hab' ihm erzählt, was für eine Asche das ist und was die Zahlen auf dem Sack bedeuten – kurzum alles. Der Alte hat mich mit seinen kleinen, faltigen Augen angeschaut, dann fing er an zu lachen. Er hörte gar nicht mehr auf. Es ärgerte mich allmählich. Ja, wirklich. Ich mag nämlich die Leute nicht, die wegen nichts und wieder nichts losprusten.

»Da ist eine Kluft dazwischen«, sagte er schließlich.

»Eine Kluft? Was für eine Kluft? Was soll das heißen?«

»Eine Kluft zwischen Ihrem Vermögen und Ihnen.«

»Versteh' ich nicht.«

»Na doch! Sie besitzen ein Vermögen, das tot ist, und Sie sind lebendig. Dazwischen ist die Kluft.«

»Was soll ich denn da machen?«

»Nichts. Warten.«

»Worauf warten?«

»Warten, bis Sie Ihr Vermögen eingeholt haben.«

»Wie denn?«

»Indem Sie sterben. Milliarden, die Asche sind, verlangen einen Milliardär, der Asche ist.«

Das war gar nicht dumm! Ich hab' es sofort begriffen. Um dieses märchenhafte Vermögen zu gewinnen, brauchte ich mich bloß gleichfalls verbrennen zu lassen. Also hab' ich meinen Keller umgestaltet zum Urnengrab. Auf Regalen standen, jeweils mit Datum und Betrag, Säcke voller Asche. Mittendrin eine Art Nische mit einer Urne und auf der Urne mein Name und ... kein Datum. Noch keines. Und ich machte mich ans Warten. Ich habe gewartet, bis ich eines Tages eine andere Art Geldschein entdeckt habe: den angebrüteten.

Der angebrütete Geldschein! Eine sensationelle Entdeckung! Der angebrütete Geldschein, das kann man wohl sagen, hat mein Leben völlig umgeschmissen. Ich weiß es noch gut. Es war ein schöner Aprilmorgen. Ein Kunde kam in die Bank und wollte Geld holen. Viel Geld. So viel, daß es nicht in seine Brieftasche ging. Erst hat er's versucht, dann hat er's aufgegeben und hat die Scheine anstelle der Brieftasche einfach so in die Brusttasche gesteckt. Erst als er fort war, hab' ich die Brieftasche gesehen. Er hatte sie vor meinem Schalter liegenlassen. Ich habe sie an mich genommen, um sie dem Eigentümer zurückzugeben. Aber kaum hatte ich sie angefaßt, da überlief mich ein Schauer. Ich habe das abgegriffene, ganz zarte Saffianleder gespürt und daß sie rundlich war wie ein weicher Bauch. Wie ich sie aufgemacht habe, sind kleine Habseligkeiten herausgefallen: Fotos, Briefe, eine Kennkarte und sogar ein Strähnchen Haar. Und all das war warm. Man fühlte gleich, all das hatte bei einem Wesen aus Fleisch und Blut stundenlang dicht am klopfenden Herzen gelegen. Man spürte: Das ist Brustwärme! Geld war natürlich auch drin. Abgegriffene, schäbige, warme Geldscheine. Lebendige Scheine. Noch nicht ganz reif zum Verbrennen, aber nahe daran. Angebrütete Geldscheine. Berührte ich sie, so war ich nicht weniger verwirrt als berührte ich ein Blüschen oder ein Nachthemdchen. Nur war ich auf andere Art verwirrt. Ich hatte den Grund entdeckt, weshalb es Männer gibt. Lange Zeit konnte ich Männer nicht ausstehen. Ist doch auch wahr: Was sollen sie denn? Aber jetzt hatte ich es erfaßt, das mit den Männern. Die Frau, das bedeutet: feine, zarte, duftende Wäsche. Der Mann, das besagt: eine dicke Brieftasche voll geheimer Dinge und voll seidiger, wohlriechender Geldscheine. Geld, sofern es lebendig und warm ist, Geld riecht nämlich. Es riecht gut, meine Damen und Herren! Deshalb hab' ich in der Gefangenschaft mit meinen Kameraden nichts anfangen können. Gefangene haben kein Geld. Sie sind arm, mittellos, schmuddelig und ohne Lebenszweck. Wie ich unter der Schmutzwäsche von uns Gefangenen lag, suchte ich letztlich den Mann so zu begreifen wie eine Frau: aus seiner Wäsche. Die reinste Homo-Affäre, tatsächlich! Eine Verirrung, eine Verwirrung, eine Jugendtorheit! Der Mann läßt sich nur aus seiner Brieftasche begreifen! Diese erste Brieftasche, die ich gefunden, gestohlen, gefund-stohlen hatte, war wie ein persönliches Band zwischen einem Unbekannten und mir. Was sage ich: einem Unbekannten? Ich wußte seinen Namen, sein Geburtsdatum, seine Adresse, seinen Beruf. Ich besaß ein Foto von ihm, von seiner Frau, von seinen beiden Kindern, der fünfjährigen Raymonde, dem dreieinhalbjährigen Bernard. Auch ein zärtlicher Brief war dabei, aber nicht von seiner Frau ... Das heißt also: Auf der einen Seite haben wir die Frauen mit schicken Sachen, auf der anderen Seite die Männer mit angebrüteten Geldscheinen. Was hat das miteinander zu tun, fragen Sie? Das ist doch ganz einfach: Mit den angebrüteten Geldscheinen kauft man schicke Sachen. Denn sehen Sie, ich habe sehr rasch begriffen, daß zwischen angebrüteten Geldscheinen und schicken Sachen eine Art . . . wie soll ich sagen . . . eine Art Wahlverwandtschaft besteht, daß beide sozusagen unter einer Decke stecken! Unter einer Decke, ja. Der Mann ist eben von Natur dazu da, angebrütete Geldscheine zu liefern, die sich in schicken Firlefanz verwandeln.

Natürlich hab' ich es nicht bei der ersten Brieftasche bewenden lassen. Ich habe die Jagd auf angebrütetes Geld weiter betrieben. Eine sonderbare, erregende, gefährliche, lustvolle Jagd. Ha! die Geldscheinbrut – das ist schon was anderes als Wildtauben oder Birkhühner! Mit Frühaufstehen ist es nicht getan. Jawohl, ich bin ein Taschendieb, ein Zieher geworden. So nennt man das doch. Ich klaute aus Taschen. Aus Jacken und aus Hosen. Aber nicht, wenn sie über einer Stuhllehne hingen! Nein, ich ging nur auf lebendes Wild. Denn die Beute, die muß noch warm sein. Ich pirschte auf warme Brieftaschen. Wie ein Jäger beispielsweise auf . . . Kaninchen. Wenn er ein Kaninchen aufhebt, muß es noch zucken und pulsieren. Ist es bloß noch ein kalter, steifer Kadaver, dann ekelt er sich davor, der Jäger. Jacken und Hosen also stets nur am lebenden Wild. Ja, auch Hosen, denn es gibt Männer, die stecken ihre Briefmappe in die Gesäßtasche. Natürlich kann man sie dort viel leichter klauen als innen aus der Jacke. Dafür ist das Geld dann nicht von gleicher Qualität, verstehen Sie, was ich meine? Das Geld innen aus der Jacke ist Herzgeld, es ist das beste Geld, das es gibt. Das sind Scheine, in der feuchtwarmen Achselhöhle angebrütet wie die Eier im Nest, wenn's Frühling ist. Geld aus der Gesäßtasche ist leichter zu kriegen, jewohl, aber es ist Steißgeld, ihm fehlt das Niveau. Freilich, wenn sich gerade die Gelegenheit bietet . . . Eine schöne, dicke Brieftasche, die aus einer Gesäßtasche schaut . . .

Anfangs freute sich Antoinette sehr über all die schicken Sachen, die in ihre Schubladen regneten, bis sie kaum mehr wußte, wohin damit. Aber mit der Zeit machte sie sich Gedanken. Ich konnte ihr gut und gern sagen, ich hätte bei der Bank Gehaltserhöhung bekommen – sie war schließlich nicht blöd und konnte rechnen. Aber für mich war es wie ein Laster, wie Rauschgift, ich konnte nicht mehr aufhören. Und dann kam die Sache mit Mademoiselle Francines Büstenhalter, die hat mir alles verpfuscht.

Mademoiselle Francine war Kassiererin, also eigentlich eine Kollegin, allerdings saß sie im Majestic-Kino an der Kasse.

Nun sitzen Kassiererinnen im allgemeinen erhöht, als herrsch-
ten sie über das Publikum. Das Majestic liegt aber im Unterge-
schoß, sozusagen im Keller. Die Kasse ist neben der Treppe in
halber Höhe. Wenn man hineinkommt, geht es zuerst ein paar
Stufen hinunter, erst dann kommt man zur Kasse. Dort zahlt
man den Eintritt und geht vollends hinunter. Freilich braucht
man das gar nicht mehr, denn das wahre Kino hat man inzwischen schon genossen. Natürlich rede ich nur von mir. Mademoiselle Francine trägt nämlich immer schwindelerregende
Dekolletés. Wenn man also zur Kasse hinuntergeht, gerät man
zwangsläufig ... tief ins Dekolleté der Kassiererin. Und was
sieht man in der Tiefe? Ich will es Ihnen haargenau schildern:
einen Büstenhalter, einen Traum von Büstenhalter aus Satin,
malvenrosa, mit Spitzen besetzt. Hinterher, nach diesem Ein-
blick, da konnte man mir im Kino vorführen, was man wollte,
einen Western, einen Krimi oder sonstwas: Für mich gab es auf
der Leinwand nur eines: einen Büstenhalter aus Satin, überdies
auch noch malvenrosa – ich hatte nämlich schon immer eine
Farbfilmphantasie. Das Schlimmste war, daß Antoinette gern
ins Kino ging. Mindestens zweimal die Woche schleppte sie
mich ins Majestic, und ich litt Tantalusqualen. Ich war wahnsinnig verliebt, ganz klar! So konnte es nicht weitergehen.
Ich habe nun ein bißchen Detektiv gespielt. Wie ich erfahren
habe, war Francine die Freundin des Kinobesitzers, und er hatte
ihr über dem Zuschauerraum eine kleine Wohnung eingerichtet. Zwischen beiden – Saal und Wohnung – war eine kleine
Wendeltreppe. Das paßte in meine Pläne. Eines Abends bin ich
kurz vor Mitternacht ausgegangen. Antoinette hatte ich gesagt, ich vertrete mir noch die Füße ein wenig, dann kann ich
besser schlafen. Im Nu war ich drüben im Kino. Ich wußte, eine
Viertelstunde vor Filmende kann man ohne weiteres hinein.
Ohne Kontrolle. Natürlich, es hat doch kein Mensch ein Interesse daran, ein paar Minuten vor Schluß ins Kino zu gehen. Ich
habe mich in die Wendeltreppe verdrückt und gewartet. Es
wurde hell im Saal, die Leute gingen hinaus. Der Filmvorfüh-
rer schloß die Türen ab. Ich bin ein Weilchen im Dunkeln stehengeblieben. Dann bin ich ganz vorsichtig die Stufen hinauf-
gestiegen, eine nach der anderen. Ich habe lange an der Tür
gehorcht. Nichts. Kein Ton. War Francine überhaupt da? Ich
wollte aufmachen. Zugeschlossen. Ich wußte nicht mehr, was
tun. Ich habe mich auf die oberste Stufe gesetzt. Das hat wohl

ein Geräusch gegeben. Plötzlich fiel ein Streifen Licht unter der Tür durch und jemand sagte: »Bist du's, Biquet?« Drinnen rührte sich was. Ich habe mich ganz flach in eine Ecke gedrückt. Die Tür ist aufgegangen. Francine ist im Morgenmantel herausgekommen. Sie hat mich nicht gesehen. Sie ist die Treppe hinuntergegangen. Ich stürze ins Zimmer. Ich sehe nur eines in dem Wirrwarr da drinnen, aber wirklich nur eines: den malvenrosa Büstenhalter, der auf einem Tischchen liegt und auf mich wartet. Ich reiße meinen Fetisch an mich und verdrücke mich wieder in mein Schattenloch neben der Treppe. Es war auch Zeit. Unten geht die Wasserspülung, und schon kommt Francine wieder herauf, geht in ihr Zimmer und schließt hinter sich zu. Ich hab' mich hinuntergeschlichen, so leise ich konnte. Ich wußte, die Notausgänge sind von innen nie zugesperrt. Die Mechanik verhindert nur das Öffnen von außen. Ich bin davon mit meinem Schatz. Hab' ihn ganz fest ans Herz gedrückt. Ich war so glücklich, daß ich kaum laufen konnte. Meiner Antoinette hat sicher was geschwant. Gesagt hat sie fürs erste nichts. Doch der Büstenhalter, der brachte Probleme! Daß sie ihn anzog, kam gar nicht in Frage. Erstens weil er offensichtlich getragen war. Allein schon der Geruch! Mir nahm er schier den Verstand, aber Antoinette zu benebeln, *die* Chance lag sicher nicht drin! Und zweitens und vor allem wollte ich es auch gar nicht. So ein Mischmasch, da war ich immer dagegen. Bigamie, Gruppensex und so – grauenhaft! Das war Francines Büstenhalter, ihre Essenz sozusagen, der Schlüssel ihres Wesens, wenn ich es so ausdrücken darf. Keine andere Frau durfte ihn tragen. Aber ich habe ihn noch so gut im Bücherschrank hinter Büchern verstecken können, Antoinette hat ihn doch gefunden. Eines Tages, als wir uns gestritten haben, hat sie ihn mir ins Gesicht geschmissen, hat mich angeschrien: »Und obendrein betrügst du mich auch noch!« Sie meinen natürlich, das wäre nur so hingesagt. Aber in unserer Weltordnung stimmte es eigentlich. Ja, sicher, ich bin per Büstenhalter mit Francine fremdgegangen. Auch das noch, zu Antoinettes sonstigen Sorgen: Sie war an der Decke, meine Antoinette! Daß ich stehle, ahnte sie längst. Aber bis dahin war es eigentlich für sie. Während es diesmal ... kurzum, der Haussegen hing schief, bis dann auch noch die Metro-Geschichte passiert ist. Ich möcht' ja bloß wissen, was da in mich gefahren ist! Damit hab' ich alles kaputtgemacht. Dussel, der ich war!

Damals ist sie mit mir nach Paris gefahren, um ihre Weihnachtsgeschenke einzukaufen. Wir haben unsere Tour durch die Geschäfte angefangen. Aber mich, versteht sich, interessierten bloß die Wäschegeschäfte. Nicht vorausgesehen hatte ich aber, wie es auf mich wirken mußte, wenn ich mittendrin Antoinette sah. Hübschen, schicken Firlefanz, massenhaft, auf allen Seiten, und Antoinette mittendrin. Eine Scheuer voll trockenem Stroh, wenn ich so sagen darf, und schön in der Mitte ein großer brennender Holzstoß, der nach allen Seiten Flammen und Flämmchen speit. Was daraus wird, können Sie sich denken. Antoinette mittendrin in dem Laden – das verzehnfachte, verhundertfachte die Wirkung von all dem süßen Krimskrams. Ich brannte lichterloh vor Lust, vor Entzücken, mir war wie im Rausch. Antoinette wurde immer unruhiger, als sie das Geld, das von ihr für ganz andere Dinge gedacht war, für Kleider und zarte Dessous draufgehen sah. Erst recht schockierte sie mein überreizter Zustand. Immerhin war sie daran ein bißchen selber schuld. Nur weil sie leibhaftig dastand, strahlten die Waren so hell. Die Unterröcke, Schlüpferchen, Strümpfe, die Slips und die Hemdchen, alle riefen nach ihr wie kleine Waisenkinder. Ich hörte, wie sie riefen, ich hörte nichts anderes. Ich mußte ihnen folgen. Ich konnte nicht anders. Ich kaufte und kaufte. Nach kaum zwei Stunden hatten wir keinen Sou mehr, restlos blank waren wir, Tonette und ich. Aber beladen mit Paketen, mit ganzen Bergen von Päckchen. Meine Antoinette war davon gar nicht begeistert. Ich schwebte im siebten Himmel. Und so gingen wir, sie maulend, ich selig, zur Metro. Kaum sind wir unten, da sind wir auch schon mit unseren Paketen zwischen den Schwingtüren eingeklemmt. Wir rangieren – vorwärts – zurück – vorwärts – wie die Eisenbahn. In diesem Moment drängt sich eine junge Frau zwischen uns, sagt »Pardon! Merci!« und witsch! ist sie durch. Bloß war's dort sehr zugig. Ein Windstoß fuhr durch die halboffenen Türen. Nimmt das Röckchen der Kleinen hoch, so sehr sie auch beide Hände gegen die Schenkel preßt. Und einen Herzschlag lang sehe ich einen Hüfthalter, einen Hüfthalter, der mich verbrennt, mich durchbohrt, der mich beinah umbringt, jawohl. Schwarzes Nylon, gefältelt, breit, gegen die blanke Haut der Schenkel klar abgesetzt durch lange, lange Strumpfbänder, die am Ende dann mit kleinen, blitzenden Klammern den Strumpf festhalten. Ich habe an eine Kletterstange gedacht oder vielmehr an den Reif obendran, von dem Würste und Schinken herunterhängen. Diesen Hüfthalter, den mußte ich noch haben, als Krönung dieses denkwürdigen Tages! Ich habe Antoinette all meine Pakete aufgehalst, hab' nur gesagt: »Wart' auf mich, ich bin gleich wieder da!« und hab' sie, zum Protestieren viel zu verblüfft, wie angewurzelt im Durchzug stehenlassen. Und ich los, hinter der Kleinen her! Hab' ihr an einer Biegung den Weg abgeschnitten. Zum Glück waren wir allein. »Den Hüfthalter, schnell, schnell, den Hüfthalter!« – mehr hab' ich nicht herausgebracht. Zuerst hat sie überhaupt nicht begriffen. Darauf habe ich ihr kurzerhand den Rock hochgehoben. Sie hat geschrien. Ich habe noch mal gesagt: »Schnell, den Hüfthalter her, dann verschwind' ich!« Da hat sie mir gefolgt. Es ging ganz fix, dann hatte ich meine Trophäe. Ich habe »Danke« gesagt und bin zu Antoinette zurückgelaufen, die immer noch im Durchzug ihren Berg Pakete balancierte. Ich strahlte. Ich schwang meinen Hüfthalter wie eine Rothaut den Skalp von einem Bleichgesicht. Ich habe zu ihr gesagt: »Faß mal dran! Noch ganz warm!« Und weil sie beide Hände voll hatte, hab' ich ihr das Ding an die Wange gehalten. Aber dann nichts wie weg, denn die Kleine war sicher gleich am Krachschlagen. Wir sind im Galopp wieder raus ins Freie und rin in ein Taxi. Taxi – Bahnhof – Heimfahrt – Alençon. Antoinette hatte auf der ganzen Fahrt den Mund nicht aufgemacht. Am Tag darauf ist sie gegangen. Endgültig. Zu ihrer Mutter zurück. *Die* Katastrophe. Verdient, jawohl, das schon, aber trotzdem *die* Katastrophe ...

Für mich war alles aus. Ich bin nicht mehr in meine Bank gegangen. Ich hab' die Pariser Tageszeitungen gelesen. Von dem Metro-Wüstling war viel die Rede. Sie machten Jagd auf die komischen Typen in den Umsteigetunnels. Meine Kleine hat Anzeige gegen Unbekannt erstattet, dann hat sie die Städtischen Verkehrsbetriebe verklagt. Weil die Städtischen Verkehrsbetriebe für die Sicherheit ihrer Fahrgäste haften. Das steht in den Beförderungsbedingungen. Was man alles lernt, wenn man Zeitungen liest! Es kam dann auch zu einem Prozeß. Die Klägerin, die Kleine, ist unterlegen. Ja, Klage abgewiesen, wie es so schön heißt. Der Anwalt der Metro hat erfolgreich geltend gemacht, die Klägerin habe, ehe sie angegriffen wurde, ihre Fahrkarte noch nicht lochen lassen. Folglich sei noch kein Beförderungsvertrag zustande gekommen, und die Städtischen

Verkehrsbetriebe hätten somit gegenüber der Klägerin keinerlei Verpflichtungen!

Aber sei dem wie ihm wolle, ich war völlig am Ende. Als Antoinette fortging, brach alles um mich zusammen. Wissen Sie, mein Leben, das war nämlich schon immer zerbrechlich. Mein bißchen Glück, das hab' ich mir erst erfinden, erst mal entwerfen müssen. Ich bin halt nicht wie die anderen. Die anderen, wenn sie auf die Welt kommen, finden ihr ganzes Leben schon tipptopp fertig an der Wiege bereitliegend. Ich hab' nichts vorgefunden. Ich hab' alles erst zusammenbasteln müssen. Ganz allein. Hab' mich vorgetastet, verirrt und von vorn angefangen. Nun war alles aus. Angebrütete Geldscheine interessierten mich nicht mehr. Schicke Sachen übrigens auch nicht. Das große Licht meines Lebens war dahin. Aus purer Gewohnheit bin ich wieder in eines von den großen Kaufhäusern gegangen, in die Unterwäscheabteilung. Ich habe geglaubt, ich täte das, um wieder weiterzustehlen. Ich habe auch gestohlen, jawohl, aber eigentlich ging's dabei um was ganz anderes. Was ich eigentlich wollte, habe ich erst nach 'ner Weile herausgefunden, als ich nämlich auf frischer Tat ertappt wurde, wie ich ein Nachthemd klaute: Ich hatte die Nase voll. Ich wollte Schluß machen.

Erst bin ich ins Gefängnis gekommen. Sie haben mich dann bis zur Verhandlung wieder auf freien Fuß gesetzt. Aber das wollte ich ja gar nicht! Ich hab' mich im selben Kaufhaus wieder in flagranti erwischen lassen! Da hat mich der Richter dem Psychiater überstellt. Sonst hätte ich glatt nur sechs Monate mit Bewährung gekriegt. Ersttäter, das gibt automatisch Bewährung. Und lassen Sie sich bloß nicht noch mal erwischen! Ja, Pustekuchen! Mein Psychiater hat es geschafft, daß ich als unzurechnungsfähig angesehen wurde. Freigesprochen wegen Unzurechnungsfähigkeit. Freigesprochen, entlassen ... und eingesperrt. In einer Anstalt. Seit zwanzig Jahren! Ach, in der Anstalt, da ist nicht alles so rosig! Eiskalte Duschen, Betten zum Festschnallen, Zwangsjacken, Insulinschocks, Elektroschocks. Nein, ganz und gar nicht rosig. Aber man hat so seine kleinen Sachen, an denen man sich schadlos hält. Ist man brav gewesen, darf man ab und zu auf einen Sprung raus. Wie jetzt gerade. Mit meinen zwei nettesten Pflegern ... Man geht bummeln. Guckt Schaufenster an. Wenn die beiden gut aufgelegt sind, gehen sie sogar einen heben und lassen mich Einkäufe machen. Heut' war es ein Volltreffer. Schlußverkauf in einem Warenhaus. Ganze Berge von schicken, putzigen Sachen.

*(Während er spricht, holt er eine Schnur aus der Tasche und spannt sie quer über die Bühne. Dann zieht er aus seinen anderen Taschen eine unwahrscheinliche Menge weiblicher Dessous und hängt sie mit Wäscheklammern an der Schnur auf.)*

Man brauchte nur zuzugreifen. Enges und Weites. *(Er schwenkt ein enges Höschen und ein Nachthemd.)* Ich hab' immer geschwankt, was reizvoller ist. Es gibt zwei Meinungen. Das Enge, das schmiegt sich den Formen an und hält sie gleichzeitig fest. Aber die Phantasie fehlt. Es erzählt nichts. Es ist dürr, einsilbig, hölzern. Das Weite, Duftige dagegen, das ist was zum Träumen. Es sprudelt über, ist ständig wieder was Neues, es reizt die Hand zum Hineinschlüpfen und Streicheln.

*(Die Schnur hängt jetzt ganz voll. Er tritt zurück und besieht sein Werk. Inzwischen sind die beiden Pfleger – weiße Kittel, Mäntel darüber, weiße Mützen – in den Saal gekommen und gehen im Mittelgang vor zur Bühne.)*

Und wenn's so im Wind flattert, ach ist das schön!

*(Die aufgehängte Wäsche flattert und plustert sich im Luftstrom eines Ventilators aus den Kulissen.)*

Da muß man direkt stramm stehen. Stocksteif. Vor Respekt. Und vor Begierde.

*(Er steht stramm.)*

Jedem seine Fahne. Andere haben die Trikolore. Ich hab' den süßen Firlefanz.

*(Er bemerkt seine beiden Wärter.)*

Sieh mal an! Ich kriege Besuch! Das mußte ja kommen.

*(Er stürzt zu den Wäschestücken und beginnt sie abzunehmen und in seine Taschen zu stopfen. Währenddessen kommen die Pfleger auf die Bühne. Langsam, unerbittlich gehen sie auf ihn zu.)*

Halt! Halt! Ihr möchtet doch nicht, daß ich meine Schätzchen verliere!

*(Sie nehmen ihn in die Mitte und ziehen ihn fort. Er wehrt sich nur schwach.)*

Haltet doch, nicht so schnell! Da, schaut mal, der rosa Unterrock!

*(Er entwischt ihnen und nimmt den Unterrock ab. Bei dieser*

*Gelegenheit stopft er in höchster Eile noch ein Hemdchen in die
Tasche. Die Pfleger kommen und nehmen ihn erneut mit.)*
Doch nicht so schnell! Da, da, eben noch dieses Korsettchen!
Ein ganz kleinwinziges Korsettchen!
*(Er entwischt ihnen und nimmt das Korsett ab. Dazu noch zwei
oder drei andere Sachen. Wie die Wärter ihn wiederum in die
Mitte nehmen, hängt nur noch ein schwarzes Höschen an der
Leine.)*
Ach, dann gehen wir halt, wenn's unbedingt sein muß! Aber
gelt, keinen Elektroschock heut' abend? abgemacht, ja? Ganz
bestimmt keinen!
*(Er dreht sich um und wirft einen weinerlichen Blick auf das
Höschen. Mit einem Satz entwischt er nochmals den Wärtern,
läuft auf die Bühne und kommt, das Höschen schwingend,
zurück.)*
Ja, ja, da bin ich schon wieder. Mitsamt meiner Flagge. Der
schwarzen Flagge der Piraten. Es lebe der Tod!
*(Die Wärter nehmen ihn mit. Man hört ihn ein letztes Mal:)*
Aber keinen Elektroschock heut' abend, gelt? Versprochen ist
versprochen! Morgen, ja meinetwegen, aber heut' abend, heut'
abend keinen Elektroschock...!

# Anmerkungen

1. *Amandine oder die beiden Gärten* ist als Kinderbuch mit Illustrationen von Joëlle Boucher im Verlag G. P. Rouge et Or erschienen. Aus diesem Anlaß brachte *Le Monde* in der Ausgabe vom 9. Dezember 1977 folgendes Gespräch mit dem Autor:

## Das Blut der kleinen Mädchen

»Sie publizieren eine Erzählung, deren Heldin – und sogar deren angebliche Autorin, denn es ist eine Ich-Erzählung – ein zehnjähriges Mädchen ist. Natürlich vermutet man dahinter Ihrerseits einen verborgenen Sinn. Steckt in *Amandine* eine Lektüre hinter der Lektüre, ein hintersinniges Buch?«

»Ja und nein. Offengestanden schimmert der hintergründige Sinn so deutlich durch, daß er mit der naiven Erzählung verschmilzt. Das Thema ist die Initiation. Es ist eine Initiationserzählung. Amandine lebt bei ihren Eltern in einem Haus und einem Garten, die Muster an Ordnung und Sauberkeit sind. Eines Tages kommt sie durch ihre Katze darauf, daß es im Leben noch etwas anderes geben müsse. Sie klettert auf die Mauer des Gartens und entdeckt . . .«

»Lassen Sie dem Leser die Überraschung.«

»Sagen wir, sie entdeckt in einer Verwirrung, in der Verwirrung der Präadoleszenz, sich selbst. Zum erstenmal spaltet und trübt sich die lichte, ruhige Zeit der Kindheit. Es ist die Geschichte, wie der früheste Hauch der Pubertät auf die Unschuld wirkt.«

»Amandine erhält also durch ihre Katze Initiation in die Liebe.«

»Über die Rolle der Haustiere bei der Initiation gäbe es viel zu sagen. Ich glaube nicht, daß der Zusammenhang so unmittelbar ist wie man zuweilen behauptet. Die gängige Ausdrucksweise, die man fast überall lesen konnte, wonach die auf dem Lande aufgewachsenen Kinder ›durch die Beobachtung der Tiere über die Geheimnisse des Lebens aufgeklärt‹ sind, ist

höchst fragwürdig. Ich habe festgestellt, daß zahlreiche Land-
kinder, die bei Katzen, Hunden, Hühnern, Kaninchen, Kühen
usw. alle Stadien der Fortpflanzung mitangesehen haben, nach
wie vor über menschliche Sexualität und Fortpflanzung völlig
im Unklaren sind. Sie sehen einfach den Zusammenhang
nicht. Für ein sieben- oder achtjähriges Kind ist es nicht so
leicht, sich Papa und Mama in der Stellung von Stier und Kuh
oder von Hahn und Henne vorzustellen. Den Menschen als ein
Tier unter Tieren zu begreifen ist auf dem Gebiet der Sexualität
um so schwieriger, als sie dem Kind zunächst unter der sozial
am sorgfältigsten ausgestalteten, konventionellsten, my-
thischsten Gestalt – so wie Erzählung, Illustrierte, Chanson,
Kino, Fernsehen sie vermitteln – vor Augen tritt, und erst viel
später in ihrer nackt-körperlichen Form. Überdies geht es bei
der initiatorischen Rolle, die ich Amandines Katze zugewiesen
habe, viel eher um eine Einführung in die Gefühlswelt der
Liebe als in die körperliche Liebe. Am Ende ist das kleine Mädchen viel eher in seinen Gefühlen verwirrt und gereift als über
das Sexuelle informiert. Hier liegt der wichtige Unterschied
zwischen Initiation und Information.*«
»Und doch blutet sie . . .«
»Ja, diese Blutspur, die sie nach ihrem Abenteuer an ihrem Bein
entdeckt und sich nicht erklären kann, wird das Murren des
Zensors hervorrufen. Dennoch ist sie berechtigt. Jegliche In-
itiation ist mehr oder weniger blutig.«
»Aber widerspricht denn nicht die ganze Ethnographie dem
Gedanken von der Initiation eines Mädchens?«
»Gerade das ist der anfechtbarste und der interessanteste
Punkt. Es stimmt, daß es in den meisten Gesellschaften einen
Initiationsritus für Knaben gibt. Für Mädchen ist nichts Derar-
tiges vorhanden. Weshalb? Vermutlich weil Knaben nicht
schon von Geburt an der Gemeinschaft der Männer angehören.
Sie werden von der Mutter aufgezogen und gehören bis zum
Eintritt der Pubertät zur weiblichen Gesellschaft. Die Initiation
markiert den Übergang des Knaben von der Gemeinschaft der
Frauen zu der der Männer. Üblicherweise wird er von körperlichen Prüfungen begleitet, die dartun, daß er ihrer würdig sei,
und von Verstümmelungen, die der Preis dafür sind. Das kann

* Siehe hierzu *Der Wind Paraklet*, Seite 51 ff.

ziemlich weit gehen. In *La Mort Sara* (Verlag Plon, Terre Humaine) berichtet Robert Jaulin von den Initiationsprüfungen, denen er sich in einem zentralafrikanischen Stamm unterzogen hat. Man hat ihm aufgegeben zu sterben, dann wiedergeboren zu werden und hierbei den Zauberer, der dem Ritus beiwohnt, als »Mutter« zu haben. Das ist offenbar der radikalste Bruch des Bandes zur einstigen Mutter, den man sich vorstellen kann, und sein Ersatz durch eine quasi-mütterliche Bindung an die Männergruppe.«

»Was ist von alledem in unserer Gesellschaft noch übrig?«

»Viel mehr als man denkt. Die Initiation bei Knaben ist unseren Gepflogenheiten nicht fremd. Allerdings wird sie, ebenso wie uns Glaubensinhalte und Riten nur in Form unbewußter Spuren erhalten geblieben sind, lediglich in ihrem rohen, unzivilisierten Zustand erlebt. In der Schule werden die ›Kleinen‹ von den ›Großen‹ nicht wenig gepiesackt. Die ›Grünschnäbel‹ werden ›eingefuchst‹. Väter fügen ihren Söhnen verstümmelnde Verletzungen zu, wobei die dafür gegebene medizinische Begründung einer näheren Prüfung nicht standhält, so etwa bei der chirurgischen Beschneidung oder bei der Entfernung der Mandeln. Hierher gehören natürlich auch Schulexamina wie das Abitur, das ein bürgerlicher Initiationsritus ist.«

»Und diesen Prüfungen, die den männlichen Jugendlichen als Preis für den Zutritt zur Männergemeinschaft abverlangt werden, geht ein Ausschluß aus ihrer eigenen Gemeinschaft voraus?«

»Sicher. Der heutige Jugendliche ist aus der Gemeinschaft der Männer in doppelter Hinsicht ausgeschlossen. Zunächst einmal auf sexuellem Gebiet. Mit all ihrem ›permissiven‹ Gehabe ist unsere Gesellschaft ohne Frage eine der puritanischsten, die wir kennen. Vor hundert Jahren hatte der Jugendliche viel mehr Gelegenheit zu geschlechtlicher Betätigung. Vor allem auf beruflicher Ebene aber ist er am rigorosesten ausgeschlossen. Hier besteht eine absolute Herrschaft des Anciennitätsprinzips. Die heutige Arbeitslosigkeit ist vor allem eine Jugendarbeitslosigkeit. Ohne Frau und ohne Arbeit – diesem doppelten Übelstand könnte die gute alte Initiation herkömmlicher Art abhelfen.«

»Und die Mädchen?«

»Für die kann die Initiation nicht den Sinn haben, den sie für junge Männer hat. Da Mädchen ja wie ihre Brüder bei den Frauen aufwachsen, müssen sie natürlich keinen Bruch mit dieser Umgebung vollziehen und sich in eine neue Gruppe eingliedern, wie dies junge Männer müssen. Normalerweise sind sie dazu bestimmt, im Frauengemach des Hauses zu bleiben. Dementsprechend bleiben in unserer Gesellschaft die meisten Quälereien, die wir auf männlicher Seite festgestellt haben, den Mädchen erspart. Ich will gar nicht von der Beschneidung reden, der in unserer Gesellschaft keine Form der Klitorisektomie entspricht, aber es ist bemerkenswert, daß die Entfernung der Mandeln bei Jungen wesentlich häufiger vorgenommen wird als bei Mädchen. Tatsächlich sind die Frauen von Geburt an derart in die Gesellschaft integriert, daß sie sich mit ihr identifizieren können. Balzac hat diese Funktion der Frau besonders gut verdeutlicht. Seine Helden finden Eingang in die Gesellschaft mit Hilfe der Frauen, die (in Form der berühmten ›Salons‹) die Schlüssel dazu in Händen halten. Umgekehrt ist Vautrin der Feind der Gesellschaft und der Frauen zugleich. Das ist ein und dasselbe.«

»Also gibt es keine Initiation für Mädchen.«

»Doch, aber dann handelt es sich um eine Art umgekehrter Initiation, einer Initiation, die *zentrifugal* anstatt *zentripetal* ist. Ich muß das erklären. Ein Heranwachsender verläßt den Kreis der Frauen, um sich in den Kreis der Männer einzugliedern. Initiation bedeutet für ihn, daß er Anspruch auf einen anderen Status erhebt. Was kann demgegenüber ein Mädchen tun? Da sie im abgeschlossenen Bereich der Frauen gefangen ist, kann sie aus ihm auszubrechen versuchen. Wohin? Hier liegt das ganze Problem der Frauenbefreiung. Zwischen dem Frauengemach und der Gesellschaft der Männer existiert noch keine sexuell indifferente Gesellschaft, die sie aufnehmen könnte. Ihr bleibt deshalb nur eine Initiation, die zugleich Revolte ist. Ich denke dabei besonders an den Kampf der jungen Arabermädchen gegen den Zwang zum Schleiertragen. Für das heranwachsende Mädchen kann die Initiation nur ein fortwährendes Ausbrechen sein. Amandine steigt über die Mauer. Und sieht dann, was im *anderen* Garten geschieht.

2. Zum *Roten Zwerg* siehe *Der Wind Paraklet*, Seite 170.

3. So definiert Jean Paulhan das Kind im *Vorwort zu der Geschichte der O*. Hier handelt es sich offensichtlich um ein Zitat aus dem Gedächtnis; bei näherer Überlegung ist es ja nicht so überraschend, daß Coquebin den Roman von Pauline Réage gelesen hat.

# Michel Tournier

## Zwillingssterne
Roman
470 Seiten, gebunden.

## Der Wind Paraklet
282 Seiten, gebunden.

## Die Familie Adam
Erzählungen
328 Seiten, gebunden.

## Kaspar, Melchior & Balthasar
Roman
304 Seiten, gebunden.

## Gilles & Jeanne
Erzählung
128 Seiten, broschiert.

## Der Goldtropfen
Roman
284 Seiten, gebunden.

## Das Liebesmahl
Novellen einer Nacht
288 Seiten, gebunden.

# Hoffmann und Campe